Stefan Heym
Werkausgabe

Stefan Heym
Collin

Roman

Wilhelm Goldmann Verlag

Made in Germany · 9/84 · 1. Auflage · 116
© 1979 Stefan Heym
Alle deutschsprachigen Rechte, mit Ausnahme der Rechte der sozialistischen
Länder, C. Bertelsmann Verlag GmbH, München 1979
Umschlagentwurf: Design Team, München
Satz: IBV Lichtsatz KG, Berlin
Druck: Mohndruck Graphische Betriebe GmbH, Gütersloh
Verlagsnummer: 7110
MV · Herstellung: Gisela Ernst
ISBN 3-442-07110-0

1

Infarkt, dachte er. Wenn ich jetzt die Besinnung verliere, ist es aus.

Und dann diese Dunkelheit, nicht einmal das Nachtlicht brannte; wozu liege ich hier, wenn sie einen allein lassen gerade in einem solchen Moment. Dabei habe ich der Doktor Roth noch gesagt, gestern abend: ich gefalle mir nicht, ich weiß nicht wieso, aber ich gefalle mir nicht.

Der Schmerz drang bis in die Fingerspitzen. Collin zwang sich, den linken Arm zu heben, tastete nach der Klingel an der schwenkbaren Bettlampe, fand den Knopf. Über der Tür leuchteten Buchstaben auf, BITTE SPRECHEN.

ES GEHT MIR NICHT GUT. Aber die Worte blieben heiseres Geflüster. Es war schon wie Tod, vielleicht versuchten auch die Toten noch zu sprechen, doch es hörte sie keiner. Er hatte den Planeten gesehen, auf dem er lebte, Satellitenphoto, ein blau schimmernder Stern, weiß umwölkt, ein Juwel Gottes, einmalig. Alles Existierende war einmalig und unwiederbringlich; nein, nicht sterben, jetzt nicht, jetzt noch nicht.

»Es – geht – mir – nicht – gut.«

Die eigene Stimme, endlich, aber wie sehr verändert, kaum erkennbar. Darauf, aus den Wänden, elektronischer Trost: »Sofort, Herr Collin.«

Der Schmerz hatte ein eigenes Wesen, war wie ein Krake, der seine Fangarme durch die Arterien schob. Der Vorgang war im Grunde einfach: Koronarokklusion, kein Sauerstoff mehr für den Muskel, Halleluja; Luise schon war daran gestorben, der Pathologe hatte ihm die Sache erklärt, wie hieß er doch, ein großer, ruhiger Mann; aber Luise hatte lange gelegen und gelitten, während bei ihm alles so plötzlich gekommen war, auf dem Botschaftsempfang, er hatte mit Botschaftsrat Nitschkin gesprochen, ich interessiere mich sehr für Literatur, Genosse Collin, hatte Nitschkin gesagt, da auf einmal dieses Flattern in der Brust und die Schwäche, er hatte sich hinsetzen müssen, ist Ihnen schlecht, Genosse Collin, hatte Nitschkin gesagt.

Warum kam die Doktor Roth nicht, oder irgendein anderer Arzt. Sofort, Herr Collin; das nannten sie sofort, in der besten Klinik des Landes, mit den modernsten Einrichtungen, hier wurde nicht gespart, dafür sorgte Gerlinger, der auch zu den Größten gerufen wurde; wenn einer abkratzte von denen, stand Gerlingers Name mit unter dem Bulletin. Solange ich mich noch ärgere, lebe ich, dachte er, und dann: atmen, tief durchatmen, und dann war ihm, als schnitte ihm einer die Luft ab.

Jeder trägt einen Film mit sich herum, Bilder, die sich eingeprägt haben, regellos aneinandergereiht. Dieses Bild, das wußte Christine, würde bleiben: das graue Gesicht auf dem weißen Kissen, die Lippen fahl, die Stirn schweißnaß, die Augen weit aufgerissen.

»Sauerstoff«, ordnete sie an.

Schwester Gundula verschwand eilig.

Das Herz schlug hastig, mit geringen Unregelmäßigkeiten; der Atem kam in kurzen Stößen. Der Blutdruck war eigentlich nicht beängstigend hoch. Christine hielt die Spritze gegen das Licht, ließ ein Tröpfchen aus der Kanüle perlen.

Seine Lippen bewegten sich. »Infarkt?«

»Sehr schöne Venen haben Sie«, sagte Christine.

Collin verzog das Gesicht.

»Ich gebe Ihnen etwas Extrafeines«, versprach sie.

Er versuchte, das Extrafeine in der Spritze zu sehen. Mit Spritzen waren sie dann immer bei der Hand, dachte er, aber die Aufgabe wäre doch wohl gewesen, die Sache vorher zu verhüten; er hatte sich nicht zu Gerlinger in die Klinik gelegt, um abzuwarten, bis der Infarkt käme, das hätte er auch zu Hause haben können. Er lag zu flach, um erkennen zu können, was für Zeug und wieviel davon sie ihm in die Ader spritzte, und er wagte nicht, den Kopf zu heben; er sah nur ihr Gesicht, die Haarsträhne, die sich gelöst hatte und ihr über die Stirn fiel, den konzentrierten Blick der grauen Augen und den Mund, der, halb geöffnet, einen fast kindlichen Ausdruck hatte.

»Infarkt?« flüsterte er.

Sie zog die Nadel heraus, betupfte die Einstichstelle, bog ihm fürsorglich den Unterarm nach oben. »Wir werden ein EKG schreiben.«

»Ich will« – dies überraschend laut – »den Professor!«

»Der Professor ist bereits benachrichtigt«, log sie. »Und jetzt muß ich Ihnen den Mund stopfen.« Damit stülpte sie ihm die Maske des Sauerstoffgeräts, das Schwester Gundula ins Zimmer gerollt hatte, über Mund und Nase. »Ruhig atmen jetzt, Herr Collin, ganz ruhig.«

Sie prüfte die Skalen, adjustierte den Druck, beobachtete die grau behaarte Brust des Patienten, die sich jetzt kräftiger hob. Die stark Behaarten, behauptete Leo Kuschke, haben es kaum je mit der Leber, die Hormone spielen da möglicherweise eine Rolle – eine von Leos oberärztlichen Theorien, die er ihr eines Nachts mit Hinweis auf die eigene Wolle anvertraut hatte. Schwester Gundula war bereits wieder unterwegs, holte das EKG-Gerät, bei wie vielen Infarkten hatte Schwester Gundula schon assistiert; doch war dies mit ziemlicher Sicherheit kein Infarkt, dachte Christine, oder wenn, dann ein nur minimaler.

Sie spürte den Blick Collins, der über die Maske hinweg auf sie gerichtet war. Die Todesangst, die in seinen Augen sichtbar gewesen war, als sie ins Zimmer trat und das Licht anknipste, schien geschwunden zu sein; der sie da ansah, bekundete Interesse am Diesseits. Christine lächelte ihm zu. Ihr Lächeln, das hatte ihr mehr als einer versichert, habe etwas Eigenes, das sich nur schwer in Worte fassen ließ; bei dir, hatte Andreas ihr gesagt, zeigt sich die Seele im Lächeln. Seele, dachte sie mit ein wenig Selbstironie, Einfluß der Seele auf die Physis; das haben wir studiert, soweit es sich studieren läßt; darum auch ihre Zweifel an dem Infarkt, die Seele des Dr. h. c. Collin, Nationalpreisträger, erschien ihr zur Zeit nicht infarktträchtig.

Schwester Gundula kehrte zurück mit dem EKG-Gerät und half ihr, die Elektroden anzulegen. Die Maschine begann zu schreiben, feines, fast unmerkliches Geräusch; das bläulich gemusterte Papier mit den Zacken der Aufzeichnung faltete sich in das metallene Körbchen hinein.

Collin mümmelte etwas in die Maske. Christine nickte beruhigend, betrachtete die Kurven. Die zeigten nichts Auffälliges, aber man würde vergleichen müssen, das hier war nur ein erster Test, grobmaschig. Collins Blick hatte sich wieder verändert, war bittend geworden: ich geb mich in deine Hand. Mein Gott, dachte sie plötzlich, und wenn ich mich doch irre? Was weiß ich denn schon von der Seele des Mannes Collin... Sie ging hinüber zum Waschbecken, befeuchtete seinen Gesichtslappen, trat zurück an die Seite des Bettes und tupfte ihm den halbgetrockneten Schweiß von der Stirn. Er griff nach ihrer Hand.

»Ich bin gleich wieder da«, sagte sie. »Schwester Gundula bleibt so lange bei Ihnen.«

Im Dienstzimmer brannte die Schreibtischlampe. Christine suchte die Mappe Collins heraus, überflog die dürftigen Angaben: Collin, Hans, geboren 1915, Schriftsteller; Ehefrau Nina C., Schauspielerin, zwei Telephonnummern, Frau Nina C. besaß ein eigenes Telephon. Aufnahme war erfolgt am 13.; also vor drei Tagen; da war sie zu Hause gewesen, Dr. Lommel hatte Dienst gehabt. Größe des Patienten 1,78 m, Körpergewicht 85,5 kg, chronische Erkrankungen keine. Tonsillektomie, Appendektomie, Blutdruck am Aufnahmetag 200/110, dann abnehmend, gestern wieder höher. Sie verglich das soeben geschriebene EKG mit dem von vorgestern, fand keine gravierenden Unterschiede. Ein Radiokardiogramm lag noch nicht vor, das Elektroencephalogramm war für morgen vorgesehen. Wichtig war das dicke, mit Blaustift eingetragene Kreuz neben dem Namen Collin außen auf der Mappe, es bedeutete, daß Professor Gerlinger im Falle von Komplikationen, sei es Tag- oder Nachtzeit, gerufen zu werden wünschte – der Professor wohnte zehn Minuten von der Klinik in einem Waldstück; das Haus war vor einigen Monaten erst fertiggestellt worden; sie war auch eingeladen gewesen zu der Housewarming Party – Gerlinger liebte Anglizismen –, es war viel Prominenz gekommen, das Ehepaar Collin, der Minister, der Präsident der Akademie, die namhafteren unter den leitenden Herren an den führenden Krankenhäusern, eine Menge Schauspieler, Maler und Musiker, und sogar der Genosse Urack, begleitet von seinen Sicherheitsleuten.

Gerlinger meldete sich schläfrig, nachdem sie eine Weile gewartet hatte, den Telephonhörer ans Ohr geklemmt. »Doktor Roth, Herr Professor«, wiederholte sie.

»Roth... Ah ja, Roth. Ist was?«

»Es handelt sich um den Patienten Collin. Eine Herzattacke. Infarkt möglich, aber nicht wahrscheinlich.«

Auf einmal stellte Gerlinger präzise Fragen, billigte ihre vorläufigen Maßnahmen und lobte am Ende, daß sie ihn sofort gerufen. »Die Republik kann sich nicht leisten, einen Collin zu verlieren«, sagte er, als spräche er zugleich für die Öffentlichkeit. »Ein Klassiker, meine Liebe. Ich komme.«

War nun auch Ehefrau Nina zu benachrichtigen? überlegte sie; doch diese Entscheidung überließ man besser dem Professor. Sie fühlte sich müde. Ein Klassiker, die Lehrer ließen Aufsätze über ihn schreiben, seine Unsterblichkeit war gesichert; aber was besagte das.

Sie seufzte und machte sich auf den Weg, zurück zu ihrem Patienten. Der hielt jetzt, als sie ins Zimmer trat, die Augen geschlossen und reagierte auch nicht, als sie ihm den Puls fühlte. Der Puls hatte sich spürbar verstärkt. Dann aber machte er doch mit der freien Hand eine fahrige Bewegung in Richtung der Maske; er wollte sprechen. Sie nahm ihm die Maske ab.

»Dr. Roth?«

»Bitte nur kurz, Herr Collin. Wir werden noch reichlich Gelegenheit haben, miteinander zu sprechen.«

Er fuhr sich mit der Zunge über die Lippen, redete stockend. »Sollte... mir etwas... zustoßen...«

»Der Herr Professor wird jeden Moment hier sein«, sagte sie. »Machen Sie sich keine Sorgen.«

Collin öffnete die Augen. Sie hatte ihn mißverstanden. Oder er hatte sich getäuscht; das Gesicht hatte ihn getäuscht, obwohl er sich da selten irrte, er konnte Menschlichkeit wohl unterscheiden von betulichem Gehabe. Sie verstand nicht, daß es ihm nicht um sein kostbares Leben zu tun war, nicht in dieser Minute. Aber das konnte er ihr nicht erklären, dazu reichte die Kraft nicht, vielleicht war auch etwas in der Spritze gewesen, das die Gedanken im Kopf verschwimmen ließ.

»Nein«, sagte sie, »Sie sollten sich wirklich nicht quälen, wir sind doch da für Sie«, und entsann sich jetzt auch einer Andeutung Dr. Lommels, als der ihr die Station übergeben hatte: Collin habe da Schwierigkeiten gehabt, schöpferischer Natur – schöpferisch war Dr. Lommels Ausdruck gewesen –, typische Streß-Situation, der Professor wisse wohl mehr davon. Schwierigkeiten, dachte sie. Es war stiller geworden um Collin, man müßte doch einmal wieder etwas von ihm lesen, bestimmt hatten wir Bücher von ihm, aber Andreas wird sie mitgenommen haben bei der Trennung.

»Guten Morgen!«

Der Ton des Grußes genau abgewogen, nicht zu laut und dennoch autoritativ genug, um den neuen Tag zu verkünden, die neue Hoffnung. Schwester Gundula zog den schweren Vorhang am Fenster zur Seite; selbst in dem Halblicht der Dämmerung ließ sich der Ausdruck dienstbeflissener Aufmerksamkeit erkennen, der sich bei der guten Schwester wie bei so vielen Mitarbeitern der Klinik in Anwesenheit von Professor Gerlinger automatisch einstellte und den zu zeigen Christine peinlich vermied. Gerlinger nahte dem Bett; er schien zu schweben, ein Effekt, der durch seine raschen, kurzen Schritte bei konstant ruhendem Oberkörper erzeugt wurde und der durchaus im Einklang stand mit den leuchtenden Augen und der majestätischen Stirn, über der er das schlohweiße Haar, kurz geschnitten, nach vorn gebürstet trug.

Collin setzte zum Sprechen an. Gerlinger hob beschwörend die Hand, allem Einhalt gebietend: den Ängsten des Kranken, jeder Bewegung im Raum. Befriedigt dann mit der Wirkung der Geste, nahm er eine kurze, schonende Untersuchung vor, jede Berührung des Kranken ein Trost, Versicherung an die furchtsame Seele: die Rettung naht, Heilung ist in Sicht; glaube, und es werden Wunder geschehen.

Christine beobachtete ihren Chef: so hatten vor Tausenden von Jahren schon die Schamanen ihr Werk getan, und mit kaum schlechteren Resultaten als ihre Nachfolger heute; wieviel trugen gerade bei Herz- und Kreislauferkrankungen der Wille des Patienten und seine Phantasie zu einer Besserung des Zustands bei; wie oft hatte sie festgestellt, daß die gleichen Medikamente, von ihr verordnet, nicht die Hälfte der Wirkung hatten, die Gerlinger erzielte.

Nachdem er auch noch die Kurven des EKG mit geübtem Blick geprüft, zupfte Gerlinger die Decke über Collins Leib zurecht und erklärte, wiederum sehr milde: »Die Krise, deren Ursprung uns sehr bald klar sein wird, scheint vorbei. Sie werden jetzt müde sein, lieber Collin, und schlafen wollen; wir, Frau Doktor Roth und ich, werden uns also zurückziehen, aber eine Schwester wird ständig bei Ihnen wachen. Sie arrangieren das bitte, Doktor Roth, ich möchte nicht, daß der Patient zu irgendeiner Zeit allein gelassen wird.« Und schon im Hinausgehen, mit einer letzten Rückwendung zu dem Patienten: »Ich kann Ihnen eine ganz ausgezeichnete Prognose stellen.«

Selbst die Art, wie der Professor die Tür hinter sich schloß, leise und doch energisch, war auf Wirkung berechnet: wer so den Raum verließ, der wachte auch aus der Ferne. Im Korridor gab Gerlinger die Pose auf. Sein Schritt wurde müde; er legte den Arm um Christines Schulter, als bedürfte er der Stütze, und sagte: »Sie kommen doch mit? Ein Kaffee täte uns beiden gut.«

Was will er, dachte sie, menschliche Beziehungen pflegen? Sie würde Frau Zink anrufen müssen, die alte Frau aus dem Schlaf schrecken, damit sie hinüberginge zu Wölfchen, das Kind weckte und fertig machte für die Schule; die Dauer von Gesprächen mit Gerlinger ließ sich nicht absehen.

In seinem Zimmer dann streifte er den weißen Kittel ab, ließ sich in den nächsten Sessel fallen, schloß die Augen und rieb sich die Stirn.

Sie wartete, fragte endlich: »Soll ich Kaffee machen?«

»Ah, ja.« Er blickte auf, als sei er überrascht über ihre Anwesenheit. »Das wäre sehr freundlich von Ihnen, Christine. Sie finden alles in dem Wandschrank dort.«

Sie nahm den Elektrotopf aus dem Fach, das Meißener Kaffeegeschirr, den Nescafé. Christine, dachte sie. Die Anredeformen wechselten im Umgang mit Gerlinger: in Parteiversammlungen war er Genosse Professor und sie die Genossin Roth, und man duzte sich;

im Dienst, vor Patienten, Schwestern, Pflegern, Labortechnikern, bestand er auf dem unbedingten Herr Professor, während sie Dr. Roth, Frau Dr. Roth, mitunter auch nur Frau Roth hieß; und jetzt Christine.

»War es sehr schwierig, mit Collin?«

Also ein Fachgespräch, das konnte man kurz halten. Sie berichtete noch einmal, Dinge, die er eigentlich schon wußte, ihre Maßnahmen, Reaktion des Patienten, überlegte, ob sie den Vorfall vom gestrigen Vormittag erwähnen sollte, entschied: ein andermal vielleicht, ließ sich denn mit Sicherheit sagen, ob da wirklich Zusammenhänge bestanden? Das Wasser kochte im Kessel.

»Im Falle Collin«, er offerierte ihr das Kaffeepulver, dann tranken sie, »im Falle Collin möchte ich doch sehr vorsichtig vorgehen. Sie leiten zunächst die nötigen Tests ein, besprechen Sie das auch mit Dr. Lommel. Sollte wider Erwarten ein Mini-Infarkt vorliegen, behandeln wir entsprechend; sonst, würde ich meinen, fahren wir fort wie bisher, allerdings bei strenger Bettruhe.«

»Ich veranlasse das.«

Aber er machte keine Anstalten, sie zu entlassen. Seine Augen ruhten wohlgefällig prüfend auf ihr, er lächelte, eine Unzahl von Fältchen trat zutage auf seinem Gesicht, wie eine Hautkrankheit, der Anruf würde sich nicht umgehen lassen.

»Möchten SIE Bücher schreiben heutzutage?«

Die menschliche Seite nun doch, auf dem Umweg über den Patienten Collin. Vielleicht sollte sie sich geschmeichelt fühlen, der große Professor und die kleine Stationsärztin, aber sie war abgekämpft nach dieser Nacht. »Bücher«, fragte sie zurück, »zu welchem Thema?«

»Collin hat mir einmal gesagt, im Grunde schreibt jeder nur über sich selbst.«

Sie quittierte das, wie er zu erwarten schien, mit einem verständnisvollen Nicken; bat ihn dann aber, kurz telephonieren zu dürfen, es sei ihr unangenehm, dieses für sie und wohl auch für den Fall Collin wichtige und interessante Gespräch unterbrechen zu müssen, sie müsse jedoch verschiedenes regeln, Haus und Kind betreffend.

12

Gerlinger winkte großzügig, doch bemerkte sie aus der Art, wie er sich bemühte, nicht hinzuhören, während sie Frau Zink Instruktionen bezüglich Wölfchens gab, daß er doch ein wenig indigniert war: Gedanken, die man zu lange festhält, verlieren an Schärfe. Er kehrte auch nicht etwa sofort zu seinem Sujet zurück, sondern bemerkte seufzend, so hätte jeder seine Sorgen, eine Frau allein ganz besonders; sie war geneigt, ihn zu fragen, warum er sie dann nicht nach Hause fahren lasse, tat es aber doch nicht, einmal, weil sie fürchtete, ihn vor den Kopf zu stoßen, zum andern aber auch, weil sie trotz ihrer Müdigkeit neugierig zu werden begann: irgend etwas bedrückte ihn, und er wollte wohl testen, ob sie die Person war, bei der er es abladen konnte.

Zunächst aber, über einer zweiten Tasse Kaffee, nörgelte er nur: der Doktor Andreas Roth, der nicht habe sehen wollen, was er an ihr hatte, sei ein Dummkopf gewesen; sie selbst sei jedoch nicht ganz ohne Schuld, wie oft habe er ihr geraten, das Haar nicht gar so streng und andere Schuhe mit anderen Absätzen zu tragen, bei einer Frau wirkten die Proportionen, und sie habe sehr gute; außerdem stelle sie viel zu hohe Ansprüche an die Männer und verbreite überhaupt Unruhe, moralische und seelische Unruhe, seine Klinik werde sie ihm aber nicht durcheinanderbringen, das werde er zu verhüten wissen; im übrigen könne solche Unruhe auch durchaus befruchtend sein, wo wären wir ohne Menschen, die die Dinge in Frage stellten?

Er schien sich bewußt zu werden, daß er auf einen Boden geraten war, den zu betreten er gar nicht beabsichtigt hatte. Christine hatte das Gefühl, daß das Gerede um ihre Person überhaupt nur als Aufhänger dienen sollte für die Äußerung von mehr oder weniger vagen Befürchtungen, die er hegte und die irgendwie mit dem Herzanfall Collins zusammenhingen. Tatsächlich wandte er sich dem Komplex jetzt auch wieder zu. Er wies auf seinen Schreibtisch und sagte, »Dort liegt ein Buch von Collin, er hat es mir mitgebracht – mit Widmung.«

»Haben Sie es schon gelesen, Herr Professor?«

»Ich habe es durchgeblättert. Interessiert es Sie?«

»Ja. Wenn im Grunde jeder nur über sich selbst schreibt, könnte man sich durchaus ein Urteil bilden über den Autor – möglicher Beitrag zu einer Diagnose.«

»Und wenn Collin mehr verdeckte, als er berichtet?« fragte er.

»So wäre auch das eine Indikation.«

Gerlinger strich sich übers Haar, von hinten nach vorn, so als schöbe er all seine Bedenken in den vorderen Teil des Großhirns. »Es ist ja nicht leicht, sich Klarheit zu geben über sich selber. Mitunter ist es nicht einmal ratsam. Weiß denn einer, wie tief er gehen kann, ohne in der eigenen Psyche Zerstörungen anzurichten, die sich gar nicht wiedergutmachen lassen?«

»Aber sollten wir nicht –«

»Ich habe Ihnen doch gesagt: Vorsicht«, unterbrach er mit einem Anflug von Ärger. »Im Falle Collin behandeln wir konservativ und vermeiden alle Risiken; LET SLEEPING DOGS LIE.«

Christine stand auf, trat zum Schreibtisch, nahm das Buch zur Hand, eine ältere Ausgabe, grelle Sonne über dürrer Landschaft auf dem Schutzumschlag, und kehrte zurück zu ihrem Kaffee. »Die schlafenden Hunde nicht stören... Aber haben Sie, Herr Professor, nicht selber hier an unsrer Klinik Beweise erbracht für die Zusammenhänge zwischen Streß und physiologischen Veränderungen besonders des Kreislaufsystems? Das Risiko zugegeben, das die Suche nach den Ursachen des Streß mit sich bringt – Sie haben uns gelehrt: Will man die Ursachen beseitigen, muß man nach ihnen suchen.«

»Also nehmen Sie das Buch meinetwegen mit.« Ein milder Blick. »Doch was die Ursachen betrifft, die Sie so gern beseitigen möchten, Frau Roth: lassen sie sich denn beseitigen? In der Welt, in der wir leben?«

Was engagiere ich mich, dachte Christine. Aber dann fiel ihr der Vater ihres Ex-Mannes ein, Genosse Michael Roth, der, trotz der Jahre im Zuchthaus, ihr eingeschärft hatte, daß der Mensch veränderbar war und somit die Welt, in der er lebte, und sie sagte: »Wäre nicht schon viel getan, wenn wir erreichten, daß der Patient die Ursachen wenigstens erkennt? Ein Gespenst, bei Licht betrachtet, fällt in sich zusammen.«

»Und wenn wir zu tief schneiden bei der Suche nach der Erkenntnis, Frau Doktor Roth, zuviel Gewebe zerstören? Operation erfolgreich, Patient tot?«

»So daß die Krankheit also gnädiger sein könnte als die Heilung?«

»Unter Umständen.« Und fiel wieder zurück in den gütig belehrenden Ton: »Sie werden doch selbst schon die Erfahrung gemacht haben, Christine, daß es gelegentlich besser ist, eine Sache nicht bis in ihre letzten Konsequenzen zu durchdenken.«

»Besser?« Sie suchte sich gegen die weiche, warme Stimme, die sie einzuhüllen schien, zu wehren. »Auf jeden Fall bequemer.«

»Verbreiten Sie wieder moralische Unruhe?« Er lachte. »Also bitte, Ursachen: der Patient Collin hatte, wie ich höre, schöpferische Schwierigkeiten.« Er stand auf. »Wer hat keine?«

»Also bitte, Ursachen«, wiederholte sie; sollte Gerlinger seine Unruhe haben. »Der Patient Collin hatte gestern einen Streit mit dem Patienten Urack.«

»Was?« Gerlinger drückte auf den Lichtschalter; statt der Unschärfen im Raum waren da plötzlich die kalten, klaren Linien. »Woher wissen Sie das?«

»Von Schwester Gundula.«

Ein ungeduldige Handbewegung.

»Schwester Gundula befand sich in der Wäschekammer. Sie hatte die Tür offengelassen und –«

»Zur Sache bitte, Doktor Roth.«

»Die Wäschekammer liegt in Hörweite des Männeraufenthaltsraums. Es stritten da zwei Stimmen.«

»Worüber?«

»Schwester Gundula hat nur gehört, daß gestritten wurde und wer beteiligt war an dem Streit, nicht worum es dabei ging.«

»Wie will sie die Stimmen erkannt haben?«

»Schwester Gundula war neugierig und hat hineingeschaut.«

»Christine«, Gerlinger trat zu ihr, wieder ganz Wohlwollen, und legte ihr die Hand auf die Schulter, »ein guter Rat, Christine: Alles, was den Genossen Urack betrifft, vergessen wir, ja?«

Dieses JA? kannte sie. Es war Bestandteil der Terminologie sämtlicher Ämter und Parteistellen. Es erheischte Gehorsam.

2

(Aus den Notizen des Kritikers Theodor Pollock)

...hat mir der Gerlinger Photos geschickt, von seiner Housewarming Party, darunter eines von mir, Großaufnahme, en face. Im eigentlichen Sinn häßlich bin ich nicht, doch kann ich verstehen, daß ich bei vielen Abneigung errege. Die an den Enden nach oben weisenden Brauen, die breiten Nasenflügel, die spöttisch gewölbten Lippen ergeben im Ensemble eine Physiognomie, die, noch dazu akzentuiert durch den graumelierten gestutzten Bart, schon ein wenig beängstigend wirken kann; kein Wunder also, daß die bulgarische Kinderamme, die sich die Frau des Werkleiters von VEB Plastewaren wegen des Personalmangels in unserer Republik aus Nessebar mitgebracht hat, regelmäßig ein Kreuz schlägt, wenn sie mir vor dem Haus ihrer Dienstherrschaft am Ende unsrer sogenannten Intelligenzsiedlung begegnet.

Dabei, das darf ich ruhigen Gewissens sagen, will ich immer nur das Gute. Ich fördere junge Autoren und empfehle sie für Stipendien und Studienreisen und ziehe meine Hand auch dann nicht von ihnen ab, wenn sie hinter meinem Rücken verbreiten, ich wäre arrogant, prinzipienlos oder gar feige. In der Einsicht, daß unerfüllter Ehrgeiz gerade die Dummen gefährlich macht, unterstütze ich die Aufnahme selbst völliger Hohlköpfe in die Akademie. Wo Lob verlangt wird, stimme ich ein in den Chor, wähle dabei jedoch Worte, deren ich mich später nicht allzu sehr schämen muß; aber auch da, wo ich verdammen könnte, halte ich mich zurück. So kommt man, im Land der Abhängigen, in den Ruf eines unabhängigen Geistes.

Das Gute, wer will es nicht? Doch ein Rad, einmal in Bewegung gesetzt, läßt sich nicht mehr aufhalten; man kann seinen Lauf nur mit mehr oder weniger Unbehagen verfolgen. Dieses Unbehagen, das bei anderen Kopfschmerz oder Durchfall erzeugt oder zu Wutanfällen gegenüber Untergebenen oder Familienangehörigen führt, verursacht bei mir ein infernalisches Jucken der Narbe an meiner rechten Wade, Resultat meiner Kriegsverwundung, wenn man diese so bezeichnen kann, denn ich erhielt sie nach Abschluß der Kampfhandlungen, als ich, im Siegesjubel über die Nachricht von der Kapitulation der Wehrmacht, das Magazin meiner amerikanischen Armeepistole, einer Colt 45, leerschoß: eins der Geschosse prallte ab am Fenstersims der vornehmen Pension in Bad Nauheim, in der ich damals einquartiert war, schlug mir in die Wade und streifte den Knöchel. Das Jucken, meint Christine, sei ein psychosomatisches Phänomen; sie kenne noch viel merkwürdigere.

Die Wade begann sofort zu jucken, als Christine mir am Telephon sagte: Ein Herzanfall, vielleicht ein Mini-Infarkt. Man wünscht das keinem, einem Nachbarn und Freunde erst recht nicht. Ich bin sein Freund, mit allen Vorbehalten, die mir eigen, und obwohl es schwierig ist, einen Menschen um sich zu dulden, der einem auf den Arm boxt, wünscht er etwas zu betonen. Er selbst hat meines Wissens keinen außer mir, dem er sich enger angeschlossen hätte; innerlich unsicher und mißtrauisch, weiß er bei mir wenigstens, daß ich nichts von ihm fordere, und so hört er gelegentlich auf meinen Rat und sagt mir bei unseren Hundegesprächen Dinge, darunter Ansichten über die Obrigkeit, die er sonst niemandem anvertrauen würde, selbst der eigenen Frau nicht, ihr schon gar nicht. Ich habe diese Ehe gestiftet, das darf ich mir anrechnen. Ich war damals mit ihm auf einer Lesereise nach Dresden, und ich war es, der ihn auf Nina Bertram aufmerksam machte; er hätte sie wohl kaum bemerkt, so sehr war er mit dem eigenen Erfolg beschäftigt. Ich war es, der das Verhältnis vorantrieb; das war insofern nicht leicht, als er eine Art Totenkult betrieb: Luise, älter als er und ihm intellektuell wohl auch überlegen, hatte ihn gelenkt und beherrscht, und seine Ressentiments ihr gegenüber schlugen um in verspätete Reue. Ich riet ihm, Nina zu heiraten; es wird dir gut tun, sagte ich, eine andere Rolle für dich, mit einer jungen, schönen, talentierten Frau, ein Mann wie du braucht auch einen Rahmen.

Ich glaube nicht, daß Frau Nina, trotz ihres überentwickelten Ichs und ihres fast totalen Mangels an Skrupeln, die Ursache seiner

Krise ist; sie hat, schon um der eigenen Karriere willen, ihn im Gegenteil immer wieder aufgemuntert und hat für immer neue Anerkennung seiner Werke geworben, selbst als diese nur noch aus schwächlichen Aufgüssen von früher Geleistetem bestanden. Die Hundegespräche, wie er sie nannte, denn sie werden geführt, um Assmann von Assmannshausen, meinem schwarzen Pudel, seinen Auslauf zu gewähren, wurden immer bitterer. Er witterte Verschwörungen gegen sich. Aber er war ja kein Narr; wenn ihn die Erkenntnis seiner Schwäche überkam, ließ er ab von meinem Arm, den er bei der Aufzählung der Verschwörer und ihrer möglichen Ziele mit der Faust bearbeitet hatte, und meinte düster, er habe wohl seine Zeit bereits überlebt.

Ein Mann wie er, protestierte ich, auf der Höhe seines Ruhms und seiner geistigen und körperlichen Potenz, vielleicht fordere er sich nicht genügend, der Mensch lebe durch seine Aufgaben. Es müsse ja nicht ein neuer Roman sein, an dem er sich versuche. Es gäbe andere Formen, und wären es nur Notizen, die sich dann schon zu etwas Neuem, ihn selbst wahrscheinlich Überraschendem zusammenfügen würden.

Er zog mich, da Assmann seine Geschäfte verrichtet hatte, zur Terrasse seines Hauses, hieß mich Platz nehmen im Liegestuhl unter den Weinranken und servierte, Frau Nina und die Haushälterin waren beide abwesend, den Kognak und Kaffee selber. Ich nun begann die Idee zu entwickeln; ich pries sein enormes, bis ins Detail reichendes Gedächtnis, Beweis: seine bisherigen Bücher und unsere Hundegespräche. Ein Gehirn wie seines sei ein veritables Lagerhaus, dessen Tür man nur aufzustoßen brauche, um das Memoirenwerk, gewiß noch ein rechter Wust, aber reich an Lebendigem und vielerorts Unbekanntem, fertig vorzufinden; ein Skelett, auf dem man das alles anordnen könne, Anfang, Mitte, Ende, werde sich schon ergeben.

Memoiren, sagte er nachdenklich. Ich vermutete, er werde nun die Hemmnisse aufzählen, die einer solchen Arbeit entgegenstanden und die ihm, einem politischen Menschen, klar sein mußten. Aber er meinte nur, der Gedanke sei ihm in den letzten Jahren ja auch schon gekommen; er werde sich die Sache überlegen, da ich offensichtlich so sehr viel davon hielte. In den nächsten Wochen war er, der bei unsern Gesprächen meistens das Wort führte, eher schweigsam – bis er mir eines Tages eröffnete, ja, er sei dem Projekt nähergetreten, habe auch schon einiges aufgezeichnet, einen Zeitplan verfertigt, eine Liste von Personen und Ereignissen, und was dergleichen Vorarbeiten sind. Ich beglückwünschte ihn und erkundigte mich vorsichtig, ob er schon mit Nina darüber gesprochen habe oder mit irgendwem sonst, mit seinem Verlag etwa; er verneinte und sagte, ich wäre der erste, der davon erführe, da ich ja sozusagen der Pate sei des Kindes; ich meinerseits riet ihm, von dem Vorhaben anderen gegenüber zu schweigen, vorläufig wenigstens, er sei schließlich ein Autor von Rang und Gewicht.

Er verstand sofort.

Ein solches Werk, fuhr ich fort, das eigentlich nur ein Mann wie er zu bewältigen imstande sei, müsse eine Abrechnung werden mit seiner Zeit und zugleich Gültigkeit haben über diese Zeit hinaus; nichts Halbes dürfe es werden, wie es aus der Feder anderer gekommen sei; natürlich würden Probleme auftreten und Schwierigkeiten, aber ich stünde ihm zur Verfügung mit Rat bei der Organisierung des Materials und Tat bei der Redaktion desselben; dies sei ein Freundschaftsdienst, zu dem ich durch Begabung und Erfahrung mich befähigt fühlte; er müsse nur systematisch und regelmäßig an dem Unternehmen arbeiten und nichts auslassen, was wesentlich sei zum Verständnis unsrer Zeit und ihrer Menschen und seiner eignen Person, soweit diese ihm erkennbar.

Das, sagte er ohne Zögern, sei genau seine Absicht.

Und nun diese Erkrankung...

3

Sie hatten sich auseinandergelebt.

Wann fängt so etwas an und womit, und ist das Ende schon durch den Anfang gegeben? Zu große Erwartungen vielleicht, zu hohe Ansprüche? Lag es an ihm, an ihr?

Das erste böse Wort, die erste falsche Geste, eine Auseinandersetzung worüber, genau erinnerte Christine sich nicht, es war einer relegiert worden wegen irgendeiner falschen Äußerung, Andreas hätte aufstehen sollen in der FDJ-Leitung, für den Jungen eintreten, oder beim Dekan protestieren, ich bin kein Erzengel, hatte er gesagt, und sie, du denkst immer nur an dich, dein Vater hätte da ganz anders gehandelt, und er, ich bin aber nicht mein Vater, du hättest meinen Vater heiraten sollen. Was wollte sie, einen Ritter, der sie zu sich aufs Roß hob und mit ihr davonritt, die Drachen dieser Welt zu erschlagen? Die Zeit der Ritter war vorbei, sie war eine selbständige Person, die sich ihre selbständigen Gedanken machte, ihr zukünftiger Schwiegervater, der ihr Bürge gewesen war bei ihrem Eintritt in die Partei, hatte in seinem Brief geschrieben: Christine Neher stellt Fragen und prüft, setzt sich dann aber auch ein für das, was sie als richtig erkannt hat. Sie war eine selbständige Person, und sie hatte im Betrieb gearbeitet, pharmazeutische Produkte, sie kannte die abstumpfende Gleichförmigkeit der Bewegungen, den Schweißdunst, das Flirren vor den Augen, und erst dann war sie zum Studium delegiert worden, von ihrem Betrieb, es hieß, sie wäre begabt und zielstrebig, lauter schöne Eigenschaften, die ihr da bestätigt wurden.

Später bilden sich Verhaltensweisen, man weiß, wie der andere reagieren und wie man selber ihm erwidern wird; dazwischen liegen Perioden, jeweils immer kürzer werdend, in denen man versucht, versöhnlich zu wirken, auszugleichen, Gefühle von einst zu restaurieren; plötzlich dann, erschreckend, ein Ausbruch, mein Gott, klang das nicht schon wie Haß; und schließlich die obligate grundsätzliche Aussprache samt Analyse der Fehler, meiner, deiner, und dem festen Entschluß, auf Grund der gewonnenen Erkenntnisse ein Neubeginnen. Aber da hat sich wohl schon zuviel angehäuft; Veränderungen sind eingetreten im Wesen des Mannes und im eigenen, was gestern noch wegwischbar war, hat sich heute eingefressen in die Seele.

Unerquicklich das Ganze, weil so alltäglich, und wir möchten doch glauben, ein jeder von uns, daß wir nicht zu den Alltäglichen gehören. Und dann hatte es sie doch berührt, wo sie nicht mehr berührt werden wollte: der graue Saal, der schlecht gewischte Fußboden, die trüben Fenster, die Bänke und Tische mit den Spuren der Jahre, und die Richterin, eine gütige Person, mahnend im Falle Roth gegen Roth, können Sie nicht doch, Herr Doktor Roth, Frau Doktor, denken Sie an das Kind. Er tat einen halben Schritt auf sie zu, und einen Moment lang sah sie den Mann, dessen nackte Haut sie gespürt hatte unter ihren Fingerspitzen.

Christine stellte den Nähkorb zur Seite, Wölfchens Jeans noch einmal geheilt, echte Jeans, echt verblichen, sein kostbarstes Kleidungsstück, da hatte er feste Meinungen. Gerade weil sie an den Jungen gedacht hatte, der nicht unter den Spannungen zwischen ihr und Andreas leiden, nicht mit gespaltenen Gefühlen aufwachsen sollte, hatte sie abgelehnt: es ist wohlüberlegt, hatte sie der Richterin erklärt, mein Mann wird es bestätigen, wir haben es abgesprochen, wir gehen ohne Streit auseinander, es sind nützliche Jahre gewesen, aber jetzt wünschen wir die Trennung, einen sauberen Schnitt, mein Mann ist Chirurg, es ist sein Ausdruck, jetzt, nicht später, jetzt sind wir noch in den Jahren, in denen man wieder anfangen kann, mein Mann war sehr großzügig, er hat sich einverstanden erklärt, daß das Kind mir bleibt und damit die Wohnung, selbstverständlich kann er Wölfchen besuchen kommen.

Sie sind intelligente Menschen, hatte die Richterin gesagt, Sie müssen wissen, was Sie tun. Christine lauschte den Schritten im Vorraum. Sie legte die geflickten Jeans zusammen, das blaugestreifte Nickihemd. Andreas klopfte. »Komm rein.«

Er trat ins Zimmer. »Ich will dir nur das Geld geben, für den Jungen, für die Miete, für den ganzen anteiligen Kram«, und legte ein paar Scheine auf den Tisch.

»Tee?«

»Immer.«

Sie goß ein. Er zog einen Stuhl heran, setzte sich ihr gegenüber, blies auf seinen Tee, betrachtete sie. »Nein, es ist noch immer nichts. Im Krankenhaus sagen sie, vielleicht nächstes Jahr.«

»Hör zu, mein Lieber, manchmal habe ich das Gefühl, du bemühst dich gar nicht. Du fühlst dich ganz behaglich hier, und jede Veränderung ist dir zuwider, das war schon immer so.«

»Sobald es wärmer ist, ziehe ich wieder an den Paetz-See. Aber du wirst nicht von mir erwarten, daß ich zu dieser Jahreszeit in einer Datsche hause, die nicht zu heizen ist.«

»Und was ist mit den Versprechungen deiner Kaderabteilung?«

»Der Seitenflügel wird gebaut, irgendwann. Aber wie soll ich mich stark machen wegen einer Dienstwohnung, solange die Patienten auf dem Korridor liegen. Es ist bei uns nicht so wie bei dem vornehmen Herrn Gerlinger, der einen Patienten pro Zimmer hat oder höchstens zwei.«

Sie biß sich auf die Lippe. Andreas Roth als Fürsprecher der Elenden und Unterdrückten; er hatte eine herrliche Art, sie ins Unrecht zu setzen. »Und das Wohnungsamt? Ärzte werden bevorzugt versorgt, heißt es, Ärzte werden gebraucht, Ärzte dürfen nicht verärgert werden.«

»Hinter der Fluchtwelle steckt eine Organisation, das weißt du.«

»Organisation, gewiß; aber warum gehen die Ärzte?«

»Was fragst du mich?«

»Du bist in der Parteileitung, du hast doch die Antworten.«

Er lachte, beugte sich über sie. Sie entzog sich ihm. »Ich bin dir doch wahrhaftig keine Last«, sagte er. »Ich mache mein Zimmer sauber, ich wasche selber ab, wenn ich mir was koche, und ich kümmere mich um den Jungen.«

»Eben«, sagte sie und dachte an Wölfchens unsichere Freude beim Wiedereinzug des Vaters; gerade hatte sie ihm mit großer Mühe klargemacht, was das ist, Scheidung, und warum und wieso; man kann doch die Gedanken und Gefühle eines Kindes nicht immerzu umpolen. Oder die eigenen. Da war die Nacht gewesen, man saß zusammen und redete, harmlos genug, aber Andreas trank und später auch sie, und sie zog sich doch wieder für ihn aus; er tat außerordentlich erregt, wie in den besten Zeiten, nur fror sie auf einmal und lag praktisch fühllos, bis er von ihr abließ. »Eben«, wiederholte sie, »du schaffst nur Konflikte.«

Er zuckte die Achseln und blickte sich um, worüber ließ sich noch sprechen, und bemerkte das Buch auf dem Tisch und fragte: »Collin? Liest du ihn wieder?«

»Ich habe angefangen.«

»Sie haben diesen Collin zu sehr hochgejubelt. Wenn einer zur Pflichtlektüre ernannt wird in den Schulen und seine Bücher als Prämien verteilt werden zusammen mit Blümchen und Urkunden mit geprägtem Siegel, ich weiß nicht. Ich hab nichts gegen ihn. Im Gegenteil, mich hat er immer beeindruckt, diese Berliner Arbeiter, die er geschildert hat, wie sie sich herumschlugen mit der SA, und Spanien dann, die Menschen dort, Guadalajara, Madrid du Wunderbare, und später die Sache mit dem Chemiewerk, Ost West, wie anders die Leute sich entwickeln, die Problematik hat er schon erfaßt, aber vielleicht doch ein bißchen einseitig das Ganze, manchmal meine ich, es ist nicht mehr unsere Welt.«

»Und wieso nicht?«

»Seine Welt ist in Ordnung, sein Schema stimmt noch. An den Niederlagen sind immer die anderen schuld. Er stellt nichts in Frage.«

»Und was stellst du in Frage?«

»Da ich keine Bücher schreibe, kann ich mir sparen, das jeweils Gültige anzuzweifeln.«

Sie betrachtete ihn, das verflachte Gesicht, die Züge ohne Prägnanz; was war aus dem Mann geworden, der einst so große Erwartungen in ihr erzeugt hatte. »In deiner Welt geht es nicht einmal um irgendeine Ordnung oder Unordnung«, sagte sie. »In deiner Welt strebt man nur danach, glatt über die Runden zu kommen. Das war auch, glaube ich, mein eigentlicher Scheidungsgrund. Die Weibergeschichten wären zu ertragen gewesen.«

»Das hast du von deinem Pollock?«

»Er ist nicht mein Pollock. Und deine Person war kaum je Gesprächsthema zwischen ihm und mir.«

»Was streiten wir uns?« Eine Handbewegung. »Und noch dazu wegen Collin. Woher überhaupt dein plötzliches Interesse an dem Mann?«

»Wir haben ihn in unsrer Klinik.«

»Infarkt?«

»Wie kommst du auf Infarkt?«

»Die, bei denen die Welt in Ordnung ist, verdecken zumeist nur das eigene Chaos. Ich kenne die Menschen, ich schneide sie auf. Sie haben im Innern alle das gleiche Gekröse.«

»Es war aber kein Infarkt.«

»Dann kommt er eben noch.«

Sie ärgerte sich. »Immerhin hat der Mann einmal gekämpft. Wirklich gekämpft, so wie dein Vater damals. Darum interessiert er mich. Und vielleicht weiß er sogar –«

»Weiß er was?«

»Ein paar Antworten auf ein paar von den Fragen.«

»Wenn er sie weiß, wird er sie dir nicht sagen. Vielleicht sagt er sie nicht einmal sich selber.« Er erhob sich. »Tschüs, Engel. Grüß Wölfchen von mir.«

»Willst du ihm nicht selbst gute Nacht sagen?«

»Du wolltest doch, daß ich Distanz halte.«

Sie blickte ihm nach, er hatte die Zimmertür offengelassen: er zog sich den Mantel an und trat vor den Garderobenspiegel, um den Seidenschal korrekt zu knoten. »Du besuchst Helma?« fragte sie.

Er lächelte.

Der elegante Herr Dr. Roth; seit der Scheidung pflegte er sein Äußeres noch mehr. »Ich möchte es nur wissen für den Fall, daß sie von deinem Krankenhaus anrufen.«

»Ich habe dort hinterlassen, wo ich erreichbar bin, danke.«

Wölfchen, der wohl seines Vaters Stimme im Vorraum gehört hatte, kam aus seinem Zimmer gesprungen. »Du gehst fort, Papa?«

»Ja, mein Sohn, ich muß.«

»Tschüs, Papa!« Wölfchen machte eine Bewegung auf seinen Vater zu, doch der hatte sich bereits von ihm abgewendet.

Der Junge blieb zurück, den Kopf gesenkt. Christine sah, wie er schluckte; sie brachte ihm seine Jeans und sein Hemd; er nahm die Sachen wortlos entgegen und zog sich rasch wieder in sein Zimmer zurück.

Christine stand im Vorraum, unschlüssig. Der ganze Zustand war unmöglich. Sie würde sich selber um die Wohnungsangelegenheit kümmern müssen, aber da brauchte man Beziehungen: Gerlinger vielleicht? Theodor Pollock?

Sie hatte es sich doch leichter vorgestellt, vor der Scheidung; hatte sie nicht alles, was man zu einem ausgefüllten, glücklichen Leben brauchte: Kind, Arbeit, Bücher, Musik, Freunde? Aber eine geschiedene Ehe war eben eine nicht geglückte Ehe, also eine Niederlage, und merkwürdigerweise immer eine Niederlage der Frau. Die helfenden Männerhände streckten sich ihr entgegen; das fing an mit Gerlinger, der ihr gute Ratschläge gab und versicherte, sie könne sich jederzeit an ihn wenden, und ging bis zu dem pausbäckigen Wachtmeister Liebermann, dem Abschnittsbevollmächtigten der Polizei im Wohnblock, der ihr die Hilfe der Behörde anbot, eine Frau allein, man könne nie wissen. Die Männer gaben sich väterlich beziehungsweise brüderlich, wenn nüchtern, und zeigten sich geil, wenn angeheitert; dafür verhielten die Frauen sich um so kühler, scheelen Blicks untereinander tuschelnd bewachten sie ihre Kerle, am giftigsten benahm sich Elvira Kuschke, die allerdings mit Grund.

Christine ging zum Telephon und wählte; Pollock hatte Bescheid haben wollen über Collins Befinden und hatte gebeten, ihn doch anzurufen, sobald die Testresultate vorlagen; aber er meldete sich nicht. Pollock war der einzige, in dessen Gesellschaft sie sich in der Zeit nach der Scheidung frei und unbefangen fühlte; er schien anders zu sein als die anderen, vielleicht weil er nicht zu dem Kreis gehörte, in dem das Ehepaar Roth verkehrt hatte, nur zu Gerlinger bestand eine Verbindung. Ob er, über Gerlinger, von ihrer Affäre mit Leo Kuschke wußte, war ihr nicht klar; jedenfalls war er die ganze Zeit unverändert freundlich und ging geduldig auf ihre Stimmungen ein, selbst als die Krise kam und die Sache mit einem Beinahe-Skandal endete: Elvira war zu Gerlinger gelaufen und hatte mit allem möglichen gedroht, und Gerlinger, der seinen Oberarzt nur ungern verloren hätte, ließ sich Leo kommen und sagte, Herr Kuschke, ich bin gewiß ein liberal denkender Mensch, aber ich wünsche keine Unruhe an meiner Klinik, schaffen Sie saubere Verhältnisse, es steht Ihnen ja frei, für welche der beiden Damen Sie sich entscheiden wollen, ich muß wohl nicht erst mit Frau Roth sprechen.

Derart Erlebnisse, dachte Christine, schärfen den Blick; die Zweifel, auch an den eigenen Denkschemata und Verhaltensweisen, wachsen in dem Maße, in dem der Boden schrumpft, auf dem man sich sicher fühlt. Schon immer hatte sie allergisch auf Phrasen reagiert, nun entdeckte sie Plattheiten auch, wo sie sie früher übersehen hatte; sehr autoritätsgläubig war sie nie gewesen, nun bröckelten auch die noch anerkannten Autoritäten; die Anstöße, die Pollock, ob absichtlich oder nicht, ihr gab, beschleunigten den Prozeß. Ob das nicht auch eine innere Verarmung bedeute, hatte sie ihn kürzlich gefragt; darauf hatte er gemeint, vielleicht bedürfe es anderer Wertvorstellungen als der bisherigen.

Sie raffte sich auf und ging hinein zu Wölfchen. Der war dabei, eins seiner Bilder zu malen, lebhafte Farben, irgendein großes Tier, das sonderbar steifbeinig und perspektivlos einen grünen Gipfel erklomm; fledermausartige Fabelwesen mit menschenähnlichen Gesichtern umflogen den Berg. Das Bild beunruhigte sie und noch mehr die Art, wie der Junge malte; mit einer Verbissenheit, die ihm nicht gestattete, Notiz von ihr zu nehmen: als müsse er etwas ausdrücken, tatsächlich aus-drücken, aus sich herausdrücken. »Deine eigene Idee?« fragte sie, Anerkennung im Ton. »Oder hast du das irgendwo gesehen?«

Wölfchen malte weiter.

Sie ärgerte sich über ihre Frage. Gab es denn da im Kopf von Kindern einen Unterschied, Erschautes und Erdachtes waren miteinander verwoben.

»Gesehen?« sagte er plötzlich, ohne den Pinsel beiseite zu legen oder auch nur aufzublicken. »Vielleicht ja. Doch. Im Traum.«

Das Bild, Traum-Bild, welche Assoziationen erzeugte so etwas?

»Du hast dich gefürchtet? Vor was? Vor wem?«

Er zog die Stirn kraus. »In meinem Traum?«

Wölfchen sah, wenn er nachdachte wie jetzt, ihr ähnlicher als seinem Vater. Oft wünschte sie, der Junge wäre weniger sensibel, produzierte mehr Lärm, protestierte; er schluckte zuviel in sich hinein.

»Ich hab mich nicht gefürchtet.«

»Und wer sind die, die da um den Berg herumflattern?«

»Die sind von einem anderen Stern. Aber sie haben keine Landeerlaubnis.«

»Das hast du auch geträumt?«

Er antwortete nicht, fuhr fort zu malen. Er hatte schlanke, eigentlich unkindliche Hände, einen schön geformten Hinterkopf: Wolf Roth, dachte sie, das war aus ihrem Schoß gekommen, nun schon ein Mensch mit eigenen Unruhen und Träumen, und wie wenig davon konnte man steuern, man konnte nur, wenn man zu Hause war, den Prozeß zu beeinflussen suchen, durch den Denken und Phantasie sich formten. Liebte er sie? Wie oft war sie da, wenn er sie brauchte?

»Das Bild gefällt mir«, lobte sie. »Die Umrisse sind gut, und die Farben stimmen zueinander.«

»Ich träume auch von dir«, sagte er. »Du warst im Wasser, wie letztes Jahr im Sommer. Du hast mich gerufen: Komm, komm. Aber dann warst du nicht mehr da, nur die Welle, und ich dachte, ich muß ertrinken. Ich werde das später noch malen.«

Sie legte den Arm um ihn.

Das Telephon klingelte. Pollock, dachte sie, jetzt ruft er mich an. Aber es war nicht Pollock; es war auch nicht ihre Klinik oder Andreas' Krankenhaus, eine Notoperation, Komplikationen, Sie werden gebraucht, Herr Oberarzt; es war Havelka. Ob er störe, ob er sich lieber ein andermal melden solle. Nein, sagte sie, er störe nicht. Ja, er könne durchaus vorbeikommen, sie habe nichts weiter vor. Eine kurze Zeit nur? Wie Sie wollen, Herr Havelka.

Havelka war auch einer von denen, durch die Pollock sich in ihr Leben hineinschob, wie Collin, wie der junge Urack, der sie immer wieder besuchen kam mit seiner Gitarre und seinen verrückten Platten und vor ihr auf dem Boden hockte und auf merkwürdig leere Art vor sich hinlächelte. Eines Nachts hatte Havelka an der Wohnungstür gestanden, ein hagerer Mann mit eingefallenen Wangen, und sich als Redaktionskollege Pollocks vorgestellt. Von diesem habe er erfahren, daß Frau Dr. Roth ganz in seiner Nähe wohne, eigentlich nur um die Ecke, seit anderthalb Stunden schon warteten er und seine Frau auf den Rettungsarzt, er bitte ungern um Hilfe, sicher habe Frau Dr. Roth den ganzen Tag über gearbeitet, vielleicht könne sie aber dennoch mitkommen, seine Frau fühle sich sehr, sehr schlecht, bekomme kaum Luft, beängstigend. Seither kümmerte sie sich um Dorothea Havelka, hatte ihr das Bett in der Klinik verschafft, Gerlinger zeigte sich großzügig, wie heißt der Mann, Havelka? Georg Havelka? Reden Sie mit der Oberin, Christine, das nächste Bett, das in der Frauenabteilung frei wird.

Wölfchen kam. »Wann essen wir?«

»Jetzt«, sagte sie und beeilte sich, den Reisbrei schmackhaft zu machen und die Brote zu belegen, wie der Junge sie mochte, und ihm das Gebräu aus Möhren und Bananen, das vitaminreiche, in einem Weinglas vorzusetzen, dann stellte er sich vor, es wäre wirklich Wein. Sie sprach von den Schularbeiten, die er nicht recht ernst nahm, er hatte die Gabe, alles rasch aufzufassen, zu rasch; er ließ sich nur schwer disziplinieren, sagte die Klassenlehrerin, eben wegen der großen Begabung, er muß lernen, sich ins Kollektiv einzufügen, Frau Doktor Roth, ja, jetzt schon, man kann nicht früh genug damit beginnen.

Sie war nicht recht bei der Sache, und Wölfchen merkte es, er verstummte und stocherte in seinem Reisbrei. Sie erschrak: da hat man schon mal die Stunde, sich seinem Kinde zu widmen, und läßt sie zerrinnen. »Am nächsten dienstfreien Sonntag, den ich habe«, versprach sie, »gehen wir zusammen in den Tierpark.«

»Mit dem Herrn Pollock?«

Das war die erste Begegnung gewesen, vor dem Affenkäfig; Pollock war grüßend auf sie zugetreten, behauptete, sie auf Gerlingers Housewarming Party kennengelernt zu haben, obwohl sie sich dessen nicht entsinnen konnte, zuviel Scotch, zu viele Leute; dann hatte er, zu Wölfchens Entzücken, die großen Affen, die bis dahin einander still gelaust hatten, durch ein ganz eigenartiges Schnalzen veranlaßt, die aufregendsten Fratzen zu ziehen, Kobolz zu schießen und an einem Arm hängend gewaltig zu schaukeln.

»Möchtest du, daß er mitkommt?« fragte sie.

Wölfchen nickte und erklärte, unaufgefordert, warum er Herrn Pollock möge: weil der vernünftig mit einem rede und weil er auch hinhöre, wenn man ihm etwas sage, und weil er zaubern könne, sicher habe er eine besondere Kraft, das mit den Affen sei ein Beispiel gewesen, oder die Blumen, die unter der Tischdecke wuchsen, und auch sie wäre anders, wenn Herr Pollock dabei sei, er könne nicht sagen wie, ganz anders eben.

»Ab in die Wanne«, sagte sie, und ein wenig später, als er ins Wasser stieg: »Und merk dir, alles auf der Welt geht mit natürlichen Dingen zu, auch wenn wir nicht immer genau wissen, wie etwas zustande kommt.« Während sie zusah, wie er sich wusch, hatte sie wieder das Gefühl von etwas Wunderbarem, das da aus ihrem Schoß gekommen war, dieser perfekte kleine Körper von außerordentlicher Beweglichkeit und mit sehr eigenem Willen; glatte warme Haut, die sie nun abrieb und trocknete. Wölfchen lachte, streckte sich ihr entgegen. Auf einmal empfand sie Angst: woher die erschreckenden Gesichter, die er da gemalt hatte, was waren das wirklich für Wesen, die er sah, und warum umflatterten sie mit ihren scheußlichen Flügeln das sonderbar steifbeinige Tier, das dem steilen Gipfel zustrebte, welchen Berges, welchen Phantasiebilds, wir kennen unsre eignen Kinder nicht, Gesellschaftswissenschaft ja, das wird gepaukt, als könnten die großen Kräfte, die am Wirken sind, transparent gemacht werden, solange die Kräfte in uns selbst schattenhaft bleiben und solange die Dichter immer noch mehr wissen von inneren Vorgängen als die Ärzte.

Sie küßte ihn zur Nacht. Er seufzte befriedigt, wandte den Kopf auf dem Kissen zur Seite, diesen schön geformten, schmalen Kopf: die Frauen würden ihm nachlaufen später einmal. Er zog den Teddybär zu sich, der abgeschabt und unansehnlich in der Ecke des Bettes saß, Freund schon ihrer Kindheit, nun an ihr Kind vererbt. Wölfchen hatte ein gespaltenes Verhältnis zu dem Teddy: einerseits war er, Wolf Roth, ins Alter zusammenfügbarer Modellflugzeuge und ferngesteuerter Mondlandegeräte aufgerückt, andererseits bedeutete der Bär immer noch Wärme, Wohlbefinden, Geborgenheit, war Vater- und Muttertier. Der Bär war es wohl auch, der auf Wölfchens Bild gipfelwärts tapste, unangefochten von den Geschöpfen der Unruhe; nicht ohne Rührung erkannte sie die Symbolik.

Dann hörte sie Schritte vor der Wohnungstür und beeilte sich zu öffnen, noch bevor der Besucher läuten konnte. Havelka überreichte dunkelrote Nelken – zu einer Jahreszeit, wo jede Schnittblume eine Rarität war. Ihren Dank wehrte er ab: er schulde ihr mehr als Blumen, die ihm übrigens der Kollege Pollock besorgt habe aus einer seiner Quellen. Pollock lasse grüßen, er habe kurzfristig verreisen müssen, eine Premiere in der Provinz.

»Ach so«, sagte sie und lächelte flüchtig. Dann führte sie den Gast ins Zimmer und arrangierte die Blumen, rotgekräuseltes Spitzenwerk, keineswegs Illusion, sondern dreidimensional und greifbar. »Mein kleiner Sohn meint, Herr Pollock könne zaubern.«

»Der Kollege Pollock hat eine Tante im Westen«, sagte Havelka, und da er Christines amüsierten Blick bemerkte: »Eine wirkliche Tante, Tante Cäcilie.«

»Finden Sie nicht, daß das irgendwie nicht zu ihm paßt«, sagte sie, »Verwandtschaft, Familie…«

»Es heißt, er habe eine Tochter gehabt. Das Kind kam in Auschwitz um.«

Sie füllte Wermut in die Gläser, mechanisch, und suchte sich vorzustellen, ein kleines mageres Mädchen, verschreckt, verständnislos, auf dem Weg ins Gas. »Und wo war ER?«

»Nicht mehr im Lande.«

Nein, dachte sie, sie würde Pollock nicht fragen, sie würde warten, bis er selbst zu ihr von dem Kind sprach. Sie reichte Havelka das Glas; der akzeptierte, ein wenig feierlich, und hielt den Stiel zwischen den Fingern, breiten Fingern mit kurzgeschnittenen Nägeln. »Sehr zum Wohle«, sagte er dann und trank einen höflichen Schluck.

Sie betrachtete ihn, das weiße Hemd zum dunklen Anzug; er war seiner Frau wegen gekommen, das war klar. Aber er klammerte sich an das Thema Pollock. »Ihr kleiner Sohn hat in gewissem Sinne recht: Pollock hat einen unglaublichen Instinkt für Vorgänge und für Menschen; das erweckt den Eindruck, als folgten sie seiner Magie.«

»Also kein Zyniker?«

»Sagen wir, er weiß sich einzustellen.«

»Und Sie nicht?«

»Ich?« sagte er. »Ach Gott... Ich bin ein Arbeiterjunge aus dem Thüringischen und habe nur gelernt, geradeaus zu gehen, weshalb ich mir öfters den Kopf einrenne.«

Er war ein eher unscheinbarer Mensch; wer ihm auf der Straße begegnete, nahm ihn nur flüchtig wahr und vergaß ihn sofort; warum sollte sich ihm etwas in den Weg stellen, woran er sich den Kopf einrannte. Da waren allerdings die Augen, dachte sie, dunkle, wissende, ausdrucksvolle Augen, in denen aber auch eine Andeutung von Härte lag.

Jetzt sprach er von Vertrauen. Er vertraue ihr, und nicht etwa nur, weil sie es war, die Professor Gerlinger veranlaßt hatte, seine Frau in die Klinik aufzunehmen; sie möge nicht abwinken, so selbstverständlich sei das nicht gewesen, die Klinik sei eben doch ein Reservat für Privilegierte.

Und da er ihr vertraue, bitte er um die Wahrheit, die Wahrheit helfe ihm mehr als irgendwelche Ausflüchte, selbst die bestgemeinten.

Vertrauen, dachte sie; aber was wußte man im Grunde, man tastete sich heran an die Krankheit, es gab Erfahrungswerte, es gab Chemie und das Messer des Chirurgen, der Rest lag beim Patienten und dessen Verhältnis zum Arzt und, falls es ihn gab, beim lieben Gott. Sie verwarf den naheliegenden Gedanken, ihren Besucher an Gerlinger zu verweisen. Aber was ihm sagen, und wie es sagen; er war kein Kind, das man schonen mußte, und erschien dennoch verwundbar.

»Ich war sehr erschrocken, als ich Dorothea heute sah«, sagte er.

»Ihre Frau hat eine schwere Angina pectoris, das wissen Sie.«

»Also besteht wohl keine Hoffnung.«

Sie widersprach sofort. Hoffnung bestand immer. Da waren die

Tests, die keine erkennbare Verschlechterung zeigten seit dem Tag der Aufnahme in die Klinik; gerade heute habe sie mit Oberarzt Kuschke gesprochen deswegen, der Oberarzt beurteile den Zustand der Patientin genauso wie sie; Frau Dorothea sei lebhaft und interessiert an allem, die Schmerzen, wenn sie aufträten, hielten sich in erträglichen Grenzen; man habe beschlossen, die Patientin gelegentlich aufstehen zu lassen, auch an die frische Luft dürfe sie, das lange Liegen mache nur debil.

Sie hielt inne. Hatte sie nicht zu hastig gesprochen, zu forsch, zu aufmunternd?

»Fast ein Menschenleben miteinander«, sagte er, »das bindet. Damals, als ich im Lager Le Vernet festsaß, hat sie den mexikanischen Konsul in Marseille bestochen und mir das rettende Visum verschafft. So haben wir uns kennengelernt.«

Christine horchte auf. »Le Vernet?«

»Le Vernet«, wiederholte er achtlos. »Dann kam die Emigrationszeit. Und danach wieder hier, in Deutschland, der Faschismus geschlagen, man glaubte, alles wird anders werden, Erschaffung einer neuen Welt« – er schwieg einen Moment – »und dann die schweren Jahre, in denen sie allein bleiben mußte...«

»Wieso?«

»Hat Ihnen Pollock das nicht erzählt?«

»Nein.«

»Es gehört auch nicht hierher«, sagte er abwehrend.

Sie drang nicht in ihn. Sie konnte ja, sollte der Punkt wichtig werden, sich bei Pollock erkundigen; Pollock hatte sie erst neulich wieder erinnert, in einem Nebensatz, daß in diesem Lande kaum einer von seiner Generation ohne dunkle Erlebnisse war, über die man sich ausschwieg; und schließlich war nicht Havelka der Patient, sondern seine Frau.

So kam sie, da Havelka immer noch auf ein entscheidendes Wort von ihr wartete, auf die Angina pectoris zurück, deutete an, wieviel beim Verlauf der Krankheit abhänge vom Psychischen, von der Atmosphäre, in der einer lebe, von der Perspektive, die einer sehe. Unter Umständen könne er seiner Frau da mehr helfen als sämtliche Ärzte mit ihren Tabletten und Spritzen...

»In dieser Zeit?« fragte er.

In der Welt, in der wir leben? – so hatte Gerlinger es formuliert. Aber der Mann, der hier vor ihr saß, benahm sich nicht wie einer, der den Konsequenzen der eigenen Gedanken aus dem Weg zu gehen suchte.

»Ja, auch in dieser Zeit«, betonte sie. »War die Lage denn hoffnungsvoller in Le Vernet?«

»Aber wir waren naiver damals. Die Naivität ist eine große Kraft. Und der Glaube. Im übrigen glaubten wir damals nicht zu glauben. Wir glaubten zu wissen.«

Sie füllte sein Glas. »Und heute wissen wir so viel, daß wir nicht mehr glauben können. Das meinen Sie doch, oder?«

»Salud!« Er trank. »Aber komischerweise glaube ich immer noch, wenn auch differenzierter. Die Tatsache, daß die Revolution immer in den schwierigsten Ländern und zur schwierigsten Zeit kommt, besagt doch nichts gegen die Mehrheitstheorie.«

Er war klug, und offenbar wußte er vieles; es lohnte sich, mit ihm zu reden, seine Ansichten zu hören. Wenn nur nicht die Prognose wäre, die er von ihr verlangte und auf die er immer noch wartete...

»Was wissen Sie übrigens von Le Vernet, Frau Doktor?« fragte er.

»Ich lese gerade darüber.« Sie griff nach Collins Buch, das sie aufs Regal gelegt hatte, und schob es ihm hin. »Sie kennen den Autor?«

Er nickte.

»Persönlich?«

»O ja.« Der Ton deutete an: eine nicht unproblematische Beziehung. »Ich war sein Kommandeur in Spanien.«

Sie dachte nach: das Buch als Indikation, ein Mensch ist des anderen Krankheit.

Und dann fragte sie: »Unter welchem Namen erscheinen Sie da?«

»In Collins Buch?« Er lachte. »Unter gar keinem.«

»Aber wie kann er Sie zu erwähnen versäumen? Seinen Kommandeur? In einem Buch, das lange Passagen hindurch mehr Chronik ist als Roman?«

Havelka hob die Hände.

»Er mochte Sie nicht?«

»Wir waren beide sehr jung damals«, sagte er ausweichend. »Sein erstes Buch war herausgekommen, in Moskau gar, eine lange Novelle: Hans Collin, DAS FLUGBLATT. Als Arbeiter hatte ich große Ehrfurcht vor dem Wort, ich habe sie heute noch, ich dachte also, der da muß weg von der Front, der muß erhalten bleiben für die Menschheit, ganz gleich, wie dieser Krieg ausgeht, und sagte ihm: Genosse Collin, du gehst zurück nach Albacete, Sonderauftrag.«

»Und er ging?«

»Nun, es war ein Befehl. Genosse Havelka, sagte er mir beim Abschied, wenn du mich je brauchen solltest, auf mich kannst du zählen.«

»Aber das war doch eine durchaus ehrenwerte Regung.«

Er nickte. »Ich bin überzeugt, daß Hans Collin viele ehrenwerte Regungen hat, und daß es ihm gar nicht leicht fällt, sie zu unterdrücken.«

»Mir erscheint er eigentlich wie ein Mensch, der gern gütig sein möchte, der aber nie sicher ist, wie ihm seine Güte bekommen könnte.«

»Das ist doch kein Widerspruch zu dem, was ich sagte.«

»Außerdem bedrückt ihn sicher manches; das spürt man.«

»Woher kennen Sie ihn denn so gut, Frau Doktor?«

»Er liegt bei mir auf Station.«

Der Ausdruck in den Augen, die Stimme plötzlich heiser: »Ja, so.« Und dann: »Ist es schlimm?«

»Er wird leben.«

Havelka stand auf, trat ans Fenster, blickte hinaus auf die Straße, fünfstöckige Reihenhäuser, die Fenster gelbliche Vierecke oder bläulich erhellt durch das flimmernde Licht der Fernsehgeräte. »ER JA...«

»Aber Herr Havelka, so dürfen Sie das nicht verstehen!« Sie war mit drei Schritten bei ihm. »Das läßt sich gar nicht vergleichen, die Fälle liegen völlig anders...«

Er nahm ihre Hand und sprach beruhigende Worte. Es sei unfair gewesen von ihm, sie zu überfallen und zu bedrängen. Und sie habe ihm ja auch sehr geholfen, denn nun werde er sich auf das Schlimmste einstellen können, ohne deshalb die Hoffnung zu verlieren. Und ihr Gespräch habe ihn, wenn er dessen nicht schon sicher gewesen wäre, noch einmal davon überzeugt, daß alles Menschenmögliche getan werde für seine Frau. Und wenn sie gestatte, käme er in der Klinik bei ihr vorbei, wenn er seine Frau nächstes Mal besuche.

Dann verabschiedete er sich rasch, er habe noch zu arbeiten. Sie war dankbar, daß er ging.

4

Daß er gehaßt wurde, nahm er in Kauf. Daß man ihn fürchtete, bereitete ihm, wenn nicht Genugtuung, so doch zumindest kein Unbehagen. Urack war der Überzeugung: das gehört zum Beruf, ich bin Revolutionär, die Welt umstülpen kann man nur mit Gewalt. Gewalt aber, das hatte er sehr bald gelernt, war nicht der einzelne Schuß, die einzelne Bombe. Einstmals vielleicht war es das noch gewesen, in Spanien, hinter den Franco-Linien, als der verrückte Amerikaner zu ihm stieß, der Journalist, der das mal kennenlernen wollte und der dann wohl auch ein Buch darüber schrieb, das war wenigstens einer, der trinken konnte; sie hatten die halbe Nacht zusammengehockt und geredet, gegen Morgen dann jagten sie die Brücke in die Luft. Gewalt, moderne Gewalt, war ein kunstvoll zusammengefügter Apparat, Informationen, Auswertung, Anordnung, Durchführung, und der diese Gewalt dann zu spüren kriegte, wußte oft nicht einmal, aus welcher Ecke sie kam. Gewalt war ein Wort, in ein Telephon gesprochen, worauf irgendwo die Erde sich auftat und der, der auf dem Fleck gestanden hatte, verschwand: Klappe zu, Affe tot.

Er, Wilhelm Urack, beherrschte diesen Apparat. Das tat er mit leiser Hand, nicht viele kannten seinen Namen und ganz wenige ihn selbst; er besaß keine tönenden Titel und kein prunkvolles Büro und hatte nur ein einziges Vorzimmer, in diesem allerdings einen Mann mit der notwendigen Schulterbreite; aber wer von seiner Tätigkeit wußte, horchte auf, wenn sein Name fiel, und keiner spöttelte über ihn, wie sie über so manchen spöttelten, der sich groß und mächtig vorkam.

Und jetzt lag er hier.

Krankheit war ihm stets etwas Fremdes gewesen. Wer keine Zeit hat zum Krankwerden, hatte er immer gesagt, der wird auch nicht krank, und gesundheitlich schlecht war es ihm eigentlich nur einmal im Leben gegangen, in jungen Jahren, als ihn nämlich die Partei im Arbeiter-Abstinenzler-Verein einsetzte und die andern Abstinenzler aufpaßten, daß er sich auch abstinent verhielt; da war er vom Fleisch gefallen, bis die Partei ihn ablöste und ihn nach Berlin schickte, um mit den Genossen aus den Balkanländern zu arbeiten; die aber soffen Gott sei Dank alle, und er kam wieder zu Kräften. Selbst in den letzten Monaten noch, wenn ihm ein Bekannter begegnete, sagte der: du siehst blendend aus, Genosse Urack, so richtig gesund und rosig, wie machst du das bei deiner Arbeit. Auf einmal war ihm schwindlig geworden und schwarz vor Augen, und Gerlinger, der eiligst herbeizitiert wurde, behorchte ihn und schüttelte den Kopf: du hättest vor Jahren schon zu mir kommen sollen, Genosse Urack, du mußt doch was gespürt haben.

Herz, Arterien, Leber, Niere, Pankreas – hübsches Wort das, Pankreas –, alles war mehr oder weniger im Eimer. Er hatte Gerlinger, der ihm das Urteil mitteilte, ruhig angehört und ihm mit ebensolcher Ruhe erklärt: Genosse Gerlinger, davon erfährt mir keiner, ja? Und hatte ihm weiter gesagt: ich gebe dir vier Wochen, Genosse Gerlinger, dann muß ich voll wieder dasein, mehr Zeit kann ich mir nicht leisten, ich kenne welche, die jetzt schon fragen, was ist los mit dem Urack, hat es ihn endlich erwischt.

Er hatte, wenn er zurückdachte, nie Angst verspürt, auch nicht, als die Nazis ihn jagten und er in dem engen, dreckigen Verschlag beim Genossen Swiedrkowski untergekrochen war. Swiedrkowski war Portier, und in dem Haus, wo der Portier war, gab es hinten und vorn und auch nach den Seiten hin überall Ein- und Ausgänge; leider nur hausten in dem Verschlag auch die Tauben, die der Genosse Swiedrkowski züchtete, und des Nachts saß das Viehzeug auf dem Gestänge oben und schiß auf einen herab, so daß man sich morgens, bevor man die Nase aus der Tür steckte, den erkalteten Taubenmist erst vom Mantel kratzen mußte. Keine Angst auch später in Schanghai, wo die Polizeidienste von einem halben Dutzend verschiedener Regierungen hinter ihm her waren und er die Treffs mit den chinesischen Genossen einhalten mußte, um ihnen Ratschläge zu geben und Anweisungen zu überbringen, von denen er wußte, daß sie politisch falsch waren. In Schanghai war Olga seine Anlaufstelle gewesen; so ein Weib hatte er nie wieder gehabt; peinlich war es nur dann in Moskau, als er, im gemeinsamen ehelichen Schlafzimmer, zusammen mit dem Taschentuch auch Olgas Strumpfband aus der Tasche seines Schlafrocks zog und Röschen es aufhob, Röschen mit ihrer Schandschnauze, damals war sie Sekretärin bei der Komintern.

Und nun, mit dem kaputten Herzen, die elende Angst, die ihm die Kehle abschnürte und den Magen verkrampfte, wo in seinem Leib saß die Angst nicht. Darüber konnte er mit keinem reden, mit Gerlinger nicht und erst recht nicht mit Röschen, Röschen haßte ihn, auch wenn sie es sich nicht eingestand, eine Art Haßliebe, denn geliebt hatte sie ihn weiß Gott. Und sie kam immer noch nicht los von ihm, aber das mochte auch andere, handfestere Gründe haben, ihre Blindheit vor allem, sie war zu drei Viertel blind auf dem linken Auge und total erblindet auf dem rechten. Angst wovor? Die Toten waren tot, und es gab keine Gespenster, und was ihm nachts die Brust abdrückte, daß er laut aufstöhnte und keuchend nach Luft schnappte, das war kein Alp, das waren die eigenen Herzkranzgefäße.

Collin war auch Vergangenheit, doch da lagen die Beziehungen anders. Collin bot sich direkt an als Gesprächspartner; nicht daß er besonderes Verständnis besäße für das, was in einem vorging, Collin sah immer nur sich selber; aber er reagierte so prächtig. Es gab da einen Aberglauben, die Chinesen kannten ihn, die Indios in Mittelamerika, die Spanier: daß man eine Krankheit loswurde, wenn man einen fand, an den man sie weitergab. Die Götter verlangten ein Opfer, gleichgültig wen, die Götter waren nicht wählerisch. Also sprach er mit Collin, natürlich nicht offen, Andeutungen genügten; er hatte da Erfahrung, er beherrschte die Klaviatur, mit deren Hilfe man auf den Nervensträngen der Menschen spielte, und die eigne, geheimgehaltene Angst lieferte Text und Musik.

Urack lag in seinem frisch bezogenen Bett, streckte die Beine, faltete die Hände überm Bauch und rekonstruierte, sein Gedächtnis ließ ihn da kaum je im Stich, das Gespräch. Die Begegnung, das war deutlich erkennbar, hatte Collin erschreckt; diese Schriftsteller haben permanent ein schlechtes Gewissen: selbst wenn sie nichts Anstößiges geschrieben haben, was haben sie gedacht?

»Was machst du denn hier, Genosse Urack?« Collins Stimme hatte sofort unsicher geklungen. »Ihr habt doch euer eignes Krankenhaus?«

»Den Laden?« Er hatte gelacht. »Glaubst du, ich hab Lust, vor meiner Zeit zu krepieren, Genosse Collin? Außerdem kann ich mir den Luxus leisten, bei Gerlinger zu liegen; Gerlinger ist mir verpflichtet.«

Darauf hatte Collin seinerseits gelacht, ein wenig gezwungen. Die Situation war ja auch lachhaft: ausgerechnet in der miefigen Kammer mit den Glaspötten auf den Regalen, jeder Pott säuberlich etikettiert mit dem Namen des Patienten, hatten sie einander getroffen und standen nun da, die Bademäntel geöffnet, die Beine gespreizt, und pinkelten einträchtig ein jeder in seinen Pott. Collins Hand hatte gezittert, als er seinen Pott zurückstellte aufs Regal; offensichtlich wußte er nicht, ob er sich zurückziehen sollte; mit dem alten Genossen gemeinsam pinkeln hatte etwas freundschaftlich Verbindendes, mit der Staatsmacht dagegen grenzte es an falsche Vertraulichkeit, und irgendwo nahebei geisterte hörbar auch Wiederöcker und ließ erkennen, daß jemand ein wachsam-schützendes Auge hatte auf den Genossen Urack. So hatte er Collin denn beim Ellbogen genommen und ihn in den Aufenthaltsraum für Männer gezogen, in dem sich niemand sonst befand. Wiederöcker, der weißbekittelt in der Tür auftauchte, verschwand auf einen Wink hin; ein zweiter Wink, und Collin ließ sich in einen der schwarzen muschelförmigen Sessel sinken, Gerlingers Geschmack, Gerlinger liebte das moderne Zeug.

»Bei dir auch das Herz, Genosse Urack?«

Die Frage, teilnahmsvoll, war offensichtlich bestimmt gewesen, gut Wetter zu erzeugen. »Nein, allgemeine Durchsicht, Genosse Collin. Ich lasse das regelmäßig machen.«

Collin hatte wissend gelächelt. »Der Gerlinger wird schon was finden.«

»Hat er bei dir schon?«

»Sie fangen ja gerade erst an mit ihren Untersuchungen, Blut aus dem Ohr, Blut aus der Vene, Elektro-dies, Elektro-das. Aber bei mir sind es die Nerven, das weiß ich, Genosse Urack.«

Urack, im Bett, schloß die Augen. Collins Gesicht, ein wenig zu schlaff, um noch markant zu sein, ließ sich lesen wie ein Buch. Er fütterte Collin mit Symptomen, vorsichtig dosiert zunächst, dann die komplette Packung, da kannte er sich aus, das hatte er alles am eignen Leib verspürt. Collin hatte versucht, sich zu wehren: nein, nein, nein, nichts davon bei ihm, kein Herzflattern, kein Schmerz in der Brust, keine Atemnot, nur mit der Konzentration hapere es, die Gedanken zerflatterten ihm, und er ermüde zu leicht, was könne es Schrecklicheres geben für einen Schriftsteller.

»Und der Kollaps auf dem Empfang? Du hast dich hinsetzen müssen. Du warst kalkweiß im Gesicht. Du brauchst nicht zu staunen, ich weiß mehr, als du denkst. Mensch, Collin, nach dem, was du durchgemacht hast im Leben, und empfindsam, wie du bist, eine Künstlernatur, du hast ein Recht auf eine ordentliche Krankheit. Nicht, daß ich dir eine an den Hals wünsche, da sei Gott vor, Genossen wie du sind uns teuer. Ich, ich bin ersetzbar, ich bin nur ein Funktionär, sollte ich morgen abbleiben, kommt eben ein anderer. Aber ein großer Schriftsteller wie du?« Und dann, mit Verständnis und Sympathie: »Das dumpfe Gefühl im Kopf, als ob dir das Gehirn anschwillt, und dazu pumpt die Halsschlagader, daß du's im Innenohr hörst, das kennst du doch?«

Collin hatte sich gewunden. »Jeder Mensch hat mal Kopfschmerzen.«

»Selbstverständlich. Es ist auch nicht eines allein, Genosse Collin, es ist das Gesamtbild. Und dazu die Nerven, davon hast du ja selber gesprochen. Aber lassen wir das: Gespräche von Kranken über Krankheit, was hilft das. Du behauptest, du kannst dich nicht konzentrieren. Was meinst du, wie oft ich das schon gehört habe, unter anderen Umständen natürlich. Das heißt nur, der Betreffende will nicht ran an die Sache. Woran arbeitest du?«

Urack, in seinem Bett, nickte zufrieden. Lange Praxis bewirkte, daß man die genau richtigen Töne traf, abwechselnd freundschaftlich und aggressiv, ein Wechselbad. Dennoch hatte Collin gezögert.

»Ich habe es immer sehr bedauert, Genosse Collin, daß wir einander so selten sehen. Das ist nicht genug: auf einem gelegentlichen Empfang, auf einer Party, oder auch bei einem Prozeß...« Bei einem

Prozeß, der Stich traf, Collin hatte deutlich nach Luft geschnappt.
»Wie viele sind denn noch da von der alten Garde, man müßte mehr
Kontakt halten, aber du sitzt in deinem schönen Haus, und ich, das
weißt du ja. Immerhin, wenn du fertig bist mit deiner Arbeit, fährst
du irgendwohin und siehst Menschen, oder du hast Besuch, deine
hübsche Frau bringt alle möglichen interessanten Leute ins Haus,
du bildest dich. Ich dagegen – du kannst dir gar nicht vorstellen, was
für ein Opfer das ist. Du kennst mich, ich bin ein geselliger Mensch,
ich möchte auch mal abends auf ein Bier in die Eckkneipe, aber darf
ich? Und immer ist man von den gleichen Typen umgeben, Genosse
Urack dies, Genosse Urack das, du weißt im vorhinein, wie sie reden und was sie dir sagen werden. Glaub mir, Genosse Collin, hier
bei Gerlinger, das ist wie eine Erholung für mich. Also, woran arbeitest du?«
    »Memoiren.«
    Urack, im Bett, hob den Kopf. Memoiren. Die Pillen, die er neh-
men sollte, standen noch auf dem Nachttisch in einem Schälchen,
rote Pillen, grüne, weiße. Er schluckte sie alle auf einmal, verzog das
Gesicht, trank Wasser nach. Wenn alle, die vorgaben, Memoiren zu
schreiben, es auch wirklich täten – aber nein, die Menschen scheuten
zurück vor den Fakten, besonders denen des eignen Lebens, sie sta-
ken allesamt in der historischen Jauche, und außerdem ängstigten sie
sich um ihr bißchen Rente, ihr bißchen öffentliche Anerkennung.
    »Memoiren, ausgezeichnet. Ich habe dein Schaffen verfolgt, Ge-
nosse Collin, und habe mit Sorge vermerkt, daß so lange schon
nichts Neues von dir gekommen ist. Du bist der Mann für Memoiren, bei deinem Gedächtnis für Einzelheiten, das man sogar in deinen Romanen spürt. Ich hoffe nur, du wirst niemanden schonen,
auch mich nicht.«
    Es war ganz spaßig zu sehen gewesen. Collin wandte den Kopf
hin und her wie ein Pavianmännchen, das Gefahr wittert. »Aber«,
sagte er mit belegter Stimme, »es gibt doch Grenzen.«
    »Für dich? Du kannst dir's doch leisten! Wie ich dich beneide,
Genosse Collin, daß du nun alles schreiben kannst. Was meinst du,
wie oft es mich juckt, auszupacken. Aber ich könnte dir helfen. Du
wirst Material brauchen, und mir stehen die Quellen offen, und was

ich in meinem Kopf habe, aufgespeichert, ist auch nicht ganz ohne Wert, wenn du bedenkst, wie oft sich unsere Wege gekreuzt haben, von den Tagen in Spanien bis zu dem bereits erwähnten Prozeß...«

»Aber das druckt doch hier keiner!«

Urack, in seinem Bette liegend, nickte zufrieden. Was da in Collins Schädel vorging, ließ sich erraten. Woher, so mußte Collin sich gefragt haben, das plötzliche Interesse des Genossen Urack an meiner Person, warum will Urack durchaus, daß einer schreibt, wie alles war. Und hatte tatsächlich dann auch gefragt: »Du meinst, Genosse Urack, damit die Menschen einst wissen, wie es gewesen ist und warum aus uns wurde, was wir heute sind?«

»Könnte schon sein. Aber du schreibst es ja doch nicht, Genosse Collin.«

»Wieso nicht?«

»Weil du Schiß hast!«

Urack, im Bett, stützte sich auf seine Ellbogen und richtete sich auf. Weil du Schiß hast, hatte er Collin gesagt, betont deutlich. Und hatte hinzugefügt, dabei wisse er, Collin, doch sehr gut, daß er von Glück sagen könne, wenn er die Sache überhaupt hinbrächte in der Zeit, die ihm der Gerlinger vielleicht noch verschaffte, und außerdem – »einem Toten können sie sowieso nichts mehr anhaben, Genosse Collin!«

Collin war zusammengezuckt, als hätte ihn etwas gestochen.

»Schmerzen, alter Junge?«

»Ist schon vorbei.«

»Soll ich nicht lieber den Arzt rufen?«

Collin hatte geschluckt. »Ich habe dir doch gesagt, es sind die Nerven.«

»Soll ich dich stützen? Soll ich dich auf dein Zimmer bringen?«

»Danke, es geht schon.«

Und war langsam, tastenden Schritts, fortgegangen. Dann war Wiederöcker gekommen, lautlos, und hatte sich erkundigt, ob alles in Ordnung wäre. Es war alles in Ordnung gewesen, in bester Ordnung. Er selber hatte noch eine Weile in seiner schwarzen Muschel gesessen und in den Zeitungen von gestern geblättert. Er las sonst kaum Zeitungen; im Amt bekam er den täglichen Dienst, da stand in sorgfältigen Auszügen: Weltpolitik, Wirtschaft, Parteifragen, man war bestens orientiert. Sonderbar, wie so eine Zeitung die Welt darstellte: Hofberichte wie bei Großherzogs selig; die eifrigen Arbeiter, die immer neue Verpflichtungen eingingen; Einverständnis und freudiger Beifall allerseits, man mochte meinen, er und sein Amt wären längst überflüssig; und warum lächelten die Genossen so stereotyp auf den Bildern, er ließ sich nie photographieren. Memoiren. Wie wenig Collin auch wußte, er wußte zuviel.

»Herr Urack?«

Die Stimme aus der Wand. Er schaltete die Sprechanlage ein. »Ja, was ist denn?«

»Der Herr Professor, zur Visite.«

»Danke, ich erwarte ihn.«

Keine Überraschungen. Man schonte die Nerven hier, anders als in den Institutionen, die ihm unterstanden. Er lächelte: andere Zwecke, andere Sitten.

Das Lächeln lag noch auf seinem Gesicht, als Gerlinger eintrat. Gerlinger freute sich: »Guter Stimmung, seh ich, Genosse Urack.«

»Warum auch nicht?«

»Ja, warum auch nicht. Abschalten, Ruhe, regelmäßiger Schlaf, das alles hilft.«

Urack fand, daß Gerlinger müde aussah: das war auch einer, der sich insgeheim abstrampelte. »Sag mal, Genosse Gerlinger«, fragte er, »daß man eine Krankheit loswerden kann, indem man sie weitergibt, ist das möglich?«

»Wie die Sünden, die man einem Sündenbock aufhalst?« Gerlinger bedeutete seinem Patienten, den Oberkörper freizumachen. »Gewisse Krankheiten vielleicht, ja. Aber woher den geeigneten Bock nehmen?«

Urack richtete sich ächzend auf. »Den Collin hast du auch in der Mache?«

»Collin liegt im Haus.« Gerlinger war hellhörig geworden. »Kreislaufgeschichten, Nerven, das Übliche. Wieso fragst du?«

»Schreibt seine Memoiren.« Urack streifte die Pyjamajacke ab. »Wußtest du nicht, was?«

»Er hat mir nichts davon erzählt. Memoiren. Das könnte doch ganz interessant werden.«

»Wenn ich welche schriebe, Genosse Gerlinger, ja. Was weiß einer wie Collin denn von den Gründen, von den Zusammenhängen, und wer wann mit wem was getan hat.«

»Tief atmen, bitte. Und jetzt mit offenem Mund. Jetzt bitte nicht mehr atmen. Danke.«

»Wie klingt das Herz, Genosse Gerlinger?«

Gerlinger fühlte den Bauch ab. »Schmerzt das?«

»Etwas.«

»Vielleicht solltest du.«

»Sollte ich was?«

»Deine Memoiren schreiben, Genosse Urack.«

»Ich werde mich hüten.«

»Das wäre doch ein Stück Parteigeschichte.«

Urack lachte. »Eben.«

»Ja, so...«, sagte Gerlinger gedehnt und half Urack wieder in seine Pyjamajacke.

»Aber auch der Collin wird's nicht schaffen.« Urack sank zurück in die Kissen. »Eigentlich schade. Denn es wäre doch Zeit, daß mal einer kommt und würdigt, was wir getan haben, alles, auch das, worum die Welt soviel Geschrei macht. Wir sind im Recht, historisch. Wir handeln für die Klasse, selbst wenn sie uns nicht immer versteht. Das Schlimmste ist der Zweifel. Wer zweifelt, versagt. Wer zweifelt, schließt sich selber aus.«

»Ihr habt euch gestritten, du und Collin?«

»Gestritten?... Es war ein freudiges Wiedersehen. Ich habe sogar offeriert, ihm zu helfen bei seinen Memoiren.« Urack dachte einen Moment nach. »Gestritten!... Damals, als du zu mir kamst um Unterstützung, Genosse Gerlinger, weil du deine eigne Klinik haben wolltest, da hast du mir erzählt, daß du den Zusammenhängen auf der Spur bist zwischen dem, was in den Köpfen vorgeht, und dem, was sich dann im Körper entwickelt. Und ich habe dich unterstützt, nicht nur, weil ich ein Freund der Forschung bin, sondern weil meine Erfahrung mir sagt, daß du wahrscheinlich recht hast. Ich habe Menschen physisch verfallen sehen in ganz kurzer Zeit, ohne daß einer sie überhaupt angerührt hätte – nur durch ein bißchen Druck auf die Seele, verstehst du?«

Gerlinger spielte mit seinem Stethoskop. Sein Gesicht lag im Schatten.

»Ich höre, Collin hat einen Infarkt gehabt?« sagte Urack.

»Es war kein Infarkt«, sagte Gerlinger. »Alle Tests sprechen dagegen.«

Urack zupfte an seiner Bettdecke. »Da ist er, scheint's, noch mal davongekommen.« Und nach einer Pause, »Das freut mich aber sehr. Genosse Gerlinger?«

»Ja?«

»Setz dich. Nein, hierhin.«

Gerlinger nahm auf dem Bettrand Platz.

»Das Manuskript«, sagte Urack. »Die Memoiren, an denen er arbeitet. Das Manuskript wird er wohl bei sich haben.«

»Es nimmt doch keiner Manuskripte mit ins Krankenhaus!« Gerlingers Einwand war um eine Schattierung zu rasch gekommen. »Hier wird geruht, nicht gearbeitet.«

»Ich habe einen gekannt, der schleppte einen ganzen Koffer voll Manuskripte mit ins Lager.« Urack klopfte Gerlinger leicht, fast zärtlich, aufs Knie. »So etwas muß sich doch feststellen lassen!«

5

(Aus den Notizen des Kritikers Theodor Pollock)

...hat sich die Reise wenig gelohnt. Das Rezept, nach dem derlei Theater gemacht wird, ist bekannt. Man kannibalisiere Kafka und Brecht, streue Agitprop auf das Gemisch und lasse die Schauspieler, während immer noch auf Godot gewartet wird, dem wehrlosen Publikum Losungen und Lösungen direkt im Parkett servieren. Und mit welchen Ansprüchen diese Leute auftreten! Sie sind die künstlerische Opposition und wären, wenn sie könnten, wie sie wollten – ihr müßt nur genau hinhören, da war doch ein fast doppeldeutiger Satz! –, auch die politische. Da lob ich mir die Zeiten, wo die Zensur dafür sorgte, daß die Talentlosigkeit sich an die etablierten Formen hielt.

So kam ich denn zurück und fand Havelka voller Anerkennung für Christine; einfühlsam, klug, Frau mit Herz, das waren so einige Worte. Von dem Ergehen der eigenen Frau sprach er recht allgemein, woraus ich schloß, daß er nichts Gutes zu berichten hatte – aber Collin, habe er erfahren, Collin läge in der Klinik, doch wahrscheinlich wisse ich das längst.

Ich wisse.

Seine Miene verdüsterte sich, ich las Mißtrauen in seinem Blick.

Natürlich sei mir bekannt, beeilte ich mich ihm zu versichern, daß alte Bindungen bestünden zwischen ihm und Collin, aus spanischer Zeit wie aus späteren Jahren, nur sei mir nicht der Gedanke gekommen, Collins Erkrankung und Aufenthalt in der Gerlingerschen Klinik könnten für ihn so wichtig sein; sonst hätte ich's ihm lange schon gesagt.

So wichtig sei der Mann ihm nun auch wieder nicht, erwiderte er; nur hätte er gerne vermieden, ihm während eines Besuchs bei Dorothea in der Klinik unverhofft in die Arme zu laufen.

Ah, der Prozeß, sagte ich; und ich verstünde seine Antipathien gegenüber den Freunden und Genossen, die damals im Publikum saßen, um sich anhand seines Beispiels von einer gütigen Regierung über die Folgen aufsässigen Denkens belehren zu lassen; aber auch ich hätte seinerzeit die Einladung dazu erhalten und mich dem peinlichen Zwang nur durch Beibringung eines Krankheitsattests entziehen können, unterschrieben übrigens von einem kleinen Internisten an einem städtischen Krankenhaus mit Namen Gerlinger. Es sei mir jedoch lieb, seine Gefühle für Collin zu kennen; wäre nicht dessen plötzliche Erkrankung, ich hätte vielleicht den Fauxpas begangen, sie beide zusammenzuführen, da Collin sich nämlich an seine Memoiren mache und ich des Glaubens gewesen sei, er, Havelka, könne möglicherweise einiges dazu beitragen: Fakten, Gedächtnisstützen, Zusammenhänge.

Collins Memoiren, sagte Havelka, ach Gott.

Die Wahrheit, widersprach ich, sei doch eine große Verlockung, und selbst wenn Collin das Blaue vom Himmel herunterlöge, so wäre auch das ein Dokument. Unsere Aufgabe sei es, Leute wie Collin vorwärtszustoßen, und es liege auch in seinem, Havelkas, Interesse, da mitzuhelfen.

Ich spürte das Mißbehagen, mit dem er diesen Vorschlag betrachtete, und zog es vor, die Unterhaltung hier abzubrechen; ich hatte der Versuchung widerstanden, ihn wissen zu lassen, daß der Genosse Urack gleichfalls in der Gerlingerschen Klinik lag, und war, rückblickend, ganz froh darüber.

Ich liebe es nicht, in Vorgänge verwickelt zu werden, ich ziehe es vor, zu beobachten und zu reflektieren, und ich bilde mir nicht ein, ich könnte Schicksal spielen. Doch mag ein Außenstehender gerade das mutmaßen, sieht es doch aus, als liefen sämtliche Fäden über mich, zumindest seit jener Party bei Gerlinger, wo ich die meisten meiner dramatis personae beisammen hatte und mein Knöchel mich ganz teuflisch juckte. Nur Havelka, dem jeder Status mangelt, fehlte bei der Gelegenheit, und dem Peter begegnete ich erst später, in einer anderen Nacht, im Nebel, da plötzlich aus dem grauen Dunst eine dunkle Gestalt in den Lichtkegel meines Wagens taumelte und unter den Rädern etwas klirrend zerbarst, eine Gitarre, wie sich herausstellte. Ein völlig betrunkener Junge lag auf dem feuchten Asphalt und klammerte sich an mich, als ich mich über ihn beugte, und lallte: »Papa, Papa.«

Es hatte mich noch keiner Papa genannt, oder Vater, oder Daddy, und es rührte mich, so daß ich ihn, statt ihn der Polizei zu überlassen, mit mir nach Hause nahm. Dort kotzte er mir das Sofa voll und kam schließlich einigermaßen zu sich, unter den Händen Christines, die ich herbeizitiert hatte, denn er mochte ja verletzt sein. Wo er sich befände, erkundigte er sich mit schwacher Stimme, und ob wir auch von der Firma wären, wir sähen zwar nicht so aus, aber man könne nie wissen, und die Firma habe ein sorgendes Auge auf ihn. Damit drehte er sich zur Seite, seufzte wie ein Kind und schlief ein. Ich fand in seiner Tasche einen dicken Packen Papiere, Gedichte, mit schlechter Orthographie auf einer schlechten Maschine geschrieben, aber die Begabung unverkennbar, die sich entwickeln mochte, wenn der Kerl sich nur disziplinierte. Er habe ein paar geprellte Rippen, sonst nichts, befand Christine und bedeckte den mageren weißen Leib; er müßte mal baden.

Ich versprach, dafür zu sorgen.

Das mit der Firma, sagte Christine, sei wohl nicht ernstzunehmen.

Ich hielt es für das Beste, ihr klaren Wein einzuschenken. Ich schob ihr eins von den Gedichten hin, das mit seinem Namen gezeichnet war: Peter Urack. Ob sie sich erinnere, 1968, der Einmarsch in Prag, die Kinder, die damals bei uns in Berlin ein paar handgeschriebene Flugblätter an die Hausmauern klebten; dieser gehörte dazu, und der Genosse Urack, den sie ja auf der Party bei Gerlinger kennengelernt habe, werde wohl nun darüber wachen lassen, daß der Junge, der ihm genug Ungelegenheiten bereitet haben mochte, keine neuen Dummheiten unternähme. Ich sah, daß sie ihn lange betrachtete: der Kopf auf dem dunklen Sofapolster war wie eine Kamee; das Haar, das er damals noch lang trug, ringelte sich im Nacken.

Ich zögere, über mein Verhältnis zu Christine Roth zu schreiben; manches daran ist mir selbst nicht klar. Kein Blitz traf mich, als ich sie zwischen irgendwelchen gleichgültigen Leuten zum ersten Mal sah, keine Stimme raunte mir zu: diese ist es. Mich reizte: ein momentanes Lächeln, der Schnitt der Augen, Form und Farben des Gesichts, die Art, wie sie sich bewegte. Oft fürchte ich, die Verschiedenartigkeit der Welten, aus denen wir stammen, läßt keinen Brückenschlag zu; eine revolutionäre Idealistin mit kleinbürgerlichhausbackenem Verstand, eine altdeutsche Märchenprinzessin mit dialektisch-materialistischer Kriegsbemalung, was fängt ein durch die halbe Welt geprügelter Jude damit an? Natürlich habe ich mehr als einmal daran gedacht, mit ihr ins Bett zu gehen, und mir überlegt, was ich ihr alles beizubringen hätte. Ich kann mir vorstellen, daß ich ihr die Knie auseinanderdrücke – aber auch, daß ich vor ihr auf den Knien liege. Zuzeiten drängt es mich, sie zu schützen, zu wärmen, zu halten: welch ungewöhnliche Bedürfnisse für einen Mann in meinen Jahren, mit meinen Erfahrungen. Und sie, was empfindet sie?

Also Krankenbesuch bei Nachbar Collin in der Klinik; Zusammentreffen auch, wie schön, Sie zu sehen, mit Christine, ich darf Sie dann vielleicht in meinem Wagen nach Hause bringen, inzwischen unterhalte ich mich mit meinem Freunde Collin, es geht ihm doch soweit besser?

Dummkopf ich, es war doch auszurechnen, daß sie Nachtdienst hatte. So blieb's zunächst bei diesen wenigen Sätzen; später, nachdem ich Collin gesehen hätte, dürfte ich wohl noch einmal bei ihr vorbeischauen? Sie riet zu vorsichtigem Verhalten gegenüber Collin, den Patienten nicht in irgendwelche Aufregung versetzen, das verstünde ich wohl.

Collin, für dessen Herzkranzgefäße die zwei Seelen, ach, in seiner Brust anscheinend zuviel waren, quält sich sehr. Ob ich etwa auch glaubte, daß er Schiß habe, er habe nicht den geringsten Schiß, das habe er wohl zur Genüge bewiesen, aber er lasse sich auch nicht unter Druck setzen durch irgendwelche Hilfsangebote, meine oder die des Genossen Urack, mit dem er ein Gespräch geführt habe wenige Stunden vor seinem Anfall.

Ich halte den Genossen Urack für durchaus fähig, die Emotionen eines Menschen in solche Turbulenz zu versetzen, daß diesem ein Äderchen platzt. Unklar war mir nur, welche Gründe Urack veranlaßt haben mochten, den armen Collin regelrecht zu terrorisieren:

Rachsucht? Böswilligkeit? Gewohnheit? Oder pure Langeweile? Hier Auskunft von Collin zu erhalten, fiel schwer. Collin sah zunächst die eigne Seite: warum mußte er auch von den Memoiren reden, ausgerechnet mit Urack; seine ewigen Komplexe trieben ihn, die unfruchtbaren Jahre, er habe Urack zeigen wollen, daß er wer war, ihm die Faust unter die Nase halten: da kommt was auf dich zu, Genosse Urack, nämlich Collins Memoiren.

Auch da noch, im Bericht, ein Echo des Aufbegehrens – um so widersprüchlicher die Folgerung: Schluß nun; EIN Infarkt sei genug, auch wenn es nur ein Quasi-Infarkt war; Schluß mit dem ganzen Projekt; was bereits vorhanden, werde verbrannt, Skizzen, Pläne, Kapitelfragmente.

Das klang allerdings bedenklich, und ich entschloß mich, gegen meine ursprüngliche Absicht die direkte Frage zu stellen: womit denn habe Urack ihn bedroht?

Ja, sagte er, hätte der Genosse Urack ihn bedroht, offen oder versteckt, das wäre erträglich gewesen, dem hätte er sich widersetzt. Aber diese Hilfsbereitschaft! – Dokumente, Quellen und eigenes habe Urack ihm zugänglich machen wollen, wozu wohl, wer war hier verrückt, der Genosse Urack oder er, wer spielte hier wem was vor?

Und warum wohl, gab ich ihm zu bedenken, das großzügige Anerbieten Uracks, gleichgültig ob es gespielt war oder nicht?

Ich spürte, obwohl er stumm blieb und keine Miene verzog, daß er meinen Gedankengängen zu folgen bereit war. Die Vermutung lag ja auch nahe: Urack hatte ihn provozieren wollen; Urack glaubte, er habe alle und jeden in seiner Hand, und einen wie Collin sowieso.

Und warum wohl, dritte direkte Frage von mir, liege der Genosse Urack bei Gerlinger?

Zur allgemeinen Durchsicht.

Sagt er.

Collins Augen öffneten sich weit. »So daß es also noch gar nicht entschieden wäre, wer hier zuerst den Infarkt bekommt, den tödlichen, er oder ich, und wer hier in Wirklichkeit Schiß hat, eh?«

Ein schöner, wahrhaft dichterischer Gedanke, der ihm da keimte:

das Leben des einen verknüpft mit dem Tod des anderen. Und um das weiter auszuspinnen und ihm Mut zu machen zugleich, bat ich ihn zu überlegen, was denn wohl im Innersten von Genossen wie Urack vorginge angesichts des drohenden Todes. Mußten sie sich nicht fragen, was eigentlich von ihnen bleiben würde, nachdem die Nachrufe im Zentralorgan erschienen und Fett und Knochen im Krematorium verbrannt wären? Ein Stein in Friedrichsfelde, Ehrenfriedhof, bitte sehr, ein Name rasch verwittert, Schweigen. Vielleicht erhoffte er sich durch ihn, den Schriftsteller Hans Collin, ein Quentchen Unsterblichkeit?

Daran hatte er offensichtlich noch nicht gedacht. Ich wußte ja, was ihn verlockt hatte an seinem Memoiren-Projekt: daß er sich selbst im Mittelpunkt darstellen konnte, seine Erlebnisse, seine Erkenntnisse, Weltgeschichte aus der Hans-Collin-Perspektive. Nun aber hatte ich ihn darauf gebracht, daß auch er über eine Macht verfügte, die in gewisser Hinsicht der des Genossen Urack gleichwertig war. »Das ist ja das Reizvolle«, sagte ich ihm, »daß du die Menschen darstellst, wie du sie möchtest, die einen erhebst über die anderen, sie auch völlig verschwinden lassen kannst aus dem Geschehen, nicht gedacht soll ihrer werden – du selber eine Art Urack, ein Urack des Wortes.«

Der Vergleich steigerte sein Selbstgefühl beträchtlich, obwohl er nur zugab, daß er ihn belustigend finde. Immerhin meinte er, verbrennen wolle er das bisher Geschaffene vielleicht doch noch nicht; aber man müsse alles neu durchdenken, Urack irgendwie einbauen in das Ganze, ein Denkmal, aber nicht unbedingt eines, wie Urack es sich vorstelle. Schiß, sagte er, man würde noch sehen, wer hier Schiß hätte.

Ich hielt es für ratsam, ihn den neugewonnenen Impuls nicht zu rasch auf die Probe stellen zu lassen, und vertröstete ihn: all das habe Zeit, und vorläufig sei er noch krank...

6

Soviel war Christine deutlich: Wieland, die Zentralfigur in Collins Buch, war Collin selbst. Wieland war der einzige, von dessen Gedanken und Empfindungen man las; die andern Figuren traten wohl handelnd auf und gaben direkte Rede von sich, doch hieß es von keinem dieser Leute DACHTE ER, FÜHLTE ER, SPÜRTE ER, sie blieben merkwürdig gestaltlos, obwohl Collin sichtlich bemüht war, ihnen zahlreiche, wahrscheinlich sogar echte Charakteristika anzuheften. Demnach wäre, dachte Christine, eine Art Psychogramm dieses Wieland anzufertigen, also des Mannes, als den Collin sich damals sah oder gern gesehen hätte.

Wieland war kein Held im üblichen Sinne; ihn so darzustellen, war auch der frühe Collin schon zu gescheit gewesen – laut Klappentext war das Buch zum ersten Mal vor nunmehr dreißig Jahren, und zwar in Mexiko, erschienen. Wieland war durchaus als ein Mensch mit Anfechtungen gezeigt; er fraß gerne und zuviel, trank, machte sich an jedes verfügbare Weib heran; er fürchtete sich unter Artilleriebeschuß und vor Angriffen und gestand sich sogar ein, daß er froh war, als man ihn aus der Linie herausnahm und in die Etappe versetzte. Collin hielt also durchaus Distanz von seinem Wieland, kritische Distanz, aber war das nur ein Kunstgriff, um so den vergeblichen Heroismus des Ganzen größer erscheinen zu lassen, oder Koketterie, oder wirkliche Einsicht ins eigene Innere? Denn da waren Abschnitte im Buch, wo die Selbstanalyse plötzlich löchrig wurde, die Fragestellung verschwommen; Christine hätte gern mehr gewußt, aber Collin schwieg sich aus, eine Wand.

Christine blätterte zurück. Zum ersten Mal war ihr das aufgefallen in einer Episode, die kurz nach der Ankunft Wielands in Madrid spielte, Wieland wird zu einem Genossen namens Zumwalt beordert, und der fragt ihn aus – Wieland ist in der falschen Gesellschaft gesehen worden, was das für eine Gesellschaft und woher und wieso

sie die falsche ist, wird nicht ganz klar – nicht einmal an der Stelle
hier:

*»Du willst es also nicht gewußt haben? Spielst den Harmlosen?
Was hast du mit ihnen geredet? Was haben sie von dir verlangt?«*

*Wieland sieht die dunkel behaarte Faust, die auf dem Tisch liegt.
Er spürt die Kraft, die von diesem Mann ausgeht, und er wird immer
unsicherer.*

*»Dir ist wohl nicht klar, daß es hier ums Ganze geht, also rede ge-
fälligst!«*

*Wieland verstummt völlig. Er weiß nicht, wer über ihn berichtet
hat und mit wem er zusammengehockt haben soll. Er ist in einem
halben Dutzend Bars gewesen, hat sein letztes Pariser Geld durchge-
bracht mit Menschen aus aller Herren Ländern, man hat sich um-
armt und geküßt, und alles verschwamm in einem großen jubelnden
Kauderwelsch. Aber hier ist der Genosse Zumwalt, älter als er, erfahrener, aufgetaucht aus der Illegalität, wie es heißt, und ausgestat-
tet mit der ganzen Autorität der Partei, und stellt Fragen. Wieland
fühlt sich schuldig. Er ist bereit, seine Verfehlungen zu gestehen,
wenn er nur wüßte, wo und wie er gefehlt haben soll...*

Christine schüttelt den Kopf. Älter, erfahrener, aufgetaucht, aus-
gestattet – ein rechtfertigendes Vokabular, das Collin anwandte,
nur um nicht erklären zu müssen, wieso sein Wieland so prompt in
die Knie geht und wer dieser Genosse Zumwalt eigentlich ist, der
ihn da hochnotpeinlich befragt. Daß alles sich in Wohlgefallen
auflöste, nachdem Zumwalt durch eine Ordonnanz von Wielands
jungem literarischen Ruhm erfährt, machte die Sache noch peinlicher.

Wie ist das überhaupt, dachte sie, wie weit und auf welche Weise
decouvriert einer die eigene Psyche in seinen Werken? In welcher
seiner Figuren steckt der wirkliche Shakespeare, in Richard III., in
Hamlet, in Falstaff, oder in Zettel dem Weber? Vielleicht gab es Stu-
dien zu der Frage, vielleicht kannte Pollock da etwas – zumindest
kannte er Collin...

Christine schlug das Buch wieder auf, ANKUNFT DER GESTAPO,
der Appellplatz, Wielands Empfindungen.

...die Landschaft wie immer. Kein Strauch, kein Baum, bis auf

den einen. Der ragt, fern, abgestorben, wie eine Bühnendekoration in den fahlen Himmel. Auch die Erde ist die gleiche, liegt tot und flachgetreten von tausend müden Füßen. Der Hunger bohrt wie eh und je in den Eingeweiden, und die Ruhr.

Dennoch, etwas hat sich verändert. Wieland kommt von den Baracken her, bleibt stehen, sieht die Gesichter. Sieht die Augen, die tief in den Höhlen liegen, matt blickend, von Licht, Sand, Krankheit entzündet. Was denn ist anders geworden, fragt er sich. Auf einmal erkennt er: die große Gleichgültigkeit ist verschwunden, die diese Gesichter einander so ähnlich machte. Jetzt unterscheiden sie sich wieder, zeigen, jedes auf seine Art, Unruhe. Viel zu rasch laufen die Menschen hierhin, dorthin. Fragen klingen auf, unverständlich zunächst seinem Ohr, bis dann das Wort sich herausschält, das längst schon in seinen Gedanken geformt ist: Gestapo.

Die Gestapo ist ins Lager gekommen. Unwillkürlich faßt er in die Tasche, spürt zwischen den schwitzenden Fingern den Zettel. Seit drei Tagen schon trägt er ihn mit sich herum, seit drei Tagen schon versucht er, bei der Lagerverwaltung diesen Zettel vorzulegen, den er aus Marseille erhalten hat, aus der Welt außerhalb des Stacheldrahts von Le Vernet. Und jetzt ist es zu spät.

Wieland schiebt sich vorbei an Uniformen, die durch die Verschiedenartigkeit ihres Zerfalls jede Uniformität verloren haben. Er selbst sieht nicht besser aus in seiner zerschlissenen Jacke und den zerlöcherten Hosen, die ihm an den Knochen schlottern, und mit den geflickten Sandalen an den ewig wunden Füßen. Vernünftiger wäre es, sich zurückzuhalten, mit der Menge zu verschmelzen – zu dem, was da vorn entschieden wird, kommt er immer noch zurecht. Aber etwas treibt ihn. Er muß miterleben, sich einprägen: dies hier geschieht nur einmal und muß festgehalten werden für die, die nach uns kommen. Dabei ist ihm klar, daß er kaum die Chance haben wird, es aufzuzeichnen. Er greift nach dem Zettel, zerknüllt ihn. Zu spät das rettende Papier.

Jetzt sieht er den langen Tisch, rohe Bretter über Holzböcke gelegt und eilig zusammengehämmert. Hinter den Aktenbergen auf dem Tisch verschwinden die Offiziere der französischen Lagerbewachung. Nur wenn einer von ihnen den Kopf hebt und fragt, leuchtet

das Blau und Rot ihrer Käppis auf. Die Frage ist immer die gleiche:
»Allemagne? Deutschland?«

Was vorher nur Gerücht gewesen war, bestätigt sich. Das ist nun
die Wahl, die uns bleibt, denkt Wieland. Oder hat der Major, der ne-
ben ihm steht, die Worte gesprochen? Der Major ist überlang, ge-
spenstisch dürr. Wenn er lächelt, wie jetzt gerade, bleckt er die ram-
ponierten Zähne. »Jetzt können wir uns aussuchen«, sagt der Major,
»zurück nach Deutschland, in ein deutsches KZ, oder hinüber nach
Afrika, in ein Arbeitskommando in der Sahara. Die Überlebens-
chancen dürften gleichermaßen gering sein.«

Wieland erinnert sich: als sie über die Pyrenäen kamen, nach
Frankreich hinein, die Armee geschlagen, die Brigade ein abge-
kämpfter Rest ihrer selbst, dennoch aber im Gleichschritt vorbeidefi-
lierend an den erstaunten Franzosen, Parademarsch in die Internie-
rung, da hatte der Major auf die Frage: »Was jetzt?« erwidert: »Jetzt
rasieren wir uns.« So ein Mann war der gewesen, denkt Wieland,
und wie fürchterlich die Ergebenheit, mit der er nun wartet, bis die
Reihe an ihm ist, diese letzte Entscheidung zu treffen. Wie konnte es
so weit kommen, mit dem Major, mit uns allen...

Collin, dachte Christine, war die Antwort schuldig geblieben auf
Wielands Frage, obwohl diese in dem Buch wiederholt auftauchte.
Wußte Collin die Antwort nicht? Wollte er sie nicht wissen? Ver-
barg er etwas, und wenn ja, was, und vor wem? Vor sich selber?

Denn es stand ja zu lesen in seinem Buch, daß es so weit nicht
hätte kommen müssen. Lange Monate verstrichen, ungenutzt von
den Insassen des Lagers, ehe die deutschen Armeen die Maginot-Li-
nie umgingen und Paris fiel und die Gestapo eintraf in Le Vernet.
Gewiß, das Lager war umzäunt von Stacheldraht, da waren die Wachen, und es wurde scharf geschossen; mehr als einen, den die Ver-
zweiflung zum Fluchtversuch trieb, hatte es getroffen; aber laut
Wieland waren das Einzelaktionen gewesen, schlecht oder überhaupt nicht vorbereitet und daher zum Scheitern verurteilt. Irgendwo, fiel Christine ein, dachte Wieland auch nach über die Möglichkeit organisierter Aktionen, ein Massenausbruch, solange die
Leute noch die Kraft dazu hatten und nur Franzosen den Wach-
dienst besorgten, ältere Männer zumeist mit nur geringem militäri-

schen Eifer. Unwahrscheinlich, daß derart Projekte nicht Gegenstand von Diskussionen gewesen sein sollten im Lager und daß Wieland, den es stets so drängte, Denkwürdiges mitzuerleben, nicht in einer oder der anderen Form daran teilgenommen hätte. Aber davon stand nichts in Collins Buch, obwohl er eine ganze Anzahl von Männern schilderte, und glänzend schilderte, die eine solche Aktion hätten durchführen können, fronterfahren, fähig, eine Situation einzuschätzen und das Risiko zu beurteilen, so viele würden draufgehen dabei und so viele würden durchkommen, und besser war es auf jeden Fall als das stumpfsinnige, kräfteverschleißende, demoralisierende Warten. Warum schwieg Collin? Wurde tatsächlich nichts unternommen? Und wieso nicht? Gab es wirklich nur das elende Warten auf Sturmbannführer Kunz...?

Christine schrak zusammen. War das nicht Wölfchen gewesen? Sie ließ das Buch fallen, ging hastig hinüber zu dem Jungen; aber Wölfchen schlief schon wieder, hatte vielleicht nur lebhaft geträumt; sie fürchtete sich vor ihren Träumen in dieser Nacht. Aber sie konnte nicht weg von dem Buch, die Fragen, die es aufwarf, hielten sie. Sie seufzte, kehrte zurück in ihr Zimmer, hob das Buch auf, setzte sich zurecht in ihrem Sessel und begann wieder zu lesen.

Sturmbannführer Kunz, blaß, schwammig, hält sich und sein Dutzend Leute im Hintergrund. Sie wirken gelangweilt. Sie kennen das alles, wer die Macht hat, spielt jeden Tag Schicksal, und die Franzosen besorgen die Arbeit.

Wieland duckt sich. Sturmbannführer Kunz erscheint ihm bekannt, wie oft sind sie einander schon begegnet, auf dem Bezirksamt Charlottenburg, auf dem Amtsgericht Mitte, auf Stempelstelle, Steueramt, Polizeiwache, sogar in der Buchhaltung von Köhler & Schrottmann, wo Wieland in die Lehre ging; da hieß der Typ Herr Jahnke und schob ihm den Wisch zu: Entlassen. Angesichts der ungeheuren Anonymität der Maschine, mit der Wieland jetzt konfrontiert ist, drückt ihm das Zuspät die Kehle ab. Er möchte schreien, kann nicht. Er greift in die Tasche, will das zerknüllte Stück Papier, diesen blanken Hohn auf jeden Sinn im Leben, endlich wegwerfen. Aber da wird Sturmbannführer Kunz, bisher bewegungslos im Schutz des langen Tischs mit den Akten darauf und den rotblauen

Käppis dahinter, plötzlich lebendig. Sturmbannführer Kunz hebt den Kopf, der Hals reckt sich aus dem Uniformkragen. Kunz hat etwas bemerkt, was ihn offensichtlich erregt. Er blickt genau in Wielands Richtung. Wieland spürt, wie ihm die halbverfaulten Topinambours, die es zu Mittag gegeben hat, die Speiseröhre hochsteigen. Sturmbannführer Kunz kommt tänzelnden Schritts um den Tisch herum. Am Tisch ist es still geworden, aller Augen folgen Kunz. Der, das Hoheitszeichen an der Tellermütze akkurat über der schwitzenden Nase, tritt auf Wieland zu – nein, doch nicht auf Wieland, auf den Major. Das Gesicht des Majors, auch jetzt noch militärisch glattrasiert, ist um vieles hagerer als damals in den Pyrenäen. Kunz hält den Kopf schräg und mustert dieses Gesicht und sagt: »Sie sind doch der Baron Knorr, Sie suchen wir schon lange, kommen Sie mit.«

Das ist doch alles schon lange her, dachte Christine, warum bedrückt es mich noch. Ein paar von den Helden von damals waren ihre Patienten gewesen, ältere Herren nun mit Kreislaufproblemen; aber die Fragen, die unbeantworteten, sind so frisch wie ehedem, und die Vermutung liegt nahe, daß nicht nur das alternde Gewebe und das angehäufte Cholesterin, sondern auch ebendiese Fragen die Kreislaufprobleme verursachten. Und wird das ewig so weitergehen, die Fragen von heute, zur Seite geschoben und unter den Teppich gefegt, in wiederum zehn, zwanzig, dreißig Jahren fortzeugend Infarkte gebärend?

Sie blickte auf die Uhr, nach elf, sie müßte längst schon schlafen gegangen sein, morgen war Chefvisite, mit Auswertung. Aber sie war voller Unruhe. Das war alles schon lange her, dachte sie wieder, und betraf sie doch; Vergangenheit, Gegenwart, wo setzt das eine ein, wo hört das andere auf, wo liegen die Wurzeln? Sie raffte den Morgenrock zusammen, Westimport, Geschenk noch von Andreas aus dem Exquisitladen, holte die Kognakflasche aus dem Schränkchen, goß sich ein und zog die Leselampe näher heran an den Sessel.

Es gab eine Schlüsselszene, die Szene spielte im Quartier B des Lagers, in einem Schuppen, nachts. Wieland und das ganze Völkergemisch der Internationalen waren im Quartier C untergebracht; in B saßen ganz andere Leute, Zivilinternierte, Juden zumeist, aber auch Politische, darunter fast die gesamte Leitung der deutschen

Kommunistischen Partei, soweit sie in Paris ansässig gewesen war; die Genossen, so ließ Collin in einem Nebensatz einfließen, waren nicht, wie man hätte annehmen können, in die Illegalität gegangen, als die Zeit kam, sondern hatten sich den französischen Behörden gestellt. In dieser Nacht nun kroch Wieland zusammen mit einem Mann, den Collin sorgfältig anonym hielt, unter dem Stacheldrahtzaun hindurch von C nach B. Collin beschrieb das sehr eindringlich –

...die innere Spannung. Wieland spürt die Kühle des Sandes, in den er sich preßt. Er sieht das Filigran des Drahtes gegen das Halblicht des Himmels, hört den schlurrenden Schritt des Wachtpostens nahebei. Vorüber.

Auf ein Klopfzeichen des anderen hin öffnet sich die Tür eines Schuppens. Drei Gesichter tauchen auf im Licht eines Kerzenstummels. Das eine kennt Wieland – der Genosse Zumwalt. Zumwalt grinst ihn an, stellt vor: Genosse Ragow, Genosse Köhler. Ragow scheint krank zu sein, immer wieder drückt er die Finger gegen die Schläfen, spricht auch nur gelegentlich, mit schwacher Stimme, vermittelnd, erklärend. Zumwalt schweigt sich aus, sitzt nur da, ein wenig vorgebeugt, die behaarten Hände flach auf den Knien, und beobachtet. Genosse Köhler führt das Wort. Er referiert über die Lage: der Nichtangriffspakt zwischen Hitler und der Sowjetunion gibt den sowjetischen Genossen die Möglichkeit, Druck auf die Nazis auszuüben, zugunsten auch der Kommunisten hier im Lager Le Vernet...

Collins Wieland war nicht dazu aufgerufen, seine Meinung zu dem Punkt zu äußern, fühlte sich auch nicht von sich aus veranlaßt, dies zu tun oder wenigstens weiter nachzudenken über die Sache; entspannt genoß er die Zigarette, die der Genosse Zumwalt ihm zugesteckt hatte, und überließ es dem ungenannten Genossen, der ihn unter dem Stacheldraht hindurch ins Quartier B gelotst hatte, Fragen zu stellen, respektvolle Fragen, in denen Zweifel an den Voraussagen Köhlers höchstens andeutungsweise zu spüren waren.

Wieder der Rückzug ins Nebelhafte, dachte Christine, wieder die Wand. Doch vielleicht war es wirklich so oder ähnlich gewesen, und alle fünf in dem Schuppen hatten geglaubt, was sie sich da einreden; der Mensch klammert sich an jeden Strohhalm, und konnte einer vorausahnen, auch nur um Wochen voraus, den Angriff Hitlers auf die Sowjetunion, man muß die Dinge aus ihrer Zeit heraus sehen, und sollte denn Collins Wieland um soviel klüger gewesen sein als Stalin, der der Unterschrift eines Ribbentrop mehr Vertrauen schenkte als den Berichten seiner Nachrichtendienste? Oder wollte Collin hier andeuten, daß Wieland wohl ahnte, was war, es jedoch nicht zu denken gewagt hatte; es gibt Dinge, die man nicht bis in die letzte Konsequenz durchdenkt, aber das hatte Gerlinger gesagt und nicht Wieland und auch nicht Collin.

Das Glas war geleert, Christine schob die Flasche von sich. Pollock mochte die Antwort wissen, er konnte aus zwei halben Fakten und einer Andeutung eine ganze Analyse machen. Er hatte ihr diese Fähigkeit erklärt, Generationen seiner Ahnen hatten von ihrem Verstand leben müssen, er war der Nutznießer einer langen Entwicklung von Eigenschaften des Gehirns. Was durchaus nicht immer ein Vorteil war, hatte er hinzugefügt, siehe Shylock und die Öfen von Auschwitz, jetzt hatte er nur noch seine Tante Cäcilie in West-Berlin, die wiederum über komplizierte Fäden Verbindung hatte mit der alten Frau Zink um die Ecke.

Die Schärfe seiner Schlußfolgerungen faszinierte sie und schuf doch zugleich Abstand, und er schien sich auch nicht zu bemühen, den Abstand zu überwinden, ihr das Fragen zu erleichtern.

Christine rieb sich die Schläfen und nahm das Buch wieder zur Hand.

Das blau-rote Käppi mit der verschnörkelten Goldstickerei taucht hinter dem Aktenberg auf. »Allemagne? Deutschland?«

Wieland schüttelt den Kopf. »Alors – l'Afrique?«

Wieland spürt den Schweiß, der ihm ölig auf der Stirn steht. Er versucht zu sprechen, ist plötzlich total heiser, der Franzose versteht nicht.

»Eh?«

Wieland greift in die Tasche. Da ist immer noch das Klümpchen zerknüllten Papiers. Und wenn er's doch versuchte? Auch dies hier war eine Bürokratie, Gott weiß, welche Anweisungen jetzt gelten, alte, neue, gar keine... Er glättete das Papier, so gut er kann, mit feuchtem Finger. Hält es dem Offizier hin.

Der, mißmutig, greift danach, liest, gibt es Wieland zurück. »AH, UNE CONVOCATION. EH BIEN!«

Wieland rührt sich nicht, kann sich nicht rühren. Der Offizier blickt auf, eine ungeduldige Handbewegung: Verschwinde! Der Mann hinter ihm schiebt ihn zur Seite, die Mühle mahlt weiter, ihn aber hat sie ausgespien. Er stolpert vorüber an den anderen, quer über den Appellplatz, hin zu den Baracken, findet einen Strich von Schatten, hockt sich auf die Erde. Den zerknitterten Zettel hält er noch immer in der schweißnassen Hand, die kostbaren Zeilen auf billigem Papier: Der Konsul der Republik Mexiko beehrt sich, Monsieur Wieland zu informieren, er möge sich, sobald angenehm, in Marseille beim Konsulat einfinden, zwecks Vorsprache in einer Visa-Angelegenheit. Und erst jetzt wird ihm klar: das Leben ist ihm geschenkt worden. Dieser Wisch hat noch Gültigkeit und wird anerkannt. Diese Bescheinigung berechtigt ihn, an einem bestimmten Datum das Lager Le Vernet zu verlassen, gesetzlich und legal. Er wird durch das Tor, das der Wachtposten ihm öffnen wird, hinausgehen dürfen, nach Marseille, der ersten Etappe auf dem Weg ins Asyl, das der Präsident von Mexiko, Camacho heißt er wohl, einigen von denen gewährt, die in Spanien gekämpft haben.

Das Glücksgefühl lockert ihm die Nerven und erfüllt ihn mit einer wunderbaren Müdigkeit. Doch dahinein dringt wie ein Stachel die Frage: Warum ich? Und warum andere nicht?...

Christine las hastig weiter, Sätze überspringend, manchmal ganze Abschnitte, auf der Suche nach der Antwort auf diese Frage, die zugleich eine Antwort enthalten mochte auf ihre Fragen nach dem Grund der Konflikte, die Collin mit sich herumtrug. Aber Wieland, erlöst von seinen Ängsten, schien schon wieder Distanz gefunden zu haben zu sich selber, seine Emotionen wurden beherrschter, und das selbstanklägerische WARUM ICH? war wohl nur rhetorisch gemeint gewesen. Sogar über den eigentlichen Vorgang las man nur Allgemeines; nie erfuhr man, wie es denn gekommen war, daß gerade Collins Wieland das wertvolle Papier zugespielt wurde. Dennoch gab es ein paar Hinweise. Danach saßen in Marseille zwei oder drei Amerikaner, sehr zurückhaltende Leute, die alles bezahlten – die französische Polizei, die mexikanischen Konsularbeamten, sogar die Überfahrt nach Veracruz. Diese Amerikaner nun schienen in Verbindung zu stehen mit gewissen Parteistellen, die, so konnte man schließen, die Entscheidung darüber trafen, wer die kostbaren Convocations erhalten würde und wer nicht.

Collin, die Gefühle seines Wieland in dieser Situation beschreibend, blieb zwiespältig. Einerseits mußte Wieland, wenn er der Vernunft folgte, sich sagen, daß ja nicht er die Auswahl getroffen hatte; hier war sichtlich höhere Gewalt im Spiele, ein Akt Gottes oder, was fast das gleiche war, einer anonymen Parteistelle, in der einer saß, der sich vielleicht Wielands erinnerte und meinte, er könne noch von größerem Nutzen sein im Kampfe; andererseits lag auch der Gedanke nahe, daß jene vielen, die der Willkür des Sturmbannführers Kunz überlassen blieben, gleichfalls ihre Potenzen hatten; womit also hatte er die Gunst des Schicksals verdient, und konnte er sie, ohne den Kameraden gegenüber Schuld zu empfinden, akzeptieren?

Collin enthob Wieland, ohne erst lange Zeit verstreichen zu lassen, dem Konflikt im wahrsten Sinne des Wortes, auf eine andere Beobachtungsebene nämlich; er ließ Wieland das Lager durchwandern, als sei er diesem schon nicht mehr zugehörig, ein Außenseiter bereits und dadurch befähigt, die Dinge schärfer umrissen zu sehen als vorher, der Aufzeichnende rückt an den Platz des Mit-Leidenden, ein eigenes Erlebnis Collins zweifellos, ein kluger Trick der Psyche von solcherart Menschen, Unangenehmes zuzuschütten, Belastendes zu begraben.

Und dann die Begegnung, diese merkwürdige Begegnung, die die Rechtfertigung bringt für die Annahme der Convocation, für das Privileg Leben.

... da hockt er in dem dünnen Streifen Schatten, den die Barackenwand spendet. Die Sonne steht hoch am Himmel, in Spanien machen sie jetzt Siesta. Aber dies ist Frankreich, und die Preußen sind im Lager, bei den Preußen wird durchgearbeitet, und dieser Mann kommt herangeschlurft, bemerkt ihn, der geglaubt hat, der Schatten verberge ihn, bleibt stehen, blickt ihn an, als kennte er ihn, und fragt, Besorgnis im Ton: »Ist was?«

Ist was. Der reine Hohn von einem, der aussieht, als werde er kei-

nen Transport mehr überstehen, verbeultes, verfallenes Gesicht, fiebrige Augen, zitternde Hände.

»Ich geh nach Deutschland«, sagt der Mann. »Dort kenn ich wenigstens den Himmel.«

Wieland, dem es vorkommt, als sei er viele Kilometer kreuz und quer durch die wüste Landschaft des Lagers gelaufen, schweigt erschöpft. Aber der andere läßt nicht locker. »Und du?«

Wieland steht schwerfällig auf, lehnt sich gegen die Wand der Baracke. »Willst du's wirklich wissen?«

»Ja.«

»Ich hab eine Convocation.«

Wieland erwartet, der andere werde sich abwenden, Bitternis um den fast lippenlosen Mund. Aber der Mann hebt die Hände, und in seinen Augen leuchtet es auf, und er sagt: »Mensch!« und noch einmal: »Mensch!«

Wieland starrt ihn verständnislos an.

»Mensch, Wieland«, sagt der Unbekannte, »daß einer von uns davonkommt, der berichten kann, was sich hier abspielt und warum, und wer daran schuld ist! Du hast die Verpflichtung zu leben, verstehst du, weil du schreiben mußt, weil du DAS schreiben mußt!...«

Christine fuhr sich mit der Hand über die Stirn: dieses Motiv kannte sie. Natürlich – Havelka! Der da muß erhalten bleiben, hatte Havelka gesagt, und hatte den Freiwilligen Collin zurückgeschickt von der Front nach Albacete, wofür dieser sich revanchierte, indem er die Figur seines einstigen Bataillonskommandeurs aussparte aus seinem Buch. Oder erschien Havelka doch, vermummt, verklausuliert, in dem Buch, und in anderen Büchern Collins vielleicht auch, man müßte das nachprüfen, fleischgewordene Mahnung: das Leben ist dir geschenkt worden, damit du schreiben sollst – nur dann schrieb Collin nicht mehr, konnte oder wollte nicht schreiben, der Unterschied war minimal, wesentlich waren die Hemmungen, so viele Hemmungen, so viele Fragen, bis schließlich das Herz bockte.

Ich engagiere mich zu stark, dachte Christine, und was machen wir dann mit den aus dem Schlaf geweckten Hunden? Sie hörte das Klicken im Schloß der Wohnungstür, die vertrauten Schritte, das vertraute Räuspern, warum nahm der Mann so wenig Rücksicht, er wußte doch, daß Wölfchen einen leichten Schlaf hatte. Dann war da trotzdem, Automatik der Nerven, die Erwartung: der Mann tritt ins Zimmer, beugt sich über sie, seine Lippen streifen ihr Haar, Routinebewegungen, Routinebegrüßung. Sie hörte ihn in der Küche hantieren.

Sie tat den Zeigefinger zwischen die Seiten und ging in die Küche, das Buch in der Hand.

»Liest du das immer noch«, sagte er, »den Collin?« Und da sie nicht antwortete: »Auch ein Brot für dich? Ich mache mir noch eins, ich habe Hunger.«

»Andreas«, sagte sie, »du bist zu laut.«

»Du hast die Küchentür offenstehen lassen«, sagte er. »Außerdem ärgere dich nicht so. Ärger schafft Falten.«

Sie schloß die Tür. »Ich werde mit Gerlinger reden. Er hat mir versprochen, nach der Scheidung, daß er mir helfen wird. Und jetzt brauche ich Hilfe.«

Er blickte sie fragend an, kaute aber weiter.

»Ein Wort von ihm am rechten Ort, und wir haben eine Wohnung für dich.«

Er schluckte seinen Bissen hinunter. »Ich würde es vorziehen, wenn du mir diese Peinlichkeit erspartest.«

»Du unternimmst ja nichts.«

»Ich unternehme sehr wohl sehr vieles.« Er legte sein angebissenes Brot zurück auf den Teller. »Und ich bin sicher –«

»Gute Nacht«, sagte sie und verließ die Küche und ging zurück in ihr Zimmer. Wenn er mir jetzt nachkommt, dachte sie, werfe ich ihn hinaus. Aber er kam nicht, er schien in aller Ruhe seine Mahlzeit zu verzehren. Sie ärgerte sich nun tatsächlich, sie hatte keine Lust, Gerlinger um irgendwelche Gefälligkeiten zu bitten, die ihre Person betrafen; Dorothea Havelka war etwas anderes gewesen, eine Patientin. Der Kognak stand noch da, die Flasche zu drei Vierteln gefüllt. Sie goß sich noch ein Glas ein und schlug das Buch wieder auf. Sie las jetzt auf andere Art, weniger analytisch, wohl weil ihre Stimmung sich geändert hatte; sie ertappte sich dabei, daß sie Collins Wieland mit Antipathie betrachtete und nach Zügen suchte, die die Mängel seines Charakters noch verschärften. Collin wiederum war bemüht gewesen, Wieland ins angenehmste Licht zu rücken; aber selbst er ließ durchblicken, daß Wieland die Erinnerungen an Le Vernet, an das Wirken von Sturmbannführer Kunz, an das tragische Schicksal seiner Kameraden mit überraschender Leichtigkeit von sich abtat, sobald er nach Les Milles abgeschoben war; das war schon ein Lager, das sich von Le Vernet erheblich unterschied, auf dem Gelände einer ehemaligen Ziegelei, die Bewachung weniger streng, denn die hier bewacht wurden, sollten in absehbarer Zeit ein Schiff besteigen und die Reise über den Ozean antreten. Natürlich war Wielands Stimmung auch hier bei weitem noch nicht frei und gelöst; sie ähnelte der Gemütsverfassung der in Les Milles der Weiterfahrt harrenden Juden, halb zitternde Hoffnung, daß sie das gelobte Land nun doch erreichen möchten, halb drückende Furcht, im Hintergrund immer die anrollenden Streitwagen des Pharao, und das Rote Meer noch nicht durchquert. Erst auf dem Weg nach Marseille, den er zu Fuß zurücklegte, las sie, hatte er trotz wiederholter Schwächeanfälle das Gefühl, sich auf einer feiertäglichen Landpartie zu befinden, ein Windhauch bewegte die Blätter der Bäume am Rand der Chaussee, man spürte die Nähe des Meers, in seiner Tasche trug er ein echtes Papier, das ihn den herumstreifenden Gendarmen gegenüber auswies, und ein Stück Brot, das er sich von seinen kargen Rationen aufgespart hatte. Und wer kam da des Weges daher, wenn nicht der Genosse Zumwalt, auf einem Bauernwägelchen sitzend, die Beine lässig gekreuzt, und lud ihn ein zur Mitfahrt und war plötzlich redegewandt: das ist ja ein Zufall, Genosse Wieland, auch die Convocation, wie ich sehe, halt dich nur an mich, ich weiß Bescheid in Marseille, weiß, wo wir anlaufen müssen, in diesem Leben sind Verbindungen alles, die Fäden mußt du kennen und wie sie verknüpft sind, jawohl.

Zumwalts Anlaufstelle war bei einem Mädchen, das an einem kleinen Schreibtisch in einem Hintergelaß eines Bistro saß; in der Tür des Bistro hingen blaue Glasperlenschnüre, die leise klirrten, wenn man sie beiseite schob; Zumwalt flüsterte mit dem Wirt, während Wieland den Ausblick auf den Hafen genoß, eine ungeheuer breite Treppe, sonnenüberflutet, führte hinunter zum Kai, wo die bunten Fischerboote lagen; hier atmete es sich schon leichter, und die Schuldgefühle, und was sonst hinter einem lag, waren nur noch mit Mühe zu rekonstruieren, eine Pflichtübung bei einem Glas gefüllt mit einer milchig trüben Flüssigkeit, die nach Anis schmeckte und einen angenehm wirren Zustand im Schädel schaffte.

Das Mädchen hieß Dorothea.

Dorothea, wie es schien, war bereits über ihn informiert. Wieland besuchte sie mehrmals; mitunter wurde sie zum Telephon gerufen, das in einem Winkel hinter dem Tresen angebracht war, und sprach englisch mit den Anrufern; Wieland glaubte zu verstehen, daß es um Geld ging, um Schiffsbilletts, um Abfahrtszeiten. Collin beschrieb die Befürchtungen Wielands, der psychische Horror und die Entbehrungen von Le Vernet könnten seiner Potenz geschadet haben, und seine Erleichterung, als er definitive Anzeichen verspürte, daß dem nicht so war; doch verschwieg Collin, der doch sonst alle Regungen seines Wieland deutlich genug darlegte, ob es, bei aller Sympathie, die Dorothea anscheinend für ihn empfand, zu einer wirklichen Affäre zwischen den beiden gekommen war.

Aber – verhüllte und vertuschte der Autor nicht immer, indem er zu offenbaren schien? Wie viele höchst verschiedenartige Schalen mußte man entfernen, bis man zum Kern gelangte? Und hatte Gerlinger nicht recht, wenn er von der mühseligen Arbeit abriet, deren Resultat im besten Falle fragwürdig, im schlimmsten äußerst riskant war? Riskant auch für sie, denn Collin zu zwingen, sich selbst auf den Grund zu gehen, hieß Gerlingers ausdrücklichen Anordnungen entgegenzuhandeln.

Wölfchen.

Sie fuhr auf.

Wölfchen rief ein zweites Mal.

Sie eilte zu ihm; er saß auf dem Rand des Betts in seinem Zimmer, das Haar verschwitzt, streckte ihr, da er sie erkannte, die Arme entgegen und klammerte sich an sie und klagte: »Ich hab so geträumt.«

»Ich auch«, beruhigte sie ihn.

Er war sofort interessiert. »Wovon?«

»Von einem neuen Instrument«, sagte sie. »Lauter Spiegel, die zusammenwirken und die man einstellen kann, so daß man hineinsieht in das Herz des Menschen und erkennt, warum er dies sagt und jenes tut und sich so verhält und nicht anders.«

»Wie viele Spiegel«, fragte er, »wirst du brauchen?«

»Das weiß ich noch nicht«, sagte sie. »Ich weiß auch noch nicht, ob es möglich sein wird, das Instrument zu bauen, aber ich werde es versuchen.«

»Läßt du mich dann auch durchgucken?«

»Ja«, sagte sie, »du darfst als erster.«

Dann nahm sie den abgegriffenen Teddybär und hob Wölfchen auf den Arm und trug beide, obwohl der Junge beinah schon zu schwer war, hinüber in ihr Bett und zog sich aus und ließ ihn sich anschmiegen an sie und löschte das Licht.

7

Nina, von ihrem Auslandsengagement zurückgekehrt, hatte sich angesagt.

Schwester Gundula bestand darauf, daß er zur Feier des Tages den Pyjama wechsele, »wir nehmen den rot-weiß gestreiften«, entschied sie, unaufgefordert in seinem Schrank wühlend, »der ist der schönste.«

Fast wäre er aufgesprungen und hätte die Schranktür zugeschlagen: die schwarze Mappe mit den Skizzen lag unter der Wäsche. Doch die Schwester schien nichts bemerkt zu haben; jedenfalls redete sie, während sie ihm beim Anlegen des Pyjamas half, unentwegt weiter: wie man ihm seine Wiedersehensfreude doch so deutlich ansehe, und wie glücklich Frau Nina sein werde über die Fortschritte, die er auf dem Weg zur Besserung gemacht habe, und wo denn Frau Nina überall gewesen sei – in Winterthur, so? Und in Basel? In Zürich gar?

Kurze Pause, sehnsüchtiger Augenaufschlag, Schwester Gundula mußte noch drei Jahre ausharren, bis sie das Rentenalter erreichte und die Westgrenze sich ihr öffnete. »Und in Amerika war sie auch schon, wenn man sich das vorstellt, von hier, und so weit, ja, die Künstler.«

Das war, fand er, durchaus ohne Neid gesagt; so stellte das Leben sich dar für Schwester Gundula, die einen waren prominent oder besaßen Privilegien anderer Art und durften auch ohne Todesfälle oder amtsärztlich bescheinigte Schwersterkrankungen nach drüben, die andern waren gewöhnliche Bürger und durften nicht – dazwischen lag ein Abgrund. Aber er selber war ja auch nicht mitgefahren nach Amerika, er mochte das nicht, als Begleiter seiner Frau und in ihrem Schatten.

Schwester Gundula, da er in Schweigen verfallen war und in sich gekehrt schien, ging. Er bemerkte es ohne Bedauern; der angekündigte Besuch, für den er nun eingekleidet war, erforderte auch innerliche Vorbereitung; was hatte Nina in der Schweiz herumzutirilieren, während er hier mit dem Tode rang, die Dr. Roth hatte ihn durchgezogen, aber die eigene Frau an der Seite des Betts wäre ebenfalls hilfreich gewesen, zumindest als Seelenstütze.

Doch vielleicht war er da ungerecht. Nina, dachte er, schöne, dunkle, schreitende Nina, deren Stimme so reich an Ausdruck war wie ihre Gefühle variabel. Es war dieses Schillernde an ihr, die Fähigkeit der Anpassung an die wechselnden Hintergrundfarben, das ihn anfangs so sehr bestochen hatte, wohl weil er annahm, es sei die Manifestation einer ebenso reich gefächerten weiblichen Seele. Und war es das nicht? Immer noch bezauberte sie Diplomaten, Funktionäre, Vertreter von Konzertagenturen und ähnliches Volk, indem sie mit kindlicher Zärtlichkeit von ihrer Mutter als Mutsch, ihrem Vater als Papsch sprach, dann aber durch eine winzige Wendung des Leibs, durch einen Blick zu erkennen gab, daß das Kind nur gespielt und hier eine Frau war, mit tieferen Fragen und reiferen Freuden vertraut.

Papsch war Bratschist an der Dresdner Oper, ein lieber Mensch eigentlich, der um so bedeutungsloser wurde, je mehr Mutsch sich auf dem Gebiet der Kulturpolitik profilierte; in letzter Zeit drangen Denkanstöße von ihr sogar über die Grenzen des Dresdner Bezirks hinaus, bis hin nach Berlin. Mutsch war damals in amtlicher Eigenschaft zu der Lesung gekommen und hatte, Zufall oder nicht, ihre Tochter mitgebracht; nach der Veranstaltung hatten sie zu viert im Restaurant gespeist, mit dem Ausblick hinunter auf die nächtliche Elbe; Pollock, der sehr unterhaltsam sein konnte und dem das Kuppeln auch Spaß zu machen schien, verwickelte Mutsch in eine ästhetische Diskussion um die Theorien des einst hochgeschätzten und inzwischen für ketzerisch erklärten Professors Daniel Keres; so konnte er sich der Tochter und diese sich ihm widmen; es war, wenn nicht Liebe auf den ersten Blick, so doch ein ebenso plötzliches intensives gegenseitiges Interesse.

Wahrscheinlich war er zu der Zeit, nach dem Tod Luises, reif gewesen für eine wie Nina. Wenn er Pollock vorschwärmte, wie klug sie wäre und wie sicher ihr Urteil, auch und gerade was Literatur beträfe, bat ihn dieser, zu bedenken, ob es ihn nicht mehr nach ihren Brüsten und ihrem Hintern gelüste als nach ihren gescheiten Gedanken; worauf er lachend erwidert hatte, jawohl, das auch, Gott sei Dank, noch. Als er dann begriff, daß auch er als Sprosse diente beim Aufstieg der Nina Bertram, spätere Collin, und daß seine Reputation und seine Zugehörigkeit zu dem Alten-Genossen-Netz auf subtile Art Teil wurde ihres Arsenals, nahm er das ohne Ressentiment hin, denn auch sie bereicherte ihn ja; er bedauerte nur den Verlust der Illusion, aus ihr hätte eine zweite Luise werden können, die ihre Begabung seinem Werk unterordnete und die Erfüllung ihres Ehrgeizes in seinem Erfolg fand.

Nun war da doch wieder die Schwester Gundula: Frau Nina habe anrufen lassen, eine unumgängliche Verzögerung, eine halbe oder dreiviertel Stunde nur, aber Frau Nina wolle nicht, daß er vergeblich warte, so eine gute, fürsorgliche Frau.

Ihm war der Aufschub recht. Luise, dachte er, und stellte beunruhigt fest, daß es ihm immer schwerer fiel, ihr Bild heraufzubeschwören; die Toten fliehen uns, entfernen sich von uns wie die Sterne in die Unendlichkeit des Alls. Er dachte an Cuernavaca, das Haus mit den orangenen und rosafarbenen Blüten, das der Dr. Emanuel Schwarzenberg seiner Witwe hinterlassen hatte; er hatte den Dr. Schwarzenberg nicht mehr kennengelernt, ein weise voraussehender Mann offenbar, der Deutschland rechtzeitig den Rücken gekehrt und sein Geld in mexikanische Silberminen gesteckt hatte; es reichte denn auch, um seine Witwe und den Schriftsteller Collin über Wasser zu halten in der ganzen Zeit des Exils, Spenden für die Partei einbegriffen. Aber es war nicht die finanzielle Sicherheit, die ihn an Luise band. Er war, als er nach Cuernavaca kam, noch immer der halbgebildete Arbeiterjunge, der seine Komplexe durch übertriebene Selbstsicherheit überspielte und nicht maßhalten konnte, wenn er trank; sie dagegen, Tochter aus gutem jüdischen Hause und Frau eines jüdischen Intellektuellen, hatte Literatur und Philosophie studiert, war vertraut mit Autoren, deren Namen er nicht einmal gehört hatte, und wies ihm die schwachen Stellen in seinen Manuskripten auf, die er nicht gesehen oder sich nicht einzugestehen gewagt hatte; mehr noch, sie wußte, wie diese sich korrigieren ließen. Sie war mütterliche Beraterin, und nicht nur bei seiner Arbeit; bei ihr und in ihren Händen fühlte er sich geborgen; und wenn sie ihn zu sich nahm und er die Leidenschaft spürte, die er in der äußerlich so beherrschten Frau auslöste, empfand er nicht nur Befriedigung, nein, auch Stolz, daß er die Qualitäten hatte, einen solchen Menschen an sich zu binden, und vergaß die Differenz der Jahre und nahm die Abhängigkeit, in der sie ihn hielt und die er durch gelegentliche Seitensprünge kompensierte, als ein geringes Übel hin im Vergleich zu seinen Segnungen.

Derart Gedanken hatte er so nicht gedacht zu Luises Lebzeiten, nur dumpf geahnt, wenn er, besonders in den Jahren ihrer Krankheit, des Nachts aufwachte und eine kurzatmige Greisin neben sich sah; erst später, in langen Hundegesprächen mit seinem Nachbarn Pollock, hatte er ergründet, was ihn und was Luise bewegt hatte, und daß die Schuld, in der er sich ihr gegenüber wußte, vielleicht nicht gar so groß war; und war, angesichts der Mängel auch Ninas, zu dem Schluß gekommen, daß das perfekte Glück, der Teufel hole es, dem Sterblichen nicht vergönnt ist – obwohl er, nun da er in das Alter gekommen, wo die Suche praktisch hoffnungslos war, sich immer noch nach einem Menschen sehnte, mit dem zusammen er auffinden könnte, was ihn belastete, und beseitigen, was ihn quälte.

Er würde mit der Dr. Roth sprechen, sie war eine verständige Frau, sie hatte sein Buch gelesen, SPANIENS HIMMEL, und wußte mehr davon, besonders an Einzelheiten, als er in Erinnerung hatte, es war ja auch schon lange her. Da waren ein paar Fragen gewesen, leise gestellt, beiläufig, von denen er nicht sagen konnte, ob sie in dem Buch enthalten waren oder sich daraus ergaben oder ob sie dem Kopf der Dr. Roth entsprangen, und denen er ausgewichen war. Die ganze Fragerei hatte ihm ein unbehagliches Gefühl gegeben. Dabei hatte er Sympathien für die Roth. Sie war es, die ihm geholfen hatte in der kritischen Nacht; als der große Professor dann kam, war das Schlimmste schon vorüber gewesen. Und die Ruhe, mit der sie das Notwendige für ihn getan: er hatte sie beobachtet, selbst in extremis war da noch ein Stück von ihm, das sah und hörte und das Gesehene und Gehörte festhielt, wahrscheinlich würde er sich und die Vorgänge um ihn herum auch noch beobachten, wenn statt des Quasi-Infarkts der echte einträte – nur wann schriebe man das dann.

Der Gedanke an den Tod, dem er so knapp entronnen war, schreckte ihn jetzt weniger, gleichfalls ein Verdienst der Dr. Roth. Auch wegen der schwarzen Mappe würde er mit ihr sprechen und was damit zu geschehen hätte im Falle eines Falles, das war ihm schon durch den Kopf gegangen, als sie ihm die Maske anlegte und ihm so den Mund stopfte. Ein Instinkt sagte ihm, diese Frau würde sich an seine Instruktionen halten und sich auch nicht erdrücken lassen von den Lemuren des Genossen Urack, falls der überhaupt auf die Idee käme, die Stationsärztin könnte die Mappe in ihre Obhut genommen haben. Frau Doktor Roth, würde er ihr sagen, oder besser noch, Christine, ich vertraue Ihnen, Sie werden tun, worum ich Sie bitte, falls mir etwas zustößt, geben Sie mir Ihre Hand darauf…

Und noch einmal die Schwester Gundula.

»Frau Nina!« verkündete Schwester Gundula, in der Hand das Uringlas, das als Vase diente für die fünfundzwanzig langstieligen Rosen aus der Blumenhandlung des Züricher Flughafens. Plötzlich war der Raum verändert. Es war nicht der Duft, weder der der Rosen noch der des herben, teuren Parfums, der die Veränderung bewirkte; es war das Fluidum, das von ihr ausging, Nina, strahlende, lebensvolle, verlockende Nina, die nun die Arme breitete und auf ihn zukam.

Wie er das kannte. Und wie es immer wieder auf ihn wirkte, ob sie aus Zürich eintraf oder aus New York oder von irgendeinem ihrer Liebhaber, die brünstige Begrüßung, Öffnung der Seele und des Leibes, da bin ich, ich bin da für dich, deine, dir gehörig.

»Endlich!« Sie war an seinem Bett, setzte sich halb, den prallen Schenkel auf dem Rand des Betts, legte einen Arm um ihn, ihn so abstützend, zog ihn an sich, betrachtete ihn zärtlich, »ach, du Armer, Armer!« und küßte ihm die Lippen, die Zunge einen Moment zwischen den Zähnen hindurch in seinen Mund gleiten lassend. »Nein, so krank bist du nicht mehr«, stellte sie lächelnd fest, »warst du ja auch gar nicht, sonst wäre ich nie geflogen, das glaub mir, ich war hier am Tag nach deinem… deinem…«

»Es war kein Infarkt.«

»...was auch immer. Jedenfalls war ich hier, in diesem Zimmer, an deinem Bett, so wie jetzt, du schliefst, so fest und ruhig und mit einem Lächeln um den Mund, ich habe nicht das Herz gehabt, dich zu wecken, und Gerlinger sagte mir, Frau Nina, auf meine Verantwortung, es besteht keine Gefahr für Ihren Mann, nicht die geringste, denn ich wollte ja absagen, was ist mir Zürich, was ist mir die ganze Schweiz plus Frankreich, England und den USA, wenn mein liebster Mensch leidet, und jetzt sagt mir Gerlinger, ich war schon eine halbe Minute bei ihm, wieviel besser es dir geht und wie zufrieden alle mit dir sind.«

So, dachte er, war sie also bereits bei Gerlinger.

»Ach, Hans...« Sie seufzte, als sei ihr eine Last von den Schultern genommen, und strich ihm langsam mit den Fingern durchs Haar.

Er duldete es, es war ihm sogar angenehm. Zugleich stellte er mit Genugtuung fest, daß sie ihn mit Hans anreden mußte – keine Kosenamen für ihn à la Papsch oder Mutsch, keine süßlichen Affixe, die ihr erlaubt hätten, ihn in irgendwelche kindlichen Kategorien zu pferchen, kein Hänschen, Hansilein, Hansemännchen, dafür war er nicht der Typ, das wußte sie. Dabei war ihre Zärtlichkeit keineswegs geheuchelt; das war ja das Großartige an ihr, daß ihre Gefühle und Empfindungen in dem Moment, da sie sie ausdrückte, echt waren. Echt war die sanfte Hand, mit der sie ihn in seine Kissen bettete, echt der tiefe Blick in seine Augen und der weiche Ton der Stimme, mit dem sie sagte: »Du liebst mich also noch, und hast mir verziehen...«

Befriedigt, aber auch mit gewisser Besorgnis, bemerkte er eine beginnende Erektion. Jener Papst fiel ihm ein, wie hatte er doch geheißen, der auf seiner heißblütigen Wäscherin liegend plötzlich aufstöhnte und tot von ihr abfiel, und er überlegte, daß in seinem Zustand, auch wenn er nur einen Quasi-Infarkt gehabt hatte, ein wenig Zurückhaltung wohl noch ratsam sein mochte, und erkundigte sich: »Der Gerlinger wird dir doch etwas mehr gesagt haben als nur die paar Gemeinplätze?«

»Ich habe ihn wirklich kaum gesprochen; er war auf dem Sprung zu irgendeiner wichtigen Sache, du kennst ihn doch, er hat die besten Absichten, aber so viel lastet auf ihm. Nachher. Nachher werde ich ihn sehen, das hat er mir zugesagt, und ich werde sehr ausführlich mit ihm reden.«

Sie sprach zu schnell. Sie riß, kaum war sie wieder da, alles an sich; er müßte sich wehren, fühlte sich aber auf einmal müde, er hätte sich keine Gedanken zu machen brauchen über den Papst, das hatte sich erledigt.

»Sehr ausführlich!« wiederholte sie. »Ich will wissen, wie es weitergeht, die Perspektiven, vielleicht muß mehr getan werden für dich, als sie bisher getan haben, für einen Mann mit solchen Plänen, solchen Verpflichtungen.«

»Sie tun schon, was sie können«, sagte er. »Ich habe eine sehr gute Ärztin, die sich um mich kümmert.«

»Hast du? Ich will, daß Gerlinger persönlich etwas unternimmt. Auch meinetwegen. Gerade meinetwegen. Selbst wenn du keine Zeile mehr schreiben solltest in deinem Leben – du bist mein Mittelpunkt, was meinst du, wie oft ich an dich gedacht habe, in Zürich, in Winterthur, in Basel, überall. Ich habe noch nie solchen Applaus gehabt, noch nie hat, was ich gesungen habe, so gewirkt auf die Menschen, ich war wie beflügelt. Das kommt, weil ich an dich gedacht habe. Hast du es nicht gefühlt? So etwas überträgt sich doch bei Menschen, die aufeinander eingestimmt sind.«

Aufeinander eingestimmt. Er betrachtete sie, ihre Augen, groß, dunkel, glänzten.

»Weil du auch ein Teil bist von dem, was ich singe«, fuhr sie fort. »Unsere Lieder, unsere Chansons – nein, das muß ich dir vorlesen«, sie griff nach ihrer Handtasche, die sie auf dem Nachttisch abgestellt hatte, »das stand in einer Zeitung dort, in einer fortschrittlichen selbstverständlich, und es hat mich sehr beeindruckt, weil es ein Schlüssel ist zum Verständnis dessen, was ich dir sagen will: ...die Lieder, die Nina Collin uns vortrug, ihre Chansons sind mehr als nur Lieder und Chansons; da ist ein Geist, der sich durch diese Interpretin überträgt und die Menschen mitreißt...« Sie preßte ihm den Zeitungsausschnitt in die Hand, Beweisstück, schwarz auf weiß. »Und diesen Geist, siehst du, verkörperst du für mich.«

Er tat den Ausschnitt zurück in ihre noch offene Handtasche. Er hatte das nicht nur einmal bei ihr erlebt, diese enthusiastische Gläubigkeit, die ihren Wirklichkeitssinn überlagerte wie die Schminke die Fältchen. »Du übertreibst«, sagte er, »aber vielleicht tut es mir gut«, und er dachte an den Genossen Urack, der auch ein Stück von diesem Geist verkörperte, und daß es unmöglich war, Nina klarzumachen, welche Angst er verspürt hatte damals in der Nacht, bevor die Dr. Roth endlich kam mit ihrer kühlen Hand und ihrer ruhigen Stimme.

»Du bist zu bescheiden«, sagte sie und streichelte ihm den Handrücken. »Aber mir mußt du schon gestatten, dich richtig einzuordnen. Ich habe nachgedacht über dich und mich, und deine Bedeutung für mich, und deine Bedeutung überhaupt, und besonders intensiv seit meinem Besuch hier vor der Reise, seit ich hier in dieses Zimmer kam nach deinem – deinem...«

»Es war kein Infarkt«, wiederholte er ein wenig boshaft.

»...und dich so friedlich schlafen sah.«

»Warum hast du mich nicht geweckt? Wahrscheinlich hätte ich dir selber gesagt: Fahr.«

»Ich brachte es nicht übers Herz.« Zwei Grübchen bildeten sich und verliehen ihrem Mund etwas heiter Jugendliches, das in merkwürdigem Gegensatz stand zu der bereits erschlaffenden Haut.

»Ist ja auch gut«, winkte er ab und dachte, vielleicht sollte ich sie nicht zwingen, solch exaltiertes Zeug daherzureden. Sie war ja nicht bösartig, dachte er; selbst wenn sie mit dem oder jenem ins Bett ging, unterwegs auf Tournee oder auch hier in Berlin, stets achtete sie darauf, daß möglichst wenig davon zu ihm drang, und schuf immer wieder das Bild einer funktionierenden Ehe – die ja auch wirklich funktionierte, besser als so manche, die er kannte.

»Bist du müde, Hans? Du bist so schweigsam geworden, soll ich gehen?«

Er schüttelte den Kopf. »Nicht müde, eher nachdenklich. Sprich weiter, ich höre dir zu, erzähl mir von dir. Vielleicht erzähl ich dir dann auch mal, wie es ist, wenn man stirbt. Und von meinen Begegnungen hier, meinen Gedanken.«

Sie blickte ihn erstaunt an: welch ungewohnte Töne. Dann fragte sie sich, was man ihm erzählen könnte; was interessierte ihn eigentlich außer ihm selbst, ihre Welt nicht; wo gehörte er hin, in welche

Vergangenheiten. Also berichtete sie, eine Art Kompromiß, von den Basler Arbeitern, vor denen sie aufgetreten war, ein Abend außerhalb der Tournee, organisiert von den Schweizer Genossen, mit Sonderprogramm, sehr revolutionär, Nina Collin, die Lerche der Revolution, Schlußapotheose mit erhobener Faust, das ganze Publikum ein begeisterter Chor.

Wie das plätscherte. Was waren nun ihre Werte, dachte er, der Mensch muß doch etwas haben, das ihm ureigen ist, Substanz; oder war es möglich, daß diese Substanz sich unter gewissen Lebensbedingungen verflüchtigte und an ihre Stelle das andere trat, das Äußerliche, die Phrase? Und SEINE Werte? Mit welchem Recht erhob er sich über Puppe Nina, deren Augen so schön glänzten, deren Mund sich so schön öffnete, deren Fleisch sich so schön rundete? Vielleicht waren sie füreinander geschaffen, der Autor mit der verlorenen Potenz und die Chansonette mit dem verlorenen Charakter; es gab doch wohl Gründe auch jenseits von Bequemlichkeit für den Zusammenhalt dieser Ehe.

»Hör auf, Nina«, sagte er unvermittelt, »es quält mich. Was wird sein, wenn ich wieder nach Hause komme, mit dir, mit mir? Sitze ich wieder am Schreibtisch und male Schnörkel auf das Papier, das ich zum Schreiben benutzen sollte? Und wenn ich mir ein paar Zeilen abringe, weiß ich, ob es was taugt und ob es politisch tragbar ist? In deinem Kopf ist die Welt ohne Bruchstellen, die Basler Arbeiter singen im Chor für dich, und ihre Berliner Kollegen kriegen Collins sehr unvollständige Werke als Prämie geschenkt. Ich bin krank, und es ist nicht ein lausiger Infarkt, und ich liege hier und denke nach. Ich prüfe. Ich überprüfe. Und was finde ich?«

»Deinen Nabel?«

Ihr Gesicht hatte sich verändert, ihre Züge waren scharf geworden, die Nase spitz, der Teint hatte einen Stich ins Olivfarbene.

»So komisch es klingt, meine Liebe, ich frage mich, warum ich überlebt habe bis jetzt, warum ich lebe. Du bist meine Frau, möglicherweise weißt du eine Antwort.«

Sie hatte sich wieder in der Gewalt, ihr Gesicht glättete sich, wurde liebevoll, Nina, sanfte, verständnisvolle, warmherzige Nina. »Liebster«, die Stimme bereichert um tröstende Beitöne, »diese

Herz- und Kreislauferkrankungen bringen depressive Stimmungen mit sich, da hat mich Gerlinger schon gewarnt. Aber Sie können Ihrem Mann helfen, hat er hinzugefügt, das Psychische ist ebenso wichtig wie das Pflänzchen Digitalis, im Grunde noch wichtiger. Ich werde – ich werde aufhören zu singen«, behutsam drückte sie die abwehrend erhobene Hand zurück auf die Bettdecke, »einen Monat, zwei, und noch mehr, wenn es sich als nötig erweisen sollte, und mich dir ganz widmen. Wir werden irgendwohin fahren, wo Ruhe ist, das Meer, nein, nicht das Meer, da ist dies Reizklima, Gerlinger wird uns beraten, ich werde dich gesundpflegen, und dann wird sich alles lösen, und du wirst wieder schreiben...«

Er zog die schwenkbare Bettlampe zu sich heran und drückte auf den Klingelknopf. Über der Tür hinter Ninas Rücken forderten die Leuchtbuchstaben: BITTE SPRECHEN. »Bitten Sie Frau Doktor Roth zu mir«, sagte er, »wenn sie im Haus ist.«

Aus der Wand: »Wir rufen Frau Doktor Roth.«

»Ist das die Ärztin, die sich so nett um dich kümmert?« fragte Nina.

SO NETT war ein Zusatz, das hatte er nicht gesagt; ihr Ressentiment war spürbar, dachte er.

»Fühlst du dich nicht wohl?« fragte Nina.

»Aber wieso denn! Ich lasse Frau Doktor Roth rufen, weil ich möchte, daß du sie kennenlernst.«

»Wie aufmerksam von dir.« Nina begab sich zu dem Spiegel über dem Waschbecken und prüfte ihr Gesicht. Dann kehrte sie ans Bett zurück, setzte sich nun aber auf den Stuhl neben dem Fußende des Betts und kreuzte die Beine.

Seine innere Ruhe war wiederhergestellt. »Enorm tüchtige Person«, fuhr er fort, »sie hat mich in der bewußten Nacht, wie soll ich's sagen, durchgezogen, gerettet ist wohl ein zu gewichtiges Wort, es war ja auch kein echter Infarkt, wie die Tests gezeigt haben, obwohl ich mir einen echten auch nicht viel schlimmer vorstelle.«

»Ich werde ihr sagen, wie dankbar wir ihr sind«, lächelte Nina, liebenswürdige, herzgewinnende, bezaubernde Nina, und da sie hörte, wie die Außentür geöffnet wurde, hielt sie ihr Lächeln, bis

Christine eingetreten war und er die Ärztin vorgestellt hatte, und sagte, noch immer lächelnd: »Mein Mann hat Sie sehr gelobt, Frau Doktor, wie reizend, Ihre Bekanntschaft zu machen.«

Christine, ein wenig überrascht durch die Anwesenheit Ninas, zupfte ihren Kittel zurecht und suchte einen Eindruck zu gewinnen von der Frau, die sehr wohl ein Teil sein mochte des Krankheitsbildes ihres Patienten.

»Mein Mann sagt, Sie haben ihm sehr geholfen.« Nina bemühte sich, ihre beginnende Unsicherheit durch betont herzliche Worte zu überspielen. »Ich weiß nicht, wie ich Ihnen danken soll, Frau Doktor.«

»Wir haben das Selbstverständliche getan«, sagte Christine zurückhaltend. »Aber in einem Fall wie dem Ihres Gatten kann der Patient sich selber mehr helfen als wir ihm.«

»Und hilft er sich?«

»Doch, schon...« Christine wurde vorsichtig. Das blaue Kreuz auf dem Umschlagdeckel der Anamnese hieß auch, daß der Professor sich vorbehielt, mit den Angehörigen zu sprechen. »Jedenfalls besteht kein Anlaß zu akuter Sorge; der Zustand ist zufriedenstellend.«

»Und meine depressiven Stimmungen?« fragte Collin pointiert.

»Wer wäre nicht gelegentlich deprimiert«, sagte Christine. »Und ein Krankenhausaufenthalt ist auch unter den günstigsten Umständen keine Freude.«

»Also kann ich hoffen, daß mein Hans bald nach Haus kommt? Sagen Sie mir doch, Frau Doktor!« Nina strahlte sie an. »Ich will ihn nämlich selber pflegen, ich werde meine Engagements absagen und bei ihm bleiben, bis er sich wieder ganz gesund fühlt.«

»Du sing mal lieber!« Alles, was sich seit Ninas Ankunft in Collin angestaut hatte, brach durch. »Mir geht es doch jetzt schon glänzend, warum sagen Sie meiner Frau das nicht, Doktor Roth! Sagen Sie ihr, ich war eigentlich überhaupt nicht krank, mein Herz ist in bester Kondition, die Arterien elastisch wie Damenstrumpfhosen, und das Problem ist nur, daß ich zu faul oder zu feig bin, zurückzuhüpfen an meinen Schreibtisch. Oder was sonst wäre das Problem?«

Collins Ausbruch erschreckte Christine, gerade weil seine Worte eine Teilwahrheit enthalten mochten; sie bemerkte, wie Ninas Gesicht sich angewidert verzog; sie spürte, daß sie auf einmal selber in die Ehekonflikte der Collins verwickelt war, und sagte ausweichend: »Das Problem ist, daß wir noch nicht genügend wissen.«

»Da ist mal ein Arzt, der das zugibt!« Ninas Selbstsicherheit war zurückgekehrt: diese Doktor Roth war blaß und unbedeutend. »Ich werde Ihre schöne Offenheit, wenn ich dann mit dem Professor spreche, anerkennend erwähnen.«

Das war schon sehr maliziös, dachte Christine und fragte sich, wozu Collin sie eigentlich hatte kommen lassen – um sie vorzuführen? Oder damit sie eingriffe, wenn nötig, gegen die alles überwältigende Frau Nina? Collin hatte die Augen geschlossen; er erschien Christine in diesem Moment ihrer Hilfe bedürftiger noch als in der Nacht seines merkwürdigen Anfalls, und sie wußte, daß sie versuchen würde ihm zu helfen, gegen diese Frau, und sogar gegen Gerlinger; dabei war Collin ihr gar nicht übermäßig sympathisch; aber er war IHR Patient, seine Probleme die ihren, bis die Untersuchung wirkliche Resultate erbracht hatte und eine wirkliche Therapie gefunden war.

»Der Herr Professor wird Ihnen bestätigen«, sagte sie, da Nina nun schwieg, »daß wir uns an vieles erst noch herantasten müssen – auch im Fall Ihres Gatten. Aber wir werden der Sache auf den Grund gehen.«

»Tun Sie das, Doktor Roth«, sagte Nina. »Tun Sie das.«

»Das wär's dann, Herr Collin?« fragte Christine. »Keine Beschwerden sonst?«

Collin hob den Kopf. »Danke, daß Sie gekommen sind.«

»Wenn Sie keine Fragen mehr haben« – Christine blickte Nina an – »dann darf ich jetzt gehen?« Und nach einem Moment: »Ich nehme an, wir werden noch Gelegenheit haben, miteinander zu sprechen.«

Nina wartete, bis Christine die Tür geschlossen hatte. Dann lächelte sie ihrem Mann zu: »Wie recht du doch hattest, Hans. Eine enorm tüchtige Person, deine Doktor Roth.«

Gerlinger schien schon auf sie gewartet zu haben; das Kaffeegeschirr stand auf dem niedrigen Tischchen, dazu Gläser, eine Flasche;
er erhob sich sofort, klappte den Deckel des Hefters zu, in dem er
gelesen hatte, trat um den Schreibtisch herum und küßte ihr die
Hand. »Schön, daß du da bist!«

Er führte sie zu dem dunkelledernen Sofa. »Weißt du, daß wir uns
fast getroffen hätten in Zürich? Aber mein Vortrag wurde in letzter
Minute verschoben, irgendein Mißverständnis der Schweizer, nun
werde ich erst in zwei Monaten fahren.«

Eine Sekretärin brachte den Kaffee und goß ein; sie war, stellte
Nina fest, ebenso wie die andere, die im Vorzimmer geblieben
war, nicht nach ausschließlich fachlichen Gesichtspunkten ausge-
wählt; Oskar hatte nicht nur bei Möbeln und Bildern guten Geschmack.

»Die Tournee war recht erfolgreich«, sagte sie, »aber der Gedanke an Hans quälte mich die ganze Zeit.«

»Aber...« Er blickte sich um: die Sekretärin war bereits wieder
gegangen. »Aber ich hatte dir doch gesagt...«

»Gewiß, gewiß. Leider haben wir uns nicht in Zürich getroffen,
sonst hättest du's mir dort gründlicher erklären können. Ich habe
kein gutes Gewissen gehabt: wenn nun Komplikationen eingetreten
wären? Die Leute hätten gesagt, in solchen Stunden gehört eine Frau
an die Seite ihres Mannes, und die Leute hätten recht gehabt; und
was ich jetzt nach meiner Rückkehr vorgefunden habe, kommt mir
auch nicht gar so erfreulich vor.«

»Aber es geht ihm doch sehr gut. Er hat bemerkenswerte Fortschritte gemacht seit – seit seinem kleinen Anfall, der übrigens, wie
sich herausstellt, weniger organisch als psychisch motiviert gewesen
zu sein scheint.«

Sie hob die Brauen. »Ist das besser?«

»Liebe Nina« – er saß ihr gegenüber, mit dem Rücken zum Licht,
darauf achtete er, es war immer von Vorteil, das eigne Gesicht im
Schatten zu halten – »die beiden Aspekte lassen sich schwer trennen.« Und plötzlich den Ton wechselnd: »Ja, das war sehr schade
mit Zürich, man hätte ein paar Stunden irgendwohin fahren können,
ein ruhiges kleines Hotel in einem schönen Seitental...«

»Oskar«, der Name klang leider stets ein bißchen lächerlich, »müssen wir davon reden, Oskar?«

Er beugte sich vor. »Es gibt so wenige Menschen, die einem entsprechen, und einmal Versäumtes ist nicht nachzuholen. Mußten denn erst ein paar verkrampfte Koronargefäße uns wieder zusammenführen?«

Er umfing sie mit einem seiner eigenartig hypnotischen Blicke. Sie schwieg und genoß den Moment: dieser Mann war wie ein warmes Bad, mit viel Schaum.

»Koronargefäße«, ergänzte er, »die ich im Interesse aller Beteiligten in persönliche Pflege genommen habe.«

»Ich dachte, das hätte die Frau Doktor Roth getan?« konnte sie sich nicht enthalten zu bemerken.

Er stutzte. »Unter meiner Aufsicht aber doch wohl.«

»Oskar«, sagte sie, »ich glaube, diese Doktor Roth ist nicht gut für ihn.«

»Sie ist eine sehr tüchtige Ärztin.«

»Das hat mir Hans auch gesagt. Wörtlich. Laß ihre Tüchtigkeit außer Frage stehen, aber ich habe da einen Instinkt. Sie nimmt einen schlechten Einfluß auf ihn.«

Er überlegte. »Aber sie ist doch ein Aschenputtel.«

Sie lachte. »Ich bin nicht eifersüchtig. Und er ist alles andere als ein Prinz. Aber sie bestärkt ihn, und er ist ohnehin starrköpfig. Gewiß, er hat lange Erfahrungen, und ich billige ihm mancherlei zu, aber nicht alles, besonders da er sich oft genug zu seinem und meinem Schaden verrennt. Auch ich habe nämlich Opfer gebracht für ihn, und ich habe ein Recht –« Sie brach ab.

Diese Frauen, dachte er; läßt man ihnen freie Hand, reißen sie alles an sich. »Ich würde sagen«, beschwichtigte er, »in dieser Beziehung wenigstens behandelt die Kollegin Roth ihn ganz richtig. Warum soll man jetzt nicht auf ihn eingehen, auf seine Wünsche, seine Launen – was kostet es uns? Ein Mensch im Krankenhaus ist sowieso zur Hälfte entmündigt, er kann nichts tun, was wir nicht wüßten und gestatteten; aber das frustriert ihn auch und reizt ihn.« Er nahm ihre Hand und drückte sie bedeutungsvoll. »Wir wollen doch, daß er nicht Schaden nimmt an seiner Seele und uns die Heilung erschwert.«

»Oskar«, sagte sie, »ist die Sache denn überhaupt zu kurieren?«

»So kannst du die Frage nicht stellen, Nina. Bei all unsrer Kunst und Wissenschaft – wir können die Jahre nicht rückwärts laufen lassen wie einen Film. Aber wir können vieles andere tun, den Prozeß aufhalten, gewisse Vorgänge korrigieren, vor allem erreichen, daß er sich relativ wohl fühlt. Doch da mußt du uns helfen.«

Seine Hand löste sich von ihrer.

»Und vergiß nicht«, fügte er hinzu, »so wie du deine Rechte hast, hat er seine – auch das Recht auf seine Krankheit. Sieh dir sein Leben an, seine Probleme, seine Konflikte. Ich komme immer mehr dazu, die Krankheit nicht als eine Art malignen Auswuchs zu sehen, den man abschneidet, und dann ist's gut, sondern als Teil der Dialektik des Lebensprozesses, der doch, im ganzen betrachtet, ein wohltätiger ist.«

Am liebsten hätte Nina die Augen geschlossen und ihn reden lassen. Hatte nicht auch sie sich eine Krankheit verdient, nach ihren anstrengenden Reisen, ihren Auftritten, der Konzentration auf Text, Ton und Nuance, nach dem Verschleiß an Nerven und Energie, hatte nicht auch sie ein Recht, sich in die Obhut der sanften, eminent fähigen Hände Oskar Gerlingers zu begeben? Doch sie mühte sich, nicht dem sonoren Wohlklang seiner Stimme zu verfallen, und griff nach der Tasse und trank den Kaffee hastig und sagte: »Aber er quält sich doch so: die unfruchtbaren Jahre, die ganzen letzten, hat er verdecken müssen, glaubst du, das ist ihm leicht gefallen? Und gerade hat er wieder begonnen zu schreiben, seine Lebensgeschichte, wie ich auf Umwegen erfahren habe, und er zwingt sich jeden Morgen an den Schreibtisch, und ich höre, wie er hin und her läuft in seinem Arbeitszimmer und mit sich selber redet; manchmal bringt er ein oder zwei Seiten zustande, dann ist er ganz glücklich und kommt herunter, das Hemd klebt ihm am Leibe; aber meistens finde ich die ganze Arbeit, zerknüllt, im Papierkorb.«

»Selber gezeigt hat er dir nichts? Oder vorgelesen?«

»Der von mir erwähnte Umweg führte über den Papierkorb.«

Er nickte. »Solange er krank ist, müssen wir verhindern, daß er zu arbeiten versucht.«

»Ist da nicht ein Widerspruch? Vorhin hast du gesagt, man soll seinen Wünschen und Launen nachgeben.«

»Aber nicht in diesem Punkt. Siehst du nicht die Wechselwirkung, Nina? Weil es mit seiner Arbeit nicht geht, wird er krank; er ist unfähig zu erzählen, was – was...«

»...was sich nicht erzählen läßt?«

»Vielleicht auch das«, gab er zu. »Jedenfalls ist die Krankheit zugleich auch ein Abwehrmechanismus: wer krank ist, ist befreit von seinen Pflichten, auch von der Pflicht, sich mit sich selber auseinanderzusetzen.«

»Interessant, wie du das siehst«, sagte sie. »Und das soll nun immer so weitergehen?«

Gerlinger stand auf, trat zu ihr und berührte tröstend ihre Schulter. »Er wird lernen, sich abzufinden«, sagte er. »Wir alle lernen es irgendwann.« Und dachte, mein Gott, was für ein Tölpel, dieser Collin; wenn einer schon eine solche Frau hat, muß er sie auch halten können; aber im Grunde war der große Schriftsteller Collin heute noch der dumpfe Prolet, voller Minderwertigkeitskomplexe, der ewige Verlierer. »Um dich müßten wir uns ebenfalls kümmern, Nina«, seufzte er. »Du stehst auch unter einem ganz hübschen Streß.«

8

(Aus den Notizen des Kritikers Theodor Pollock)

…ist nicht die Distanz, mit der ich das Leben zu betrachten suche, eine Abwehr gegen dieses Leben? Nur die Dinge nicht zu sehr an sich herankommen lassen; was sind Spott und Ironie anderes als Mittelchen, die einem helfen sollen, über die Schründe hinwegzugleiten, und wie oft stürzt man trotzdem dabei; und steckt nicht ein Stück von dem armen Collin auch in mir, und wie würde es mir ergehen, wenn einer mich bedrängte, etwa meine Memoiren zu verfassen? Was uns fehlt, ist die Unmittelbarkeit eines Balzac, der seine Umwelt beschreibt SINE IRA ET STUDIO, wie er sie vorfindet; wir dagegen, scheint es, können nicht los von unsern vorgefaßten Meinungen; es ist, als versuchte man, in Hosen und Jacke zu schwimmen, das Zeug saugt sich voll und zieht einen hinunter.

Der große Meister Daniel Keres hat dies so direkt nicht gesagt; aber ausgehend von seinen Gedanken sage ich es. Ich weiß nicht, wieso ich in den letzten Wochen so häufig an ihn denke. Ich habe viel von ihm gelernt, theoretisch und durch die Beobachtung seiner Verhaltensweisen: für sich selbst beanspruchte er wenig, war aber schonungslos der Dummheit gegenüber, auch wo diese in höchsten Positionen der Macht sich äußerte – kein Wunder also, daß er, der mit dem großen Bannfluch belegt wurde nach den Unannehmlichkeiten in seiner Heimat (dies Keres' eigene Bezeichnung für jene Ereignisse), hierzulande auch noch verfemt blieb, nachdem man in Budapest den Ketzer bereits zu neun Zehnteln rehabilitiert und ihm gestattet hatte, die letzten Lebensjahre bei beschaulicher Arbeit in seiner Wohnung hoch über dem Donaukai zu verbringen.

Über einer Flasche ganz erträglichen Weins beim Abendessen nach der Premiere gestern sprach ich zu Christine über ihn; Gedenkworte recht eigentlich, er stand mir noch sehr lebendig vor Augen. Sie kannte nicht einmal seinen Namen; dabei hatte er lange Zeit auch bei uns als Klassiker auf dem Gebiet marxistischer Ästhetik gegolten: so sehr kann einer zur Unperson werden. Ich beschrieb seinen Arbeitstisch, auf dem sich ein Wust von Büchern häufte, und den Ausblick vom Fenster seines Studierzimmers über den Fluß hinweg auf Burg und Bastei und auf die heroischen Proportionen des Siegesdenkmals – wieso wird der Sieg stets als weibliche Figur dargestellt, sterben doch meistens die Männer; und ich beschrieb den Meister selbst und wie ich frappiert gewesen sei von der Ähnlichkeit zwischen ihm und mir, einer Ähnlichkeit nicht bloß in den Richtungen unsres Denkens, nein, auch in der Form der Stirn und der Ohren, dem Schnitt der Augen und des Mundes, der sich bei ihm wie bei mir gerne schiefzog; nur war Keres bereits geschrumpft und gerunzelt, ein Abbild meiner selbst in etwa fünfundzwanzig bis dreißig Jahren, und an seiner Nase hing zu Zeiten ein klares, im Licht der Tischlampe funkelndes Tröpfchen, das er, sofern er es bemerkte, mit einem großen Schneuztuch wegwischte.

Christine, die sehr wohl erkannte, daß diese Ähnlichkeit mir immer noch zu schaffen machte – wer begegnet schon gern seinem Doppelgänger, besonders wenn dieser bereits gealtert –, suchte der Sache durch ein heiteres Wort den Stachel zu nehmen, aber da gerade kam der Kellner. Ich hatte dieses Lokal gewählt, weil es eines der wenigen in der Stadt ist, das sich ein Restchen Atmosphäre bewahrt hat; sogar die Kellner sind dem Stil des Fin de Siècle angepaßt und tragen lange weiße Schürzen um den Bauch gebunden; unserer, wohl etwas angeheitert, hatte Schwierigkeiten beim Auflegen des Nasi Goreng auf unsere Teller und entschuldigte sich wortreich; es war eine kleine Peinlichkeit nur, verhinderte aber, daß Christine ihren Satz beendete.

So fuhr ich denn ein wenig später fort, von meinem Besuch bei Keres zu berichten: meinem ersten bei ihm und, wie er mit Gelassenheit erwähnte, dem ersten überhaupt eines Vertreters des Geisteslebens unserer Republik seit jenen Unannehmlichkeiten – und dies, fügte ich für Christines Information hinzu, obwohl er doch einem guten Dutzend unserer bekannteren Dichter und Schriftsteller, darunter auch ihrem Patienten Collin, mit kritischem Rat des öfteren beigestanden, ja, einige von ihnen in gewissem Sinne erst kreiert hatte. Ich ärgerte mich, sobald ich sie getan hatte, über meine Äußerung; was hatte ich es nötig, mich als besonders couragiert herauszustreichen; und Christine schwieg dazu mit feinem Taktgefühl. Vielmehr verlangte sie Näheres über die Unannehmlichkeiten damals zu erfahren; sie sei noch zu jung gewesen zu der Zeit und wohl auch zu unkritisch, um sich aus dem Gewirr der Nachrichten und Kommentare von Ost und West ein gültiges Bild zu machen, und habe inzwischen auch manches vergessen. Da ich nicht wußte, was ich bei ihr an Kenntnissen voraussetzen konnte über Ursprung, Zweck und Auswirkung der von uns in Ermangelung eines besseren Terminus als stalinistisch bezeichneten Methoden, legte ich ihr also, nachdem ich die wichtigsten Fakten aufgezählt, kurz dar, daß dem ganzen Geschehen nicht etwa nur Fehler oder Bösartigkeiten von Individuen zugrunde lägen, sondern mehr noch Tendenzen und Entwicklungen, die, bei großer Vorsicht zwar vielleicht vermeidbar, dennoch den proletarischen Revolutionen immanent zu sein schienen; sodann, mich auf Keres' Ausführungen berufend, gab ich ihr einen Abriß des Verlaufs der erwähnten Unannehmlichkeiten, und wie sich alles mit unentrinnbarer Folgerichtigkeit abgespielt und keiner der Akteure eigentlich imstande gewesen, frei zu entscheiden, und wie der Meister selbst schuldig-unschuldig in die Verwicklungen hineingeriet, Minister wurde in jener unglückseligen Regierung, die zerrieben wurde zwischen dem Druck der Massen einerseits und der Bedrohung durch restaurative Kräfte und den Notwendigkeiten sowjetischer Politik andererseits, und wie er dem Tod durch waghalsige Flucht in ein fremdes Land entging.

Dies hätte nun wohl zu einer mehr oder weniger philosophischen Diskussion über die Frage der Zwangsläufigkeit geschichtlicher Vorgänge und das Gewicht und die Rolle des einzelnen darin führen müssen, ein Thema, das mich seit je interessiert hat und das von marxistischen Aspekten her nie ganz durchdacht wurde, und ich war darauf eingestellt; aber statt dessen erkundigte Christine sich, ob sie in diesem Zusammenhang einen Punkt berühren dürfe, der mich persönlich beträfe.

Ich muß gestehen, daß mich ihr Begehren nach einem Moment

des Bedauerns über die Störung meiner Kreise dennoch freute: bislang hatte sie sich, was Interesse an meiner Person anging, stets zurückgehalten, wahrscheinlich um zu verhindern, daß ich der Beziehung zwischen uns beiden eine tiefere Bedeutung beimesse.

Was Leute wie mich oder auch Keres, fragte sie, eigentlich veranlaßte, in Ländern wie diesen zu leben; ich sei seinerzeit aus dem Westen hierher gekommen, sicher nicht ganz ohne Kenntnis von den Verhältnissen, die ich vorfinden würde, und Keres sei sogar nach seiner Flucht wieder in das Land zurückgekehrt, in dem er beinahe getötet worden war und wo ihn auch im besten Falle kein angenehmes Schicksal erwartete.

Erstaunlicherweise, erwiderte ich, sei das ein Gegenstand auch meines damaligen Gesprächs mit Keres gewesen. Keres habe die ehrenden Angebote erwähnt, die er nach den Unannehmlichkeiten aus dem Ausland erhielt und die ihm ein sorgloses Leben und alle Arbeitsmöglichkeiten gewährleistet hätten, und mich dann gefragt: bestimmt hätte auch ich gelegentlich Überlegungen angestellt, ob ich nicht besser daran täte, anderswohin zu gehen – und habe darauf die eigne Frage selbst beantwortet: aber wo denn, wenn nicht in unseren Ländern, wäre soviel Widersprüchliches zu beobachten, soviel Neues zu entdecken und zu analysieren, und gerade ein Mann wie ich, mit meinen Erfahrungen auch auf anderen Kontinenten und meinem Einblick in das Gefüge der Macht, könne solche Beobachtungen mit der notwendigen Distanz zu den Ereignissen des Tages durchführen und so zu den Veränderungen beitragen, die kommen müßten. Keres, sagte ich, habe trotz seiner oft skeptischen Haltungen an die Logik der Fakten geglaubt, und ich teilte seinen schönen revolutionären Optimismus, hätte mir auch das Interesse an den Menschen bewahrt – an ihr, Christine Roth, zum Beispiel, die sich weigerte, Routinedenken und Routinehandlungen zu akzeptieren. Dies optimistische Interesse sei die eine Seite bei mir; die andere sei die Einsicht in die Grenzen unserer Möglichkeiten, sei achselzukkender Verzicht, Abgeklärtheit, wenn sie so wolle.

Und außerdem, meinte sie kühl, bedeute Abwendung vom gewählten Wege doch wohl auch das Eingeständnis einer Fehlentscheidung.

Das ging unter die Haut, und ich erkannte, daß es besser sein würde, wenn ich gewisse Gedanken nicht vor ihr verhüllte: was für ein Unding, sagte ich, eine Revolution, die es nicht fertigbrächte, von einer Berliner Straßenseite auf die andere überzuspringen; und dennoch seien Veränderungen geschaffen worden, die in mancher Hinsicht auch meinen Ideen entsprächen; sei doch auch sie auf diesem besonderen Boden gewachsen und wäre so, mit ihren Haltungen, ihren Bestrebungen, auf keinem anderen möglich; allerdings würden auch der Schriftsteller Collin und der Genosse Urack erst hier erklärlich.

Und der Kritiker Theodor Pollock nicht ebenfalls?

Zugestanden.

Und der Hilfsredakteur Havelka?

Dies waren, sah ich, keine müßigen Fragen; sie verfolgte ihre Absichten, und die interessierten mich; und da einer, der unter den Verhältnissen zu leiden hat, erst recht zum Produkt dieser Verhältnisse wird, sprach ich ihr von den Jahren, die Havelka unschuldig in Zuchthäusern unsres Staates zugebracht, vermied es jedoch, im Detail auf die Umstände seiner Haft einzugehen oder auf die Gründe, die zu seinem Prozeß geführt hatten. Ihr Gesicht blieb merkwürdig starr während meiner Worte, nur ihre Lippen preßten sich aufeinander, und ihr Blick wanderte mehrmals zwischen meinen gefalteten Händen und dem Fuß ihres Glases hin und her. Sie schwieg auch, nachdem ich geendet hatte. Da jedoch zu erraten war, was ihr durch den Kopf ging und was ihre Empfindungen waren, hielt ich's für angebracht, darauf hinzuweisen, daß wir uns im Grunde genommen im Kreis gedreht hatten: was wir vor wenigen Minuten von dem Zwang der Ereignisse gesagt hatten, dem sich nicht entrinnen lasse, gelte MUTATIS MUTANDIS auch für den Fall eines einzelnen; die gleichen Beweggründe und historischen Motivationen, die das Handeln ganzer Apparate, Parteien, Nationen bestimmten, beherrschten auch sein Schicksal – von der wohltätigen Wirkung des Zufalls natürlich abgesehen.

»Bitte«, sagte sie, auf einmal ironisch, »sagen Sie jetzt nicht noch, wo gehobelt wird, fallen Späne.«

Ach, wie ich das Wort kenne; jeder Apologet jeder Schurkerei führt es im Mund, und immer wieder wird es benutzt, das Herz lahmzulegen, das sich empören möchte, und die Faust, die sich erheben könnte. Christine war ungerecht, sie sah nicht, wie eng das beieinander lag und wie streng man scheiden mußte. Erkenntnis und Resignation, Dialektik und Kismet. Doch bevor ich darauf eingehen konnte, war sie, ihren eignen Assoziationen folgend, mir bereits wieder um einen Sprung voraus: nämlich bei Collin. Nein, nein, versicherte ich ihr, Collins Leben habe sich ganz anders entwickelt als das des armen Havelka, es sei, ziehe man die Wirrnisse unsrer Zeit in Betracht, geradezu beschaulich verlaufen; in Spanien schon und später auch habe er, alles in allem, doch einen recht glücklichen Stern gehabt.

Weshalb er jetzt auch in der Klinik liege, kommentierte sie, die Ironie von vorhin stärker noch im Ton. Hans-Collin-im-Glück – da sei sie doch schon ein Stück weiter, Gerlinger übrigens auch, nur scheue Gerlinger sich vor einer Untersuchung der psychischen Seite des Falles.

Aus Angst vor den Resultaten? Oder befürchte er Komplikationen: wir reißen das Innere des Menschen auf, blicken hinein, lassen ihn selbst hineinblicken, aber wie flicken wir's wieder zusammen?

Ich sah, daß ich da einen Punkt berührt hatte, der ihr Sorge machte, denn sie wollte wissen, woher meine Vermutungen kämen?

Kombinationsgabe, sagte ich. Jahrtausendealte jüdische Weisheit, nachzulesen im Buche Hiob und anderen Büchern. Auch sei ich ja lange genug in Amerika gewesen und hätte die seelischen Krüppel zu Haufen herumlaufen sehen, die sich Jahr um Jahr auf die Couch schleppen in der Hoffnung, Humpty-Dumpty möchte sie wieder zusammenfügen. Aber Collin auseinanderzunehmen erscheine ihr doch wohl sehr verlockend?

Sie möchte ihm einfach helfen, sagte sie, und nehme an, daß ich wiederum ihr behilflich sein könnte, durch meine Kenntnisse von ihm, meine Gedanken über ihn.

Hier war nun die Wegscheide. Ich hätte Christine in eine Richtung weisen können, die sie auf sicheres Gebiet geführt hätte, nämlich in den Verzicht; aber mehr noch als die Beobachtung der Windungen und Wendungen meines Freundes Collin lag mir daran, zu sehen, wie diese Frau sich verhalten würde, wenn sie den andern Weg einschlug, ins Unbekannte; und es lockte sie ja selber, dorthin vorzustoßen. Ich deutete ihr daher an, daß ich wahrscheinlich nicht ganz ohne Schuld sei an Collins Erkrankung; ich hätte ihn sozusagen angestiftet, hätte ihn, um ihn aus seinem depressiven Zustand herauszulocken, in die eigentliche Krise gestürzt; von hier aus greife alles ineinander, die Furcht vor der Auseinandersetzung mit sich selbst, daraus resultierend der Streß, daraus wieder das Herz, aber sicher sei das zu simpel und schematisch gesehen, und es kämen die verschiedensten Faktoren hinzu, die ihres möglichen Einflusses auf das Gesamtbild wegen zu untersuchen wären.

Das ganz gewiß, sagte sie nachdenklich; und wieviel von all dem wisse der Professor?

In großen Zügen einen großen Teil, vermutete ich, und was er nicht von Collin selbst erführe, könne er sich leicht genug von Frau Nina verschaffen.

Ich fand sie sehr reizvoll, wie sie da saß und abwog: die Gefahren, die für Collin entstehen mochten und für sie selbst, wenn sie etwas unternahm, weiterforschte, sich den Problemen stellte, statt Gerlingers Rezept zu befolgen und der Krankheit ihren Lauf zu lassen. Schließlich hob sie den Kopf: was ich ihr denn nun riete? Ich sagte ihr: »Meine Liebe, Sie haben doch längst entschieden; und seien Sie versichert, ich werde Sie stets stützen.«

Sie schien zu spüren, wie ernst das gemeint war, und wir hoben unsre Gläser und leerten sie, und ich goß nach, und wir tranken wieder und hatten beide plötzlich das Bedürfnis zu lachen. Das Lachen wirkte befreiend. Wir lachten über das Stück, das wir gesehen hatten – eine Bereicherung unsres kulturellen Lebens, war mir als Meinung der entsprechenden Instanzen mitgeteilt worden –, und über das Gewese und Getue bei der Premiere, mit ihrer Sitzordnung, aus der sich Rückschlüsse ziehen ließen, auf die Machtverschiebungen im hierarchischen Gefüge, wie denn das Ganze überhaupt einen feudalen Anstrich hatte, Hoftheater, Durchlaucht mit Gefolge, nur die bunten Fräcke und Kniehosen fehlten im Parkett und den Logen, die hübschen Schnallenschuhe, die gepuderten Perücken.

Christine malte das lebhaft aus; sie hat einen Sinn für das Absurde in unserer Realität; und ich machte mir den Spaß, die Parallelen in den Strukturen des aufgeklärten Absolutismus und des realen Sozialismus aufzuzeichnen: L'ETAT C'EST MOI und keineswegs LES CITOYENS, dazu die Erstarrung der Formen, die Lehre als Doktrin, der Unteroffizier als Schulmeister, und die groteske Verquickung von Willkür und Gesetz – jeder Tritt in den Hintern erfolgt nach Vorschrift –, Erscheinungen sämtlich, die bei aller historischen Fortschrittlichkeit beider Systeme eine lästige Ineffizienz erzeugen. Balzac fiel mir wieder ein; einen Balzac bräuchten wir, der das darstellen könnte, die Atmosphäre, die Pausengespräche, die Blicke bei unsrer Begegnung mit Gerlinger am Buffet, sein mißbilligendes Erstaunen, da er seine Stationsärztin zusammen mit einer ihm ranggleichen Persönlichkeit erkennt, und in seinem Hinterkopf die Frage, worüber redet die Doktor Roth mit dem Herrn Pollock, und dann Frau Nina, die am Arm des stellvertretenden Ministers sich hinzugesellt...

Hier wurden wir durch den Kellner unterbrochen, der mit schwerer Zunge auf uns einredete, bis wir verstanden, daß ein Mensch an der Garderobe stünde, den man unmöglich in ein Restaurant erster Klasse einlassen könne, der sich aber auf Herrn Pollock berufe, ich sei doch Herr Pollock, und auf Frau Dr. Roth, sie sei doch Frau Dr. Roth, und ob wir wünschten, daß man den Burschen an die Luft setze, oder etwa mit ihm sprechen wollten.

Christine war sichtlich verlegen. Das sei wohl der Peter, sagte sie; er habe heute bei ihr angerufen und darauf bestanden, sie zu sehen; sie habe abgelehnt, ein andermal gerne, die neuen Lieder und Gedichte könnten wohl ein paar Tage warten; nun sei er doch gekommen; woher er wisse, daß wir hier säßen, sei ihr unklar.

Ich ließ mir die Rechnung geben; der Abend ging anders aus, als ich erwartet hatte, aber was hatte ich denn erwartet?

An der Garderobe, triumphierend, Peter Urack, unter den Arm geklemmt in einem übel aussehenden Futteral eine Gitarre. Er habe uns vom Theater hierher verfolgt, es sei ja nicht weit gewesen, und habe draußen gewartet, bescheiden wie er sei, nun sei es ihm aber doch zu lang geworden, zu lang und zu kalt, und die Kneipe gegenüber, wo er sich gelegentlich aufgewärmt, habe schon zugemacht, wir könnten ja mitkommen mit ihm auf seine Bude am Prenzlauer Berg, er lade uns ein, Rotwein habe er genügend; und als er sah, daß ich zweifelnd die Braue hob, verkündete er, wir brauchten keine Angst zu haben, ob wir den blauen Wartburg am Ende der Straße sähen, darin säßen seine Bewacher, alles gehe ordentlich zu in unserem Staate; er war frech und zugleich ein so armer Kerl, daß ich wußte, Christine würde ihm nicht widerstehen können; wir fanden ein Taxi und fuhren, gefolgt von dem blauen Wartburg, hin zu der dunklen Ecke des Prenzlauer Bergs, wo er, im fünften Stock eines Hinterhauses, erreichbar über steile Treppen zwischen Wänden, von denen die Farbe fladenweise abbröckelte, eine Bude unterhielt, möbliert mit einem rohen Tisch, Stühlen verschiedenster Bauart, einer Matratze, über die eine Flickendecke geworfen war, und zerschlissenen Teppichen; nur das Piano war gut, sah ich, und die Bilder an den Wänden, Graphiken von dem Leningrader jüdischen Maler Kaplan, zwei chinesische Wasserfarben, und ein Altenbourg, weiß der Teufel, wo er den herhatte.

Christine ließ sich auf der Matratze nieder, während er den Wein holte; sie schien entspannt, bemerkte nur einmal, daß sie sich bei Frau Zink werde entschuldigen müssen, da sie nun doch länger als geplant ausbliebe, und genoß wohl, wie sollte sie auch nicht, daß da nun plötzlich zwei Männer waren, die sich um sie bemühten.

Von dem, was er vortrug, mit starken Fingern in die Saiten der Gitarre greifend und ihr sonderbar aufreizende Töne entlockend, blieben nur ein paar Verse bei mir haften, ich hörte wohl auch nicht richtig hin, beobachtete vielmehr das Spiel, das zwischen ihm und Christine begann, der Sohn, der den Vater aussticht...

Die Welt tritt
auf der Stelle
wir treten
an
und später
Herden von Lemmingen
die sich ins Meer stürzen
mit der Begeisterung
Getriebener

und dann noch
Aber du
mit dem weißen Halse
und dem gelben
Bernstein
zwischen den Brüsten
versprichst
Ruhe

Es wird nichts werden mit den beiden; höchstens werden sie einander weh tun...

9

Die Tür. Das Hüsteln Wiederöckers.

Er legte die Schriftstücke beiseite, die er sich gegen Gerlingers ausdrückliche Anordnung hatte kommen lassen, Sie müssen vergessen, Genosse Urack, die Sorgen, das Amt, alles, aber der Mensch war doch nicht wie ein Stück Gemüse, das im Beet vor sich hindröselte; die Welt lief weiter, er durfte nicht zulassen, daß große Entscheidungen ohne ihn fielen, er mußte die Hand im Spiel behalten, auch von hier aus.

»Ihre Frau kommt, Genosse Urack. Mit dem Jungen.«

»Was – mit dem Jungen?« Wiederöcker grinste.

Urack spürte, wie ihm das Blut in den Kopf stieg: das war wieder so eine von Röschens Provokationen. Schluß, hatte er ihr gesagt, Schluß mit dem Jungen, was habe ich nicht alles für ihn getan und wie hat er's mir gedankt; aber immer wieder ließ sie den Bengel heimlich zu sich kommen, oder sie trafen einander irgendwo; glaubte sie denn, so etwas erführe er nicht, schließlich bekam er seine Berichte; dabei war der Junge nicht mal ihr Fleisch und Blut, sondern seines, zufälliger Sproß einer zufälligen Tochter. Und nun gar in die Klinik zu kommen mit dem Früchtchen, in aller Öffentlichkeit!

»Ist gut, Wiederöcker, ich brauche Sie dann nicht mehr.«

Wiederöcker machte militärisch stramm kehrt und zog sich zurück. Urack blickte ihm nach. Er konnte sich vorstellen, was Wiederöcker sich dachte: Schön herunter ist der Alte, und so nervös, weiß Gott, wie lange der's noch macht, vielleicht sollte ich mich unter der Hand nach einem neuen Chef umsehen, der Bergmann könnte mich schon gebrauchen, der Bergmann hat sich immer so interessiert gezeigt, direkt menschlich. Möglicherweise berichtete Wiederöcker auch bereits an Bergmann, so und so geht es dem Genossen Urack, so und so verhält er sich; vielleicht war es ein

Fehler gewesen, Wiederöcker jetzt wegzuschicken, nun würde es heißen, was beredet der Urack mit dem Jungen, warum hat er sich nicht in unser Krankenhaus gelegt, wo er hingehört, sondern zu Gerlinger.

Er stand auf, zog sich den Schlafrock über und trat ans Fenster: Ausblick auf den grasbewachsenen Innenhof und die Statue mit dem Hängehintern. Der neue Realismus, dachte er, der sozialistische, da betonten die Genossen Künstler das für die Produktion Wichtige, die Arbeiter hatten riesige Hände und winzige Köpfe, und die Weiber sahen sämtlich aus wie im sechsten Monat. Elfriede hatte die Tochter geheißen, er hatte sie ein paarmal als kleines Kind gesehen, dann nicht mehr während der ganzen Zeit, da der Hitler die Macht hatte und er im Auftrag der Organisation bald in diesem Erdteil aufkreuzte, bald in jenem; nach dem Krieg dann hatte er Recherchen anstellen lassen, und siehe da, das Mädchen hatte überlebt, war aber schon kein Kind mehr, sondern ein blasses junges Ding mit wirrem Haar und wirren Ideen, und mit Augen, die den seinen ähnelten.

Sein Herz tat ein paar beängstigende Sprünge. Er klammerte sich an den Fenstergriff und stand ganz still und lauschte in sich hinein, bis der Puls wieder gleichmäßig war und das Würgen im Hals sich löste. Er hatte getan, was sich für das Mädchen unter den Umständen tun ließ, hatte ihr eine Stellung verschafft bei den sowjetischen Freunden, in der Militärregierung; so hatte sie Quartier und Arbeit und erhielt ihre Pajoks, das war das Wesentliche damals, viel mehr konnte keiner erwarten, auch nicht von einem liebenden Vater. Es war nicht seine Schuld, daß ein gewisser Major Pokryschkin, übrigens, wie ihm berichtet wurde, ein sehr gut aussehender, gescheiter Mann, ein Verhältnis mit Elfriede anfing, und daß dieser Pokryschkin sich in einen Streit mit seinem Vorgesetzten einließ, einem Oberst Aibakidze, wegen dessen Schwarzmarktgeschäften in Textilien, so daß beide, der Oberst Aibakidze wie der Major Pokryschkin, in die sowjetische Heimat abberufen wurden, wo sich Pokryschkins Spur in einem Arbeitslager verlor; Elfriede aber saß mit dickem Bauche da. Sie trug das Kind aus, kränkelte aber seit der Geburt und verstarb, als der Knabe noch keine zwei Jahre alt war, einen

Brief hinterlassend, in dem stand: Vati, nimm dich Peters an, ich hab sonst niemand, den ich bitten könnte.

Vati, Form zärtlicher Anrede, Ausdruck der Zuneigung und der kindlichen Liebe – im Leben hatte sie es sogar vermieden, ihn Vater zu nennen, er konnte sich nicht entsinnen, daß sie ihn je direkt angeredet hätte, stets hatte sie demütig gewartet, bis er zu ihr sprach. Was sollte er also machen nach Erhalt des Briefes? Er fuhr zu dem Heim, in welches sie das Kind provisorisch gesteckt hatten, entstieg seinem schwarzen Dienstwagen, schritt durch einen Haufen magerer, lärmender Gören, die von allen Seiten gelaufen kamen, fand schließlich den Direktor und ließ sich von ihm den Kleinen zeigen. Der sah gesund, wenn auch verdreckt aus, mit dunklen Locken, wohl von Pokryschkin, und Augen, die wieder den seinen ähnelten. Peter saß ihm auf dem Schoß, den ganzen Weg vom Kinderheim bis zu der Villa in der Majakowsky-Straße, die er damals bewohnte; Urack erinnerte sich, wie still der Junge saß, und welch sonderbares Gefühl er empfand, wenn der Kleine sich doch einmal regte; als Röschen ihm dann entgegentrat, damals war ihr Augenlicht noch um einiges besser als heute, hielt er ihr das Kind entgegen und sagte: Hier, der Enkel.

So erfuhr Röschen von der Sache. Er hatte Widerstand erwartet, Reibereien, spöttische Bemerkungen wie damals im Falle Olga; aber nein, Röschen setzte die dicke, bunt schillernde Brille auf, hinter der die Augen kaum noch sichtbar waren, und betrachtete das Kind, das zu greinen begann. Doch als sie dann zu dem Kleinen sprach, ihre oft so schrille Stimme auf einmal sanft gurrend, hörte das Geplärr auf; Peter steckte den Daumen in den Mund und ließ sich friedlich von ihr hinwegführen und in die Badewanne setzen, und war von da an Stern und Mittelpunkt ihres Lebens und früh schon Teilhaber der lästerlichen Gedanken, die auszusprechen sie auch in Gegenwart des Jungen sich nicht scheute. Und wenn er sie warnte, daß sie mit solchen Reden dem Jungen nicht hülfe, ja ihn in Konflikte stürzte, in vermeidbare, inopportune, krähte sie: Was willst du, soll er so werden wie du?

Röschen, ihren Pelz um die Schulter, begrüßte ihn, seit Jahren vertraute Formel: »Na, Alter?« Der Ton, als schuldete er ihr Rechenschaft über seine Tage und Nächte, sein Tun und Lassen, reizte ihn immer wieder. Der Junge sagte nichts; er hielt sich in der Nähe der Tür, dort waren die Schatten. »Ich hab den Peter mitgebracht«, sagte Röschen, »erstens hilft er mir blindem Weib, und dann dachte ich, wen hast du sonst schon auf dieser Erde, Wilhelm.«

Da war der kleine runde Tisch, daneben die zwei Sessel. Urack sank in den dem Fenster nahen und knurrte: »Gefühlsduselei, kleinbürgerliche.« Und, als spräche er zu einer unsichtbaren Gruppe Gleichgesinnter: »Aber sie hat seit je eine sentimentale Ader gehabt. Wen sonst schon auf dieser Erde!... Ich sag dir, nichts hinterläßt der Mensch außer der Wirkung, die er gehabt hat. Und da ist einiges bei mir, das gewirkt hat, wie dir die Leute bestätigen werden, die mich kennen...«

Er verfiel in Schweigen, nur die Lippen bewegten sich, als zähle er auf: Taten, Untaten, Erreichtes. Röschen hatte sich in den anderen Sessel gesetzt und ließ den Pelz auf die Rücklehne fallen; der Junge stand immer noch nahe der Tür, das Gesicht verschlossen; man konnte nicht erkennen, ob er überhaupt zugehört hatte und was er sich dachte.

»Im übrigen«, sagte Urack, »ist die Freude verfrüht. Der Gerlinger verspricht, daß er mich in ein paar Wochen soweit hat, daß ich aus der Klinik herauskann. Komm her, Peter.«

Der trat näher, übermäßig lang wirkend in seiner Kutte, und in Verlegenheit, wohin mit seinen Händen, und sagte: »Ich freu mich, daß dir's besser geht.«

»So, freust du dich.« Urack hob den Kopf. »Und was machst du so? Gammelst herum, was?« Und mit einem Nicken in Richtung seiner Frau: »Auf ihre Kosten, eh?«

Röschen lachte scheppernd. »Das ist nicht wahr.«

»Ich zahl's ihr zurück«, sagte Peter ruhig.

»Er arbeitet«, sagte Urack. »Buup-di-buup-Musik. In einer Kapelle mit dem Namen Red Powerhouse.«

»Band«, sagte Peter.

»Schöner Name«, sagte Urack. »Könnt euch nicht mal was Deutsches ausdenken, damit die Arbeiterklasse euch vielleicht versteht.«

»Kraftwerk«, sagte Peter.

»Er schreibt auch Texte«, sagte Röschen, »und Gedichte.«

»Schöne Texte«, sagte Urack, »buup-di-buup-buup. Wenn ihr glaubt, euer Geheul stört uns und eure wirren Texte, täuscht ihr euch. Wir haben was gegen Worte, die einen Sinn ergeben, den falschen Sinn.«

Peter brachte seine Hände endlich zur Ruhe, indem er sie in die Hosentaschen steckte. »Wir beide haben uns seit dem Jahr achtundsechzig nicht mehr gesehen«, sagte er. »Aber aus dem Auge gelassen hast du mich nicht.«

»In deinem eigenen Interesse, mein Junge.«

Peter blickte ihn an. »Überhaupt war alles in meinem Interesse, oder?«

»Jawohl«, sagte Urack betont. »Ihr wißt leider nicht, was in eurem Interesse liegt, keiner von euch, darum müssen wir ja in eurem Interesse denken und reden und handeln. So ist das.«

Röschen schob ihre Brille auf die Stirn und rieb sich die schmerzenden Augen. Seit die Nazis sie damals in Paris verhört hatten, war beidseitig der Sehnerv geschädigt, unheilbar.

»Was hättet ihr auch erreichen können«, sagte sie, »mit euren paar maschinengetippten Zetteln.«

»Stimmt«, sagte Peter. »Aber das bedachten wir nicht. Wir haben ja nichts in den Köpfen als buup-di-buup-buup.«

»So«, sagte Urack zweifelnd. »Siehst du das wenigstens ein.«

»Es war ein lächerliches Unternehmen.« Peter hob die Schultern, er sah sehr schmal aus und hilflos. »Trotzdem – Unrecht bleibt Unrecht. Man darf da nicht schweigen.«

Uracks Gesicht schien anzuschwellen, seine Finger zuckten. »Unrecht! Sieh dir die alte Frau hier an: was sie der getan haben, das ist Unrecht! Und wir sind dafür da, daß so etwas nie wieder passiert, nie, verstehst du!«

»Und was hat sie in ihrer Zeit mehr gehabt als ein paar maschinengetippte Zettel?«

»Willst du das etwa vergleichen?« empörte sich Urack.

»Gewalt ist Gewalt, Unrecht ist Unrecht, damals wie heute, drüben wie hier.«

»Und woher hast du diese Weisheit?« Urack spürte, wie es in seinen Schläfen hämmerte: dieser Grünschnabel, dieser undankbare, der ohne Geschichtssinn war und ohne Klasseninstinkt, würde ihm noch den Infarkt verpassen, den zu verhüten er sich zu Gerlinger in die Klinik gelegt hatte. Er wandte sich gegen Röschen. »Und du hast ihm diese Art zu denken beigebracht. Statt ihm beizubringen, was Dialektik ist. Unrecht ist eben nicht gleich Unrecht, alles hängt davon ab, wer etwas tut und zu welchem Zweck.« Seine Bewegungen wurden fahrig. »Aber du hast das ja nie verstehen wollen, du hast dich mokiert über mich, meine Aufgaben, meine Pflicht, und hast dein Schandmaul nicht einmal gezügelt, wenn der Junge dabei war...«

»Du meinst: ich hab keine Angst gehabt vor dir«, sagte sie.

»Ich bin die Güte in Person«, sagte er. »Der Junge ist der lebendige Beweis dafür. Hat es ihm je an etwas gemangelt?« Er zürnte wieder. »Als ob sich das vermeiden ließe, Unrecht. Ja, wir haben Unrecht getan, und wir werden noch viel mehr Unrecht tun müssen, eine Revolution ist kein Gesellschaftsspiel, aber am Ende wird sich herausstellen, daß wir die Welt verändert haben, und das ist die Berechtigung für alles.«

»Und wer entscheidet das?« fragte Peter. »Wieviel Unrecht ihr tun könnt, und an wem?«

»Wer? Du nicht! Du zu allerletzt!« Urack ballte die Faust. Da er aber die warnende Hand seiner Frau auf seinem Unterarm spürte, wandte er sich ihr wieder zu: »So sag du doch was! Wer ist er denn, dieser Buup-di-buup-buup, dem ich drei oder vier Jahre Knast erspart habe, daß er sich anmaßt, Urteile zu fällen über mich, über uns alle. Ich kann Wiederöcker rufen und ihn an die Luft setzen lassen, aber dann fühlt er sich noch als Märtyrer. Warum hast du ihn mit hergeschleppt?«

»Vielleicht weil er mir wie ein Sohn ist«, sagte sie, »den ich nun doch von dir habe. Und weil ich sehr allein bin.«

»Bist du.« Urack kaute an seiner Lippe. Allein war ER ja wohl immer gewesen, das brachte die Arbeit mit sich, die er tat, da lernte man die Menschen kennen, mitunter fragte man sich, waren sie die seelischen Unkosten wert, die man sich ihretwegen machte – als ob das so leicht wäre, zu entscheiden, wieviel Unrecht, und an wem. »Allein bist du also. Ich kümmere mich zu wenig um dich, willst du sagen.«

»Das ist es nicht.« Sie hüstelte; immer wenn ihr etwas naheging, nahm ihre Stimme einen krächzenden Ton an, den sie haßte. »Ich habe fast ein Menschenleben an deiner Seite verbracht, Wilhelm, und ich habe gesehen, wann das angefangen hat bei dir, und wie es sich ausgewirkt hat auf dich...«

»Was, bitte?«

Sie zögerte: er war krank, schwer krank; aber gerade darum wollte sie, daß gewisse Dinge nun in Ordnung kamen, auch das mit Peter. »Das Fremde«, sagte sie. »Der Verfall. Die Versteinerung.«

»Du täuschst dich«, sagte er. »Ich habe mich nicht geändert.«

Sie nahm die Brille ab und blinzelte. Jetzt sah sie nur noch Schatten, den Schatten des Genossen Faber, der sich duckte unter den peitschenden Worten des Generalstaatsanwalts, und auf der Anklagebank sitzend Havelka, das Gesicht merkwürdig sonnengebräunt, als sei er gerade von einer alpinen Tour in den Gerichtssaal getreten, und auf einem gepolsterten Stuhl mit bequemen Armlehnen, der extra für ihn hereingetragen und ein wenig seitlich vom Geschehen aufgestellt worden war, ihren Mann: der saß, aller Blicke auf sich ziehend, ohne sich zu rühren, und ließ das ganze Frage-und-Antwort-Spiel vor sich ablaufen.

»Ich war immer so.«

Sie schob sich die Brille zurück auf die Nase. »Vielleicht hast du recht, und ich habe es nur nicht wahrhaben wollen.«

»Wieso bist du dann nicht weggegangen von mir, nachdem du's gemerkt hast? Ich hätte dich nicht verhungern lassen; außerdem gibt es Einrichtungen für verdiente alte Genossen, sehr komfortabel eingerichtete Heime, mit und ohne Pflege, wir sind doch keine Unmenschen.«

Jetzt war der Schuh am andern Fuß, stellte er befriedigt fest, jetzt litt sie. Das gab es nicht, beides zusammen genießen, die sauberen Hände und das fette Leben, das ließ er nicht zu.

»Ja, das kommt auf mein Konto«, gestand sie, und ihre Stimme wurde wieder mißtönend, »das ist meine Schuld, daß ich geblieben bin. Ich könnte mich ja herausreden, könnte sagen, ich hätte immer noch Hoffnung auf eine Umkehr gehabt, es ist ja möglich, daß ein Mensch vor sich selber zurückscheut, und dann hättest du mich vielleicht gebraucht...«

Peter stand da, bleich, er hätte dem Alten an die Gurgel gehen können, und er dachte, soll ich Christine rufen, sicher ist sie im Hause, aber es ist alles schon schlimm genug auch ohne sie.

»Ich bin geblieben«, krächzte Röschen, »weil du mir eine Menge geboten hast, das Beste, was es im Lande gab; wer die Macht hat, hat auch den Komfort, und seine Ehefrau desgleichen. Das ist die Korruption, der ich unterlegen bin: daß ich geglaubt habe, ich hätte schon genug getan, und mir hätte man genug getan...«

Peter trat hin zu ihr und stellte sich neben sie, als wollte er sie schützen, und sagte zu ihr: »Was verteidigst du dich, das hast du nicht nötig, du nicht.«

»...und da war auch der Junge«, sagte sie, »ich habe gedacht, der soll es besser haben, der soll nicht aufwachsen müssen wie du und ich in unserer Zeit.«

»Und darum hat er die Zettel geklebt, achtundsechzig, beim Einmarsch, was?«

»Die Frage habe ich ausführlich beantwortet«, sagte Peter, »bei meinen Verhören.«

»Was hackst du auf dem Jungen herum«, sagte Röschen. »Du stößt ihn nur ab.«

»Vielleicht billigst du auch noch seine konterrevolutionären Idiotien. Wenn er wenigstens einmal gesagt hätte, jawohl, Genossen, ich hab falsch gehandelt, ich seh's ein. Aber nein, ich, ich habe mich selbstkritisch äußern müssen, der Bergmann und die andern haben um den langen Tisch herum gesessen und hinter vorgehaltener Hand gegrinst: der Urack, an dem nie ein Fleck war, nie eine Schwäche, in der Vergangenheit nicht und nicht in der Gegenwart, der Urack, gerade in seiner Funktion. Und haben verständnisvoll genickt, na ja, ein menschliches Versagen, hast's ja auch nicht leicht, gerade in deiner Funktion, immer den Kopf voll, aber trotzdem, das muß eins sein, das Private eines Genossen und seine politische

Arbeit, und die Jugend ist unsere Zukunft, so etwas habe ich mir anhören müssen, und von dem da kein Wort des Bedauerns, nichts.«

»Aber heute ist er doch mitgekommen zu dir«, suchte Röschen zu vermitteln. »Es ist ihm nicht leicht gefallen, Wilhelm, er weiß, wer ihm seine Aufpasser schickt.«

»Er soll bedankt sein für die Gnade.« Urack atmete schwer. »Was hast du ihm gesagt, ihn so großmütig zu stimmen? Sowieso kratzt der Alte bald ab, was kostet's dich, eine Viertelstunde nett zu sein, und der Dienstwagen bringt dich hin und zurück? Oder was?«

Vielleicht kratzt er wirklich bald ab, dachte Peter, hat die Zeit, in der ich ihn nicht gesehen habe, ihn gezeichnet oder der Tod, und ein zwiespältiges Gefühl beschlich ihn, er war Fleisch vom Fleisch und Blut vom Blut dieses Mannes, sein Vater war nur ein Gerücht, verschollen, verweht.

Er sagte: »Es tut mir leid, daß ich die drei Jahre nicht abgesessen habe, oder wären's vier gewesen; dann könnte ich nämlich jetzt frei vor dich hintreten und dir sagen, daß ich dir trotz allem dankbar bin.«

»Dankbar«, sagte Urack. »So.«

»Ja, für die große Chance, die du mir geboten hast, zu sehen, was ist, und zu wählen.«

»Was zu wählen – buup-di-buup-buup?«

»Unter anderem – buup-di-buup-buup. Weil es mit deinen Mitteln nicht geht.«

Urack ärgerte sich wieder. Daß er sich überhaupt dazu hergab, mit dem Jungen zu debattieren! »Was du schon weißt von meinen Mitteln.«

»Nur was ich selbst davon zu spüren bekommen habe.« Er lehnte sich gegen das Fußende des Betts, die Hände auf den metallenen Rahmen gestützt, und sah, jetzt ohne Scheu, dem Vater seiner Mutter, seinem Wohltäter, in das teigige Gesicht, in die Augen, die graublau waren wie seine eigenen, deren Weiß aber durchzogen war von roten Äderchen, und wußte auf einmal, daß der Alte verwundbar war, und sagte in versöhnlicherem Ton: »Ich bestreite ja nicht, daß du mehr und bessere Informationen hast als ich. Aber gerade darum – erschrickst du nicht, wenn du dir einmal klarmachst, daß du niemanden hast, auf den du dich verlassen kannst, niemanden als deine Ja-Sager, diese frommen Nachbeter und gehorsamen Beamtenseelen?«

»Auf wen denn ist Verlaß, auf dich etwa?« Urack lachte, es klang ungut. »Da zieh ich mir die Genossen vor, die meine Sprache reden und ja sagen und Disziplin halten. Oder meinst du, mit Klugscheißern und Abenteurern und Phantasten hätten wir die Macht gehalten und hätten geschafft, was wir geschafft haben? Und kommt mir nicht mit Widerspruch und Widersprüchen. Wir haben einen gewissen bescheidenen Luxus erreicht, und zwar aus eigener Kraft, aber der Zweifel ist ein Luxus, den wir uns nicht leisten können, und...«

Er begann plötzlich zu husten.

»Nur die Ja-Sager. Na und wennschon. Was will dieses Volk denn? Noch ein Stück Wurst, noch ein modisches Fähnchen. Kriegen sie auch, jawohl... wenn sie arbeiten dafür... und wenn sie...«

Das Husten kam wieder, steigerte sich, hörte nicht auf. Uracks Gesicht lief rot an. Er griff sich ans Herz.

»Was ist denn mit dir? – Wilhelm!« Röschen arbeitete sich aus dem Sessel hoch, ihre ungeschickten Füße verfingen sich in dem Pelz, der zu Boden geglitten war, sie tastete sich die Wand entlang. »Wo ist denn hier die Klingel!«

»Nichts«, keuchte Urack, »es ist nichts, regt euch nicht auf.«

Peter fand die Pillen auf dem Nachttisch, und die Tropfen.

»Vielleicht braucht er was hiervon?« Dann sah er die Klingel an der schwenkbaren Lampe. »Hier! Soll ich läuten?«

»Mach kein Theater.« Urack suchte sich aufzurichten; es gelang ihm nicht. »Hilf mir ins Bett.«

Er stützte sich schwer auf den Jungen und gestattete, daß der ihn anhob und ihm aufs Bett half und ihn zudeckte. Überraschenderweise empfand Peter durchaus kein Gefühl des Widerwillens; der leicht herbe Geruch, der von der Haut des Alten ausging, erinnerte ihn an die frühe Kindheit, an Kletterübungen auf Schoß und Schultern. »Ich geh jetzt und hol jemanden«, sagte er und schob einen Stuhl für Röschen ans Bett. »Vielleicht braucht er eine Spritze.«

Er ging, trotz des Protestes des Alten. In Wahrheit wollte er weg aus dem Zimmer; der Besuch hatte auch ihn durcheinandergebracht; und dann war da, seit er das Haus betreten hatte, der Gedanke an Christine. Das Ende des langen Korridors verdämmerte im Grau des Spätnachmittags. Irgendwo ein Schatten: Wiederöcker; endlich eine Schwester, die man ansprechen konnte: »Wissen Sie, wo ich Frau Doktor Roth finde?«

Schwester Gundula betrachtete ihn interessiert, ein neues Gesicht: Besucher, Freund, junger Kollege? Nein, wie der aussah, gehörte er nicht zu Frau Dr. Roth, war nicht ihr Fall, sozusagen, dafür war die Frau Doktor zu ordentlich und zu normal. »Ich glaube nicht«, sagte Schwester Gundula, »daß die Frau Doktor noch da ist.«

»Läßt sich das nicht feststellen?«

»Das Arztzimmer befindet sich drei Türen weiter, auf der linken Seite«, sagte Schwester Gundula und dachte, daß es wohl ratsam wäre, diesen Menschen nicht unbeaufsichtigt hier herumstreunen zu lassen; aber in dem Moment öffnete sich die Tür, und Christine trat aus dem Arztzimmer, bereits angekleidet zum Nachhausegehen, graue Stiefel an den Füßen, grauer Flauschmantel, graues Karakulmützchen, und der junge Mann rief halblaut ihren Namen.

Schwester Gundula sah, wie die Ärztin sich überrascht umwandte, und hörte das »Peter! – Sie hier?« und konnte sich nicht entscheiden, ob es eher tadelnd geklungen hatte oder freudig, und sagte: »Dann kann ich ja wohl gehen.«

Urack hob den Kopf. »Ah, die Frau Dr. Roth!« Er zwinkerte ihr zu. »Der Knabe hat Sie umsonst bemüht, und noch dazu nach Schluß der Dienstzeit, wie ich sehe. Ich habe ein bißchen gehustet, und die besorgte Familie hat geglaubt, der Faden reißt. Von mir hat einmal einer gesagt, wo andre ihr Herz haben, hat der Urack ein Stück Stahl. Können Sie das bitte meiner Frau bestätigen und dem Buup-di-buup-buup da?«

»Er redet zuviel«, sagte Röschen vom Fußende des Bettes her. »Das ist kein gutes Zeichen. Wenn er sich wohl fühlt und seiner Sache sicher, ist er sparsam mit Worten.«

Christine ließ sich von Peter aus dem Mantel helfen. Während sie Urack den Puls fühlte, beobachtete sie die alte Frau, die ihr das linke Ohr zukehrte, so als suche sie ihr Wesen zu erlauschen und ihre Absichten. Peter hatte ihr von Röschen erzählt, ein Relikt hatte er sie genannt, Relikt aus einer Zeit, wo man noch Ideale mit sich herumtrug und große Ziele hatte; er selber hätte keine großen Ziele mehr und keine Ideale, das alles sei ja doch vergebliche Liebesmüh in dieser Weltgegend; die Rede hätte so auch von ihrem Ex-Gatten Andreas kommen können, aber der sprach so etwas nicht aus, der lebte nur danach.

»Der Puls ist akzeptabel«, sagte sie, »und jetzt der Blutdruck.« Und bat Peter: »Geben Sie mir das Gerät da auf dem Tisch.«

Etwas in ihrem Ton ließ Urack aufhorchen. »Ihr beide kennt euch?«

»Flüchtig«, gab Peter zu, da Leugnen sinnlos zu sein schien; irgendwann würde der Alte durch seine Leute sowieso von seiner Bekanntschaft mit Christine Roth erfahren.

Urack hielt Christine den Arm hin, damit sie die Gummimanschette anlege, und dachte dabei, wieso höre ich von derlei Bekanntschaften zufällig und erst jetzt, wozu taugt der ganze Apparat, und wie weit kann man dieser Ärztin noch trauen, flüchtig, was heißt hier flüchtig, vielleicht sollte man auch mit Gerlinger darüber reden, man ist diesen Menschen ausgeliefert. Und fragte: »Der Blutdruck ist zu hoch?«

Sie verfolgte die Quecksilbersäule, die langsam sank, dann schneller, und wieder stockte, bis sie in sich zusammenfiel. »Sie haben sich erregt, Herr Urack?«

»Das sagt Ihnen Ihr kleines Gerät?«

»Mein kleines Gerät sagt mir, Sie brauchen Ruhe.«

Die Erklärung fand sofort den Beifall Röschens. Zu Christines Erstaunen ließ sie Urack gar nicht erst wieder zu Wort kommen, sondern konstatierte mit scharfer, dabei jedoch nicht unangenehmer Stimme, es sei überhaupt kein Wunder, daß ihr Mann hier läge mit haushohem Blutdruck und sämtliche Innereien, wie sie vermute, in schlimmer Verfassung, denn das Leben, das er führe, sei in keiner Weise als menschlich zu bezeichnen; ein Wunder wäre es vielmehr, wenn sie, die Frau Doktor, ihn einmal wenigstens zum Abschalten brächte, zur, ja, Selbstbesinnung.

Selbstbesinnung, dachte Christine; diese halbblinde Frau, welkes Fleisch, gekrümmter Rücken, dünnes Haar, mit dem kein Friseur mehr etwas anfangen konnte, hatte dennoch etwas Anziehendes, einen Abglanz von früher wohl, und Güte; und vor allem schien sie viel mehr zu wissen, als sie sagte.

»Selbstbesinnung«, höhnte Urack. »Mein Selbst ist bestens in Ordnung!«

»Ich werde Doktor Lommel benachrichtigen«, sagte Christine.

»Er ist für die Nacht zuständig. Doktor Lommel wird Ihnen ein Sedativ geben und etwas für den Kreislauf.«

»Siehst du, Alte«, trumpfte Urack auf, »ich habe recht gehabt, die Frau Doktor sagt's auch, es ist nichts.« Und wieder mit dem grotesken Augenzwinkern zu Christine: »Ich habe nämlich eine stille Wette laufen mit dem berühmten Schriftsteller Collin, daß er vor mir den Infarkt kriegt, den tödlichen, und der Genosse Collin, das kann ich Ihnen vertraulich mitteilen, hat die feste Absicht, erst noch ein paar Bände Memoiren zu schreiben.«

Er lachte etwas zu laut und zu lange.

»Gut, was?«

Dr. Lommel versprach, ein Auge auf den Patienten Urack zu haben und das Notwendige zu tun; außerdem, sagte er, sei da dieser Mensch Wiederöcker, der wohl auch ein wenig auf ihn achten könnte.

Dennoch war Christine unruhig. Pollock, Collin, Havelka, Peter, und nun die kurze Zwischenfrage Uracks: kennt ihr euch – immer weiter wurde sie in Dinge hineingezogen, die sie nicht mehr kontrollieren konnte, und wenn sich eine warnende Stimme erhob, Gerlingers etwa, schlafende Hunde soll man nicht wecken, mußte sie feststellen, daß etwas in ihr die Warnung ärgerlich von sich wies.

Am Eingang zur Klinik, neben der Garderobe und den Telephonzellen, erblickte sie die alte Frau und den Jungen. Sie zögerte; aber die beiden schienen auf sie zu warten.

Peter sagte etwas zu der Alten, die in ihrem vornehmen Pelz wie kostümiert wirkte, war es heimlicher Protest gegen das gehobene Milieu, in das sie durch die Funktion ihres Mannes geraten war, oder kam es daher, daß zu ihrem schiefen, gequälten Rücken überhaupt kein Kleidungsstück passen wollte. »Sind Sie das, Frau Doktor Roth?« fragte sie, als traute sie der Mitteilung ihres Enkels nicht ganz, wartete aber eine Antwort nicht ab, sondern fuhr fort: »Ich habe mir gedacht, wir könnten Sie vielleicht nach Hause bringen, der Peter und ich, Sie haben sich unsertwegen verspätet, und der Wagen ist sehr bequem.«

Christine sah den dunkel glänzenden Wagen, der mit leise surrendem Motor unten vor der Treppe stand, der Fahrer am Steuer eine schwarze Silhouette, und sie stellte sich vor: die Straße mit ihrem Mietshaus und sie der Regierungskarosse entsteigend, und sie sagte: »Das ist sehr liebenswürdig von Ihnen, Frau Urack, aber Sie wohnen doch in einer ganz anderen Richtung, und ich möchte Ihnen keine Ungelegenheiten machen, ich kann gut und gerne die S-Bahn nehmen.«

Röschen schwieg einen Moment; es war nicht klar, ob sie diese Art Ablehnung erwartet hatte oder ob sie enttäuscht war; dann sagte sie zu Peter: »Aber du kommst doch?«

Das klang bittend, und Christine nahm an, ja wünschte beinahe, daß der Junge sagen würde: Ja natürlich, und: Auf Wiedersehen, Frau Doktor, aber statt dessen erklärte er: »Ich gehe mit Frau Doktor Roth mit, Röschen«, und fügte entschuldigend hinzu: »Ich habe auch noch was zu arbeiten, heute abend«, und Röschen sagte: »Ah so, ja, ich verstehe«, und hielt ihm ihren Arm hin, damit er sie die Treppe hinunterführe, und ließ sich von ihm küssen, auf beide Wangen, wie eine russische Generalswitwe. Dann öffnete er ihr den Schlag und half ihr beim Einsteigen und winkte ihr nach, bis der Wagen um die Ecke fuhr.

Sie sprachen kaum miteinander auf dem Weg zur S-Bahn. Christine suchte sich seinen langen Schritten anzupassen, es gelang ihr nicht. Er bemerkte nichts von ihrer Mühe, er schien in seine Gedanken versunken, und erst als sie auf dem Bahnsteig ankamen – der Zug war gerade abgefahren, sie sahen die roten Schlußlichter noch –, sagte er: »Jetzt werden wir eine Weile frieren müssen, vielleicht wäre es doch besser gewesen in dem Wagen, es fährt sich sanft und angenehm auf den Polstern der Macht, diskret geschützt vor fremdem Blick durch die weißen Gardinchen, es verleiht einem Gewicht, ob auch Sicherheit, wage ich zu bezweifeln.«

Christine lachte. Sie hätte sich gern an ihn geschmiegt, Wärme suchend gegen den Wind, der quer über die ungeschützte Plattform blies, aber sie befürchtete, Peter könnte das mißverstehen als Aufforderung zu anderen Intimitäten; so zog sie nur ihren Mantel enger um sich.

»Außerdem«, sagte er, »müssen meine Überwacher sich nun von neuem bemühen, Anschluß zu finden.«

Sie blickte sich um. Der Bahnsteig hatte begonnen, sich wieder zu füllen, alles ehrenwerte Bürger, die wohl von der Arbeit kamen oder zu ihrer Nachtschicht wollten, dazu eine Gruppe Teenager, überlaut, auf dem Weg zu irgendeiner Diskothek. »Übertreiben Sie da nicht etwas, Peter?«

Er lächelte. »Im Fachjargon heißt so etwas lose, konspirative Überwachung. Ich soll's ja nicht merken, oder sie sollen so tun, als sollte ich's nicht merken, es ist schwer, sich in die Gehirne solcher Leute zu versetzen. Haben Sie jetzt Angst, Christine?«

Sie schüttelte den Kopf.

Der nächste Zug, der schließlich kam, war überfüllt, sie mußten stehen, bei jedem Schwanken des Waggons wurde Christine gegen ihn gepreßt oder er gegen sie, die Fenster waren vereist, er hauchte gegen die Scheibe und rieb mit dem Handballen, ein Stationsschild wurde sichtbar im Licht einer trüben Lampe. Sie redeten von Nichtigkeiten, sie sah sein hageres Gesicht mit den traurigen jungen Augen und rechnete nach, wie viele Stationen noch, und dachte, wenn nun irgendwo ein Defekt wäre und der Zug auf offener Strecke stehenbliebe, eine Viertelstunde oder eine halbe, und sie die ganze Zeit so verharren müßte, so nahe bei ihm, vielleicht würde sie die Arme um ihn legen, aber alles war in Ordnung, nirgendwo auch nur ein Signal auf Halt, er blickte wieder hinaus durch das schwarze Loch im Fenster und sagte: »Wenn wir auf der nächsten Station ausstiegen, Christine, von dort aus hätten wir nur vier oder fünf Ecken zu laufen bis zu mir«, und dann hielt der Zug.

Die Treppe hinunter, eilig, als habe man sich verirrt und suche nach einem Ruhepunkt, von dem aus die Gegend zu erkunden wäre.

»Ich muß aber noch telephonieren«, sagte Christine.

»Hier«, sagte er.

Doch in der Telephonzelle neben dem Eingang zum Bahnhof fehlte der Hörer, und in einer anderen, zwei Straßen weiter, war der Münzeinwurf verstopft. Christine wurde nervös. Sie gingen nebeneinander her, nicht etwa Hand in Hand oder gar untergehakt, sondern mit einem Abstand, der auch eine zufällige Berührung nicht zuließ. In einer dritten Telephonzelle funktionierte der Apparat; Christine sprach mit Frau Zink und bat sie, den Abend über bei Wölfchen zu bleiben, ihm auch das Abendbrot zu richten und ihn zu Bett zu bringen, da sie heute erst später käme, wenn auch nicht zu spät, und redete dann mit Wölfchen selbst und ließ sich von ihm berichten, Wichtiges und weniger Wichtiges, was sich ereignet hatte, und tröstete ihn, er sei doch nun schon groß und selbständig, und verhieß ihm, sie werde als Ersatz für den verlorengegangenen gemeinsamen Abend den ganzen nächsten Sonntag, den sie dienstfrei habe, mit ihm verbringen. Peter hatte sich zu ihr in die Zelle gedrängt, sie spürte seinen Atem hinter ihrem Ohr, warum wartete er nicht draußen vor der grau verglasten Tür, ein großer vertrauter Schatten, was war das für eine Situation, in die sie sich begab, nicht unschuldig verführt, nicht auf eine trunkene Laune hin, sondern wissend und willentlich: ich, Christine Roth, nehme mir diesen jungen Mann, aus verschiedenen guten Gründen, die niemanden außer mir etwas angehen, auch nicht den Kritiker Theodor Pollock.

Als sie aus der Zelle traten, sagte er: »Du«, und noch einmal: »Du«, und brach in ein kindlich-heiteres Lachen aus, »ich wußte gar nicht, daß du so sein kannst. Fast bin ich neidisch auf dein Kind…«

»Ja«, sagte sie, »wir können ebensogut auch du zueinander sagen, warum nicht.« Aber sie achtete darauf, daß der Abstand wieder zwischen ihnen war, und dann sagte sie: »Vielleicht bist du genau, was ich brauche, Peter, und was eigentlich ist buup-di-buup-buup?«

»Ton, Beat, Rhythmus, Rufe, Schreie, und ich selber – alles, was der Alte nicht mag, weil er es nicht versteht und nicht beherrschen kann. Es ist sein Privatwort, aber daß er sich's ausgedacht hat, ist typisch für diese ganze Generation von gestern, die nicht mehr fertig wird mit der Welt; so erfinden sie ein Etikett und kleben es einem auf die Stirn – Anarchist, Renegat, konterrevolutionäres, arbeitsscheues, unzuverlässiges, oppositionelles und so weiter Element, subjektiver oder objektiver Schädling, Gammler, Dissident, Traumtänzer, der sich disziplinlos, kleinbürgerlich, nicht genügend parteilich oder gar feindlich verhält, buup-di-buup-buup eben – und glauben, daß damit die Sache geklärt ist, die Front ist geschaffen und steht, und nun heran mit den administrativen Maßnahmen. Ich habe mal angefangen mit Gesellschaftswissenschaft, aber mich interessierten die Quellen, nicht das trübe Gesöff, das sie daraus gemacht haben, und ich wollte dahinterkommen, warum die Menschen sich durchaus nicht so verhalten wollen, wie sie's den Regeln in den Lehrbüchern zufolge tun sollten. Und dann kam die Zettelkleberei, von der du ja weißt, und mein Abstieg in die führende Klasse, Peter Urack ging auf den Bau und kam unter den wohltätigen Einfluß des Kollektivs, aber vielleicht sollte ich dir lieber was Netteres erzählen, was Persönliches, und überhaupt rede ich soviel nur, weil ich nicht weiß, wie ich ausdrücken soll, was ich sagen möchte...«

»Du drückst es ganz gut aus«, sagte Christine und beobachtete das Spiel des Lichts einer Straßenlaterne um seine Schläfen, seine Augen und sein Kinn. Dann war das Dunkel des Toreingangs um sie; er nahm sie bei der Hand und führte sie durch die Tür mit dem zerborstenen bunten Fenster, nie wurde hier etwas repariert, quer über den grauen Hinterhof, in dem ein kahler Kastanienbaum sich zu sterben weigerte; bekannte Landschaft, da war Pollock noch dabeigewesen und der Gedanke, sie könne hierher zurückkehren an der Hand des Jungen, lag sehr fern; und diese Treppe hinauf, sie verspürte Angst, ihr Entschluß könnte ins Wanken geraten.

Aber da war die besorgte Stimme des Jungen, der ein paar Schritte vorausgegangen war, als wollte er ihr den Weg weisen. »Es ist warm oben, Christine«, sagte er, »wir werden es gut haben.« Gut haben, dachte sie, sie hatte es verdient, daß sie es einmal gut hatte, die Komplikationen würden später kommen, nicht jetzt und nicht in dieser Nacht, und sie gestattete ihm, daß er sie, vor seiner Tür auf dem obersten Treppenflur, in den Arm nahm und an sich preßte, als wäre dies nicht ein Anfang, sondern der Abschied.

Er schloß die Tür auf, nahm ihr den Mantel ab, zog seine Kutte aus und warf beides über den Stuhl. Dann setzte er sich, das verblichene Hemd offen am Halse, ans Piano und begann zu spielen, eigenes wohl oder Rhythmen, die er mit seiner Band probiert hatte, Christine hörte das alles zum ersten Mal, aber es reizte sie. »Rock«, sagte er. »Beweg dich. Laß dich gehen.«

Sie tat ein paar Schritte, aber sie kam sich lächerlich vor; lieber zog sie die Stiefel aus und setzte sich auf die Matratze.

»Was essen?« bot er an, spielte aber weiter, Kopf, Schultern, der ganze Körper Teil des Rhythmus.

»Nein.«

»Trinken?«

»Später.«

»Zigarette?«

Sie nickte. Er griff mit der Linken in die Hemdtasche, während er mit der Rechten weiterhämmerte, und warf ihr das Päckchen zu und Streichhölzer. »Zünd mir auch eine an, bitte.« Dann kam sie zu ihm, nur Strümpfe an den Füßen, sie steckte ihm die Zigarette zwischen die Lippen, und er lehnte den Kopf gegen ihren Bauch, spielte aber immer weiter, und sagte: »Wir kennen uns aber doch schon sehr gut, du.«

Sie ging und löschte die Lampen bis auf eine, die in einem kleinen Umkreis ihr milchiges Licht verbreitete; außerhalb blieb alles im Schatten. »Du sollst nicht aufhören zu spielen«, sagte sie.

Er synkopierte den Rhythmus. »Du magst diese Art Musik?«

»Jetzt, ja. Ob morgen noch, weiß ich nicht.«

»Bach, Johann Sebastian«, sagte er. »Ich verändere fast nichts, er ist wie von heute. Ich könnte aber auch leise Sachen für dich spielen, Christine, etwas ganz Weiches, so – hörst du? Ein Lied, ist mir so eingefallen. Ganz einfache Melodie, abgewandelt in Moll. Soll ich weiterspielen?«

»Ja. Ich will, daß du weiterspielst. Warum singst du dein Lied nicht auch?«

»Weil ich noch keinen Text habe.«

»Sing es ohne Worte.«

Seine Stimme heiser, erregt. Christine hockte auf der Flickendecke, den Arm aufgestützt, und dachte, es ist gut, daß er noch keine Worte zu dem Lied hat, es möchten die falschen Worte sein.

10

Bei der Visite hatte sie, schon im Hinausgehen, sich noch einmal umgewandt und ihm lächelnd angekündigt, bald werde sie wiederkommen, ein paar Tests nur, Herr Collin, psychologische Tests.

Sie war die letzte gewesen in dem Kometenschweif, den Gerlinger bei der Visite hinter sich herzog; die andern waren schon draußen, Oberärzte, Assistenzärzte, Studenten, Schwestern. Auf jeden Fall, dachte Collin, mußte es ihm wohl besser gehen, wenn sie ihm mit psychologischen Tests kamen; zugleich aber fürchtete er die mögliche Blamage: es könnte ja sein, daß ihm genau das Falsche einfiele bei der Betrachtung der schwarzen Kleckse, die sie einem vor die Nase hielten, ganz abgesehen von den falschen Schlüssen, zu denen die Ärzte so gelangen mochten.

Christine beruhigte ihn, als sie ihm dann gegenübersaß: es handle sich um Tests ganz anderer und viel einfacherer Art, man wolle nur prüfen, ob es mit seiner Konzentration tatsächlich so hapere, wie er geklagt habe.

»Wirklich nur?«

Sie zögerte. Gerlinger würde mißbilligend die Brauen heben, erführe er, daß sie die Tests vornahm anstelle der dafür zuständigen Kollegin Schlotterbeck; aber sie hatte sich gedacht, dies möchte eine Gelegenheit sein, ausgehend von den Routinetests zu Wichtigerem zu gelangen; und der Schlotterbeck war's nur lieb gewesen, ihre Einkäufe besorgen zu können.

»Wirklich nur?« wiederholte er.

Sie nickte und stellte ein grünes Pappkästchen auf den Tisch und entnahm einem großen grauen Kuvert ein paar bedruckte Bogen.

»Sie wirken so anders heute«, sagte er plötzlich, »so aufgeschlossen, so gelöst.« Und dann: »Übrigens bin ich Ihnen dankbar, daß Sie mich neulich so brav verteidigt haben gegen meine Frau, sehr dankbar.«

»Ich hatte nicht das Gefühl, daß Sie es nötig hatten, verteidigt zu werden«, sagte sie zurückhaltend.

Er schenkte ihrem Einwand keine Beachtung. »Sie sehen heute aus, wie soll ich es beschreiben, als wären Sie aufgeblüht über Nacht. Ja, das trifft es: aufgeblüht.«

Sie lachte, ein wenig gezwungen. Sahen sie alle ihr das nun an oder nur der Schriftsteller Collin? Gewiß, es war sehr schön gewesen, aber doch nichts Erderschütterndes, und zum Schluß hatte sie den Jungen in die Arme genommen und ihn getröstet, ja, es wird ein nächstes Mal geben, du bist ein Lieber. »Aufgeblüht«, sagte sie. »Die Klinik ist überheizt, daran liegt es wahrscheinlich.«

Er richtete sich auf in seinem Sessel, trotz seiner Jahre und seiner Krankheit ein stattlicher Mann; vielleicht wollte er andeuten, daß er durchaus imstande wäre, sein Teil zur Weiterentwicklung der Blüte beizutragen; aber dann lachte auch er und lehnte sich über das Tischchen und hätte ihr, wäre sie nicht zurückgewichen, den Arm geknufft, eine schlechte Gewohnheit von ihm, vor der Pollock sie schon gewarnt hatte, und sagte: »Also – den Test.«

Erleichtert legte sie ihm den weitzeilig bedruckten Bogen vor und ließ ihm Zeit, sich damit vertraut zu machen. Die Kollegin Schlotterbeck schwor auf den Test; dieser sei, obwohl anscheinend primitiv, höchst aufschlußreich; und sie wollte auch die Auswertung übernehmen.

»Und was sollen die Hieroglyphen?« fragte er.

Christine war sich der leisen Komik der Szene bewußt: da saßen sie nun, die Köpfe über das Papier geneigt wie zwei Schulkinder, und sie zeigte mit spitzem Finger auf die Beispiele. Wie er sehe, erläuterte sie, erschienen da nur zwei Buchstaben, nämlich d und p, diese aber in Kombinationen mit entweder zwei Strichen oder einem, die nun ihrerseits wieder über oder unter, aber auch über und unter dem betreffenden d oder p gruppiert sein mochten, so daß je nach Position der Striche jedem Buchstaben ein, zwei oder drei Striche beigeordnet sein konnten, wie etwa dieses d ihrer drei hatte – der Zeigefinger wies auf das Symbol d – oder dieses p einen: p. Er nun solle, hier war der Bleistift, durch Unterstreichen anzeigen, wo immer er ein d mit zwei Strichen erkannte, also – wieder der spitze Finger – entweder ein d oder ein d oder ein d; für die Aufgabe sei ihm eine bestimmte Zeit gesetzt, wie lang diese vorgegebene Zeit, dürfe sie ihm nicht verraten, er möge nur ruhig und konzentriert arbeiten und sich durch ihre Anwesenheit in keiner Weise beeinflussen lassen. Bestünden noch irgendwelche Fragen? Nein? Dann also – los.

Das Übel war, wie er feststellte, daß sein Gehirn sofort auf mindestens zwei Ebenen zu funktionieren begann: auf der einen suchte es die d's und p's und das Oben und Unten der Striche und deren Anzahl zu klären und ein eventuelles System zu entdecken, das jedoch boshafterweise nicht vorhanden zu sein schien, so daß jeder Buchstabe, jeder Strich einzeln geprüft werden mußte, ein Idiotenspiel für Normalidioten, nicht für einen schöpferischen Menschen mit einer Lebensgeschichte, deren Details in irgendwelchen Gehirnzellen eingeätzt waren, an die man herankam oder nicht; auf der anderen entstanden unerwünschte, ihn von der blödsinnig mechanischen Aufgabe ablenkende Nebengedanken, die sich teils auf die plötzlich aufgeblühte Christine Roth bezogen, teils auf ihn selbst, der erfüllt war von einer großen, jedoch nicht unangenehmen Unruhe, teils auf die Unsinnigkeit solcher Tests – mit zwei Buchstaben und ein paar Strichen die menschliche Seele anzugehen war, als wollte einer mit einer Handvoll Kieselsteine das Meer ausloten, und wie konnte eine so kluge Frau wie Christine Roth sich damit beschäftigen – Nebengedanken, die er auf einer dritten Denkebene abzuwehren suchte, um zurückkehren zu können zu seinen d's und p's.

»Schluß.«

»Schon?«

»Die Zeit ist um.«

Er wies auf die wenigen Zeilen, die er hatte durchsehen können. »Da haben Sie meine Konzentrationskraft. Meine Gedanken«, er bewegte die Hand, ein Vogel im Flug, »nicht zu fixieren. Außerdem, finden Sie nicht, daß ein Test der Art ein wenig unwürdig ist? Mechanisches Vergleichen von Symbolen, was sagt das aus, doch höchstens etwas über die Koordination von Auge und Denkapparat. Wenn ich mich beklage, daß in meinem Schädel die Fäden nicht so laufen, wie ich's brauche, dann müssen Sie sich bemühen, tiefer zu suchen. Warum legen Sie mich nicht auf die Couch, Frau Doktor, Ihnen würde ich sicher viel erzählen, mehr als meiner Frau jedenfalls, und sogar mehr als meinem Freunde Pollock.«

»Ich bin nicht berechtigt, Sie auf die Couch zu legen.« Sie nahm ihm sein Testpapier ab, überflog die Zeilen, die er bearbeitet hatte, und warf einen Blick auf den Musterbogen, auf dem die optimalen Resultate eingezeichnet waren: gar nicht so schlecht. »Und im übrigen ist die Couch auch nicht das Allheilmittel.«

»Ich könnte mir einen besseren Test vorstellen«, sagte er, »einen, der uns beiden vielleicht eher weiterhelfen würde.«

Sie sah ihn an, die breite Stirn, die kräftige, zur Wurzel hin abgeflachte Nase, nur die Lippen zu dünn für das sonst großzügig geformte Gesicht. »Und der wäre?«

»Lassen Sie mich etwas schreiben, über Sie zum Beispiel, Doktor Christine Roth, Klinikärztin, verdammt, sich mit Leuten wie mir herumzuschlagen, die woran erkrankt sind – wissen Sie's? Weiß ich's? Herz ist doch ein Sammelbegriff, oder? Ich könnte mir denken, daß es ganz interessant wäre, sich mit Ihnen zu beschäftigen, Sie sind, wenn mich mein Gefühl nicht trügt, noch nicht so verhornt und verhärtet wie die meisten von uns – wie also lebt so eine, was hofft sie, empfindet sie, hier, heute, in unserm Lande, unsrer Zeit, das wäre doch ein Sujet.« Plötzlich winkte er ab. »Nein, auch das würde nicht gehen: nach anderthalb Seiten bliebe ich stecken, Fragen türmten sich auf, Sie sind doch eine andere Generation, mit anderen Erfahrungen, anderen Werten, und kann man sich überhaupt in einen anderen Menschen hineinversetzen oder schreibt man nicht immer über sich selber; aber auch das geht doch nicht, den eignen werten Charakter zerlegen zur moralischen Erbauung und zum Amüsement irgendwelcher Leute. Also spielt man Verstecken vor sich selber und vor seinen Zweifeln, und alles rinnt einem durch die Finger, jeder gute Ansatz, jeder solide Gedanke – es kann einen doch richtig krank machen, nicht?«

»Ich beginne zu begreifen.«

»Nein, Sie begreifen nicht. Denn das ist ja auch nur die Oberfläche von dem, was mich quält, nicht viel tiefgehender als Ihre d's und p's.«

Sie spürte, wie dieser Mensch, der eigentlich wenig hatte, um sich ihr zu empfehlen, plötzlich Ansprüche an sie stellte, gegen die sie wehrlos war, und ihr Ressentiment gegen Gerlinger wuchs, der mit leichter Hand seine Heilkünste betrieb.

»Aber vielleicht haben SIE noch einen Test?«

Sie schrak aus ihren Gedanken. »Auch wieder nur einen einfachen.« Und da er den Mund verzog: »Wir müssen mit dem Einfachen beginnen, bevor wir uns den Fragen zuwenden, von denen wir nicht wissen, wohin sie uns führen.«

»Und diese Fragen...« Er brach ab. Dann ergriff er über den Tisch hinweg ihre Hand. »Ich vertraue Ihnen.«

Sie dachte an Pollock, an die erschreckend klugen Augen unter den so merkwürdig spitz zulaufenden Brauen: Pollock hatte das vorausgesagt. Und gleich darauf dachte sie an Peter, die magere weiße Brust und das dunkle Haar und die wirren Küsse, und seinen Kopf an ihrer Schulter.

Collin schien ihr Schweigen für Verlegenheit gehalten zu haben. »Entschuldigen Sie, Frau Doktor«, er lächelte, »wenn das wie eine Liebeserklärung klang. Es war auch so gemeint.«

Sie lächelte gleichfalls. »Das ist eine Phase. Die Kollegen von der Psychiatrie erleben das häufig, Transferenz der Gefühle des Patienten auf den Arzt. Aber daß es schon nach einem Test mit d's und p's geschieht, ist verhältnismäßig selten.«

»Sehr schön haben Sie das pariert.« Er hatte die Hand zurückgezogen und wurde ernst. »Aber ich wiederhole trotzdem: ich vertraue Ihnen.«

Sie spielte mit der grünen Pappschachtel, in der die Kärtchen für den nächsten Test lagen.

»Was baut man sich alles auf in seinem Kopf, um der Sache einen Sinn zu geben«, sagte er. »Man sei Teil eines großen Kollektivs, man habe einen Beitrag geleistet, sie werden einen nicht vergessen... Wie das von einem abfällt, wenn man spürt, daß es hier aussetzt.« Er deutete auf die Herzgegend. »Nur die Angst bleibt vor der ungeheuren Leere, die dann kommen wird, und nichts läßt sich dagegen unternehmen, nichts. Aber Sie waren da, Christine Roth, genau in der Stunde. Vergesse ich Ihnen nie.«

Wieder fiel ihr Gerlinger ein: Konservativ behandeln, Risiken vermeiden, LET SPLEEPING DOGS LIE.

»Und Ihr Test«, sagte er, »der zweite?«

Sie stülpte die Karten, befingert von wie vielen schwitzigen Daumen schon, aus der Schachtel heraus: sie waren quadratischer Form, einseitig bedruckt, vier Reihen von je vier zweistelligen Zahlen. »Das Prinzip ist simpel genug«, sagte sie. »Die höchste Zahl ist 64. Sie sollen die Karten sortieren, in vier Kategorien, je nachdem, ob sich auf einer Karte eine 43, eine 63, oder auch beides, 43 und 63 also, oder keine dieser beiden Zahlen befindet. Sie haben Zeit, solange Sie brauchen, aber die Zeit wird bei der Beurteilung des Resultats in Betracht gezogen.«

»Also spielen wir Ihr Zahlenlotto«, sagte er, »43 und 63, vier Kategorien.«

»Richtig.«

Es war blödsinnig, erinnerte ihn an die Kindergesellschaftsspiele, zu denen er selbst in den Charlottenburger Hinterhöfen seiner Jugend nie gekommen war, die er jedoch später an die Sprößlinge von Freunden und Bekannten zu Weihnachten und an Geburtstagen verschenkt hatte. Und es war lästig, den Blick immer wieder die Zahlenreihen entlangschleifen zu lassen, in waagrechter oder senkrechter Folge, schwer zu entscheiden, was praktischer war; die Zahlen verwirrten sich, verschwammen, es bedurfte bewußter Mühe, sie zu trennen und die Karten zu ordnen, und hatte man nicht doch eine 43 übersehen oder eine 63, lieber eine Reihe zweimal lesen, lieber die Karte nochmals überprüfen, aber die Zeit zählte mit, also entschließ dich, diese Karte hierhin, nein dorthin, die Hand zitterte ihm, laß dich nicht irritieren, Mensch, es kommt doch nicht darauf an, ist ein Test nur, und wenn man den Krempel hinschmisse, Schluß jetzt, genug, das wäre wenigstens eine Tat und bewiese etwas, aber was bewiese es, daß er krank war, war er ja auch, ernsthaft krank, ein Quasi-Infarkt. Am meisten beunruhigte ihn, daß kein vierter Haufen entstehen wollte, nirgend bisher war ihm eine Karte unterlaufen, auf der sich eine 63 allein gezeigt hätte, eine 43 allein ja, und 63 in Kombination mit 43 ja, aber 63 ohne 43 nein, da stimmte doch etwas nicht, vier Kategorien, 63, 43, 63 plus 43, und weder noch, also mußte der Fehler bei ihm liegen, in seinem Auge, seinen Nerven, in der grauen gefältelten Materie, in der es wahrscheinlich an Durchblutung mangelte, da, endlich, eine 63, aber war auf der Karte nicht doch irgendwo noch eine 43, nein, das war sicher nun, also hierhin, Kategorie vier, ein mageres Ergebnis vorläufig, aber ein Grundstock. Die letzte Karte.

Er atmete auf, lehnte sich zurück, er war tatsächlich ins Schwitzen geraten, nun triumphierte er: »Na?«

»Sehr gut«, sagte sie, »wirklich gut. Die Kollegin Schlotterbeck, die sonst die Tests durchführt, hat mir erzählt, sie habe Patienten gehabt, die mehr als ein halbes Dutzend Karten auf den vierten Haufen gelegt haben.«

Er blickte auf das spärliche eine Kärtchen mit der 63 allein, das er gefunden hatte. »Tut mir leid, daß ich's nicht so weit gebracht habe. Ich habe mich bemüht.«

»Es gibt überhaupt keine Karte in diesem Test mit einer 63 allein.«

»Aber bitte schön, hier ist doch...«

Sie nickte freundlich. »Prüfen Sie nach.«

Es stimmte; auf der Karte war weder eine 43 noch eine 63, er war genarrt worden von ihr, aber mehr noch von sich selber, weil er sich eingeredet hatte, daß nicht sein kann, was nicht sein darf. »Und was beweist der Unsinn?« fragte er ärgerlich.

»Wie sehr wir der Suggestion unterliegen.« Christine notierte das Testresultat. »Sie übrigens nur geringfügig, wie diese einsame Karte zeigt. Sie reagieren sehr wach, observieren gründlich, arbeiten systematisch –«

»– und überhaupt bin ich kerngesund und könnte hier heraustanzen, ah Welt, was bin ich für ein Kerl! Und meine ganze Misere ist nur eingebildet, die vierte Kategorie, die 63 allein, gibt es gar nicht, wollen Sie das sagen?«

»Nein, nein«, beschwichtigte sie. »Aber die Gründe liegen anderswo.«

»Wo?«

LET SLEEPING DOGS LIE, dachte sie. Die Grenze hatte sie nun überschritten.

»Können Sie mir nicht helfen? Oder wollen Sie nicht?«

Sie schwieg. Sein Kopf bewegte sich hin und her; wie ein Tier hinter Gittern, dachte sie, zu träge schon oder zu geschwächt, um noch zum Sprung anzusetzen.

»Ah, ich weiß schon. Ich habe meinen Vater umbringen und mit meiner Mutter schlafen wollen.«

»Das wollen alle kleinen Jungen.«

»Sie haben etwas sehr Mütterliches, Doktor Roth.«

»Aber Sie sind kein kleiner Junge mehr, Herr Collin.«

»Wenn Sie wüßten«, er seufzte, »wie wenig attraktiv meine Mutter war mit ihren gekrümmten Knochen und ihrem dürren Hals. Das kennt man kaum noch heutzutage, wo die Weiber statt irgendwelcher schwerer Zuber das eigne Übergewicht vor sich hertragen. Mitleid hab ich für sie empfunden, sonst nichts.«

Aus dieser Zeit kam er noch, dachte sie, auch das prägt die Menschen.

»Eine gescheite Frau aber, die sich nichts hat vormachen lassen; große Worte waren nicht ihr Fall. Hans, hat sie mir gesagt, du hast nur ein Leben, mach was draus und laß dir's nicht abschwatzen. Wir wohnten im Hinterhaus unterm Dach, wegen der Miete. Wie dann der Mann kam, der ihr eine Sterbeversicherung verkaufen wollte einschließlich Begräbnis, Sarg und Prediger, hat sie gesagt, erst ausprobieren, und hat sich in den Sarg gelegt und im Sarg heruntertragen lassen bis in die vierte Etage, weil weiter oben die Stiege so eng war und sie wissen wollte, ob sie auch um die Ecken herumkommen wird, und dann hat sie doch keinen Sarg gebraucht, weil sie verschüttet lag im Luftschutzkeller, in demselben Haus...«

Reden lassen, dachte sie.

»Ich war damals in Mexiko«, sagte er und stockte wieder. Dann, abrupt: »Aber darüber habe ich schon geschrieben. SPANIENS HIMMEL. Kennen Sie das Buch?«

»Ich habe es gelesen.«

»Haben Sie?« Und nach einem Moment: »Was halten Sie davon?«

»Es läßt sehr viel offen«, sagte sie zögernd.

»Ja, tut es. Heute würde ich es auch ganz anders schreiben. Nein« – er überlegte – »heute würde ich es wahrscheinlich gar nicht schreiben.«

»Und warum nicht?«

Er nahm das Kärtchen, Dokument seiner Fehlleistung, und ließ es zwischen Daumen und Zeigefinger kreisen. »Sagen Sie, Christine, ist es möglich, daß die Krankheit, an der ich leide, zu der Zeit schon angefangen hat?«

Sie war unsicher geworden, das alles ging zu rasch.

Aber er bestand nicht auf Antwort. »Wer ist für Sie eigentlich wichtig?« wollte er plötzlich wissen. »Der Schriftsteller Collin? So großartig sind die Werke nun doch nicht, die bisherigen wenigstens; außerdem sind Sie zu klug für die übliche Prominentenhascherei. Der klinische Fall? Das muß es doch zu Dutzenden geben, wie viele Leute gehen heutzutage mit Infarkt ab, und ich habe ja, wie Sie mir sagen, nicht mal einen echten gehabt. Der Mensch?«

»Das kann man doch nicht trennen.«

»Mein Leben ist meine Krankheit – ungefähr so? Was war denn falsch daran? Ich habe auf der richtigen Seite gestanden, historisch gesehen. Ich habe es nicht so gut gehabt wie die Studierten, mußte mir alles selber erarbeiten, aber ich hab mir gedacht, ich habe etwas zu sagen und werde es sagen.«

»Und Sie haben es gesagt?«

»Was quälen Sie mich«, sagte er. »Sie stellen mich in Frage, das kann ich nicht gebrauchen, und ich lasse es nicht zu. Schauen Sie sich die Dreckskarte hier doch an: die Zahl 53 darauf ist verschmiert, daher mein Fehler. Ich sehe nämlich sehr klar, was ist; sagen Sie dem Professor, er soll anständig gedruckte, saubere Karten anschaffen für seine feine Klinik.«

»Ich werde es ihm ausrichten.«

Er legte die Testkärtchen zusammen und zwängte sie hinein in die grüne Pappschachtel. »Alle wollen sie mir nur Gutes tun – meine Frau, Professor Gerlinger, mein Verlag, meine Freunde, die Partei, und sogar der Genosse Urack... Es war also kein Infarkt, nur fast. Aber was war es dann?«

»Es gibt da mehrere Möglichkeiten. Die nächstliegende: eine momentane Gefäßverkrampfung am Herzen.«

»Und woher kommt so was?«

»Allgemeine Abnutzungserscheinungen. Die Jahre. Das Leben.

Aber es passiert auch ganz jungen Menschen. Der unmittelbare Anlaß liegt wahrscheinlich im vegetativen Nervensystem.«

»Ist also unkontrollierbar. Und das nächste Mal ist der Krampf dann eine Kleinigkeit stärker, dauert eine Kleinigkeit länger – Punkt, aus.«

Sie wehrte ab. Da ließ sich medikamentös doch sehr vieles regeln und verhüten. Und dann die Lebensweise, das generelle Wohlbefinden; Psyche und Körper seien nun mal, das wisse er selber ja auch, als Einheit zu betrachten.

Sie hätte gern mehr gesagt zu dem Thema, vor allem, daß er unter gewissen Umständen sein eigener bester Arzt sein könne; aber sie merkte, daß er nicht mehr zuhörte, sein Blick ging ins Leere, und so verstummte sie.

Er fand sich wieder. »Ich muß mich doch vorbereiten. Innerlich und überhaupt, Sie verstehen. Ich wollte Ihnen das in der Nacht damals schon sagen, aber da haben Sie mir die Maske über das Gesicht gestülpt, und später dann war der Professor schon da, wann hätten wir denn Zeit gehabt für ein persönliches Gespräch, immer war einer dabei, oder ich spürte, daß Sie keine Ruhe hatten. Christine, dies eine Mal darf ich Sie doch so nennen, ich brauche Ihre Hilfe für den Fall, daß mir etwas zustößt.«

O Gott, dachte sie, das war nun eine Transferenz von Gefühlen ganz anderer Art; Christine Roth, Vollstreckerin letztwilliger Verfügungen des Schriftstellers Collin; warum wandte er sich nicht an seinen Freund und Nachbarn Pollock, der war da doch die logische Person, oder an einen Anwalt.

»Doktor Roth«, sagte er, »was macht dieser Mensch hier, der kein Arzt ist und kein Krankenpfleger und doch im weißen Kittel herumläuft. Neulich komme ich von der Toilette und finde ihn hier in meinem Zimmer, er hat einen Eimer in der Hand, aber der Eimer ist leer, ich sage Guten Tag, er sagt Guten Tag, und dann dreht er sich um und geht.«

»Das ist Herr Wiederöcker«, sagte sie, beunruhigt über seine Gedankensprünge. »Aber darüber, was er hier tut, gibt Ihnen am besten der Professor Auskunft.«

»Sehen Sie«, sein Zeigefinger stieß ihr vors Gesicht, »sehen Sie, wie sehr ich Sie brauche?«

»Nein, nein, es wird Ihnen nichts zustoßen«, sagte sie und wünschte, sie hätte des Schamanen Gerlinger handauflegende Heilkraft. »Ich verspreche es Ihnen. Sie werden wieder gesund werden, Sie werden Ihre Memoiren schreiben –«

Sein Gesicht schien zu erstarren. »Memoiren. Davon haben Sie also gehört. Von wem, wenn ich fragen darf?«

Ein Instinkt warnte sie, Pollock lieber nicht zu erwähnen. »Der Genosse Urack hat davon gesprochen.«

»Ach so.« Das Mißtrauen, mit dem er sie gemustert hatte, löste sich. »Wie der Hund seine Exkremente immer wieder beschnuppert, so redet der Mensch immer wieder von dem, was er fürchtet. Wenn es nun aber keine Memoiren gäbe, kein Manuskript, auch kein angefangenes? Wenn der Schriftsteller Collin stets nur davon gesprochen hätte, um sein Leben zu rechtfertigen – oder um die ganze Gesellschaft zu nasführen? Das wäre doch eine Idee, nicht? Und nun glauben sie's alle: meine Frau, mein Freund Pollock, der Professor Gerlinger und der Genosse Urack – und lassen sogar danach suchen von Herrn Wiederöcker...« Christine saß ganz still.

»Oder meinen Sie«, sagte er, »es müßte ein solches Manuskript geben?«

»Ja«, sagte sie. »Doch. Es gehört dazu, zu Ihrem Krankheitsbild.«

»Das ist interessant.« Er klopfte ihr anerkennend auf die Schulter; dann ging er hinüber zu dem Wandschrank, holte die schwarzlederne Diplomatenmappe heraus und schloß sie umständlich auf. »Sollte mir gegen Ihr Erwarten doch etwas zustoßen«, sagte er, »gehört das Ihnen.«

Sie sagte nichts, er schien auch keine Antwort erwartet zu haben. Er trat zurück zu ihr an den Tisch, zwischen den Fingern einen Stoß Papiere, handbeschrieben, die dicken Korrekturstriche grellrot. »Vieles ist Skizze«, sagte er, »das fülle ich noch aus. Einiges ist fertig, so gut ich's eben kann. Und das meiste ist leider noch hier.« Er deutete mit dem Bügel seiner Hornbrille auf seinen Schädel.

Dann setzte er sich, rückte sich zurecht im Sessel, schloß den

Schlafrock über den Beinen, schob die Brille auf die Nase und begann ihr vorzulesen.

Priegnitz, Kreisstadt in der Mark Brandenburg. Das Jahr 1952 im Monat November. Obwohl in und um Priegnitz keine größeren Kämpfe stattfanden, hat der Krieg seine Spuren hinterlassen: ausgebrannte Dächer, notdürftig repariert; Einschüsse an Häuserwänden; Löcher in den Straßen, immer noch nur provisorisch zugeschüttet. Die Läden und was darin zu haben ist, reden wir nicht davon. Und dazu das Wetter, grau in grau, es sieht aus, als würde es bald wieder regnen.

Dies die ersten Eindrücke von der Stadt nach der Ankunft am Bahnhof. Meine Stimmung: deprimiert und gespannt zugleich, dies wäre noch zu beschreiben, ebenso der Anlaß der Reise, eine anonyme Karte, mit der Maschine geschrieben, die Adresse ungenau, doch von der Post vervollständigt, des Inhalts, daß der Genosse Julius Faber jetzt Objektleiter in der HO-Gaststätte *Zum Roten Turm* in Priegnitz sei, sonst nichts, der Poststempel der Karte unleserlich, da völlig verschmiert.

Ich hätte die Karte wegwerfen können; wenn jemand mich zu irgend etwas veranlassen wollte, war eine anonyme Postkarte kaum das rechte Mittel dazu; ich neige nicht zu Abenteuern, die Sache mochte eine Provokation sein, sicher gab es Leute, die mir übelwollten, und was ging mich Faber eigentlich an. Seine Bekanntschaft hatte ich in Le Vernet gemacht, wo er zur illegalen Lagerleitung der Partei gehörte; in Mexiko war ich ihm wiederbegegnet, allerdings ohne enger mit ihm zusammenzuarbeiten; erst auf dem Schiff, während der Rückreise nach Europa, lernte ich ihn näher kennen. Ein eher passiver Mensch, der zu Fett neigte, war er, schon des Reiseziels wegen, meistens heiter gestimmt; Widerspruch allerdings vertrug er schlecht; er wurde dann ungeduldig, schnitt seinem Opponenten das Wort ab oder ließ ihn mit einer kurzen, oft beleidigenden Bemerkung stehen. Während wir, unser Schiff war sehr langsam, endlose Partien Schach spielten, gegen deren Ende er mich so gut wie immer schlug, sprach er von seinen Hoffnungen – er sah voraus, daß er eine leitende Funktion übernehmen würde – und entwarf Pläne für ein von Grund auf erneuertes, paradiesisches Deutschland, in dem soziale Gerechtigkeit herrschen würde, das arbeitende Volk der Souverän, keine Ausbeuter mehr und keine Unterdrückkung, ein jeder frei, seine Fähigkeiten zu entwickeln; und wenn ich Bedenken anmeldete und fragte, mit was für Leuten er denn diese famose Gesellschaftsordnung zu errichten gedächte, und ob er nicht übersehe, daß er es mit einer Bevölkerung zu tun haben werde, deren hauptsächliches Charakteristikum ein gebrochenes Rückgrat sei, tat er meine Einwände freundlich lächelnd ab und meinte, dann werde man ihnen eben ein neues Rückgrat einziehen, und im übrigen gäbe es ja bekanntlich für eine je nach Notwendigkeit kürzere oder längere Übergangszeit die Diktatur des Proletariats. Tatsächlich erfüllte sich wenigstens der Teil seiner Prophezeiung, der ihn selbst betraf, sehr bald: nach der Vereinigung der beiden Arbeiterparteien in der sowjetisch besetzten Zone wurde er Mitglied des Politbüros, zuständig für Landwirtschaftsfragen und Ernährung, sicher kein sehr dankbares Aufgabengebiet. Zwei- oder dreimal habe ich ihn besucht in seinem Amte: ich brauchte ein paar Auskünfte, wollte auch dies und das geregelt haben, nicht für mich selber übrigens, die Leute wenden sich an Schriftsteller; weil der Name auf Büchern steht oder in Zeitungsartikeln erwähnt wird, glauben sie, der Mann müsse ihnen helfen können; und oft waren es Bitten, die man nicht abschlagen konnte, ohne sich schäbig vorzukommen. Einmal, bei solcher Gelegenheit, lud er mich ein zum Mittagessen im Haus des Zentralkomitees, und als er mein Erstaunen bemerkte über die Klasseneinteilung – man muß es wohl so nennen, denn die gewöhnlichen Mitarbeiter des Zentralkomitees speisten keineswegs gemeinsam mit den Genossen des Politbüros –, wurde er sichtlich verlegen und meinte, dies sei leider eine der Folgen der noch herrschenden Mangelwirtschaft und werde sich ändern, sobald man aus dem Gröbsten heraus sei.

Und nun, welche Wendung des Geschicks, ist er Kneipier im *Roten Turm* – ein Stück des Turms steht noch, Backsteinbau, 13. Jahrhundert, Teil der ehemaligen Befestigungen des Städtchens, das laut Reiseführer durch die Mark einst ein Zentrum von Handwerk und Handel gewesen und heute noch durch seine Töpferwaren und das wohlschmeckende und bekömmliche Priegnitzer Bier bekannt ist.

Eine ältere Frau erklärt mir auf meine Frage nach dem Weg: Ja, da gehen Sie die Hauptstraße hinunter, bis zur zweiten Kreuzung, dann links. Die Hauptstraße heißt jetzt Thälmannstraße, auf dem Straßenschild an der Ecke. Die Frau, bemerke ich, blickt mir nach, neugierig und mißtrauisch zugleich, hier sind die Fremden Feinde. Das ungute Gefühl, das mich seit der Ankunft hier bedrückt, verstärkt sich. Der Besuch wird mir nichts eintragen außer Schwierigkeiten, das ist mir klar; man wird sich fragen, was will der Collin bei dem Genossen Faber, jetzt, nachdem er nichts mehr anzuordnen und nichts mehr zu verteilen hat, und wer wird mir glauben, daß ich aus rein menschlichem Interesse gekommen bin, um der alten Zeiten willen, ihm mal die Hand drücken, wie geht's dir, bist du soweit gesund; hierzulande ist das Normalverhalten anders, hier wendet man sich ab von denen, die im Staube liegen, und sagt vielleicht noch: er wird es schon verdient haben, grundlos wird keiner vom Sockel gestürzt.

Jemand, der dabei war, hat mir berichtet, wie sich das abgespielt hat auf dem letzten Parteitag. Faber kommt herein in den Saal, unterm Arm die Mappe mit seinen Parteitagsmaterialien; er lächelt, nickt nach links und rechts seinen Gruß zu ihm bekannten Gesichtern, geht nach vorn zur Tribüne und will schon die Stufen hinaufsteigen zu dem gewohnten Sitz im Präsidium, da tritt ihm ein Ordner entgegen und schüttelt den Kopf. Faber begreift zunächst nicht, dann erkennt er, daß der Mann ihm wirklich den Weg zu verstellen beabsichtigt, und sagt empört: Erlaube mal, ich bin Mitglied des Politbüros, ich bin... Der Ordner nickt: Ich weiß, wer du bist; such dir einen Platz unten im Saal. Faber versteht immer noch nicht, was hier geschieht; er empört sich: Du bist wohl verrückt! Die Umsitzenden sind längst schon auf den Zwischenfall aufmerksam geworden, der laute Wortwechsel zieht weitere Gaffer an. Der Ordner sagt: Mach kein Theater, Genosse Faber. Faber blickt sich um, sieht die Gesichter der Genossen Delegierten, der Schweiß bricht ihm aus. Dann rafft er sich zusammen, sagt überlaut: Das werden wir gleich mal klarstellen. Er schiebt den Ordner beiseite und will an ihm vorbei, doch da sind schon zwei andere und packen ihn und reißen ihn zurück. Die führenden Genossen, soweit sie bereits auf der Tribüne

Platz genommen haben, beobachten den Vorgang; keiner verzieht auch nur eine Miene. Faber ist bleich geworden, seine Lippen zittern, mit fahriger Hand zerrt er an seiner Krawatte und öffnet den Hemdkragen; irgendein barmherziger Genosse im Saal rückt zur Seite, damit er sich hinsetzen kann. Da sitzt er nun, geschlossenen Auges, den Kopf gesenkt, und hört die Fortsetzung des Referats des Genossen Ersten Sekretärs, das jetzt von der Entlarvung der Agenten des Klassenfeinds in den Reihen der Partei handelt, er hört, wie sein eigner Name genannt wird. Der Genosse Erster Sekretär, der von diesen dramatischen Ereignissen bis dahin in monotonem Singsang gelesen hat, holt Atem; fast ist es, als warte er, ob Faber aufspringen, unterbrechen, protestieren wird. Aber Faber bleibt sitzen, stumm, nur der Kopf senkte sich um ein weniges tiefer. Was ist das – Schock? Disziplin? Glaube an die Partei, die die Vorwürfe überprüfen und die nicht dulden wird, daß ein Mensch, ein alter, verdienter Genosse unschuldig verurteilt und verdammt wird? Oder bedeutet sein Schweigen schon das Schuldgeständnis, denn belegbar ist, daß er in Marseille und später auch in Mexiko Kontakte hatte mit dem Amerikaner Noel Field – auch ich wußte davon –, besagter Field aber sitzt längst hinter Gittern bei unsern ungarischen Genossen, überführt als Agent der imperialistisch-zionistischen Weltverschwörung, für die er ein internationales Netz wob, dessen Fäden auch in unsere Partei reichten; und war Faber nicht auch ein führendes Mitglied der illegalen Lagerleitung in Le Vernet gewesen, und wie anders als durch Verrat in der Leitung ist es zu erklären, daß nie ein Ausbruchsversuch unternommen wurde, daß man vielmehr die Überlebenden der heldenhaften Interbrigaden im Lager verkommen ließ, bis sie, geschwächt und krank, der faschistischen SS in die Hände fielen, während der Genosse Faber sich wohlbehalten und wohlgenährt nach Mexiko absetzen konnte?

Wie vertraut das klingt. Die Namen auswechselbar, die Einzelheiten variabel, doch immer Verrat und Verschwörung, in Moskau und in Budapest, in Sofia, Bukarest, Prag, ganz zu schweigen von Belgrad, wo die kleine Clique verächtlicher Renegaten obsiegte: noch nie war eine politische Bewegung von feindlichen Agenten in den eignen Reihen so geplagt gewesen wie die kommunistische,

Agenten, die sich überall festnisteten und besonders in den Spitzen-
gremien der Partei; kein Wunder auch, denn noch nie hatte es eine
Revolution gegeben, die so radikal mit der Vergangenheit aufräumte
wie diese und so gründliche soziale Wandlungen schuf, zur Ver-
zweiflung ihrer Widersacher.

Aber Faber?

Meine Schritte stocken. Je näher ich dem Roten Turm komme,
desto enger scheinen die Häuser zu beiden Seiten der Gasse zusam-
menzurücken im feuchten Grau. So viel Verschlagenheit, so viel
Verstellungskunst, über Jahre hinweg – hat einer wie der das in sich,
einer, der schon verlegen wird wegen eines gesonderten Speisesaals
mit gesondertem Menü? Die Partei hat immer recht, das Kollektiv
ist weiser als der einzelne, ich kann mich auch getäuscht haben in
ihm, kein Mensch sieht dem anderen bis auf den Grund. Und was
wird er mir sagen, wenn ich ihn frage, was kann er mir sagen? Ja, ich
war ein Verräter, die ganze Zeit, ich hab dir's nur nicht auf die Nase
gebunden, alter Junge, warum sollte ich auch? Unwahrscheinlich.
Nein, ich bin unschuldig, wird er mir sagen, ich habe nie das geringste unternommen gegen die Partei, habe nur immer ihre Beschlüsse
befolgt, aber sie haben sich zusammengetan gegen mich, sie wollen
mich vernichten, ich weiß nicht warum, vielleicht weißt du es? Und
was um Gottes willen tue ich, wenn er mir das sagt? Sie handeln
schon richtig, die sich abkehren von den Gestürzten; es ist kein Vergnügen, auch noch treten zu müssen auf die hilfesuchende Hand.

Es ist zu spät zum Umkehren, ich bin angelangt vor dem Roten
Turm, vielleicht steht er oben hinter irgendeinem Fenster und hat
mich schon gesehen. Die Holztäfelung in der Gaststube ist repara-
turbedürftig; drei oder vier Leute sitzen beim Bier, einer liest die
Zeitung. Die Kellnerin, unbestimmbaren Alters, ihre Schürze ehemals weiß, kommt von der Theke herüber, lächelt Begrüßung dem
Gast, der erste Strahl Heiterkeit in dieser Stadt. Ich bestelle, Bockwurst ist vorhanden, Kartoffelsalat auch, dazu ein Bier und einen
Klaren; sie will schon gehen, da frage ich, ob der Gaststättenleiter
anwesend, und könnte man ihn sprechen. Das Lächeln ist weggewischt; in ihrem Blick hat sie jetzt das Mißtrauen, das schon die Alte
zeigte, bei der ich mich nach dem Weg erkundigte, und Erschrek-

ken. Ich erkläre, beruhigende Worte, ich kennte Herrn Faber noch aus früheren Jahren, ja, aus seiner Auslandszeit, und er werde sich bestimmt freuen, mich zu sehen. Noch immer ist da ein Rest des Mißtrauens, aber sie erklärt sich bereit, den Kollegen Gaststättenleiter zu rufen, und geht zurück zur Theke, zu einer schmalen Tür neben der Theke, die ich erst jetzt bemerkt habe, öffnet diese einen Spaltbreit, und sagt etwas in den Raum dahinter. Nun freue ich mich doch, daß ich gekommen bin; er wird aus der schmalen Tür treten, sein Gesicht wird aufleuchten, wir werden zusammensitzen und von den alten Zeiten reden, er wird sehen, ein freundschaftlicher Besuch das Ganze, was ja auch schon eine Demonstration ist unter den Umständen, und das peinliche Thema tunlichst vermeiden.

Sofort, sagt die Kellnerin und setzt das Bier und den Klaren vor mich hin, er kommt sofort. Dann schrickt sie zusammen, draußen sind mehrere Autos vorgefahren, es ist Lärm in der Eingangstür, etwa zehn Mann dringen in die Gaststube ein, alle mit ähnlicher Physiognomie, Fett schon unter den Kinnbacken trotz ihrer jugendlichen Jahre, alle auch ähnlich gekleidet in Mänteln aus dunkelbraunem Kunstleder, so streben sie, ohne abzulegen, dem großen Ecktisch zu und verlangen Bedienung. Die Kellnerin eilt hin zu ihnen. Nein, nicht sie, sagt einer, der wohl der Anführer ist, der Chef soll kommen.

Die Kellnerin dreht sich um zu mir; offenbar glaubt sie, ich sei der Kundschafter gewesen für diesen Trupp, in ihrem Blick steht: Judas. In der schmalen Tür erscheint Faber; er ist vom Fleisch gefallen, seit ich ihm das letzte Mal begegnete, sein Gesicht ist unnatürlich grau, die Haut erschlafft; er bemerkt mich nicht, er hat Augen nur für die in den Ledermänteln und geht wie hypnotisiert auf sie zu, unsicheren Schritts, die Hände flattern ihm.

Der Anführer ist aufgestanden und hat sich vor ihn hingepflanzt, ein paar von den anderen folgen seinem Beispiel. Und nun beginnt, was offensichtlich als ein Spiel mit verteilten Rollen gedacht ist:

Na, den wollten wir lange schon mal.

So also sieht ein Arbeiterverräter aus.

Ein zionistischer Agent.

Wie viele der wohl auf dem Gewissen hat.

Wo hast du denn deine Dollars versteckt.

Und so einer läuft hier noch frei herum.

An die Wand gestellt gehört er.

Aufgehängt.

Faber, heiser, kaum zu verstehen, protestiert: Aber das ist doch alles nicht wahr, ich habe niemals –

Sie lassen ihn nicht ausreden. Sie lachen, sie umdrängen ihn:

Nicht wahr! Niemals!

Du wirst uns schon noch die Wahrheit sagen.

Du hast uns verraten.

Wieviel hast du bezahlt gekriegt vom Klassenfeind.

Rück mal raus mit der Sprache.

Oder.

Der will mal Arbeiterfäuste spüren.

Faber hebt die Hände, beschwörend. Die Biertrinker sind geflohen, die Kellnerin hockt bleich hinter dem Tresen, nur ich sitze noch an meinem Tisch wie festgefroren, die Töne da kenne ich doch, aus einer anderen Zeit. Da endlich sieht er mich. Er kommt auf mich zu: Mensch, Hans! In seiner Stimme klingt das ganze Entsetzen mit, aber jetzt auch Erleichterung, ein Ertrinkender, der plötzlich Boden unter den Füßen spürt. Du hier, Hans!

Was ist denn los hier um Gottes willen, sage ich, wer sind die, was wollen sie von dir; dabei weiß ich, wer sie sind und was sie wollen und daß jedes Wort, das ich sage, sehr bald gegen mich zählen könnte; und stelle mir trotzdem vor, wie es wäre, wenn ich hinüberginge zu dem Anführer der Lederbemäntelten und ihm mitteilte, ich heiße Hans Collin, Genosse, und mir hat mal einer das Leben geschenkt zu dem ausdrücklichen Zweck, daß ich aufschreibe, was ist.

Faber nickt in Richtung der Leute und sagt, ich habe so etwas erwartet, und nun ist es soweit, und sein Ton deutet an, daß die Hoffnung, die da aufgeflackert war, längst wieder erloschen ist. Und du geh lieber, sagt er zu mir, du wirst sonst nur hineingezogen in die Sache.

Der Anführer, sehe ich, hat irgendwelche Entscheidungen getroffen.

Geh, mahnt Faber, mach, daß du fortkommst.

Wie du willst, sage ich, und will ihm die Hand geben, aber er hat sich schon abgewandt. Ich greife nach Hut und Mantel und drücke mich vorbei an den Lederbemäntelten, die Faber einkreisen.

Draußen die Autos. Die Straße liegt verödet, die Häuser geschlossen, die Fenster blind. Ich fange an zu laufen. Flucht.

Ein Alptraum, dachte Christine; aber das Wort Alptraum erfaßte nur die Kategorie, der das Ereignis zuzurechnen war, nicht jedoch das Gefühl tiefer Betroffenheit, das sich ihrer bemächtigt hatte, während er vorlas; dabei war seine monotone Art zu lesen eher dazu angetan, die Wirkung des Erzählten zu schwächen. Wie alt war sie gewesen, rechnete sie nach, als das geschah? Ein halbes Kind noch, hatte sie die großen Hoffnungen, ihr vorgesetzt von Menschen, die noch ein Leuchten hatten in den Augen, zu den ihren gemacht: eine neue Zeit, das böse Alte wird begraben, ihr seid die Zukunft.

»Soll ich Ihnen sagen, was Sie jetzt denken?« fragte er.

»Ich weiß noch gar nicht, was ich eigentlich denke«, sagte sie. »Was Sie da vorgelesen haben, stellt mich vor böse Fragen. Wieso gab es das bei uns? Und war Ihr Freund Faber wirklich schuldig?«

»Faber wurde später abgeurteilt. Aber viel lieber möchte ich von Ihnen wissen, was Sie von mir halten. Ich bin doch weggelaufen...«

Nur jetzt nichts Falsches sagen, dachte sie, erst einmal ordnen, was ihr wild durch den Kopf ging.

»Mein Bericht geht nicht weit genug, meinen Sie? Ich soll mir die Brust noch mehr aufreißen, oder was?«

Sie blickte ihn an. »Und wird das ganze Buch so sein?«

»Wird es überhaupt sein?« Er legte das Manuskript zurück in die schwarze Mappe. »Da Sie mir nicht sagen wollen, was Sie denken, werde ich Ihnen sagen, was ich mir gedacht habe, während ich Ihnen vorlas und meinen eigenen Sätzen zuhörte: Wozu das, habe ich mir gedacht, was nützt es? Was nützt es Ihnen, anderen, mir? Mir schon gar nicht, ich stecke nur meinen Hals in die Schlinge. Bin ich verrückt, muß ich den Märtyrer spielen um irgendeiner Wahrheit willen, die Jahrzehnte zurückliegt? Wenn es Ihnen wenigstens etwas nützte. Aber Sie wollen doch hier leben, und können es nur nach

Mustern, die vorgegeben sind und die man nicht ohne Not zerstören soll.«

Sie schüttelte den Kopf. »Ich glaube dennoch, Sie sollten das Buch schreiben, Herr Collin.«

»Sie meinen«, er kniff die Augen zusammen, »aus therapeutischen Gründen?«

»Wenn Sie so wollen, auch das.«

»Sie meinen, ein Herzkranzgefäß wird mir platzen, wenn ich meine Geschichtchen nicht vor das geschätzte Publikum zerre, die Sache Faber, die Sache Havelka –«

»Havelka?« überrascht. »Georg Havelka?«

Er schien den Einwurf nicht gehört zu haben. »– und was ich sonst noch an hübschen Sachen weiß? Nein, nein, das wäre der Gesundheit gar nicht zuträglich. Das hieße doch, mich selber aus den Reihen derer auszuschließen, mit denen ich mein Leben lang zusammengluckte und die mich, wenn man's recht bedenkt, nicht schlecht umhegt haben.«

»Ja«, sagte sie, »das ist richtig. Wir kennen das Phänomen aus Afrika: den Voodoo-Tod. Der Stamm vertreibt den Gesetzesbrecher, der große Bannfluch wird verkündet, die Voodoo-Geister werden losgelassen, wer hält das aus.«

»Aber wer hält das andere aus, die selbstangelegte Kandare, die Sterilität, den hohlen Ruhm?«

Sie überließ ihm ihre Hände, über die er sich beugte. Die plötzliche Geste berührte sie, kein Zweifel, obwohl es auch ein wenig lächerlich war, der graue Haarschopf über ihrem Schoß, der blausamtne Kragen des Schlafrocks, auf dem sich Schuppen gesammelt hatten – und Pollock hatte ihr das alles vorausgesagt.

Es war, als würde er sich der Distanz, die nun wieder zwischen ihm und ihr lag, bewußt. Er ließ ab von ihren Händen und richtete sich auf. »Havelka«, sagte er, »Sie kennen den Mann?«

»Wir haben seine Frau hier in der Klinik, drüben im anderen Flügel.«

»Ist die Dorothea also auch krank…« Er sah nachdenklich aus. »Der Havelka hat das ja durchgemacht, den Voodoo-Zauber; es muß schlimm gewesen sein für ihn. Weiß er, daß ich hier liege?«

»Ja.«

»Ein guter Mensch, der Genosse Havelka«, erklärte er, als hätte jemand das Gegenteil behauptet, »ein edler Mensch, man hat ihm Unrecht getan.« Und war versucht, hinzuzufügen: Sie täten mir einen großen Gefallen, Frau Dr. Roth, wenn Sie ihn mir vom Leibe hielten.

Aber er sagte es nicht.

11

(Aus den Notizen des Kritikers Theodor Pollock)

...welch ein Abend, Wechselbad der Gefühle, Auf und Ab von Hoffnungen und Enttäuschungen, und alles eigentlich gegen meine Grundsätze.

Erfreulich zunächst die Beobachtung, wie in Christines Überlegungen aus einer Frage, sobald diese beantwortet, eine nächste entsteht, durch die sie wiederum sich veranlaßt sieht, weiterzufragen. Die Veranlagung dazu vorausgesetzt, sehe ich darin doch auch meinen Einfluß.

Ich fasse zusammen: Christines Gedanken während der Fahrt zu dem Jazz-Keller. Ich selber beschränke mich auf kurze Worte, eingeworfen, um ihr weiterzuhelfen; nur einmal, zum Thema Schuld und Schuldgefühl, sprach ich ein paar Sätze, diese aber, wie mir scheint, wichtig.

Ausgehend von Collins Priegnitz-Bericht – dessen wesentliche Punkte mir von meinen Hundegesprächen mit ihm bekannt – erwog sie, ob das Problem Collin im Grunde nicht schon gelöst sei, da er ja seinen Konflikt erkannt habe: den Widerstreit zwischen Angst vor dem Voodoo-Tod einerseits und andererseits seinem Aufbegehren gegen den Zwang zur dauernden geistigen Selbstkastration. Der Erkenntnis müßten jetzt nur noch die Entschlüsse folgen: so oder so, beschauliche Rentierexistenz oder Auseinandersetzung mit der Vergangenheit. So einfach sei das. Aber damit auch schon, vermute sie, zu einfach; denn das ganze Dilemma ließe sich ja leicht genug umgehen, indem er niederschreibe, was er zu enthüllen habe, und seine Aufzeichnungen im Schreibtischfach verschlösse: so haben wir die Seele erleichtert und zugleich den Bannfluch vermieden. Oder zähle als befreiender Akt des Schriftstellers nur das gedruckte Wort? Bei näherer Betrachtung scheine ihr, daß es da Momente

133

gebe, die auf noch Komplizierteres hinwiesen als den genannten Konflikt: wo war denn der Autor selbst in dem allen, sein persönlicher Anteil, seine Anteilnahme? Und schimmere in dem Bericht über Priegnitz nicht auch ein Gefühl der Schuld durch, Schuld Collins dem Genossen Faber gegenüber; warum hatte Collin nicht eingegriffen, sich nicht schützend vor Faber gestellt, das Leben hätte es ihn wohl nicht gekostet?

Nun mein Einwand: jedes Schuldgefühl setze ein gewisses Kräfteverhältnis voraus; ich kann Schuld empfinden nur einem Schwächeren gegenüber oder, bestenfalls, einem mir Ebenbürtigen, kaum aber gegenüber einem, der stärker ist als ich und mir überlegen. Würde Collin etwa einem Urack gegenüber Schuld fühlen, träfe er ihn unter ähnlichen Umständen an wie seinerzeit den Genossen Faber? Die Mächtigen der Welt bilden eine Sonderkategorie; selbst gestürzt und gedemütigt, bleiben sie dieser zugehörig, ihre Streitigkeiten uns fremd, ihre Niederlagen nicht die unseren. Sie haben sich uns entrückt; ihr Schicksal mag unsern Schauder erregen, gelegentlich wohl auch Schadenfreude oder Mitleid, sonst jedoch nichts. Das sei, so schloß ich, der grausame Preis der Macht.

Also keine Schuld, griff sie meinen Gedanken auf. Oder vielleicht doch – nur einem anderen gegenüber? Aber wem – seiner ersten Frau? Havelka etwa? Oder einem uns Unbekannten? Und wo da ansetzen? In Spanien, in Mexiko? Oder später, in diesem Lande, nach der Rückkehr? Was eigentlich sei Collins Rolle gewesen im Prozeß gegen Havelka? Keine? Nur auf der Zuschauerbank habe er sich befunden, wie andere Schriftsteller auch? Ja, sie wisse, ich möge recht haben mit meiner Warnung vor allzu einseitiger Betonung eines bestimmten psychischen Vorgangs, aber was im griechischen Drama und in der Bibel die Menschen schon quälte, was bei Shakespeare galt und bei Dostojewski, das könne wohl auch heute noch mit Nutzen in Betracht gezogen werden, und ob man nicht bei Gelegenheit eine Begegnung Havelkas mit Collin herbeiführen sollte, warum denn Urack als Gedächtnisstütze nur – doch hieße das nicht Schicksal spielen, und das sei wirklich ihr Geschäft nicht...

Wohl meines dann, führte ich den Satz stillschweigend zu Ende. Aber da waren wir auch schon vor dem Keller und schoben uns durch die verklemmte Tür, hinein in den infernalischsten Lärm. Buntschimmernde Instrumente, an elektronische Apparaturen gehängt, produzierten durch menschliches Gekreisch angereicherten Trommelfell-Terror: Beat, Rock, Soul, Swing oder was auch immer, alles eingefärbt à la DDR und dafür um so schriller.

Der Betrieb wird toleriert von der Behörde, die sich wahrscheinlich sagt, besser wir haben die Kerle in unsern Lokalen, unter Kontrolle, als irgendwo in wilden Haufen, ein musikalischer Untergrund mit plötzlichen Massenausbrüchen. Das waren noch Zeiten, als mein Freund Alois Slobodnik, Professor ehrenhalber und Mitglied der Akademie der Künste, mit bebender Stimme und süßlichem Aufschlag der fahlen Augen die Forderung erhob, man möge der Jugend russische Hopaks und Kasatzkis vorsetzen, und natürlich auch die schönen deutschen Volkstänze, anstelle des dekadenten amerikanischen Jazz, der die Seelen nur vergifte und unsere jungen Menschen – unsere, wir besaßen sie offensichtlich – von ihren wahren revolutionären Aufgaben abhalte. Ich applaudierte ihm heftig, denn es interessierte mich doch sehr, zu erfahren, wie das Experiment ausgehen würde; es wurden auch organisierte Versuche unternommen, in mehreren Städten der Republik, doch der Erfolg blieb aus, und die Entmutigung war groß, und Genosse Professor Slobodnik wandte sich anderen Reformgedanken zu. Und nun dieser FDJ-eigene Keller, verraucht, bierdunstig, erfüllt von Phonstärken knapp unter und zum Teil über der Schmerzwelle, an den Wänden statt der vertrauten Porträts die Abbilder anderer Großer: Duke Ellington, Mahalia Jackson, Ella Fitzgerald, Louis Armstrong alias Satchmo.

Hierhin also hat uns Peter Urack eingeladen, mit schöner Selbstverständlichkeit und lässigem Stolz. Jetzt steht er vorn inmitten der Band, es irrlichtert um ihre Köpfe, gelb, grün, blau, purpurn. Das sonst so bleiche Gesicht gerötet, heult er nicht zu Verstehendes und reißt wild an den Saiten; er ist eins geworden mit dem Rhythmus, der hagere Leib zuckt und windet sich. Ich folge Christines Blick: die hautengen Jeans, die der Junge trägt, der schmale, wohlgeformte Hintern, das Geschlecht; sie beherrscht ihre Miene, da sind Hemmungen. Über die andern jedoch, die fahlen Mädchen mit dem strähnigen Haar, ist Verzückung gekommen, und diese wirkt ansteckend auch auf die jungen Männer. Der Ausdruck der starr in die Ferne gerichteten Augen zeigt eine Art Rauschzustand an, der nicht von Drogen herrührt – welcher Haschischhändler könnte schon etwas beginnen mit Mark der Deutschen Demokratischen Republik –, sondern eben von diesem Getöse erzeugt wird, diesem ekstatischen Schreien und Stöhnen, das Anklang findet, An-Klang, denn hier wird Verwandtes berührt und zum Mittönen gebracht, das ist evident in der Selbstvergessenheit von Publikum wie Band.

Ich bin alt, uralt, ein alter Reaktionär, mein Bruder im Geiste ist Genosse Professor Alois Slobodnik, der die Gefahr erkannte, die im Rausch liegt, im Hingerissensein, im großen allgemeinen Abschalten. Ich kann nicht abschalten; ich suche auch hier noch nach Strukturen, aber hier werden die Strukturen zerfetzt. Warum wirkt das? Durch Melodie? Ach Gott – wenn, versehentlich, drei, vier, fünf Töne Anstalten machen sollten, sich zu einer Melodie zusammenzutun, werden sie auseinandergerissen und zerstampft. Die Texte? Nur ein Vorwand für die Produktion von Geräuschen. Dann die Rhythmen? Diese schon eher, aber auch sie sind hundertfältig gebrochen und dienen der Beunruhigung eher als irgendwelcher künstlerischer Ordnung. Nein, ich komme wieder darauf zurück: es bleibt als Wirkungsfaktor nur der Lärm selbst, der alles betäubende, totale elektronische Lärm, der jedes Wort erstickt und jeden Gedanken zermalmt und dem einzelnen jegliche Existenz außerhalb der Masse versagt.

Und damit ein Bedürfnis erfüllt. Nicht mehr reden müssen, wozu auch, was bleibt denn zu sagen, und weiß man, wer mithört. Nicht mehr denken müssen, wie viele große Gedanken wurden schon gedacht, und sind alle hohl geworden angesichts des Riesenrauchpilzes. Allein sein dürfen und dennoch nicht mehr einer allein in dieser Welt der Ängste, sich mitschwemmen lassen, untertauchen, Lärm ist Leben, Stille ist Tod.

Und dann doch, Stille.

Der Schlagzeuger stand auf, der Trompeter legte seine Trompete aufs Klavier, aus einem Halbdutzend rasender Derwische wurden ein paar etwas sonderbar gekleidete junge Männer, die vor sich hinschwitzend an ihrem Tisch Platz nahmen und die Nase in ihr Bier steckten.

Nur der eine, Peter, das blaßviolette Satinhemd weit offen über der feuchten Brust, setzte sich zu uns, neben Christine. Mißfiel mir schon die Art, wie er den Arm auf die Lehne ihres Stuhls legte und ihre Schulter umfing, ganz als hätte er ein Besitzrecht an ihr, so berührte mich das vertrauliche Du, das er im Umgang mit ihr plötzlich benutzte und das sie bedenkenlos zu akzeptieren schien, um so befremdlicher.

Offenbar bemerkte er meine Zurückhaltung, denn er wandte sich jetzt an mich und sagte etwas zu mir, das ich nicht völlig verstand; das betäubte Ohr braucht seine Zeit, bis es sich normalen Geräuschpegeln wieder anpaßt. Sie hätten schon bessere Abende gehabt, wiederholte er, an solchen Abenden sei das Publikum viel intensiver mitgegangen, es läge wohl auch an der Akustik in dem zu niedrigen, verwinkelten Raum, daß die Feinheiten der Musik verwischt würden.

Feinheiten? sagte ich.

Er schwieg gekränkt. Christine war wohl der Meinung, das Selbstbewußtsein des jungen Mannes bedürfe mir gegenüber der Stärkung, und sie stimmte ihm bei: ja, die Akustik; dennoch aber sei so manches durchgekommen, was sie sehr eindrucksvoll gefunden.

Ich lächelte süffisant. Jetzt, da ich das niederschreibe, ist mir klar, daß meine Haltung meiner Verärgerung entsprang. Diese, obwohl das Falscheste in der gegebenen Situation, mag entschuldbar sein: da hatte sich hinter meinem Rücken zwischen den beiden etwas angebahnt, was ich weder geplant noch vorausberechnet hatte, und es schockierte mich mehr noch meiner mangelnden Voraussicht als des Tatbestands wegen.

Vor allem aber verstieß mein Verhalten gegen meine eigenen Lebensregeln – als hätte ich nicht vor Jahren schon gelernt, wie töricht es ist, sich zu engagieren, wie ungesund, sich in innere Abhängigkeit von anderen zu begeben. Jedenfalls erwiderte ich auf die Frage des Jungen, was mir denn mißfallen habe an dem Konzert: Nichts; das Ganze sei an meinem Ohr vorbeigerauscht, ohne irgendwelche Emotionen zu erzeugen; doch möge ihn das nicht bedrücken, mein

Unverständnis beruhe zweifellos auf meiner Zugehörigkeit zu einer anderen Generation, und sei nicht, um nur ein Beispiel zu nennen, auch Richard Wagner zunächst nur von wenigen begriffen worden.

Peter murrte, das ließe sich wohl kaum vergleichen, Hojotoho und Beat, und Christine schien peinlich berührt: hatten sie und ich doch erst kürzlich über Wagner gesprochen und übereinstimmend gefunden, daß der Mann stets dort, wo er am wenigsten zu sagen hat, seine größte Lautstärke einsetzt; zum andern betraf die Frage der Generation ja auch sie, die fast die Mutter des neben ihr sitzenden Knaben hätte sein können. Sie erklärte also, die Musik Peters und seiner Freunde heute abend drücke sichtlich die Gefühle der meisten der Anwesenden aus, was für sie, ob sie diese Gefühle nun teile oder nicht, psychologisch von Interesse wäre und für einen Mann wie mich eigentlich Anlaß sein sollte, dem Phänomen einiges Nachdenken zu widmen.

Ich konzedierte ihr das und wandte mich dem Jungen zu, der Christine dankbar die Schulter drückte und endlich seinen Wodka in sich hineinkippte und einen halben Humpen Bier hinterherschüttete. Gefühle, sagte ich, was denn nun seien diese Gefühle; könnte er mir's erläutern irgendwie; seine Band improvisierte doch sicher nicht nur, sondern sie arbeiteten an ihren Musikstücken und den eventuell dazugehörigen Texten, selbst wenn diese den Zuhörern unverständlich blieben.

Er spürte wohl, daß der Streit nun ernst war und daß er sich äußern mußte. Aber bald geriet er ins Stammeln, und wieder mußte Christine eingreifen: vielleicht lasse sich das, was diese Musik sagen wolle, eben nur in Musik ausdrücken.

Zumindest, sagte ich, zersprenge diese Musik jede Form und symbolisiere eines: Opposition.

Das war nun die Krücke, an der der Junge sich aufrichten konnte. Opposition – jawohl! Wie und wo anders denn als in ihrer Musik könnten sie das demonstrieren, Opposition. Aber nicht nur Opposition, mehr noch: die alten Hemmungen abschütteln. Die Grenzenlosigkeit darstellen, die uns sonst verwehrt ist. Das Leben, das seine Fesseln sprengt. Wenn er's nur in irgendwelchen Versen ausdrücken könnte, aber seine Worte reichten nicht aus; darum die Flucht in die Töne.

Christine schien beeindruckt. Auch ich blieb nicht unberührt; mein Ressentiment gegen den Jungen wich einer Art Angst um ihn: die Uracks der verschiedenen Dienste und Dienstgrade waren so instinktlos nun auch nicht, daß sie nicht wittern könnten, was sich in diesen Beat-Schuppen und Jazz-Kellern anbahnte und was ich selbst, in diesem Zusammenhang, so deutlich noch nie gespürt – daß nämlich die Dinge sich nicht mehr in die für sie vorgesehenen Fächer und Schubladen klemmen ließen. Überall quoll es über, in den Köpfen kochte und quirlte und brodelte es, die so sorgfältig überlieferten Denkschemata fielen auseinander, die so vorsichtig gehütete Ordnung war nur noch äußerlich intakt, auf und ab im Lande bliesen bärtige Jünglinge die Posaunen, und in den Mauern Jerichos zeigten sich Risse.

Aber wen wohl würden die stürzenden Quader erschlagen? Nein, eine reine Freude würde der Hexensabbat, der sich da ankündigte, nicht werden, und wieviel Zerstörung würde der graue Morgen danach vorfinden? Ich fürchtete um uns alle: um Christine, um den Jungen – um mich selbst am wenigsten. Ich suchte daher zunächst den Eindruck seiner Worte zu entkräften, indem ich über den Dilettantismus spottete, der sich in dem wilden Getön so reichlich verbarg; darauf wurde ich wieder ernst und warnte, daß der ganze Wust von Gefühlen, die er zu beschreiben sich bemüht habe, völlig außerhalb unsrer Realität stünde, welche bekanntlich auf der Einsicht in die Notwendigkeit der Zwänge beruhe.

Ob man dann nicht daran denken solle, meinte Christine, einige dieser Zwänge zu modifizieren?

Also die Realität zu verändern? präzisierte ich. Ich sei natürlich auch kein unbedingter Freund des gegenwärtigen Status, in dem einander widerstrebende Kräfte sich notdürftig die Balance hielten, doch zöge ich ihn einer allgemeinen Auflösung und deren Folgen entschieden vor; ehe man sich an ein so grundlegendes Geschäft wie die Veränderung des bestehenden Zustands machen könne, müsse man wenigstens die Risiken kennen, auf die man sich einließ.

Peter gähnte, ohne die Hand vor den Mund zu halten; ich sah seine Zunge, die sich wie ein dickes rotes Tier in der Umzäunung der Zähne wälzte. Meine ganze Verstimmung kehrte zurück: auch um seinetwillen hatte ich gesprochen, und der Kerl zeigte nichts als Langeweile. Jetzt tippte er Christine gar noch auf die Schulter. Es ginge wieder los, teilte er ihr mit.

Auch ich stand auf. Ich war nicht gewillt, mir noch weiter die Trommelfelle ramponieren zu lassen; philosophieren ließ sich profitabler in der Ruhe meines Arbeitszimmers. Aber damit stellte ich Christine vor eine Wahl: alleine hierzubleiben hieß für sie, Zugehörigkeit zu dem Jungen zu bekennen, den Absprung zu vollziehen von der kritischen Intelligenz mit ihren Anstandsregeln und Vorbehalten hinunter in die laute, schlecht gewaschene, aufmüpfige Jung-Bohème. Sie hatte wohl erwartet, daß ich ausharren würde, aus Gründen des Interesses oder der Konzilianz dem Jungen gegenüber, oder auch ihretwegen; sie blickte sich ratsuchend nach ihm um, doch er stand bereits inmitten seiner Mitlärmer, auf seinem Gesicht jener merkwürdig leere Ausdruck, den auch die Süchtigen zeigen, und klimperte ein paar Versuchstöne auf seinem Instrument.

Ich zahlte, nickte ihr freundlich zu, murmelte ein paar Worte, in denen etwas von Müdigkeit vorkam und daß Peter sie doch sicher später geleiten werde, und wandte mich zum Gehen. Ich gestehe, daß ich, als ich am Tresen vorbeikam, zögerte; aber ich blickte mich nicht nach ihr um.

In der Tür holte sie mich ein. Ich ließ ihr den Vortritt die Kellertreppe hinauf; oben auf der Straße blieben wir stehen. Die Luft war kühl und feucht. Christine zitterte. Ich schlug ihr den Mantelkragen hoch und knöpfte ihren Mantel zu, wie einem Kinde. Es sei ihr ganz lieb, daß ich schon aufgebrochen sei, sagte sie schließlich; sie habe sich bereits Gedanken gemacht Wölfchens wegen und wegen Frau Zink; sie wolle die Liebenswürdigkeit der alten Dame nicht zu sehr strapazieren. Oder so ähnlich.

Eine Weile fuhren wir ohne zu sprechen; ab und zu warf ich einen Blick auf ihr Profil, über das der Widerschein der vorbeihuschenden Straßenlaternen glitt. Ich überlegte: hatte ich etwas zu bedauern in meinem bisherigen Verhalten ihr gegenüber?

Ob sie nun erriet, was mir durch den Kopf ging, oder nicht – jedenfalls erklärte sie plötzlich, sie hoffe, daß sich an unserem Verhältnis nichts ändern werde; die Affäre sei ja auch für sie ganz überraschend gekommen, und ob sie sehr glücklich dabei werden würde, bezweifle sie; aber sie meine doch, daß ich Verständnis zeigen werde, Verständnis für sie und Peter.

Wie gerne hätte ich ihr gesagt: Was bilden Sie sich ein, glauben Sie etwa, Sie sind Gottes Geschenk an die Menschheit? Das Schlimme war nur, daß sie, wie ich jetzt sah, genau das war – zumindest für den winzigen Splitter von Menschheit mit Namen Theodor Pollock. So blieb mir denn nichts anderes, als ihr treulich zu versichern: Aber selbstverständlich, meine Liebe, was sollte sich denn wohl ändern in unserm Verhältnis, was haben wir denn für ein Verhältnis außer dem der freundschaftlichsten Zuneigung, die so oder so nicht beeinflußt werden kann durch sexuelle Beziehungen des einen oder anderen von uns.

Dies, stimmte sie lebhaft bei, sei auch ihr Gefühl, und es hätte sie hart getroffen, wenn sie um des jungen Urack willen, der ja auch Qualitäten besitze, die sich entwickeln ließen, den väterlichen Freund und Berater hätte verlieren müssen. Und da wir gerade bei diesen Ausführungen vor dem Haus angekommen waren, in dem sie wohnte, lehnte ich mich, nachdem ich den Wagen gestoppt und den Motor abgestellt hatte, zu ihr hinüber und gab ihr, zum ersten Mal übrigens, einen väterlichen Freund-und-Berater-Kuß – worauf sie mich, einem Impuls folgend, einlud, einen Gute-Nacht-Trunk bei ihr oben einzunehmen.

Nach dem, was der Abend mir bereits gebracht hatte, hielt ich es für weiser, Müdigkeit vorzuschützen und mich zu verabschieden.

12

Sie ging sehr langsam, tastenden Fußes, als sei der Boden des Wäldchens, in welches die Klinik hineingebaut war, unsicher, der Weg zwischen den jungen Kiefern hindurch schwankend. Havelka bemühte sich, seinen Schritt dem seiner Frau anzupassen.

»Wenn man bedenkt«, sagte sie, »wie gut ich immer zu Fuß war...«

»Das wird wieder«, tröstete er.

Sie nickte und lächelte.

»Du darfst dich nicht selber aufgeben, Dorothea, das wäre das Schlimmste. Frag Frau Doktor Roth; sie wird dir bestätigen: das Herz ist mehr als ein Muskel, es ist auf merkwürdige Art ansprechbar und reagiert auf den Willen des Menschen.«

Sie stützte sich auf seinen Arm, so ging sich's besser. Nein, sie gab sich nicht auf, schon um seinetwillen nicht; all die Jahre hatten sie einander aufgerichtet und gehalten, sie und dieser Mann, und nun war endlich Ruhe geworden, der Druck beseitigt; eine unbedeutende Arbeitsstelle für ihn, dazu eine kleine Ehrenrente, wie man das nannte, und er hatte wohl auch die Kraft nicht mehr für die großen Kämpfe, wartete nur mit zäher Geduld auf seine vollständige Rehabilitierung. Inzwischen saß man wie weiland Philemon und Baucis vor der Hütte: was wäre Philemon ohne Baucis?

»Diese Ungerechtigkeit«, sagte er. »Warum gerade du? Manchmal möchte ich aufschreien, aber ich weiß nicht zu wem. Die an Gott glauben, haben wenigstens einen Adressaten. Was kann ich tun, dir zu helfen? Man fühlt sich so nutzlos. Und diese Leere in der Wohnung, diese Stille. Ich gehe von einem Zimmer ins andere und sehe: überall deine Spuren, das hast du angeschafft, und jenes hast du so hingestellt. Und dann denke ich, du bist nur nebenan, und bleibe stehen und warte: gleich wirst du mich rufen...« Er stockte: was redete er da! – als wäre sie schon gestorben. Und fuhr hastig fort: »Ich frage mich, ob ich nicht mitschuldig bin an deinem Zustand. Ein wenig mehr Konformismus, ein paar kulante Worte zur rechten Zeit, und vielleicht hätten sie sich einen anderen ausgesucht damals, und dir wäre so vieles erspart geblieben.«

»Laß sein«, sagte sie und berührte beschwichtigend seine Hand, »es war schon alles richtig.« Sie hatte die Ehen der Rückkehrer aus der Emigration und den Lagern gesehen und beobachtet, wie sie prompt in die Brüche gingen: die Männer erhielten plötzlich Funktionen, erhielten Macht, Einfluß, Privilegien, und bemerkten alsbald, wie alt und proletarisch ihre Ehefrauen waren im Vergleich zu den Weibern, die sich jetzt an sie heranschmissen. Ihrer hatte sich da anders verhalten. Seine Liebe war aus dauerhafterem Stoff, dabei aber ganz undemonstrativ; sie konnte sich nicht entsinnen, daß er je in der Öffentlichkeit auch nur seine Hand auf ihre gelegt hätte. Überhaupt trug er seine Gefühle nicht zur Schau; sie hatte das schon in Marseille bemerkt, als er zu ihr kam, um ihr für die Convocation zu danken, die sie ihm beschafft hatte, und für die Schiffspassage nach Mexiko; nur wenn er, was selten genug geschah, von dem Sozialismus sprach, so wie er ihn sich vorstellte, brach so etwas wie Leidenschaft durch. Das hatte er sich erhalten, den Glauben an die endliche Verwirklichung der Idee, denn die war historisch notwendig. Der Katechismus jedoch, nach dem die Idee landauf landab gepredigt wurde, hatte sich als Makulatur erwiesen, und der Einsturz, vor seinen Augen, der ganzen mühevollen Konstruktion von Thesen und Lehrsätzen, nach denen er sich zeitlebens gerichtet hatte, traf ihn schwerer noch als seine Erfahrungen in Untersuchungshaft und Zuchthaus. Eine Welt auf den Kopf gestülpt: er im Zuchthaus nicht etwa des bürgerlichen Staates, sondern jenes, für den er immer gekämpft hatte!

Als er dann endlich entlassen wurde, weil sie das Geld erbettelt hatte zur Bezahlung des Anwalts und weil die politische Situation sich verändert hatte und weil ihr unbekannte Freunde immer wieder an behördliche Türen klopften, vor allem aber, weil er diese Zähigkeit besaß: da hatte der Heimkehrer aus der Einzelzelle die alten Schemata gestrichen, die alten Ikonen zertrümmert.

»Erinnerst du dich, als du damals nach Haus kamst«, sagte sie.

»Sie würden dich im Auto bringen, hieß es, und ich wartete in großer Angst, was kann nicht alles in letzter Minute noch schiefgehen, und sah mich im Spiegel und sah, wie alt ich geworden war, und suchte zusammen, was an Kosmetika vorhanden war, und bemalte mich, und hörte den Wagen vorfahren, und wischte hastig alles wieder ab, die ganze Maske, und als du in die Tür tratst, war mein Gesicht völlig verschmiert, und du warst so erschrocken und sagtest: Was ist denn passiert, um Gottes willen?«

Er lachte. »Die Sorge war umsonst. In Wirklichkeit, das habe ich bei mir beobachtet und auch von anderen gehört, ist das Bild, das einer im Kopf trägt, sehr oft stärker als der momentane Eindruck, oder es verschwimmt beides zu einem – wie jetzt das Mädchen damals in Marseille mit der Frau, die neben mir geht.«

»Es ist lieb von dir«, sagte sie, »daß du die Jahre wegwischen willst und die Spuren der Krankheit.«

»Die Jahre«, sagte er, »haben nichts verändert.«

Er hatte eine vertrackte Art, dachte sie, sich an gewisse, ihm wichtige Gedanken zu klammern; brauchte das wohl auch zu seiner Selbsterhaltung. Eines Abends, kurz nach der Rückkehr aus dem Zuchthaus, fuhr er plötzlich auf und erklärte: Aber die Mehrwerttheorie behält ihre Gültigkeit trotzdem! Das also blieb, und die Forderung nach Gerechtigkeit. Glaub doch nicht, warnte sie ihn, daß die Leute, die die Anklage gegen dich konstruierten und dich in deiner Zelle sitzen ließen, bis deine alte Tbc aufbrach, einen Sinneswandel haben könnten oder daß man sie gar fallen lassen möchte. Er jedoch blieb dabei: volle Rehabilitierung, Wiedereinsetzung in seine Parteimitgliedschaft, die mit der Verhaftung automatisch geendet hatte. Sein Parteibuch wollte er wiederhaben, und zwar nicht irgendein neues, wie sie ihm anboten, sondern eines, das ausgestellt war auf das Datum seines ursprünglichen Beitritts zur Partei im Jahre 1932. Und gerade das wollten sie ihm nicht genehmigen, denn es hätte bedeutet, daß er auch über die Zuchthausjahre hinweg Mitglied der Partei geblieben war: ein Fehlerbekenntnis der Partei also, eine Unmöglichkeit, die Partei hat nie geirrt. »Ich möchte nicht, daß du den Eindruck hast«, sagte er, »als bestünde mein Leben nur aus Rundgängen durch die verwaiste Wohnung. Pollock kümmert sich um mich, was ich sehr menschlich finde, denn was hat er schon davon außer seinen Beobachtungen; mitunter hat man das Empfinden, der Mann betrachtet einen wie ein Präparat unterm Mikroskop. Und auch Frau Doktor Roth war sehr hilfreich.«

Sie blieb stehen. »Was sagt sie denn, wirklich?«

»Was können einem die Ärzte schon sagen«, wich er aus; warum nur hatte er das erwähnen müssen. »Wir sprachen hauptsächlich von Collin; du weißt, daß Collin hier im Haus liegt?«

»Ich weiß; von anwesender Prominenz erfährt man rasch...« Sie brach ab. Sie wußte sogar, trotz der Geheimnistuerei, daß auch der Genosse Urack sich in der Klinik befand, entschloß sich jedoch, davon lieber zu schweigen: wozu ihren Mann noch zusätzlich belasten – es war unangenehm genug, daß sie selber Urack jederzeit begegnen konnte, im Korridor oder in der Vorhalle oder im Labor, wo die Assistentinnen den Patienten morgens das Blut abzapften.

»Ich glaube«, sagte er, »wir sind weit genug gelaufen für heute.«

Sie kehrte gehorsam um, stützte sich nun aber auf seinen anderen Arm.

»Ich habe mir überlegt«, fuhr er fort, »ob ich Collin nicht aufsuche. Einfach an seine Tür klopfe und hineinschaue und sage: Hier bist du also, Genosse Collin. Ich fürchte nur, er könnte mißverstehen und meinen, ich käme zu ihm aus Sympathie; Sinn für Ironie, wenn ich mich recht erinnere, hat er niemals besessen.«

Collin, dachte sie; man kann die Menschen nur im Rahmen ihrer Möglichkeiten sehen und darf die moralischen Forderungen an sie nicht zu hoch schrauben. Collin hatte ihr seinerzeit sogar Geld gegeben, das mußte man anerkennen, eine bescheidene Summe zwar für seine Verhältnisse und bar auf den Tisch, denn ein Scheck hätte den Spender identifiziert – aber andere hatten sich nicht einmal sprechen lassen, und wieder andere hatten furchtsam abgewinkt, sobald sie sich ihnen mit ihrer bescheidenen Bitte näherte.

»Was hast du ihm denn vorzuwerfen«, sagte sie, »doch höchstens eine Unterlassungssünde.«

Sie waren wieder bei der Klinik angelangt. Er half ihr die Vortreppe hinauf, zwölf flache Stufen, für sie wie ein Steilhang.

Wieder war ihm, als müßte er etwas unternehmen gegen dieses Unrecht, flammenden Protest erheben – bei wem? Und gegen wen?

Der Pförtner am Eingang sagte: »Frau Doktor Roth hat schon nach Ihnen gefragt, Frau Havelka.«

Er beschloß, noch zu warten; vielleicht hatten neue Tests etwas Neues ergeben.

Er saß neben dem Bett seiner Frau, ein wenig zu steif, ein Gespräch kam nicht mehr zustande, schon wegen der anderen Patientin im Zimmer. Diese, Genossin Lemke, hustete viel und begann sofort von Indien zu erzählen, von der Handelsvertretung in Kalkutta, wo sie gearbeitet hatte; das dortige Klima sei schuld an ihren Leiden, der schreckliche indische Fraß, aber meistens haben wir natürlich deutsch gegessen, Sie können sich ja gar nicht vorstellen, Herr Havelka, wie wohl das dem Menschen tut, eine echte Bockwurst so weit weg von der Heimat. Sie waren wohl nicht im KA?

Der Jargon der Reisekader. Doch, sagte er, auch er habe sich im kapitalistischen Ausland aufgehalten, und zwar zu einer Zeit schon, als dies hier noch kapitalistisches Inland gewesen. Später allerdings seien ihm die Reisemöglichkeiten beschnitten worden.

Die Genossin Lemke blickte ihn an und schluckte. Doch da kam Christine und mit ihr, überraschend, der Professor. »Ja, Frau Havelka«, sagte er, die Stimme ganz Wohlklang, »ich höre, Sie haben einen kleinen Spaziergang unternommen, sehr gut, sehr gut, Sie brauchen ein wenig Bewegung, das Herz muß allmählich belastet werden, wenn wir eine Besserung erzielen wollen. Und Besuch haben Sie auch, wie ich sehe.«

Havelka hatte sich eilig erhoben. »Mein Mann«, stellte Dorothea vor und richtete sich auf im Bett.

Gerlinger nickte gütig und wehrte den Dank ab, den Havelka ihm auszusprechen begann. So also, schroff, eckig, sah dieser gerüchteumwobene Mensch aus; Gerlinger fühlte sich wohler unter den Glattgehobelten, sanft Gerundeten, an denen man sich nicht stieß; natürlich war der Mann ungerecht behandelt worden, aber in gewissem Sinne hatte er sich's selber zuzuschreiben, er gehörte zu dem

Typ, den man zu anderen Zeiten aufs Rad geflochten oder auf dem Scheiterhaufen verbrannt hätte.

Havelka spürte die Antipathie des Professors, und sein Blick suchte Hilfe bei Christine; aber bevor diese des längeren von den Fortschritten sprechen konnte, die Frau Dorothea zweifellos gemacht, schnitt Gerlinger ihr das Wort ab und erklärte apodiktisch: »Mein lieber Havelka, wir wissen, was Ihnen geschuldet wird, und Ihrer Frau wird die beste Pflege zuteil werden mit den modernsten Mitteln, die sich überhaupt beschaffen lassen. Haben Sie Vertrauen zu uns.«

»Das habe ich ja«, sagte Havelka, nun erst recht beunruhigt; aber Christine lächelte ihm ermutigend zu, und Havelka überlegte sich, daß er in diesem Punkt wenigstens keine Sorgen zu haben brauchte: gerade weil Gerlinger offenbar wußte, was damals gewesen war und wer welche Rolle gespielt hatte, würde er sich bemühen, alles der Medizin Mögliche für Dorothea zu tun, und die deutliche Abneigung des Professors ihm gegenüber und seine Gründe dafür waren daher äußerst gleichgültig.

Inzwischen hustete die Genossin Lemke heftig, denn hatte sie nicht ein Anrecht auf mindestens ebensoviel Aufmerksamkeit von seiten des Klinikchefs wie das Ehepaar Havelka? Gerlinger, dem das Ganze schon leid war, benutzte die Gelegenheit sofort, um der unerquicklichen Konfrontation ein elegantes Ende zu setzen; er ließ der Genossin Lemke ein strahlendes Lächeln zukommen und erkundigte sich voller Mitgefühl nach ihrem Stuhlgang; was wiederum Havelka zwang, sich hastig zu entschuldigen: er wolle die Visite nicht länger durch seine Anwesenheit stören und werde lieber draußen warten.

Die Tür, hellbraunes Viereck in lindgrüner Wand; gegenüber das große Doppelfenster, zwei Blattpflanzen; dahinter die Dämmerung zwischen den vorerst kaum mehr als mannshohen Kiefern. Havelka versuchte, nicht nachzudenken. Aber das Band, auf dem alles aufgezeichnet ist, Erlebnisse, Träume, Wünsche, läuft unabhängig vom Willen, und die Schleifen des Bandes verwirren sich: Gerlinger, Dorothea, der Prozeß, Collin, und wieder Dorothea und Collin, aber ein jüngerer Collin diesmal und eine jüngere Dorothea – nein, Dorothea hatte damals schon erkannt, schon in Marseille, wo Collins Grenzen lagen. Er dagegen hatte große Stücke auf Collin gehalten, Ergebnis der dem Arbeiter wohl angeborenen Ehrfurcht vor den Meistern des Wortes, und er hätte es keineswegs erstaunlich gefunden, hätte Dorothea sich damals für Collin entschieden. Was war das auch für ein Unterschied gewesen! Collin, der die Convocation vor ihm erhalten hatte und lange vor ihm aus Le Vernet herausgekommen war, hatte sich inzwischen gemausert und sah aus, für damalige Verhältnisse, wie ein Prinz; er trug einen leidlich passenden Anzug, Spende irgendeines französischen Genossen, dazu eine weiße Segeltuchmütze mit einem breiten Schirm, der einen interessanten Schatten auf das bereits wieder gestraffte, ja fast füllig wirkende Gesicht warf. Er jedoch, der arme Havelka, in den Reststükken seiner verrotteten Uniform, knochendürr, die entzündeten Augen ewig triefend, war das Leiden Christi in Person, und dazu kam die Schlaflosigkeit, und wenn er schon einschlief, das Aufschrecken aus würgenden Träumen: die Liste des Sturmbannführers Kunz, mit seinem Namen darauf, war schon fertiggeschrieben, der Transport nach Deutschland schon zusammengestellt gewesen. Und dann die Reise zu Schiff, mit dem Zwischenaufenthalt in Tanger: man hatte sie gewarnt, die Hafenkneipen, die Schlepper, die Bordelle, geht tunlichst nicht von Bord, und wenn, dann nur in größeren Gruppen; aber die HERNANDEZ, ein klappriger, stinkender Kahn, lag zweimal zwölf sonnendurchglühte Stunden am Kai, eine Stunde vor der Abfahrt war Collin noch immer nicht an Bord. Sie fanden ihn dann in der Nähe eines verlassenen Schuppens, der feine Anzug weg und die Mütze aus weißem Segeltuch, der Schädel blutig und die Haut zerschrammt; was setzte Dorothea nicht in Bewegung, um die Behörden zu bewegen, den auch seiner Papiere Beraubten mitreisen zu lassen, und sie pflegte ihn während der ganzen Fahrt über den Atlantik.

Bei der Ankunft in Veracruz benahm Collin sich schon, als wäre sie sein Eigentum; aber da wandte sie sich plötzlich ab von ihm und sagte, Genosse Havelka, was stehst du so verloren da, komm.

Hinter seinem Rücken die Tür. Stimmen: der Professor, Frau Dr. Roth.

»Nun, Herr Havelka« – Gerlinger war verändert, die Freundlich-
keit in Person – »zu unmittelbarer Sorge besteht überhaupt kein Anlaß. Aber Sie, Verehrter!« Er legte beide Hände auf Havelkas Schultern und blickte ihm tief in die Augen. »Möchten Sie nicht auch einmal zu uns kommen, auf eine Weile?«

Havelka verneigte sich leicht. »Wenn Sie gestatten, Herr Professor, komme ich auf Ihr freundliches Angebot zurück, sobald es meiner Frau wirklich besser geht.«

»Sehr gut, sehr gut!«

Gerlinger ließ ihn stehen und schritt davon, gefolgt von Christine, zwei weiße Kittel im milden Licht des Korridors.

In der Vorhalle, nachdem er noch einmal bei seiner Frau gewesen,
begegnete er Christine wieder. Nun ohne Gerlinger, erschien sie
plötzlich zwischen der Sesselgruppe und dem großen steinernen
Topf mit den Rankenpflanzen und stockte. Auch Havelka blieb stehen. Schließlich trat sie auf ihn zu und sagte: »Der Professor ist nun
mal eine sehr beeindruckende Persönlichkeit.«

Havelka lächelte. »War ich nicht genügend beeindruckt?«

Sie dachte nach. Sie hatte seine Reaktion beobachtet – den leicht
angehobenen Kopf, die ganze Haltung –, konnte sie jedoch nicht
recht einordnen.

»Aber es war schon etwas sonderbar«, fuhr er fort. »Vielleicht
kennen Sie das Phänomen auch, dieses déjà vu. Herr Gerlinger kam
mir bekannt vor, obwohl ich mich nicht erinnern kann, ihn je im Leben gesehen zu haben. Wenn es eine Seelenwanderung gäbe, so
würde ich sagen, mit einem wie dem habe ich in einer früheren In-
karnation das Vergnügen gehabt; so aber habe ich mir eine Art pri-
vater Typologie entwickelt, es gibt nur eine beschränkte Anzahl von
Musterbildern, fünfzig etwa, schätze ich, nach denen die Menschen
geformt zu sein scheinen, und je älter ich werde, desto weniger Menschen begegne ich, die nicht in das Schema fielen – Sie übrigens sind
eine von diesen Ausnahmen, Frau Doktor. Der Professor aber – nun
ja.«

»Kein schönes Musterbild?«

»Ein nur zu häufiges.«

»Trotzdem«, sagte sie, »würde ich mir seinen Vorschlag durch den Kopf gehen lassen. Sobald es Ihrer Frau besser geht...«

»Sobald... Was ist nun wirklich Ihr ärztliches Urteil? Oder ziehen Sie es vor, nicht mit Ihrem Chef zu differieren?«

Das klang provokant. Dennoch antwortete Christine ohne Schärfe: »Ich nehme mir die Freiheit abzuweichen, wenn nötig.«

»Und im vorliegenden Fall?«

»Besteht dazu keine Notwendigkeit.«

Er atmete auf. Seine Hände wurden ruhig, seine Schultern strafften sich, eine gewisse Heiterkeit, ja Unternehmungslust zeigte sich in seinem Blick. »Und wie geht es Ihrem Patienten Collin?« Und nach einer Pause: »Was meinen Sie, Frau Doktor, sollte ich ihn besuchen, da ich nun einmal hier bin?«

Ein guter Mensch, ein edler Mensch – so Collin über Havelka. »Ich weiß nicht«, sagte sie, »wie stehen Sie denn jetzt zueinander?«

»Wir haben keinen direkten Kontakt. Seit Jahren schon.«

Sie zögerte. Pollock, der einzige, der beide einigermaßen kannte, Havelka wie Collin, hatte eine Begegnung zwar nicht empfohlen, hatte aber auch keinen Einwand gegen den Gedanken erhoben.

»Der Besuch kann ihm doch nicht schaden?« fragte Havelka.

Christine dachte an Gerlinger, der die Krankheit in diesem Fall für ein geringeres Risiko hielt als die Heilung. »Wieso vermuten Sie, Ihr Besuch könnte schädlich wirken?«

»Ich kenne Collins Zustand nicht«, sagte er vorsichtig.

»Sein Zustand ist, auch nach des Professors Meinung, nicht so labil, daß die Überraschung des Wiedersehens und die mögliche Freude darüber ungünstige Folgen haben könnten. Ihr Besuch mag ihm sogar nützen – zumindest im Hinblick auf die Memoiren, an denen er arbeitet.«

»Als was soll ich nun auftreten, Frau Doktor – als Gespenst oder als Erinnerungshilfe?«

»Es kann ja sein«, sagte sie ruhig, »daß er eine Menge vergessen hat von dem, was wichtig war zwischen Ihnen beiden. Oder verdrängt.«

Havelka schüttelte den Kopf. »Ich fürchte, ich werde Sie da enttäuschen. Wir haben nie ein Wort im Bösen gewechselt, Collin und ich, und er hat nie etwas Böses gegen mich unternommen – keine Intrigen, keine Denunziationen. Seine Hände sind sauber.«

Irgendwo verhallten Schritte, dann war wieder Stille. Welch sonderbare Atmosphäre, dachte er, die leere Halle, die junge Frau mit ihren schönen, klugen Augen und ihren beunruhigenden Fragen, die worauf hinausliefen – nur auf die Geschichte des Kranken, dem wiederzubegegnen er nun schon sich fast scheute?

»Also gehen wir«, sagte er.

»Du hast sie also gefragt, die Doktor Roth? Und sie hat's dir gestattet?«

Collin hatte ein Gefühl plötzlicher Leere im Schädel; er fror an Händen und Füßen. Dabei, sagte er sich, bestand kein wie immer gearteter Grund zur Panik: was hatte er dem Havelka denn getan, das auch der gestrengste Richter, hier auf Erden oder droben im Himmel, ihm hätte ankreiden können? Gewiß, in den letzten paar Jahren hatte er sich nicht um Havelka gekümmert, aber welche Verpflichtung dazu, welche Ursache dafür hätte er auch gehabt? Menschen tauchen auf im Blickfeld, dann verschwinden sie wieder; und hatte er nicht, obwohl das nicht ungefährlich war, sein Teil beigesteuert, als Havelka dessen am dringendsten bedurfte, mehrere tausend Mark für Anwaltskosten und anderes!

Havelka stand am Fußende des Bettes und entblößte verlegen grinsend die Zähne; die Zuchthausjahre hatten sein schon in Spanien lädiertes Gebiß nicht verschönert. Nein, dachte Collin, Havelka berührte ihn nicht; die Enttäuschung war Christine. Er hätte mehr Verständnis erwartet von Frau Dr. Roth, der er schließlich sein Manuskript anzuvertrauen gedachte für den Fall eines Falles, mehr Menschenkenntnis, mehr Einfühlungsvermögen; sie hätte ihm Leute wie Havelka vom Leibe halten sollen. Wahrscheinlich erwartete der, daß man sich auch noch freute über das unverhoffte Wiedersehen; als ob man nicht sein Recht auf Frieden und Ruhe hätte, im Krankenhaus wenigstens.

»Na, wie geht's der Dorothea?«

»Den Umständen entsprechend.«

Collin rieb sich die immer noch kalten Hände. »Und dir selbst, alter Junge?« – burschikos: die beste Verteidigung war die Offensive.

Havelka verließ die Deckung, die ihm das Fußende des Bettes gewährt hatte. »Das wollte ich gerade dich fragen. Du bist der Patient.«

»Gut geht mir's«, knurrte Collin, »siehst du doch. Ich bin in den besten Händen.«

»Bist du auch«, sagte Havelka. »Die beste Klinik im Lande für Herz und Kreislauf. Und Frau Doktor Roth kümmert sich ganz besonders um dich.«

Collin hob die Brauen. »Ihr habt über mich geredet, was? Nur das Beste, nehme ich an.«

»Nur das Beste.« Havelka zog einen Stuhl ans Bett. »Ich wüßte auch nicht, was man anderes über dich reden könnte.«

Collin lachte spöttisch. »Ich wüßte schon, und du ebenso, mein Bester. Was hast du ihr sonst noch erzählt? Hast du dich selber wenigstens gebührend herausgestrichen? Du hast ein Recht dazu – du bist nämlich ein Held, im Gegensatz zu mir, der ich wie die meisten anderen bin: Mittelmaß. Ein Held, jawohl, einer der wenigen lebenden Helden, die wir haben.«

Havelka bewegte sich unruhig. »Du übertreibst.«

»Ein Held! Fragt sich nur, ob das nicht schon ein Anachronismus ist: ein Held. Meine Bücher kennst du ja wohl; sie sind, wie du bemerkt haben wirst, von lauter Helden bevölkert, lauter Vorbildern für das arbeitende Volk und die Jugend. Aber außerhalb der Buchdeckel, was tut da so ein Held – er demonstriert uns andern ihre Minderwertigkeit. Kein Wunder, wenn dann welche auf die Idee kommen, ihn auch zum Märtyrer zu machen…«

»Was erregst du dich«, sagte Havelka, »und warum schreibst du mir Werte zu, die ich nicht habe?«

»Ich bin nicht erregt. Im Gegenteil, ich war selten so ruhig wie jetzt. Und ich freue mich, daß wir uns wiedergesehen haben, Freund Havelka, denn dabei ist es wie eine Erleuchtung über mich gekommen: du wirst nicht mehr gebraucht. Du bist überflüssig geworden. Diese ganze Vergangenheit ist überflüssig geworden!…«

Er ließ sich ins Kissen sinken. Er erwartete den bekannten

Schmerz in der Herzgegend, das Ziehen und Brennen, die Angst; aber nichts davon stellte sich ein.

»Es war falsch von mir zu kommen«, sagte Havelka.

Collin zuckte die Achseln.

»In alten Wunden soll man nicht rühren«, sagte Havelka, »das bringt nichts ein.«

»Wunden«, sagte Collin abschätzig. »Was für Wunden hättest du mir wohl zugefügt. Du nimmst dich zu wichtig, mein Lieber. Du glaubst immer noch, du wärst von Bedeutung, nur weil sie dich auf längere Zeit eingelocht haben. Aber sie haben dich nicht nur eingelocht, sie haben dich ausgelöscht.«

»Ja«, sagte Havelka, »da hast du nicht ganz unrecht.«

»Sag mir die Wahrheit«, verlangte Collin. »Warum eigentlich bist du gekommen?«

»Neugier, nehme ich an. Ich wollte sehen: was machen die Jahre aus dem Menschen. Und dann, höre ich, schreibst du deine Memoiren. Sollte ich darin nicht vorkommen?«

Collin brauste auf: »Mich kannst du nicht quälen! Das hat schon der Urack versucht. Das schlag dir aus dem Kopf.«

»Urack?...«

»Du verfärbst dich, sehe ich«, spottete Collin. »Davon hat die Doktor Roth dir nichts erzählt, was? Ja, der Genosse Urack liegt auch hier, ein paar Türen weiter, ich kann dir das Zimmer zeigen. Und wenn du schon beim Besuchemachen bist – bei dem lohnte sich's vielleicht noch etwas mehr?«

Urack. Havelka spürte den Schauder im Nacken, der sich stets eingestellt hatte bei dem höhnisch forschenden Ton der Stimme dieses Mannes. Wieviel Vergangenheit blieb auch ihm selber noch zu bewältigen.

»Er hat doch schon immer so großes Interesse für dich gezeigt, der Genosse Urack«, bohrte Collin. »Du könntest dich revanchieren.«

»Jetzt hör mir mal gut zu...« Havelka lehnte sich vor. Ja, er würde es dem Collin servieren, ob das Frau Dr. Roth nun gefiel oder nicht. »Das Gefängnis in Hohenschönhausen kennst du?«

»Nicht aus der Nähe. Und nicht von innen.«

»Da ist die Endstation der Straßenbahn. Dort geht es rechts ab, dann kommt ein Schlagbaum, dahinter ein paar Villen, und dann eine Mauer. Und hinter der Mauer ein Bau, früher mal das Lagerhaus von Bolle, Bolles Milch und Butter und Käse, der Berliner kauft bei Bolle, Lagerhaus, Kühlhaus, alles sehr solide, wie man zu der Zeit eben baute. Nur die Mauer ist neu, die kam hinzu, nachdem statt der Milch dort die Menschen verwahrt wurden.«

»Und das hast du alles so beobachtet? Auf der Fahrt dorthin?«

»Ja, es ist merkwürdig, wie klar man oft sieht, wenn man eigentlich in blinder Panik sein sollte, zwischen zwei lederne Mäntel gepfercht auf dem Hintersitz eines Autos. Und sie wußten ja, daß ich wußte, wohin die Fahrt ging, und so schenkten sie sich die Augenbinde oder den Sack über dem Kopf.«

Havelka rieb sich die Stirn. Die Bilder stiegen auf in wirrer Reihe, der beklemmende Modergeruch war wieder um ihn, während er sprach, das ewige Halbdunkel der Haftzellen im Keller, die Feuchtigkeit, der Widerhall, mit dem die eisernen Türen ins Schloß fielen, das plötzliche Geblaff der Polizeihunde. Er konnte Collins Reaktion nicht feststellen; Collin lag da, die Augen halb geschlossen, nur in den Fingern zuckte es mitunter; vielleicht war das mäßige Interesse nur Schau, vielleicht dachte Collin auch, das kenne ich alles, es gab ja inzwischen eine ganze Literatur über Ähnliches, aus Moskau, aus Prag, aus Budapest.

»Ich weiß nicht, ob du dir das vorstellen kannst«, sagte Havelka, »aber du solltest ja genug Phantasie haben, von Berufs wegen. Da ist nur die hölzerne Pritsche, sonst nichts. Kein Krug, kein Becher, keine Schüssel, kein Handtuch, all das wird dir einmal am Tag hereingereicht, einmal am Tag auch – daran erkennst du, daß es Abend geworden ist – ein stinkender Strohsack und, je nach Jahreszeit, ein oder zwei dünne Baumwolldecken. Ach ja, und der Kübel. Der gehört allerdings, wie die Pritsche, zum permanenten Mobiliar, nur leider kannst du nicht auf dem Ding sitzen, dafür ist er zu hoch und die Kante zu scharf. Du mußt also hinaufklettern und dich festhalten und irgendwie balancieren, damit du dir den Hintern nicht zerschneidest, und wenn du trotz dieser Akrobatik noch kacken kannst, spritzt dir die Jauche von unten zwischen die Beine.«

Collin, angeekelt, verzog den Mund.

Endlich, dachte Havelka, endlich bröckelt die Abwehr. Und fuhr in derselben gleichmütigen Weise zu berichten fort: »Das Schlimmste aber ist der anonyme Wille, dem du ausgeliefert bist. Sie entscheiden, wann du aus dem Schlaf gerissen wirst und wie oft, sie entscheiden, wann die nackte, trübe Birne in der engen Zelle an- oder ausgeht, sie entscheiden, wann du atmest, denn es gibt ja nicht genug Sauerstoff da unten für deine Lungen, kein Fenster, das sich aufstoßen ließe, nur ein faustgroßes Loch in der Ecke oben an der Zellendecke, durch das sie gelegentlich Luft zu dir hinabpumpen, und oft genug glaubst du, sie lassen dich ersticken, und du willst schreien, aber du schreist nicht, denn dein Schreien würde den spärlichen Sauerstoffvorrat noch weiter verringern, und du weißt ja nicht, wann sie dir wieder Luft geben werden, und du spürst, wie du immer apathischer wirst, und manchmal pumpen sie die Luft auch zu spät in die Zelle, und dann drückt es dir das Herz ab.«

Collin, unwillkürliche Reaktion, griff sich ans Herz.

»Ich sehe, du brauchst da keine Phantasie«, sagte Havelka, »du hast das ja selber erlebt, wenn auch nicht hinter dicken Mauern unter der Erde, sondern in deinem weißen warmen Bett in dieser Luxusklinik.«

»Es war auch hier oben kein Vergnügen«, verteidigte sich Collin.

»Beruhige dich. Sie lassen dich auch da unten nicht sterben.« Havelka nickte. »Sie brauchen dich nämlich noch. Just wenn du am Verrecken bist, hörst du, wie sie die Tür aufschließen, und es kommt einer mit einer Schachtel in der Hand und füttert dich mit Pillen – die Behörde stützt dir den Kreislauf. Wie lange hält einer das aus? Zwei Tage? Zwei Wochen? Zwei Monate?«

»Warum erzählst du mir das?«

»Willst du's nicht wissen? Du solltest es wissen wollen, du schreibst doch, das Leben ist dir geschenkt worden, damit du schreibst.«

Albacete, dachte Collin, die Abkommandierung nach Albacete, von der Front; Havelka, der Lebensretter, diskret erinnernd an alte Schulden; dabei hatte er längst schon gezahlt, immer wieder gezahlt, mit jeder Zeile, die er sich abquälte. »Damit ich schreibe… DAS schreibe, meinst du. Du meinst, das ist neu? Das ist so alt wie die ganze schauerliche Praxis, riesige Verlage drüben verdienen sich fett an Enthüllungsbüchern. Aber man muß sich doch überlegen, was nützt so etwas uns hier, was nützt es dir?«

»Den Genossen Faber hatten sie achtzehn Monate drin, dann gab er auf und legte ein Geständnis ab – für einen Strahl Tageslicht, für ein paar Kubikmeter Luft.«

Faber. Collin schluckte, der Speichel schmeckte bitter. Er glaubte ein leises Rauschen zu hören, kaum mehr als ein Hauch – Vorboten der Stimme aus der Wand; aber die Stimme blieb aus. Und wenn er nun abgehört wurde, durchlief es ihn heiß; die Sprechanlage war ja eingebaut; so wie er auf den Knopf drücken konnte, konnte auch ein anderer von einem andern Knopf aus die Apparatur in Gang setzen.

»Jedenfalls«, sagte er heiser, »so böse es auch für den Betroffenen gewesen sein mag, es war keine Allgemeinerscheinung, bei uns wenigstens nicht.«

»Es war nicht typisch.«

Collin blickte ihn an: Havelka saß still da, keine Spur von Emotion. »Möchtest du vielleicht einen Kaffee?« fragte Collin. »Im Schrank dort findest du eine Dose Nescafé, heißes Wasser kriegst du aus der Leitung: ich kann dich leider nicht bedienen.«

»Ich geh ja schon.« Havelka stand auf. »Ich weiß überhaupt nicht, warum ich von der Sache angefangen habe.«

Collin sagte gereizt: »Wenn du glaubst, ich kann's nicht ertragen, täuschst du dich. Ich –« Er lauschte. Nichts, nicht einmal der verdächtige Hauch. Nur das Pochen des eigenen Herzens, stolpernd plötzlich; er durfte sich nicht aufregen; wie konnte Christine diesen Menschen zu ihm lassen. »So red doch schon weiter!« sagte er und erschrak selber über seinen hysterischen Ton.

»Bitte sehr«, sagte Havelka, »wenn du es wünschst!« Er trat zum Fenster und blickte hinaus, kurz nur, dann wandte er sich Collin wieder zu. »Der Schlagbaum, ja. Bolle. Das Lagerhaus. Da ist dann eine Art Eingangshalle; sie placieren dich etwa in die Mitte der Halle, mit dem Gesicht zur Wand; an der Wand hing damals, ob es heute noch da hängt, weiß ich nicht, ein Stalinporträt, mehr als überlebensgroß, der Schnurrbart von der Breite eines Zimmerbesens,

156

jede einzelne Borste mit pietätvoller Sorgfalt gezogen. Es faszinierte mich zuerst, denn es hatte etwas Gespenstisches; wir schrieben das Jahr sechsundfünfzig, Dezember, der Mann war drei Jahre tot, und Chruschtschow hatte ihn auf dem Zwanzigsten Parteitag begraben; und hier starrten wir einander ins Gesicht, der Tote und ich, und der Tote war stärker: ich senkte den Kopf. Und da sagte einer hinter mir: Nimm den Kopf hoch. Er sagte es nicht laut, nicht schnarrend, nicht einmal besonders bösartig, aber in der Stimme lag etwas, das mich zwang, den Kopf zu heben und diesem Stalin wieder in die Augen zu blicken, sonderbar flache, ausdruckslose Augen, und ich dachte, die Stimme kenn ich doch, und den Blick immer noch auf die Augen Stalins gerichtet, sagte ich: Glaub bitte nicht, Genosse Urack, daß ihr mich kaputt machen könnt, wie ihr den Genossen Faber kaputt gemacht habt, so daß er schon kein Mensch mehr ist und alles gesteht, was ihr von ihm hören wollt. Lieber krepier ich.«

»Und du willst, daß ich das schreibe.« Collin hatte sich aufgerichtet. Sein Gesicht war rot angelaufen, sein Haar schien sich zu sträuben. »Ich bin ein kranker Mann, verstehst du! Frag die Doktor Roth, sie kann's dir bestätigen...« Seine Hände zitterten. Er streckte die Beine aus dem Bett, fischte nach seinen Pantoffeln, fand sie nicht und lief barfuß zum Schrank, riß die Schranktür auf, zog die schwarze Mappe hinter der Wäsche hervor, pochte mit geballter Faust auf das Leder: »Hier! Hier! Hier ist – alles!«

Er schwankte.

Havelka eilte zu ihm, stützte ihn. »Du mußt dich sofort wieder hinlegen!«

Collin gehorchte. Havelka deckte ihn zu. Dann ging er, Christine zu suchen.

Es war kein ernsthafter Anfall, keine Krise; Collin beruhigte sich, sobald er Christines Hand auf seinem Puls spürte und auf seiner Stirn und zusah, wie sie sein Herz abhörte. Und nun lag er da und lächelte wie ein sattes Kind und winkte gönnerhaft, da Havelka sich verabschiedete: nein, durchaus nicht, Havelka brauchte sich durchaus keine Vorwürfe zu machen, habe er ihm doch im Grunde nichts Neues gesagt; und daß er, Collin, sich aufregte – mein Gott, alles, was sich auf seine Arbeit beziehe, direkt oder indirekt, beschäftige ihn eben sehr stark.

Christine dagegen wollte er nicht fortlassen. »Gehen Sie nicht gleich wieder«, bat er. »Sie hätten vorhin hier sein sollen. Sie haben sich eine große Gelegenheit entgehen lassen.«

»Was habe ich denn versäumt?« Sie dachte an die Schrecksekunde, als Havelka, atemlos, ihr in die Arme lief und etwas von Collin stammelte und bitte kommen Sie sofort. »Was ist denn vorgefallen zwischen Ihnen und Herrn Havelka? Haben Sie sich gestritten?«

»Gestritten? Das auch. Aber mehr noch als das ging vor. Ich bin mir selbst nicht ganz klar darüber, und es würde auch kaum etwas nützen, wenn Sie Havelka fragten; der weiß ja nur, was gesprochen wurde und was er mir erzählt hat aus der Zeit seiner Untersuchungshaft, aber was sich in mir abspielte, in irgendwelchen Schichten meines Gehirns, davon hat er keine Ahnung.« Er seufzte. »Sagen Sie mir, Doktor Roth, von wem ging die Initiative aus für diesen Besuch? Von Ihnen?«

»Nein. Der Vorschlag kam von Herrn Havelka.«

»Aber Sie haben es gestattet. Seien Sie ehrlich, Frau Doktor – Sie möchten mich doch, wenn es nur anginge, ein bißchen aufschneiden, um meine kleine Seele in Ihre hübschen und eminent fähigen Hände zu nehmen und mal zu probieren, wie das Ding sich windet und krümmt, wenn man's gegen den Strich bürstet?«

Vielleicht war es besser, dachte sie, ihm zu erklären, daß sie ihm helfen wollte, die Schatten zu zerstreuen, aus denen seine Ängste erwuchsen, und daß sie da gegen Gerlingers ausdrückliche Anweisung handelte.

»Christine«, sagte er, »nie wieder solche Überraschungen, bitte, wenigstens nicht mit Havelka. Havelka gehört zu der Sorte von Menschen, die einem ständig das Gefühl geben, als schulde man ihnen etwas. Was will er von mir? Bin ich Jesus Christus, soll ich mich ans Kreuz schlagen lassen für ihn?«

»Schulden Sie ihm denn etwas?«

Collin hob die Hände. »Ich – ihm? Ihm schon gar nicht. Da sind wir alle gleich schuld. Eine ganze Generation in Schuld verstrickt,

zu seelischen Krüppeln geworden – wie soll die eine normale Nach-
kommenschaft zeugen?«

»Ihr Freund Havelka machte eigentlich nicht den Eindruck eines
seelischen Krüppels.«

»Der? Der ist doch völlig kaputt!« Collin ereiferte sich. »Der ist
so kaputt, daß er schon wieder gläubig geworden ist.«

»Und Sie glauben nicht mehr. An gar nichts?«

»Meine liebe Christine« – er wandte sich ihr zu, bemüht, seinem
Blick Wärme zu geben – »ich bin ja bereit, meine kleine Seele in Ihre
hübschen und eminent fähigen Hände zu legen; aber wollen Sie sie
überhaupt?«

Plötzlich war da Schwester Gundula mit dem Abendessen.

»Später, Schwester«, sagte Christine, »ich gebe Ihnen Bescheid.«

»Nein, stellen Sie's ruhig her, Schwester«, sagte er, und zu Christine: »Was gibt es da noch hinzuzufügen. Und jetzt bin ich auch
müde, sehr müde.«

13

»Peter?«

»Ja, Christine?«

»Du bist unruhig.«

»Ich bin nicht unruhig.«

»Aber ich spüre es doch. Quält dich etwas?«

»Es quält mich nichts. Du mußt auch nicht immer in jeden Ton etwas hineingeheimnissen wollen, Christine, in jeden Blick, jede Handbewegung. Vielleicht beobachtest du mich einfach zuviel. Du bist aber nicht meine Ärztin, und es ist mir unbehaglich, wenn ich mich dauernd fragen muß: Was denkt sie sich jetzt?«

»Sonderbar, daß du das sagst, denn ich meine oft, daß gerade du mich beobachtest.«

»Tue ich auch. Aber auf andere Art. Ich will sehen, wie du dich in bestimmten Momenten bewegst, oder wie deine Augen sich verändern.«

»Ich möchte aber nicht, daß du mich so ansiehst.«

»Warum nicht?«

»Weil ich älter bin als du. Weil alles schon schwierig genug ist. Weil ich dich nicht verlieren möchte.«

»Jetzt bist du's, die sich quält, Christine. Und zu Unrecht. Die andern, all diese Mädchen – die sind austauschbar. Du nicht.«

»Wirklich?«

»Du bist die erste Frau, die mir über eine Nacht hinaus etwas bedeutet. Wenn ich je weggehe von dir, dann nicht wegen der paar Jahre Altersunterschied.«

»Sondern?«

»Du wolltest doch, daß ich dich liebe, Christine. Warum läßt du's nicht zu? Warum sperrst du dich gegen mich?«

»Peter?«

»Ja, Christine?«

»Ich liebe dich doch. Fühlst du das nicht?«

Nicht austauschbar, hatte er gesagt.

Aber alle sind austauschbar, dachte sie, ich für ihn, er für mich, was für ein melancholischer Gedanke.

Ich sehe ihn, dachte sie, und ich sehe ihn doch nicht, wer ist er wirklich? Heute ein anderer als gestern, und morgen wieder ein anderer. Nur heute war es ganz wunderbar, fast als wären wir füreinander geschaffen.

Warum mag ich ihn so sehr, wenn er schläft, dachte sie. Weil er dann so hilflos ist? Hilflos bin ich selber, obwohl die Leute meinen, ich wäre weiß Gott wie stark und tüchtig: sie hat mich durchgezogen, sagt Collin immer, und Pollock sieht eine Art Partner in mir. Oder weil der Junge im Schlaf so kindlich wirkt? Ich habe schon ein Kind, ich brauche einen Mann. Ich weiß, was mich an ihm rührt: das Vertrauen. Der Schläfer vertraut dem Wachenden. Ich habe einen leichten Schlaf, schrecke auf bei jedem fremden Laut; das war nicht immer so, der Nachtdienst in der Klinik hat mir den gesunden Schlaf verdorben. Andreas sagt, er hätte endlich etwas in Aussicht, in einem dieser Wohnsilos mit hohen Selbstmordraten und totaler Vereinsamung. Dann könnte ich Peter zu mir nehmen, dachte sie, aber weiß man, ob es das Richtige ist für ihn; natürlich soll er sich sein Zimmer nach seinem Geschmack einrichten dürfen, aber trotzdem, Lebensstil und Lebensgefühl ergeben sich eines aus dem anderen, und diese Höhle hier mag doch wohl das ihm Gemäßere sein – oder ist das die Sicht meiner kleinbürgerlichen Augen? Und Wölfchen. Ein älterer Bruder, der mit der Mutter schläft, so etwas will überlegt sein.

Wenn ich weggehe von dir, hatte er gesagt, dann nicht wegen der paar Jahre Altersunterschied.

Weswegen denn?

Pollock mochte die Antwort wissen, Pollock durchschaute so vieles. Ein Mensch, der stets alles durchschaut, wie soll man den ertragen.

Christine schob die Flickendecke zur Seite und erhob sich, vorsichtig, jede Bewegung darauf bedacht, den Schläfer nicht zu wecken. Der murrte und murmelte unruhig, er träumte wohl.

Sie hob ihre Sachen auf, die sie nicht Zeit gehabt hatte fein glatt und ordentlich über den Stuhl zu legen. Nur eine Lampe brannte, trübes Licht; was vorher anheimelnd gewirkt hatte, erschien nun eher trist, dazu die Teppiche, die längst zum Lumpenhändler gehörten, die Wände mit den Flecken vom letzten Rohrbruch, der Staub, wo man hingriff; guter Gott, man müßte den Jungen zwingen, heraus aus seinem Milieu, und ihn dann fest an die Hand nehmen, doch ohne daß man dabei in die Reihe derer geriet, gegen die sich seine Opposition kehrte. Aber ließ sich denn das vereinen: der führende Griff und der hingebende Blick?

»Hübsch siehst du aus!«

Sie kreuzte die Hände vor der Brust, automatische Reaktion; dabei war sie doch schon halb angekleidet.

»Sie wollen mich doch nicht etwa heimlich verlassen, Frau Doktor?« Er kroch quer über die Matratze und umfing ihre Knie, so daß sie das Gleichgewicht verlor und neben ihn zu liegen kam, und wälzte sich auf sie und hielt sie trotz ihrer Versuche, sich zu wehren, fest und sagte: »So nicht, Frau Doktor, so nicht«, und riß ihr die Sachen wieder vom Leibe und umklammerte ihre Handgelenke und zwang ihr die Knie auseinander.

»Du tust mir weh«, sagte sie.

»Du sollst mich nicht so leicht vergessen«, sagte er.

Sie wehrte sich nicht mehr. Schließlich wandte er sich ab von ihr und biß sich in die Faust.

»Darf ich mich jetzt anziehen?« erkundigte sie sich.

»Zieh dich an.«

Nach einer Weile stand er auf, warf sich einen alten, viel zu kurzen Bademantel über und stakste zum Fenster. Sie zog sich den Reißverschluß ihrer Stiefel hoch und griff nach ihrer Jacke.

»Da du sowieso wach bist, könntest du mich ja begleiten«, sagte sie, »bis zur S-Bahn wenigstens.«

»Es täte mir leid, wenn ich etwas zerstört hätte«, sagte er, immer noch vom Fenster her, die Hände in den Taschen des Bademantels.

»Begleitest du mich nun?« sagte sie. »Ich kann nicht die ganze Nacht auf dich warten.«

»Du hast schon Begleitung.« Und da sie fragend den Kopf hob: »Komm mal her. Da sind sie wieder, siehst du?«

Über das leere Nachbargrundstück hinweg, Ergebnis einer Fliegerbombe, war ein Stück Straße zu erkennen. Ein roter Wartburg stand dort geparkt.

»Immer die gleichen Typen«, sagte er. »Ich weiß nicht, was sie bezwecken, ich kenne das System nicht: manchmal machen sie's unauffällig, und manchmal stellen sie sich für alle sichtbar hin. Der Umgang mit mir kann dir nur schaden, Christine – in mehr als einer Hinsicht.«

»Ich habe keine Angst.«

»Ich aber.«

Sie legte ihren Arm um ihn. »Du wirst dich erkälten am Fenster.«

»Ich will fort von hier, Christine.«

»Wohin?«

»Rüber.«

Ein plötzlicher krampfhafter Schmerz im Abdomen ließ sie zusammenzucken. »Bist du lebensmüde, Peter?«

»Nein.«

Sie mußte sich hinsetzen. Schließlich sagte sie: »Wenn ich mal wieder in der Charité zu tun habe, nehme ich dich mit. Dort gibt es mehrere Gebäude, von denen aus du einen hervorragenden Einblick in die Anlagen an der Mauer hast, mit Hunden und sämtlichem Zubehör.«

»Ich kenne das alles.«

»Also warum dann dieser Wahnsinn?«

»Da ist einer, der genau weiß, wie und wo man hinüberkommt. Der auch schon welche rübergebracht hat.«

»Und darauf fällst du herein. Solche Leute nehmen dir dein Geld ab – hast du überhaupt welches? –, und wenn dann etwas schiefläuft, wer sitzt fest: du.«

»Der Mann will kein Geld von mir.«

»Ein Idealist. Um so verdächtiger.«

»Er tut es aus Freundschaft.«

»Das ist kein Freundschaftsdienst!« Sie war heiser geworden.
»Aber vielleicht ist es eine Falle. Du hast drei Jahre bekommen seinerzeit, mit Bewährung. Rechne dir mal aus, was da nun hinzukäme bei versuchter Republikflucht. Wie viele Jahre währt dein Leben? Kannst du dir das leisten?«

»Und wie viele Jahre von dem Leben, das ich hier führe, kann ich mir leisten?«

»Ich möchte dich nicht mit einem halben Dutzend Kugeln im Rücken sehen müssen, Peter.«

»Ich habe ja alles versucht. War brav wie ein Hündchen und stumm wie ein Regenwurm, habe gearbeitet wie ein Vieh und gelebt wie ein Mönch, und dann habe ich alles hingeschmissen und herumgegammelt – aber wie man sich auch dreht, überall sind die Mauern, überall stößt man sich wund. Vielleicht hätte ich mich auch noch an die große Zwecklosigkeit gewöhnt. Aber dann kamst du.«

»Und da mußt du fort. Von mir.«

Er nickte.

»Das verstehe ich nicht.«

»Sie ziehen dich hinein.«

»Ich werd's zu ertragen wissen.«

»Das sagst du so, Christine. Du hast das noch nicht erlebt. Zuerst lacht man darüber, glaubt sogar, es ist Zufall, wenn das nicht klappt und jenes nicht eintrifft und dieser sich abwendet und der dir den Weg verstellt. Bis du dann merkst: da zieht einer an der Strippe. Du hast ein Kind, Christine, du hast eine staatliche Stellung, du bist abhängig, abhängig, abhängig.«

Sie antwortete nicht. Sie hatte ja gewußt, mit wem sie sich einließ. Er hatte kein Hehl aus seiner Vergangenheit gemacht, hatte sie sogar gewarnt, daß man ihm heute noch gram war der alten Sache wegen, obwohl die nun schon Jahre zurücklag und auch damals kaum mehr gewesen war als eine Kinderunart. Und dann empörte sie sich. Sie hatte ein Recht, ihre Zeit zu verbringen, mit wem sie wollte, ins Bett zu gehen mit Männern jünger als sie, und mit älteren ebenso, und sogar mit solchen, die nicht ständig im voraus berechneten, was ihre Worte und ihre Handlungen ihnen einbringen mochten.

»Du siehst also, wie es ist«, sagte er. Er wurde sich bewußt, daß er

fror, und kehrte dem Fenster den Rücken und begann sich anzuklei-
den. »Ich hab's dir nur rechtzeitig mitteilen wollen, damit du nicht
enttäuscht bist oder gar glaubst, ich hätte dich hintergehen wollen.«

»Ich verbiete es dir!« Sie war entsetzt über den megärenhaften
Ton, den ihre Stimme auf einmal hatte.

Er war dabei, sich die Schnürsenkel zu knüpfen, und blickte auf
und sagte mit einem traurigen Lächeln: »Du brauchst meine Absicht
ja nur deinem Patienten Urack anzudeuten.«

Mein Gott, mein Gott, dachte sie, wohin sind wir gekommen,
und sagte: »Du weißt genau, daß ich das nicht tun werde.« Und
dann: »Aber es muß doch möglich sein, einen Ausweg zu finden,
denn das da drüben ist doch auch keine Lösung. Oder glaubst du,
daß ein Mensch wie du glücklicher sein wird auf der anderen Seite?«

»Das weiß ich nicht.«

»Hier hast du Freunde. Und wenn es die Jungens von deiner Band
sind.«

»Die Band wird aufgelöst.«

Ihr Mund war plötzlich wie ausgetrocknet.

»Keine Engagements mehr für Red Powerhouse, sagt die Agen-
tur.«

»Dann bin immer noch ich da. So viel, wie du zum Leben
brauchst, verdiene ich, und zur Not kannst du bei mir auch wohnen.
Du wirst schreiben, du wirst komponieren, und wir werden zusammen sein und uns gegenseitig helfen.«

»Eine richtige Idylle.« Er beugte sich hinab zu ihr und küßte sie,
erst auf die Stirn, dann auf den Mund. »Ausstieg aus der Zeit. Meinst
du, sie werden das gestatten?« Er half ihr in den Mantel. »Komm,
wir gehen. Die da unten haben lange genug Geduld haben müssen.«

»Versprich mir eines, Peter«, sagte sie, »daß du nichts unternimmst, bevor wir mit Pollock gesprochen haben.«

»Damit dann noch einer da ist, der von der Sache weiß?« Er zog
die Schultern hoch. »Außerdem bezweifle ich, daß er ein so großes
Interesse daran haben wird, mich hier zu halten.«

»Ganz gleich, wie ihr zueinander steht, du und Pollock« – sie
wurde beinahe ärgerlich – »er denkt fair genug, um dich nicht falsch
zu beraten.«

Unten im Hinterhof war es kalt und windig, Staub und Papierfetzen wirbelten um den Stamm der kahlen Kastanie, und draußen auf der Straße hörte man das Klappern der Dachschindeln. Christine fröstelte.

Sie liefen schweigend, gegen den Wind. Auf halbem Weg zur S-Bahn-Station sagte sie: »Der rote Wartburg ist uns doch gar nicht nachgefahren.«

»Ist er auch nicht«, bestätigte er.

»Siehst du«, sagte sie und fühlte sich wie der treue Heinrich im Märchen, dem das eiserne Band ums Herze endlich zerbirst, und lachte hell und glücklich, »siehst du!«

Aber vor dem Eingang zur S-Bahn stand wieder ein Wartburg, allerdings jetzt ein weißer. Ein junger Mann, der ein ledernes Hütchen mit einer lächerlich kleinen Krempe auf dem Kopf trug, entstieg dem Wagen und folgte ihr und Peter die Treppe hinauf und wartete in diskreter Entfernung auf der Plattform, bis der Zug einfuhr und sie sich hastig voneinander verabschiedeten.

Danach sah Christine den Verfolger nicht mehr.

14

Seit seiner Jugend hatte er so etwas nicht mehr selbst getan; für Routinearbeit waren Routineleute da, Praktiker, die das aus dem Effeff kannten, in ein Haus eindringen, eine Wohnung durchkämmen, ein Zimmer auf den Kopf stellen, und die den Blick dafür hatten, wo einer sein Geheimstes verbarg.

Urack spürte den Kitzel; ja er war aufgeregt, obwohl kein ernsthafter Grund bestand für irgendwelche Aufregung, alles war bestens geregelt, er mußte sich nicht einmal besonders beeilen; gestern im Gespräch hatte Gerlinger angekündigt, ein Radiokardiogramm werde man nun wohl auch machen müssen, nebenan in der Nuklearmedizin, und hatte beruhigend hinzugefügt, kein Eingriff, ein paar Stiche in die Vene nur, der Genosse Collin unterzöge sich der gleichen Untersuchung morgen.

Er hatte aufgehorcht: Eine lange Untersuchung? Ein jedes Verfahren, hatte Gerlinger getröstet, dauere seine Zeit. Ob sich diese Zeit unter Umständen nicht auch verlängern ließe, hatte er sich erkundigt, auf anderthalb Stunden oder zwei, sagen wir. Gerlinger verstand nicht. Vielleicht wäre eine Adjustierung vonnöten am Gerät, hatte er Gerlinger erklärt, oder der Arzt verführe etwas gemächlicher bei seiner Arbeit, das ließ sich doch arrangieren, ohne daß es auffiel. Da endlich begriff Gerlinger, aber er zierte sich noch ein Weilchen; schließlich hatte er doch eingesehen: Staatsraison.

Urack massierte sich die Finger. Die Unruhe war ihm in die Finger gefahren, sie waren auch nicht mehr so gelenkig wie früher, als er, der Übung halber, den Tauben im Verschlag des Genossen Swiedrkowski die Eier unterm Hintern wegnahm, ohne daß die Vögel es merkten. Natürlich hätte er die Sache in Auftrag geben können; aber das hätte eventuell Schwierigkeiten mit sich gebracht, schließlich war er zur Zeit nicht im Amt, sondern lag im Krankenhaus, und Dienstliches hatte über die Dienststelle zu laufen, über

Bergmann, der ihn vertrat, und Bergmann hätte zu wissen verlangt: war da ein Vorgang Collin? Und was lag gegen Collin vor, welche Verdachtsmomente? – alles muß seine Ordnung haben, ein Staat ist ein Staat, sagte Bergmann immer, Bergmann war auch einer von denen, die auf der Lauer lagen, es würde ein Gewisper geben in der Dienststelle, der Alte hat wieder eine fixe Idee. Dann es lieber schon selber erledigen, ein Husarenstück. Im übrigen war das Ganze ja auch eine fixe Idee, bei Lichte betrachtet – Collin, wo war der eine Bedrohung, lächerlich!

Wenn man nur wüßte, auf wie vielen Gleisen Wiederöcker inzwischen fuhr. Denn Wiederöcker mußte eingeweiht werden, wenigstens teilweise, Wiederöcker mußte die Aktion absichern gegen eine immerhin mögliche zu frühe Rückkehr des Genossen Collin von seinem Radiokardiogramm.

Wiederöcker wies ihn ein. Wiederöcker kannte sich aus in Collins Zimmer: Schrank, Nachttisch, Tischschublade, Koffer, mehr sei nicht da, wo sich etwas verstecken ließe; ein Manuskript habe er trotzdem nicht gefunden, wohl aber eine Flasche Whisky im untersten Schrankfach. Wiederöcker war unbezahlbar als Beschützer, Aufpasser, Zuträger; ein Denker war er nicht. Urack warf einen flüchtigen Blick auf die genannten Gegenstände. Die Suche, das hatten ihn die Jahre gelehrt, begann immer im Kopf der Verdachtsperson.

Im Kopfe Collins also. Oder auch in Wiederöckers Kopf. Wußte der überhaupt, was das war und wie das aussehen mochte: ein Manuskript? Urack, nun allein, marschierte stracks auf den Schrank zu, das Schloß war Massenware, da genügte das Taschenmesser – der Scotch, richtig, und siehe da, hier oben, hinter der Leibwäsche, nicht zu verfehlen, die schwarze Mappe. Er nahm die Mappe heraus, vorsichtig, um die Unterhemden und Taschentücher nicht durcheinanderzubringen, und klemmte sie sich unter den Arm. Dann schlurfte er quer durch den Raum, machte sich's bequem in Collins Sessel, öffnete die Mappe und zog einen Stoß Papiere heraus.

Beschriebene Papiere.

Er kramte die Hornbrille aus der Tasche seines Schlafrocks und schob sie sich auf die Nase. So, mit Brille, hatte ihm Bergmann einmal gesagt, so, mit Brille, Genosse Urack, siehst du fast wie ein Intellektueller aus. War das nun Schmeichelei gewesen oder ein verkapptes Mißtrauensvotum? Er, und Intellektueller. Er gehörte zur Arbeiterklasse, welche die führende Klasse war, mit allen Fasern seines nun leider lädierten Herzens gehörte er zu dieser Klasse und keiner anderen, und für die Klasse würde er sich in Stücke hauen lassen, immer noch.

Er begann zu lesen. Das heißt, er versuchte, sich zurechtzufinden, um überhaupt lesen zu können. Was für ein Wust! War das denn so schwer, das bißchen Schreiben? Er schrieb doch auch, was er zu schreiben hatte, glatt herunter, Gedanke folgte auf Gedanke, logisch, eins, zwei, drei, wie sich gehört, mitunter diktierte er sogar, benutzte ein handliches kleines Gerät dabei, Made in Japan, für seine Arbeit und die seiner engeren Mitarbeiter wurde das Beste angeschafft, internationale Spitze.

Was für ein unsagbarer Wust: da war durchgekreuzt und dazwischengeschrieben und ausgestrichen und angemerkt, dicke Striche, dünne Striche, Wellenlinien, Gepünkteltes, Eingeklammertes, Ausgeklammertes, Übergeklebtes, wer sollte sich da durchfitzen, Collin selber hatte wohl seine Schwierigkeiten, an mehreren Stellen fanden sich Vermerke wie O GOTT, und SCHEISSE, und GROSSE SCHEISSE, und GANZ GROSSE SCHEISSE. Wieso dann aber hob der Mann das auf; Geld, um einen Papierkorb zu kaufen, hatte er doch wohl. Oder präservierte er grundsätzlich alles aus seiner Feder, zu seiner Witwe und der Nachwelt Frommen; in diesem Lande verwalteten die Witwen, die in dem weiseren Indien verbrannt wurden, die Archive ihrer verstorbenen Gatten. Urack stellte sich eine gramgebeugte Nina Collin vor, wie sie aus diesen Satzfetzen noch etwas Profitables zusammenzukleistern suchte, verschluckte sich dabei und bekam einen Hustenanfall.

Und die Schrift. Er hatte bei vielen Gelegenheiten Schriftexperten beschäftigt und sich mancherlei von ihnen erklären lassen: die Schrift, genau wie der Fingerabdruck, verriet die Identität des Menschen, verriet aber mehr noch, seinen Charakter, seine Stimmung, seine schwachen oder starken Stunden. Diese Schrift, soweit durch Striche nicht total unlesbar, war schräg, fliehend, wie gehetzt, anderswo wieder mühsam gekrakelt, schulknabenhaft, an seltenen Stellen auch glatt und zügig, mit feinen Rundungen. Als wäre hier, dachte er, nicht ein Mensch am Werk, sondern ihrer mehrere; aber sind wir nicht alle so, vielschichtig, gebrochen, aufgefächert; nein, ich nicht, ich bin aus einem Guß.

Die Finger, die nervös geblättert hatten, hielten inne. Auf einmal kamen da Seiten, die sich lesen ließen, in einem Schwung geschrieben offenbar, kaum Korrekturen, Bericht über eine Reise, nicht in ein fremdes Land, Palmen, braune Eingeborene, brutale Unterdrückung, nein, unter unserm grauen Himmel in ein Städtchen namens Priegnitz.

Priegnitz. Urack entsann sich dunkel; ein ungutes Gefühl kroch ihm den Rücken hinauf. Er las hastig, überflog die Zeilen. Daß die Menschen nicht Ruhe geben können! Was treibt sie nur – ihre gottverfluchte Neugier, ihr schlechtes Gewissen, weiß der Teufel.

Urack ließ das Blatt sinken. Nicht schön, was der Genosse Schriftsteller da beschrieb, aber einseitig: was wußte Collin schon, was wußte irgendeiner von den Ursachen und Beweggründen, die bald diesen, bald jenen ins große Räderwerk geraten ließen. Meinungsverschiedenheiten, und gar politischer Art? Genosse Julius Faber hatte immer nur die herrschende Meinung vertreten. West-Emigration? Das war schon ein Makel, wieviel Gelegenheiten hatte da einer gehabt, abzuweichen vom Pfad der Tugend, wieviel unkontrollierbare Kontakte, wieviel unkontrollierbare Gedanken. Aber auch er selber war im Westen gewesen, in Mexiko, in den USA, und hatte die gleichen Leute gekannt, die auch Faber kannte, und hatte die Periode, wo einem das ans Bein lief, mit Bravour überstanden. Nein, nein, das war es alles nicht. Was den einen zum Pflüger prädestinierte, den andern aber dazu, untergepflügt zu werden, lag im Wesen des Menschen und war etwas beinahe Irrationales. Es lag eben in dem Unterschied zwischen dem Genossen Faber und dem Genossen Urack, sie waren, sozusagen, verschiedener Rasse und würden sich, könnte man sie mit Lackmus behandeln, verschieden färben, der eine blau, der andere rosa. Sogar der Geruchssinn spielte da eine Rolle; man nahm Witterung und konnte, wie es so schön heißt, einander nicht riechen; ein ganz besonderer Instinkt sagte einem: dieser ist anders und ist daher, ob er etwas im Schilde führt oder nicht, eine Gefahr, mit ihm läßt sich nicht arbeiten, er fügt sich nicht ein ins Gefüge, er ist nicht von meiner Art, er gehört nicht dazu und wird, so sehr er sich auch beugen mag und wie brav er sich auch anstellt, niemals dazugehören. Natürlich, die Szene im Roten Turm von Priegnitz, deren Zeuge Collin dummerweise geworden war – das ließ sich nicht verteidigen. Das Verhalten der Genossen war nicht nur häßlich gewesen, sondern auch unnötig; heute tat man so etwas Grobes nicht mehr. Obwohl es, zu einem gewissen Grade, auch an Faber gelegen hatte. Das Erstaunliche an dem Mann war sein Mangel an Verständnis; dabei kannte er den Apparat doch genau, kannte die Spielregeln, wußte, daß niemand eigentlich frei war in seinen Entscheidungen. Warum hatte er sich dann so gesperrt, wie lange hatte man ihm zugeredet, gütlich.

Urack seufzte. Später dann, nachdem die Sache vorbei war, man hatte Faber laufen lassen ein paar Jahre nach dem geheimen Urteil – die Zeiten wandeln sich –, war er vorbeigefahren in Zeuthen bei Berlin, wo man den Mann angesiedelt hatte mit einer bescheidenen Rente und einer mäßigen Entschädigung für unschuldig verbüßte Haft. Er war hingefahren in bester Absicht, gelegentlich eines Vortragsabends der örtlichen Gruppe der Deutsch-Sowjetischen Freundschaft, deren Sekretär, ein alter Karrengaul muß immer etwas ziehen, Faber geworden war. Er hatte Faber sagen wollen: Keiner trägt Schuld, du nicht, wir nicht, historische Notwendigkeit, einer mußte geopfert werden, und wir haben uns doch großzügig gezeigt, schlecht geht es dir und deiner Frau jetzt nicht, das mußt du zugeben. Aber es kam nicht zu der Aussprache, denn der Vortragende des Abends, der Schriftsteller Hans Collin, setzte es sich in den Kopf, nach der Veranstaltung noch mitzukommen; so saßen sie denn zu dritt in dem winzigen Wohnzimmer von Fabers Häuschen, Fabers Frau, ein verschüchtertes Wesen, trug den Kaffee auf und den Pflaumenkuchen, hielt sich sonst aber in der Küche auf; zu dritt also saßen sie und redeten von den alten Zeiten, von Spanien, von Le Vernet, von Mexiko, und wann immer die Rede auf Prinzipielles kam, lenkte Faber eilig ab; ein halbes Jahr später war er tot.

Vielleicht, dachte Urack, stand auch etwas über diese Episode in dem Manuskript, auf den Seiten, die er noch nicht gesichtet hatte. Er stand auf, vertrat sich die Beine, und kehrte zurück zu seiner Lektüre. Er mußte sehen, daß er weiterkam und fertig wurde: ein Radiokardiogramm dauerte ja nicht ewig. Ein großes Unbehagen beschlich ihn: selbst wenn er die vollen zwei Stunden nutzen konnte, die Gerlinger ihm zugesagt hatte, selbst wenn er alles entzifferte, was Collin sich da aus dem Gedächtnis gesaugt hatte – was dann? Würde der Druck sich mindern, der auf ihm lastete, würde er aufatmen können, befreit von der Unruhe, die ihn trieb? Er hatte sich redlich gemüht, sein Leben lang. Er glaubte nicht an Gott, nicht an ein höheres Wesen, das höheren Ortes saß und höhere Gerechtigkeit walten ließ. Aber er glaubte tief im Innersten an das Schicksal, das ihn bis dato bei jedem Konflikt, jeder Auseinandersetzung, auch der mörderischsten, stets auf der richtigen Seite gefunden hatte.

Die Frage war, wer zuerst den tödlichen Infarkt bekam: er oder Collin.

Natürlich Collin.

Es war kein Folterbett, das nicht. Aber es war unbequem, quer über die Mitte zweigeteilt und umgeben von Apparaturen, teils weiß, teils metallen glänzend, die mit ihren Verbindungsschläuchen und Hebeln und Klammern und Skalen den Menschen einengten und bedrohten.

Collin hoffte, die Prozedur möge endlich beginnen, aber der Herr Dr. Röbling – war er eigentlich noch Arzt? Radiologe? oder Mathematiker? oder Nuklearphysiker? – ließ sich Zeit. Collin fühlte sich eigentümlich schutzlos. Dr. Röbling erweckte sein Vertrauen nicht, Arzt war nun einmal nicht gleich Arzt, vielleicht hätte er darauf bestehen sollen, daß Christine mitkäme. Es hatte ihn schon nervös gemacht, daß der Mann ihn so lange hatte warten lassen, und nicht einmal in einem normalen Wartezimmer mit zerfledderten Zeitschriften, deren halbgelöste Kreuzworträtsel man hätte weiterführen können, sondern in einer Art Durchgang, in dem ein Dutzend Röhren verschiedener Dicke die Wand entlangliefen. Und dann, nachdem ihm gnädig Einlaß gewährt worden war in das nukleare Heiligtum, das unsichere Gerede dieses Menschen und seine langen Erklärungen: links, mit den Drehknöpfen und Skalen, das war das Kontrollpult, das Gerät rechts vom Bett schrieb die Kurven; dem Patienten wurde radioaktives Jod 131 in die Vene gespritzt, das Jod verteilte sich durch den Kreislauf, ein Prozeß von etwa zehn Minuten, in dieser Zeit wurde der Fluß des Bluts von der linken in die rechte Herzkammer aufgezeichnet; danach wurde der anderen Vene eine gewisse Menge des jodgesättigten Bluts entnommen, zwecks Herstellung eines Serums; mit Hilfe des Serums und der bereits geschriebenen Kurven, es gab da Formeln, ließ sich dann berechnen, erstens die Menge des Blutes, die das Herz mit einem Schlag befördert, und zweitens, wieviel Zeit das Herz benötigt, um die gesamte im Körper vorhandene Blutmenge durch das gesamte Kreislaufsystem zu pumpen.

Dr. Röbling neigte das kurzgeschorene, bleiche Haupt wie ein christlicher Märtyrer und betrachtete ihn trüben Blicks. »Sie verstehen doch, Herr Collin?«

Collin, von der Fülle der technischen Details geschwächt, nickte nur. Dr. Röbling wechselte das Thema und wünschte nun, im Austausch für die Geheimnisse seines Handwerks, seinerseits zu erfahren, wie man denn eigentlich ein Buch schreibe: hintereinander weg? oder sozusagen ruckweise? und wieviel, über den Daumen gepeilt, sei direkt dem Leben entnommen und wieviel sei Ausgedachtes und welchen Anteil habe die Inspiration am schöpferischen Prozeß des Schreibenden und habe er bei der Arbeit einen bestimmten Leser im Sinn, für den er schreibe, oder schreibe er mehr aus sich heraus, für sich, zu seiner eigenen Befriedigung, und empfinde er beim Schreiben ein Gefühl der Verantwortung, kurz, sei diese Arbeit eigentlich schwer?

»Ich«, sagte Collin, »habe mir einen Infarkt dabei geholt, oder beinahe.«

»Es ist also eine gefährliche Tätigkeit«, sagte Dr. Röbling, »wenn man sich dabei engagiert. In dieser Beziehung gleichen sich unsre Berufe. Sie meinen vielleicht, Herr Collin, was gäbe es Ruhigeres, als hier zu sitzen bei meinen Werten und Kurven, es ist still im Raum, die Isotopen arbeiten lautlos – und dennoch ist mir manchmal, als hörte ich ein Knistern. Das ist natürlich alles nur Einbildung, das Hirn ist gereizt, das Hirn weiß: immer ist das Leben der Patienten in der Hand des Arztes.«

Collin betrachtete Dr. Röbling mißtrauisch, die dünne Nase, deren Flügel zu zittern schienen, den dünnen, zu einem halben Lächeln verzogenen Mund: hatte der etwa eine Macke? Dann dachte er an die Maschinerie, in die er bereits eingebettet lag, an die Ströme, die von allen Seiten in ihn einfließen würden, an die Radioaktivität. »Ich hoffe nur, Herr Doktor«, sagte er und zwang sich, um den Mann nicht kopfscheu zu machen, zu einem scherzhaften Ton, »ich hoffe nur, daß da bei mir alles glattgeht.«

Dr. Röbling klopfte ihm auf die Schulter. »Das Ding ist narrensicher.«

»Und Ihr radioaktives Jod?«

»Zerfällt, zerfällt, Herr Collin, und wird ausgeschieden.«

»Ich habe ja auch keine Befürchtungen. Wer dem Infarkt so nahe gewesen ist wie ich...«

Dr. Röbling zog einen der Schläuche herab und setzte dessen metallene Spitze Collin auf die Brust. »Na, dann wollen wir mal«, sagte er.

Collin schloß die Augen; er sah nie hin, wenn ihm einer in die Vene stach. »Machen Sie mal 'ne Faust«, sagte Dr. Röbling. Collin hielt den Atem an. Isotopen, dachte er. Das Wort löste in ihm, jedesmal wenn er es hörte, gewisse Bilder aus: Palmbäume, tropisch blauer Himmel, dunkle schlanke Frauen; offensichtlich lag dieser Gedankenassoziation ein Mißverständnis zugrunde, aber was kann der Mensch für die Verbindungen, die sich in seinem Gehirn herstellen. Er dachte an Mexiko, an die Tage mit Luise, an eine Fahrt von Cuernavaca nach Acapulco, die sie gemeinsam unternahmen, hoch über die Berge und wieder hinab über waghalsige Straßen. Sie fuhren in einem wackligen Bus zweiter Klasse, zusammen mit indianischen Bauersfrauen, die ihre stinkenden Ziegen und Hühner mit sich schleppten; Luise abenteuerte gern, nur leider vertrug sie die Hitze schlecht und kam krank in Acapulco an und dämmerte in ihrem Bungalow vor sich hin, während er den mexikanischen Weibern am Strand nachstieg und die wilden Köter verjagte, die in Rudeln herumliefen und immer wieder versuchten, seine nunmehr unbe-

174

wachten Kleider zu bepissen. Dann dachte er an Indien, wohin ein großzügiges Ministerium ihn geschickt hatte als Mitglied einer Delegation zur Herstellung freundschaftlicher Beziehungen zu den dortigen Literaturschaffenden; Luise war nicht lange vorher gestorben, und die Eindrücke der Reise, hoffte er, würden ihm zu vergessen helfen, und er hatte sich selber durch das Land gehetzt von Benares bis Trivandrum, eigentlich wollte er ein Buch schreiben über Indien, aber es wurden nur ein paar Artikel, in denen stand, was andere vor ihm auch schon geschrieben hatten; das Land war unverdaulich, in den Tempeln balgten sich die Affen, Säuglinge, von Fliegen bedeckt, starben auf der Straße zu seinen Füßen, Frauen in buntschillernden Saris rochen nach Sandelholz und Gewürzen, alles bewegte sich, plapperte, schacherte, bettelte, er begriff nicht, das Wesentliche entging ihm; in Kerala, in der äußersten Südspitze des Landes, war wieder ein Strand gewesen, Palmen, von lauem Wind bewegt, er war ins Wasser gestiegen, zur rechten der Indische, zur Linken der Pazifische Ozean, oder umgekehrt, plötzlich lärmten die Boys am Ufer und winkten und gestikulierten, ein Hai war gesichtet worden, der Tod. Isotopen. Strahlende Sterne im Blut, zerfallen sie und werden ausgeschieden. Ausgeschieden. Vorbei die großen Reisen und das Abenteuer, was wäre wohl aus ihm geworden, wäre er damals im Hafen von Tanger liegengeblieben, ausgezogen bis aufs Hemd? Verrottet, verwest, vergessen, dieser hat nicht gewuchert mit seinem Pfunde, der Schriftsteller Collin hat sein Pfund vergeudet, aber das eine müßte ich noch schreiben, das eine, gültige Buch. Und dachte, Christine, ein neuer letzter Anfang. Schwer zu sagen, was an ihr ihn zu ihr zog. Wohl eine Art Ausstrahlung; vielleicht konnte man den Dr. Röbling mal fragen, aus welcher Art Isotopen diese Strahlen stammten und ob sie meßbar waren und unter welchen Bedingungen sie sich übertrugen.

»Jetzt machen Sie wieder 'ne Faust«, sagte Dr. Röbling, »nein, nicht mit der Hand, mit der anderen bitte.«

Der Einstich.

»Was zucken Sie«, sagte Dr. Röbling, »das hat doch nicht weh getan.«

Collin überwand sich, öffnete die Augen und sah zu, wie das jod-

gesättigte Blut aus seiner Vene dunkel in das Glasrohr der Spritze
stieg.

»Dann wären wir also fertig mit der Prozedur?« fragte er hoff-
nungsvoll.

»Eigentlich ja.« Dr. Röbling zog die Nadel aus der Vene, preßte
einen Wattebausch auf die wunde Stelle und riet: »Beugen Sie den
Arm an.«

Collin richtete sich erleichtert auf.

»Nein, nein«, sagte Dr. Röbling, »bleiben Sie noch liegen und er-
holen Sie sich von der Strapaze.« Er riß die Papierschlange mit den
Kurven, die der Apparat gezeichnet hatte, ab und trug sie hinüber zu
seinem Schreibtisch. »Ich möchte prüfen, ob alles auch schön richtig
gelaufen ist. Sie haben doch Zeit, Herr Collin – oder drängt Sie etwas?«

Sie öffnete die Tür.

Urack, unangenehm überrascht, blickte auf; Papiere glitten zu
Boden von seinem Schoß. Dann erkannte er die Silhouette und
knurrte: »Was stehen Sie da, Frau Doktor. Kommen Sie herein und
machen Sie die Tür zu.«

Christine trat zögernd ins Zimmer. »Ich wollte Sie nicht stören,
Herr Urack. Ich hatte angenommen, Herr Collin wäre schon von
seiner Untersuchung zurück.«

»Sie stören nicht.« Urack bückte sich ächzend und hob die hinun-
tergefallenen Blätter auf. Dann ordnete er die Seiten, schob die Papiere säuberlich zusammen und legte das Manuskript zurück in die
schwarze Mappe. »Ich habe hier auch nur gewartet und habe mir, so
gut es ging, die Zeit bis zur Rückkehr des Genossen Collin vertrieben.«

Er wußte, wie wenig überzeugend das klang, und ärgerte sich.
Wiederöcker, der Getreue, war auf Collin angesetzt gewesen; daß
man diesen Leuten auch alles erklären mußte, Einbahngehirne,
wehe, wenn eine unerwartete Variante auftauchte; mit solchen Leuten sollte man nun die Republik schützen. Die Dr. Roth bat noch
einmal um Verzeihung und wollte sich entfernen; er bedeutete ihr,
einen Moment zu warten. Er stand auf, placierte die Mappe wieder

hinter die Leibwäsche im Schrank und preßte die Schranktüren mit einem geschickten Druck zusammen, so daß das Schloß zuschnappte. Dann wandte er sich ihr, als wäre sie seine Mitverschworene, listig blinzelnd zu: »Sie begleiten mich doch?«

»Ich dachte, Sie wollten auf Herrn Collin warten?«

»Mit dem kann ich später noch reden; aber Sie und ich, meine liebe Frau Doktor« – er zog seinen Schlafrock zusammen, dessen Gürtel sich gelöst hatte – »wir sollten die Gelegenheit jetzt nutzen.«

Wiederöcker, der im Korridor stand und sich den Hintern an einem Heizkörper wärmte, fuhr zusammen, als er seinen Chef in Begleitung der Ärztin plötzlich vorbeikommen sah; Urack warf ihm einen giftigen Blick zu, sagte aber nichts. In seinem Zimmer dann bot er, ganz liebenswürdiger Gastgeber, Christine den Sessel an, zauberte mit den Worten: »Ich darf ja nicht, aber meine Gäste« eine flache Flasche aus der Tischschublade hervor und goß ihr den Kognak in sein Zahnputzglas. Er selber nahm auf seinem Bett Platz, das hochbeinig war wie alle Krankenhausbetten: so mußte die Dr. Roth hinaufblicken zu ihm. »Trinken Sie«, mahnte er, »nach dem Schreck von vorhin.«

Sie nippte. Gerlinger fiel ihr ein, Gerlingers Warnung: Alles, was den Genossen Urack betrifft, vergessen wir, ja?

»Ich freue mich«, sagte er, ohne sie aus dem Auge zu lassen, »ich freue mich, daß wir nun auch noch eine andere Beziehung zueinander haben als die zwischen Patient und Ärztin.«

Das war beinahe obszön, dachte sie; die Beziehung, auf die er anspielte, lief über seinen eigenen Enkel. Und wieviel wußte er von dem Wahnsinnsplan des Jungen?

»Sie wissen über mich«, sagte er, »und ich weiß über Sie. Das schafft eine gewisse Gemeinsamkeit.«

Gemeinsamkeit, dachte sie und merkte, daß sie Angst hatte.

»Sie gefallen mir«, sagte er. »Sie sind eine reife Frau, und ich bin sehr froh, daß Sie den Buup-di-buup-buup an die Hand genommen haben. Wenn Sie es richtig anfangen, und ich könnte Sie da beraten, werden Sie vielleicht etwas Brauchbares aus ihm machen.«

Nein, er weiß nicht, dachte sie; von den Fluchtplänen weiß er nichts.

»Ich hatte große Hoffnungen gesetzt auf den Jungen«, sagte er. »Meine Art von Menschen, bildete ich mir ein, mit dem wirst du einmal reden können, der wird dich verstehen, wer denn sonst, wenn nicht der? Und dann das.«

Was wollte er, dachte sie, Seelentröstung, was dem Enkel gut ist, wird auch dem Großvater wohltun, und alles in der Familie?

»Es ist ja nicht leicht mit den Menschen«, sagte er. »Auch ich habe lange Zeit gebraucht, bis ich einsah: es gibt Begrenzungen, hier hört die Macht auf, hier dringen wir nicht durch. Deshalb will ich ja, daß Sie mir helfen.«

Eine Beichte, dachte sie: wieviel war echt daran, wieviel Berechnung? Und sprach er von Peter nicht überhaupt nur, um sie von den Fragen abzulenken, die sich aus seinem Abstecher in das andere Zimmer ergaben und aus den Blättern, die er wieder verstaut hatte in dem Schrank?

»Ich möchte mich nicht einmischen in Ihre persönlichen Dinge«, sagte er, »glauben Sie mir. Aber es gibt nichts Persönliches in dieser Zeit, das nicht von Interesse wäre auch für andere. Sie sind eine kluge, couragierte Person, und ich habe eine Schwäche für kluge, couragierte Menschen. Sehen Sie sich um im Lande, Frau Doktor, und was erkennen Sie? Da haben wir auf die Leute eingepaukt, jahrelang, aber sie haben immer noch keine Konzeption von sich und der Welt, höchstens wollen sie materielle Vorteile. Ein erbärmlicher Zustand, den ich mir nicht habe träumen lassen, als ich jung war, ein junger Revolutionär. Jetzt bin ich ein alter Revolutionär, und ich habe lernen müssen, daß wir die Fristen zu kurz gesetzt haben.«

Welch erstaunliches Geständnis, dachte sie, einer kleinen Stationsärztin gegenüber. Fühlte er sich ihrer so sicher?

»Was also erfordert die Lage?« sagte er. »Daß die mit der Perspektive im Kopf, die paar Klugen und Couragierten, sich erheben über die Misere und stellvertretend handeln für die andern, die sich selber in die Unmündigkeit begeben haben – zu deren Wohl natürlich, ausschließlich dazu. Kann ich auf Sie rechnen?«

Anwerben will er mich, dachte sie; wenn es nicht so makaber wäre, könnte man es komisch finden.

»Jetzt müssen Sie sprechen«, sagte er. »Ich habe Ihnen alles erklärt.«

Offenkundig glaubte er, seine Offerte sei ungeheuer verlockend. Und es war ja auch etwas Verlockendes daran: Mitglied werden im Klub der Stellvertreter der unmündigen Massen, zum inneren Kreis gehören, zur Schar der Eingeweihten, die Informationen erhielten und auf ihre Art mitbestimmten und mitregierten – statt sich abrackern zu müssen draußen im täglichen Trubel, blind wie ein Maulwurf, frustriert wie ein Goldhamster.

»Nun?«

»Ich habe Peter sehr gern«, sagte sie, »und ich werde alles tun, ihm zu helfen.«

»Warum sieht der Junge nicht, daß wir das Beste wollen«, sagte er, »stets nur das Beste, für ihn, für alle. Warum sieht er es nicht, er und die andern?«

Das will er doch nicht wirklich beantwortet haben, dachte sie.

»Ich bin ein kranker Mann«, sagte er, »und meine Arbeit ist nicht getan, und je mehr ich darüber nachdenke, desto höher türmt sich alles auf. Also werden Sie ihm die Augen öffnen, Frau Doktor, denn Ihnen vertraut er, an Sie klammert er sich.« Dann, abrupt den Ton wechselnd, wurde er dienstlich. »Und was meinen Besuch in dem anderen Zimmer betrifft, darüber schweigen wir, ja?«

Da war es wieder, dachte sie, das aufreizende, keinen Widerspruch duldende JA? Aber es half ihr merkwürdigerweise. Es befähigte sie, aufzustehen und mit ruhiger Stimme zu erklären: »Und nun legen Sie sich bitte wieder hin, Herr Urack.«

15

(Aus den Notizen des Kritikers Theodor Pollock)

...muß ich zunächst einmal etwas Ordnung in das Gewirr von Gedanken und Gefühlen bringen, das mir den Kopf erhitzt. Vor zehn Minuten ist Christine von hier fortgegangen. Das Kettchen hat sie dagelassen.

Beginnen wir mit dem Anlaß ihres Besuchs, jenem Anruf von ihr, sie müsse mich unbedingt sprechen, sie brauche mein Urteil, meinen Rat. Obwohl ich zuerst geneigt war, mich abwartend zu verhalten und um ein paar Tage oder gar eine Woche Aufschub zu bitten, ließ ich mich doch durch den dringlichen Ton ihrer Worte – und wohl auch durch meine Neugier und meine geheimen Hoffnungen – bewegen, sie innerhalb weniger Stunden zu empfangen. Das Halsband, ein gediegenes und zugleich etwas verspieltes Stück, das seit hundertfünfzig oder noch mehr Jahren in unsrer Familie von Mutter auf Tochter oder Schwiegertochter gekommen ist, hatte ich mir vorher schon, noch vor jenem unglücklichen Abend in dem Jazz-Keller, aus Tante Cäcilies treuen Händen abholen und herüberbringen lassen, auf eine momentane Regung hin, die angesichts dessen, was dann folgte, lächerlich erscheinen mag.

Versuchen wir, systematisch, a, b, c, die Verstrickung zu entwirren, in die Christine, nicht ohne mein Zutun, geraten ist und aus welcher sie sich nur befreien kann durch Entscheidungen, deren Folgen zur Zeit überhaupt nicht überblickbar sind. Collin, Urack, Peter, und in gewisser Hinsicht auch Havelka, alle zerren sie an ihr und quälen und erpressen sie, jeder auf seine Weise. Eine andere in ihrer Lage wäre vielleicht hysterisch geworden oder hätte sich den Konflikten durch eine länger dauernde Migräne entzogen. Nicht so Christine; auch jetzt noch, da ich dies schreibe, finde ich die verhältnismäßige Ruhe beeindruckend, mit der sie mir von den verschiede-

180

nen, miteinander verknüpften Komplikationen, wenn auch nicht immer der Reihe nach, sprach; es gab sogar Momente, wo durch ihre Worte Humor hindurchklang – bei der Beschreibung einer grotesken Haltung, etwa der beiden Schwerkranken, von denen jeder sich einbildete, sein Leben hinge vom Sterben des jeweils anderen ab. Nur einmal schienen Sorge und Trauer zu überwiegen, ihre Stimme wurde unsicher, ihre Rede geriet außer Kontext; sie beherrschte sich jedoch bald wieder, um nicht gewisse Ressentiments zu verschärfen, die ich, wenn auch durch Alter und Philosophie gemildert, in puncto Peter Urack empfinden mochte.

Und gerade in diesem Punkte, nennen wir ihn (a), mußte es mir am schwersten fallen, zu argumentieren, denn je besser meine Vernunftgründe, desto härter würden sie Christine treffen. Es gibt Menschen, und sie gehören zu den sensibleren natürlich, die in dieser Republik zerbrechen. Gott sei Dank sind sie selten; die große Mehrheit bei uns besteht aus Kleinbürgern, die sich unter jedem Regime anpassen würden und es verstehen, in jeder sozialen Ordnung die größtmöglichen Annehmlichkeiten für sich selbst zu ergattern. Außerhalb jener Mehrheit finden sich die, die mehr oder weniger klar erkannt haben, daß dieser Staat eine historische Funktion hat, und die es schmerzt, wenn diese Funktion nicht oder nur ungenügend erfüllt wird. Diese Menschen stehen vor der Alternative: verändern – oder sich selbst aufgeben. Zum Verändern gehört unter den gegebenen Umständen eine große Menge Geduld und viel politische Weisheit, und vor allem eine tiefe Überzeugung, daß die Dinge veränderbar sind; denn immer haben die sich als Hohepriester der heiligen Sache gerierenden Kleinbürger die lautere Stimme und den längeren Knüppel. Für einen, der diese Geduld nicht hat und dieser Überzeugung nicht ist, mag es tatsächlich besser sein, auszuweichen, auch wenn er uns für die Aufgaben, die zu erledigen sind, verlorengeht; so kann er sich selbst wenigstens als integriertes Wesen erhalten, und wer weiß, ob er nicht eines Tages, wenn auch anderen Orts, wieder auf unserer Seite stehen wird.

Wieviel davon ich Christine im einzelnen auseinandersetzte, ist mir so genau nicht erinnerlich; in großen Zügen gab ich's ihr wohl zu verstehen, doch mußte ich, was ich sagte, mit Vorsicht formulieren, um zu vermeiden, daß es wie eine Aufforderung an sie erscheine, Peter aufzugeben, oder wie eine Rechtfertigung des Jungen für einen nicht zu billigenden Schritt – der mir noch dazu den Nebenbuhler vom Halse schaffen würde. Ja, ich versprach ihr sogar, Peter aufzusuchen und ihm die großen Gefahren darzulegen, denen er sich aussetzen würde, und ihm auszureden, daß der angeblich bestens erprobte Weg, der ihm geöffnet werden sollte, ohne Risiko sein könne.

Ich kann ihr nachfühlen, daß sie den Jungen nicht verlieren will. Aber sie hat ihn nie wirklich gehabt, und hat das wohl auch gespürt, hat seine Ruhelosigkeit gespürt, ewig ist er auf der Suche, ein Romantiker im Grunde, aber die blaue Blume ist lang schon verdorrt, es ist ein graues, staubiges Jahrhundert, und hinter dem Loch in der Mauer steht auch kein Zauberschloß. Und jetzt erst, dies alles durchdenkend, wundere ich mich, wer es wohl sein mag, der ihm über die Mauer helfen will, und welches die Zwecke des Unbekannten. Wahrscheinlich weiß Peter es selbst nicht, und es interessiert ihn auch wenig; er weiß nur, er will fort, und jede Ferne erscheint ihm besser als diese Enge, und Christine, die ihn halten will, wird ihm zur Fessel. Was sollte ich ihm da wohl sagen, selbst wenn er mich nachsichtig anzuhören bereit wäre und genügend Vertrauen zu mir und meinen Argumenten hätte? Soll ich ihm zureden: bleib, paß dich an, hier bist du geborgen, solange du die Flügel nicht rührst, dein Leben lang Puppe bleibst im Kokon, umsponnen von deiner Christine, umhegt von deinen Bewachern? Und wenn diese selber es wären, die, des langen Spieles müde, ihm die Mauer aufzutun gedenken? Eine Idee, würdig des fruchtbaren Hirns meines Freundes Bergmann: der Junge ist nicht integrierbar, also laßt ihn laufen; ist auch die menschlichste Lösung und zugleich im Sinne des alten, verdienten Genossen Urack, für den der Enkel ja nur eine Belastung bedeutet...

So kühn die Variante, sie ist nicht ohne Reiz: wir alle, mögen wir uns noch so frei dünken, nichts als Figuren in anonymer Hand. Nein, diese Variante widerspricht dem Verhalten des Genossen Urack keineswegs, wenn er – wir sind jetzt bei Komplex (b) – Christine bittet, eigentlich fast anfleht, sie möchte ihm helfen, Peter nach dem von ihm erwünschten Bilde umzumodeln; beides fügt sich vielmehr zueinander. Wie hat die Furcht vor dem Ende diesen Mann sentimental gemacht: auf einmal entdeckt er, er braucht einen Menschen, und sieht nur den Jungen. Wie tief ist der Mächtige gefallen: er, eben noch Herr über einen ganzen Apparat, hat schon keinen Handlanger mehr und keinen, den er vorschicken könnte, und muß eine kleine Stationsärztin um Hilfe bitten. Selbst wenn man in Betracht zieht, daß manches an seiner Haltung gemimt sein könnte, um die Peinlichkeit einer Minute zu überspielen – der Genosse Urack in flagranti ertappt bei einem Konfidententrick! –, das Hilfsgesuch war offensichtlich echt, entsprach einem inneren Bedürfnis, und wurde von Christine auch so empfunden. Sie sei, sagte sie, sehr ruhig geblieben bei seinen Worten, trotz der in ihnen enthaltenen Drohung, und habe ihre kritische Distanz gewahrt auch noch, als er, einem Kartenspieler gleich, der durch eine kaum merkbare Bewegung der Hand seine Trümpfe kurz blicken läßt, ihr andeutete, welch schöne Aussichten ihr offenstünden, wenn sie nur kooperierte. Sie habe dabei, und das sehr intensiv, überlegt, ob sie dem Alten, wenn auch nur zum Trost, irgendwelche Zusagen machen oder lieber versuchen sollte, ihn ohne das hinzuhalten; denn daß sie den Jungen überreden könnte, seine Einstellung über Nacht zu ändern oder seinem Wohltäter pro forma wenigstens ein paar reuige Sätze zu sagen, glaubte sie nicht, für derart Kunststücke sei Peter denkbar ungeeignet, und eher mochte er, mißtrauisch wie er war, ihr gegenüber Verdacht schöpfen und sich völlig abwenden von ihr, das aber wäre, angesichts seiner Fluchtpläne, das Schlimmste. Gewiß möge ich einwenden, die Forderungen schwerkranker, psychisch belasteter Menschen seien kaum als real zu befolgende Postulate zu betrachten, sondern eher als Symptome; ebenso wie ich mit Recht auf die mangelnde Stabilität der Emotionen Peters hingewiesen habe, der seine Entschlüsse so rasch zu ändern imstande sei, wie er sie faßte. Drum habe sie es denn auch vermieden, sich Urack gegenüber festzulegen; aber wie lange ließe sich das durchhalten, doch nur bis zu dem Tag, an dem der Junge die Flucht unternähme. Und ganz gleich, wie der Versuch endete – was sagte sie dann dem Genossen Urack?

Das, dachte ich mir, würde dann wohl ihre geringste Sorge sein. Sie schien die Frage auch nur rhetorisch gemeint zu haben, denn nach einem kurzen, bitter klingenden Lachen fuhr sie fort: Dabei sitze der Initiator des ganzen Unheils ihr hier an diesem Tische gegenüber. Ich habe doch mit Bedacht zugesehen, wie sich die Beziehung zwischen ihr und Peter entwickelte; oder wolle ich etwa behaupten, es sei mir entgangen? Ohne diese Beziehung aber hätte Peter auf seine alte Weise und am alten Orte irgendwie weitergelebt, und sie hätte sich weiter von einem Kuschke zum anderen durchgeschlafen, gewiß keine besonders befriedigende Existenz, dafür jedoch eine unkomplizierte und ungefährliche. Ja, nicht nur geduldet hätte ich das Verhältnis, sondern durch meine Passivität es noch gefördert, das komme, weil die Menschen mich nur als Objekte interessierten, nicht als Menschen, und weil ich Furcht habe vor echten Bindungen. Und ähnlich mein Handeln im Falle Collin – so kamen wir zu Komplex (c) –, wenn wir's nach rückwärts verfolgten, von wem denn stammten die Anstöße, wer denn brachte die Steinchen ins Rollen, wenn nicht ich; und sie, nicht zufrieden damit, Opfer meiner intellektuellen Spiele zu sein, habe sich von mir und, sie gestehe es, vom Reiz der Sache verführen lassen, auch noch mitzuwirken, habe den armen Havelka losgelassen auf den armen Collin, obwohl sie's hätte verhindern können, und nun sei auch da alles in Bewegung geraten – sei ich nun befriedigt?

Das war der Moment, da ich aus meiner Tasche das braunglänzende Etui nahm, in welches die fürsorgliche Tante Cäcilie das Kettchen gelegt hatte. Das ist für Sie, Christine, sagte ich, und erklärte ihr die Herkunft des Schmucks, der da auf dem dunklen Samt glitzerte, und daß ich rechtens darüber verfügen könne, da ich der letzte unsrer Familie und ohne Erben sei.

Sie betrachtete das Kettchen, und dann mich, und ich dachte, vielleicht hätte ich es ihr doch lieber gleich um den Hals legen sollen. Dann sagte sie nachdenklich, ich möchte bitte das Bild nicht zerstören, das sie sich mit so großer Mühe von mir gemacht; sei sie doch zu mir gekommen, gerade weil sie gemeint habe, ich ließe mein Denken nicht von Gefühlen beeinträchtigen; genau die Kühle und Objektivität, wegen der sie mich gescholten, tue ihr in dieser Stunde not, kühle Berechnungen, objektive Beurteilungen, genaue Schlußfolgerungen, alles Tätigkeiten, deren sie jetzt nur sehr begrenzt fähig sei.

Welch ein Unding, dachte ich: ein Computer, der Halsbänder verschenkt. Und wie sollte ich ihr beibringen, daß wir den Punkt erreicht hatten, wo alles in der Schwebe war und wo man, bevor man gültig raten und entscheiden konnte, das Muster abwarten mußte, welches die Dinge formen würden, wenn sie wieder zur Ruhe kamen. Nur eines war sicher: daß es schon zu spät war, den Jungen, an den sie ein Stück ihres Herzens gehangen, umzustimmen.

Dennoch muß ich sehr beredt gewesen sein – oder war es, daß schon die Erfüllung ihres Bedürfnisses, sich auszusprechen, ihr eine gewisse Stärkung bedeutete. Jedenfalls ging Christine, wenn auch nicht leichten Herzens, so doch gefaßter, als sie gekommen war, von mir fort. Das Kettchen, wie ich schon erwähnte, ließ sie hier: unsere Beziehung, meinte sie, sei jetzt nicht so, daß sie es guten Gefühls tragen könne...

16

Er arbeitete wieder.

Draußen war es schon lange dunkel. Christine war noch einmal vorbeigekommen; sie hätte heute Nachtdienst, sagte sie. Er hatte den Eindruck, daß sie unruhig war, und hätte sich gern nach den Gründen erkundigt, aber sie verabschiedete sich, bevor er die Frage, die seine Teilnahme ausdrücken und dennoch nicht aufdringlich sein sollte, in geeigneter Weise formulieren konnte. Dann war das Abendessen gebracht worden, ein Brot mit Käse, ein zweites mit magerer Wurst, dazu ein säuerlich schmeckender Apfel, ein Glas Tee. Unbefriedigt und anscheinend angesteckt von Christines Unruhe, hatte er nach Schreibblock und Stift gegriffen, sich zurückgelehnt im Sessel, die Beine übereinandergeschlagen und auf den erlösenden ersten Satz gewartet.

Wer kann schon sagen, aus welchen nebligen Tiefen Vergangenes sich löst und aufsteigt. Ein bestürzender Vorgang, plötzlich zerteilen sich die Schwaden, plötzlich, nach ein paar ertasteten Worten, spürst du, daß im Gehirn der Mechanismus zu funktionieren beginnt, durch den aus Erträumtem und Erinnertem, Erhaschtem und Erkanntem, Erdachtem und Erfühltem ganze Bilder entstehen, erschreckend deutlich in ihrer Farbigkeit und Tiefe, Bilder und Zusammenhänge, die sich festhalten lassen, Sinn ergeben, Atmosphäre erzeugen. Ein wunderbares Gefühl: vom Solarplexus her breitet sich Wärme durch den Leib hin bis zu den Füßen und Fingerspitzen, das Herz schlägt stark und ruhig, und du spürst, daß das, was du da niederschreibst, Gültigkeit hat.

War das schon die Heilung? Oder ihr Anfang wenigstens? Wie war er auf den Abend damals bei Curd gekommen, wieso ließ die Sache ihn nicht los, war es möglich, daß da ein Faden hinlief, störender Gedanke, zu Freund Havelka, der ja dabeigewesen war, im Schatten der anderen, stummer Zuschauer, nicht Akteur auf der Bühne? Dabei, wie viele Jahre war das her, wie lange schon lag Curd begraben auf dem alten Friedhof, auf dem eine Grabstätte zu erhalten eine Auszeichnung war, wegen der er, Hans Collin, unter Hinweis auf seine Verdienste und Orden höheren Orts bereits vorgesprochen hatte – so ernst ist es ja noch nicht, Genossen, aber man möchte doch vorsorgen, ha ha. Curd, Genosse und Freund, soweit er imstande war, jemandes Freund zu sein, Poeta Laureatus, Arbeiter in Fragen der Literatur, zeitweilig auch Minister und auf der Höhe des Ruhms dahingerafft vom tückischen Krebs – und lebte auf einmal wieder, das Gesicht leicht gerötet, denn er liebte den Wein wie weiland Goethe, die Lippen ein wenig spöttisch geschürzt, die Augen, kühles Blau, zumeist hinter funkelnden Gläsern verborgen. Auch die andern lebten, Teilnehmer der denkwürdigen Zusammenkunft in der vornehm von der Straße zurückgesetzten Villa; sie bewegten sich, tranken, sprachen heftig aufeinander ein, schwiegen wohl auch hier und da in bedrückter Sorge, um dann bald wieder in jene beinahe freudige Erregung zu verfallen, die, obwohl eigentlich unangebracht, die Grundstimmung des Abends war und die daher kam, daß nun doch endlich etwas unternommen werden sollte, ein selbständiger Eingriff in das düstere Geschehen, das sich mit der Wucht einer griechischen Tragödie in unserm sozialistischen Bruderland an der Donau entwickelte – etwas Unerhörtes und im Ursprung Unverständliches, in dessen Wirrnis leider auch der allseitig verehrte Daniel Keres geraten war. Keres, referierte Curd, befinde sich in akuter persönlicher Gefahr, sei bedroht nicht nur von den klerikalfaschistischen, nationalistischen Konterrevolutionären, die, begünstigt durch die inneren Zerwürfnisse und Schwankungen der Partei, aus den Löchern gekrochen kamen und gewaltsam zur Macht drängten, sondern auch – so seltsam dialektisch spiele die Geschichte – von unsern sowjetischen Freunden, die als Verteidiger der sozialistischen Revolution und als proletarische Internationalisten angesichts der Lage zu rauhem Zupacken gezwungen waren. Collin legte den Stift einen Augenblick zur Seite. Was für ein ideologisches Tohuwabohu war das gewesen in jenem Herbst! In den zementnen Sockeln der Grundsätze zeigten sich Risse, Zweifel hefteten sich an Standpunkte, die jahrzehntelang als unanfechtbar galten, aus Klassikern des Marxismus wurden über Nacht Ex-Klassiker, die zuständigen Gremien tagten in Permanenz und versuchten, mit eiligen Beschlüssen und wortreichen Ukasen den heiligen Bau abzustützen, denn in den Köpfen regten sich ketzerische Gedanken, und selbst Genossen, die bisher als sicher galten, begannen vorsichtig von der Notwendigkeit der Anpassung überalterter Praktiken an die Erfordernisse unserer Zeit zu sprechen. Ihn selbst, entsann sich Collin, plagten gleichfalls Bedenken, doch waren diese anderer Art. Er sah die exponierte Lage der Republik, die offene Grenze in Berlin; 1953, der Juni, war noch in aller Gedächtnis: mochten die in Ungarn und Polen ihre neuen Töne blasen, uns oblag es, unsre Kritik hinunterzuschlucken, die Zähne zusammenzubeißen und stillezuhalten. Aber auch er war infiziert gewesen von den Ideen, die von überallher auf ihn eindrängten, und es erstaunte ihn keineswegs, daß Curd – selbst als Minister ließ der sich mit Vornamen anreden, Curd mit groß C und klein d –, daß der Genosse Minister Curd bereit war, derlei Ideen durch wohlwollende Diskussion zu fördern, wenn auch zunächst in vertrautem Kreise.

An diesem Abend war es jedoch nicht die übliche Runde, die sich mal bei dem einen, mal bei dem anderen zusammenfand und in dem bequemen Gefühl, daß ihre Worte stets Theorie bleiben würden, die kühnsten Thesen debattierte. Die da im grauen Abenddämmer in Curds Villa eintrafen, waren nicht so sehr mit Bedacht gewählte Gäste, sondern einfach Leute, die aus diesem oder jenem Grunde Zugang zu ihm hatten: alle getrieben von einem Bedürfnis nach Sichtung und Deutung der wilden Nachrichten, die der Tag gebracht hatte – die Panzer der sowjetischen Freunde waren in Budapest eingerollt, schon das zweite Mal, und nun wurde scharf geschossen, sozialistische Armee gegen sozialistische Armee.

Es waren ihrer etwa acht oder zehn gewesen in dem getäfelten Raum. Collin schloß die Augen. Nicht alle Gesichter im gedämpften Licht der schweren Standlampen waren ihm deutlich; blasse Ovale, würden ihre Züge sich allmählich noch hervorheben. Klar erkennbar jedoch waren der Dichter Weinreb, von gepflegter Liebenswürdigkeit, politisch nicht unklug und stets darauf bedacht, seine Beziehungen zu Genossen in gehobenen Positionen zu kultivieren; ferner die Piddelkoe, Chefin einer Truppe ewig miteinander in Fehde liegender Gaukler, von der böse Zungen behaupteten, sie habe ihre Bezeichnung als Neuberin der Republik selbst in die Welt gesetzt; sodann der Kritiker Theodor Pollock, der schon damals die unangenehm arrogante Art hatte, die ihn später so unbeliebt machen sollte; und schließlich Georg Havelka, welcher zu der Zeit, nicht ganz ein Staatssekretär, dennoch die Arbeit des Ministers tat, wenn dieser auf Reisen ging oder seine langen Essays schrieb oder an seinen Reden arbeitete, die er dann mit gezügeltem Pathos vortrug.

Collin schrieb ohne Hast, des Fortgangs sicher. Die Idee, die man schließlich zutage förderte, entstammte – das ahnte er damals schon, und heute war er davon überzeugt – dem phantasievollen Kopfe Curds: der Mann hatte sich durch seine lange Parteikarriere hindurch einen Hang zum Abenteuerlichen erhalten, den er allerdings hinter dem traditionellen Vokabular seiner mit leicht scheppernder Stimme vorgebrachten Argumente zu tarnen wußte. Aber Curd war viel zu gescheit und erfahren, um sich dem stets möglichen späteren Unmut höherer Stellen auszusetzen; statt selber die offensichtlich desperate Aktion vorzuschlagen, lenkte er vielmehr, ausgehend von den recht zweischneidigen Auswirkungen der berühmten Geheimrede des Genossen Chruschtschow, die erhitzten Gemüter seiner Gäste auf den Gedanken hin.

Zunächst animierte er die Piddelkoe, sich zu Keres und dessen widersprüchlichem Wesen zu äußern. Einerseits finde sich bei dem Meister, meinte sie, ein hochentwickelter politischer Instinkt, dialektisch geschärft, der aus all seinen Schriften, und besonders den ästhetischen, spreche; nicht umsonst habe sie die Naturalisten, wann immer sie sie an ihrem Theater aufführen ließ, nach seinen Auffassungen inszenieren lassen und sie so politisch durchschaubar gemacht. Andererseits beschränke sich Keres' Instinkt leider nur auf sein Werk, das philosophische wie das literaturkritische und historische; wo es jedoch um praktische Dinge gehe, sei der große Mann von einer ans Kindliche grenzenden Naivität, viel zu gutmütig und gefällig; er werde geglaubt haben, auf dem Ministerposten, wohin man ihn über Nacht gestellt hatte, möge er einen Teil der klugen Projekte verwirklichen können, von denen er in seinen Büchern geschrieben, und werde nicht erkannt haben, daß die Feinde von Frieden und Fortschritt, die da in Budapest ihr Haupt erhoben, nur im Sinne hatten, seinen weltberühmten Namen für ihre verwerflichen Zwecke zu benutzen.

Darauf hatte der Kritiker Pollock den hochmütigen Mund verzogen und milde bemerkt, man könne es einem Genossen doch wohl nicht als Naivität auslegen, wenn er dem Ruf seiner Partei folge und das von ihr ihm zugewiesene Amt übernehme; oder wolle einer leugnen, daß die Regierung, die jetzt von den Panzern unsrer sowjetischen Freunde auseinandergejagt werde, von der Partei dort eingesetzt worden war und in ihrer Mehrzahl aus Kommunisten bestand?

Peinliche Feststellungen machten Pollock seit je Freude. Curd wußte es wohl und ging darüber hinweg: zu historischen Betrachtungen sei später noch Zeit, ihm gehe es jetzt um das Schicksal von Keres, dem wir alle so manches verdankten, von dem man aber seit achtundvierzig Stunden schon keine Nachricht mehr habe. Nach einem Schweigen, das einer Trauerminute glich, folgte so etwas wie ein kollektiver Nachruf; man sprach von Keres' Gelehrsamkeit, seiner messerscharfen Logik, seiner unbeugsamen Haltung, auch von seinen Fehlern, deren einer darin bestand, daß er die Zunge nicht hütete, auch hochgestellten Persönlichkeiten gegenüber nicht, die die Macht besaßen oder einst besitzen mochten, ihn kaltzustellen. Ja, bedauerte Curd mit gefurchter Stirn, zwischen der Macht des Geistes und der Macht der Funktion habe Keres nie recht zu unterscheiden gewußt.

Collin entsann sich, daß er selbst dann eingriff, mißmutig Konkretes verlangte, oder Schluß mit dem Ganzen. Weinreb stimmte ihm bei. Es wehe ein unguter Wind, und er fürchte um Keres: ein Mann in bereits vorgeschrittenem Alter, seit je etwas gebrechlich, der durch die Straßen gehetzt werde, möglicherweise auch schon festgenommen und rohen Fäusten ausgeliefert sei – ihn schaudere.

Pamela Piddelkoe, mit dürrer Hand gestikulierend, meldete sich: ihr schwebe eine Petition vor, unterzeichnet von Geistesschaffenden der Republik, Akademiemitgliedern an erster Stelle und Trägern hoher staatlicher Auszeichnungen, zu unterbreiten in Moskau mit der dringlichen Bitte, den Genossen Professor Daniel Keres mit besonderer Schonung zu behandeln, seiner Verdienste um Philosophie und Künste wegen, einschließlich der sowjetischen. Es werde Weinreb und vor allem dem Genossen Curd nicht schwer fallen, eine solche Petition schnellstens an die richtige Adresse zu expedieren, wo man sich dem Argument und den gewichtigen Namen kaum verschließen werde.

Ach, Sie Engelchen, sagte Pollock. Und selbst Havelka, bis dahin schweigsam, erhob Einspruch: jetzt weniger denn je seien Illusionen am Platze; was zählten im Rauch der Geschütze Papier und schöne Worte; außerdem bedurften Unterschriftensammlungen hierzulande staatlicher Genehmigung, wer werde die wohl erteilen. Nein, mit Bittschriften werde es wohl kaum gehen, bestätigte Curd. Aber eine Initiative anderer Art vielleicht, direkt und dennoch diskret, ohne lange Zeit zu verlieren...

Herausholen, sagte Weinreb, einfach herausholen. Nicht umsonst sei er in Frankreich im Maquis gewesen. Einer müsse hinunterfahren, so schwierig könne das nicht sein, an Ort und Stelle erkunden, wo Keres sich befinde, Verbindung aufnehmen mit ihm – das Weitere werde sich finden.

Darauf hatte Weinreb, Collin sah es wie in einem Film, den Kopf zurückgeworfen und die Locken aus der Stirn gestrichen. Collin schob den Schreibblock beiseite, erhob sich schwerfällig, ging zum Waschtisch, ließ das Wasser laufen, bis es ihm kühl genug erschien, und trank in langen Zügen. Hatte Weinreb wirklich erwartet, daß er die von ihm vorgeschlagene Reise in den Hexenkessel auch werde antreten müssen? Oder hatte er nicht vielmehr einkalkuliert, daß seit seinen Partisanentagen eine andere Zeit gekommen war, mit einer anderen Rollenverteilung?

Collin nahm die Wolldecke vom Bett, hängte sie sich über die Schultern und überlas, im Stehen, was er geschrieben hatte.

Draußen, welche Stille.

Der Mond stak hinter den Wolken, der gegenüberliegende Flügel der Klinik war ein schwarzer, länglicher Block, nur von rechts her, aus dem Fenster des Ärztezimmers, drang ein Lichtschein und ließ ein paar kahle Büsche erkennen und die Umrisse der unförmigen bronzenen Frau. Collin erwog: jetzt Pause machen, hinübergehen zu Christine, ausruhen.

Aber er spürte den Rausch noch, unter dem er gearbeitet hatte, und nichts war abgeschlossen, nichts beendet. Also weiter.

Der Wein, den Curd uns hingestellt hat und dem ich mehr als die andern zugesprochen habe, schmeckt herb, ein herber Mosel, der langsam zu Kopfe steigt, das Denken aber nicht abstumpft, sondern eine sonderbare Transparenz schafft und ganz außerordentliche Gedankenverbindungen entstehen läßt. Das Ganze sieht aus nach Rembrandt, nur die Kostüme fehlen, die Spitzenkragen, Hüte, Schnallen. Aber sonst – der samtartige Ton der Täfelung, die dunklen Vorhänge und Teppiche, die alten Meister an den Wänden, goldgerahmt, und das Licht konzentriert auf einzelne Gesichter, Hände, auf die ovale Perlenbrosche der Piddelkoe, den silbernen Füllfederhalter, mit dem der Dichter Weinreb nervös spielt.

Weinreb hat sich wieder hingesetzt und wartet nun. Die Piddelkoe, mit ihren Uhuaugen, scheint auf irgendwelche Fledermäuse zu lauern; gleich wird sie die Arme spreizen und lautlos davongleiten, zum Entzücken des Kritikers Pollock, der das alles längst vorausgesehen hat. Havelka, der einzige im Kreis, der Nur-Politiker ist, Nur-Verwaltungsmensch, hält die Hände gefaltet, um sie und sich selber zu beherrschen. Aber Curd schweigt. Den Kopf schräg, schnauft er leise, und hätte doch, als dienstältester Genosse und Minister, den Weinreb längst zurechtweisen müssen: Seit wann praktizieren wir das, individuelle Aktionen, Kidnapping wohl auch noch; das ist, mein lieber Weinreb, bei günstigster Auslegung kleinbürgerliche Romantik.

Dafür stiftet Pollock mit ein paar geflüsterten Worten die Piddelkoe an, sich zu äußern. Diese nun redet den reinsten Unsinn, bringt die ganze osteuropäische Geographie durcheinander, verwechselt den Henker Rakosi mit dem Opfer Rajk, widerspricht sich, ja, nein, man soll, man kann nicht. Ich schalte ab. Die Piddelkoe löst sich auf, aber die Transparenz bleibt, jeder Gedanke gestochen scharf: Die Welt hat sich von Grund auf verändert, unsere, die sozialistische – und wir können sagen, wir sind dabeigewesen. Erst jetzt, drei Jahre nach dem Tod der großen Symbolfigur, hat der Nachfolger es gewagt, Stalin endgültig zu stürzen – und schon ist alles ein Scherbenhaufen. Wo wäre das vor ein, zwei Jahren denkbar gewesen: in einem Bruderlande, direkt unter den sowjetischen Nasen, die Führung vom eignen Parteivolk gestürzt und die prominentesten Funktionäre aufgehängt in effigie von den Massen, in deren Namen zu sprechen sie stets behaupteten. Ach, wie ordentlich war es da doch zugegangen unter Stalin: ein ordentliches Gericht sorgte für ordentliche Ablösung, und die abgelöst wurden, legten vorher ein ordentliches Geständnis ab, ordentlichen Verrat begangen zu haben. Und daß Curd nicht eingreift nach all dem anarchistischen Gerede, daß er nur dasitzt und schweigt und mich anglotzt, ist ebenfalls neu.

»Ihn herausholen«, wiederholt Weinreb und läßt unausgesprochen: möglicherweise auch gegen den Willen der sowjetischen Freunde, und möglicherweise aus militärischem Gewahrsam, und möglicherweise sogar durch Bestechung irgendwelcher höheren Chargen.

Oder hat er es doch angedeutet? Denn ich höre, wie Curd halblaut antwortet: »Bestechlich wären sie wohl. Nicht alle. Aber genügend viele.«

Dabei starrt er immer noch mich an. Die Transparenz ist wieder da, mir ist, als sähe ich, wie die Gedanken sich formen in seinem Schädel. Ein dummes Kinderlied fällt mir ein: DER HERR, DER SCHICKT DEN JOCKEL AUS, ER SOLL DEN HAFER SCHNEIDEN. Ich bin der Jockel, mich hat der Herr im Auge, mich kennt er von allen hier Anwesenden am besten, schon aus der Zeit vor Hitlers Machtübernahme, da war ich Redaktionsvolontär, und er war der Kulturchef des Blattes, und jede Nacht mußte ich ihn nach Hause eskortieren, die Pistole in der Tasche, damit die Nazis seiner wertvollen Person nicht etwa ein Leid antäten. Und meine spanische Vergangenheit ist allemal noch besser als seine stillen Tage in einem sowjetasiatischen Provinznest, wo nie der Krieg hinblies und wo die Überlebenschancen nicht schlecht waren, wenn man sich nur mit der örtlichen Dienststelle der Geheimpolizei zu arrangieren wußte.

»Wenn überhaupt«, sagte Curd, »müßte einer hinunterfahren, der genügend Erfahrung hat.« Er hält sein Glas gegen das Licht, als suche er nach Sedimenten in seinem Wein. »Auslandserfahrung, und Erfahrung im Umgang mit Soldaten und mit Leuten im Apparat. Einer, der nicht davonläuft, wenn es an der nächsten Straßenecke knallt. Einer vor allem, den Keres persönlich kennt, denn einem x-beliebigen wird er sich in dieser Situation nicht anvertrauen.«

Der Steckbrief paßt auf mich. Das verdammte Lied will mir nicht aus dem Kopf. DER HERR, DER SCHICKT DEN JOCKEL AUS/ER SOLL DEN HAFER SCHNEIDEN/DER JOCKEL SCHNEID'T DEN HAFER NICHT/ UND KOMMT AUCH NICHT NACH HAUS. Weinreb ist ein Narr und Curd ein Illusionist. »Wie soll denn das funktionieren«, gebe ich zu bedenken. »Allein schon das Visaproblem – wer immer auch fahren soll, müßte einen gültigen Paß besitzen, mit unserm Ausreisevisum versehen; schon das zu erhalten dauert Wochen. Dann braucht er Durchreisevisa durch die Tschechoslowakei, durch Österreich, durch Jugoslawien, denn weiß einer, welche Grenze nach Ungarn überhaupt offen sein wird, und ganz ohne irgendeinen sowjetischen Propusk wird es auch nicht gehen. Von Geld ganz zu schweigen, Dollars bitte oder Schweizer Franken, den einzigen Währungen, die in unruhigen Zeiten gelten.«

Curd nimmt die Brille ab. Jetzt kann er nur noch verschwommene Umrisse erkennen, das weiß ich; trotzdem starrt er mich an mit seinen Fischaugen und schnarrt: »Den Kram laß mal meine Sorge sein.«

»Und der Transport?«

Er gießt mir ein und nötigt mich zu trinken. Den Mosel, das hat er mir einmal lachend erzählt, läßt er aus West-Berlin kommen; er hat da einen Spezialladen, exklusive Kundschaft; sein Westchauffeur fährt hin in seinem West-Mercedes und holt die Kisten. Ich trinke und ärgere mich und leere mein Glas. Ich bin ja zu allem bereit, selbst zu dieser riskanten und höchst fragwürdigen Expedition zur Entführung eines Mannes, der mich in seinen Schriften nur zweimal genannt hat, und beide Male nur in einer Reihe mit anderen. Ich opfere mich, was ist mir Weib, was ist mir Werk, aber ich will wenigstens mitreden dürfen bei der Planung und sicher sein, daß ich nicht wegen irgendwelchen läppischen Zeugs irgendwo hängen bleibe mit dem Kopf in der Schlinge.

»Transport«, sage ich, »jawohl. Die Flughäfen dort unten sind geschlossen, die Bahnverbindungen, soviel ich weiß, nur unregelmäßig.«

Curd hat seine Brille behaucht und mit einem Lederläppchen geputzt; nun klemmt er sie sich wieder auf die Nase. »Mein Mercedes steht zur Verfügung«, sagt er ruhig, »mitsamt Fahrer. Genügt das?«

Pollock grinst mich an; wieso kann dieser Mensch sich leisten, so unbeteiligt zu sein. Ich könnte ja aufstehen und mich davonmachen; keiner hier, auch Curd nicht, hat das Recht, mich zu irgend etwas zu zwingen. Aber ich sitze wie festgenagelt; wo eben noch alles transparent schien, schiebt sich ein wolkiges Grau vor mein Blickfeld; wie durch trübes Glas hindurch sehe ich die Piddelkoe, die juchzend auf Curd zugeht und ihm um den Hals fällt; Weinreb seufzt erleichtert, zündet sich umständlich eine Zigarette an und bläst den Rauch ins Licht. Ich versuche zu überlegen: vielleicht sind die Schwierigkeiten gar nicht so ungeheuer. Curd, der ja auch Pässe und Visa und Dollars beschaffen kann, wird seine Verbindungen spielen lassen, die, das ist hinreichend bekannt, sogar bei unsren sowjetischen Freunden bis in hohe Stellen reichen. Bliebe nur, an Ort und Stelle die richtigen Leute richtig zu bearbeiten, und welchen Troupier würde es groß kümmern, ob er einen Professor der Ästhetik mehr oder weniger unter Arrest hat...

»Genosse Havelka«, sagt Curd, jetzt ganz Minister, »kannst du morgen um die Mittagszeit reisefertig sein?«

Collin freute sich: die überraschende Pointe, immer ein hübscher Kapitelabschluß.

Damals allerdings war er, trotz der plötzlichen schönen Ruhe im Herzen, weniger erfreut gewesen. Er konnte sich vorstellen, wie Curd innerlich feixte. Aber schon ein Jahr später – oder waren es anderthalb? – hatte der dagelegen, Kopf auf seidenem Kissen, weiß angestrahlt, und alles, was irgendwie mit Kultur zu tun hatte im Lande, zog trauernd zu Füßen des Sarges vorbei und verneigte sich, während der Schriftsteller Collin zusammen mit fünf ebenso dunkel gekleideten Repräsentanten des Geisteslebens Ehrenwache hielt an der Seite des Toten. Der Krebs hatte schon in dem Freund und Genossen gelauert, als der an jenem Abend Schicksal spielte mit ihm und Havelka.

Collin trat vor den Spiegel: wenn er sich mit anderen seines Jahrgangs verglich, die Ähnliches durchgemacht hatten wie er, konnte er eigentlich zufrieden sein; und selbst der Infarkt war nur quasi gewesen. Er kämmte sein Haar und befeuchtete die Stirn mit Eau de Cologne. Die Stirn, bemerkte er, war heiß; kein Wunder, er war noch immer erregt, glücklich erregt, angenehm müde, aber nicht schläfrig.

Ich arbeite wieder. So einfach, so direkt würde er's ihr sagen.

Er ordnete die neugeschriebenen Seiten, nahm sie, als seien sie ein kostbares Gewebe, zwischen Daumen und Zeigefinger, knipste das Licht aus und verließ sein Zimmer. Im Korridor brannten nur die Notlampen. Möglich, daß sie schlief, dachte er und überlegte, ob er die freudige Mitteilung nicht besser auf morgen verschöbe; doch dann entschied er, nein, sie wird an ihrem Tisch sitzen und lesen, oder still vor sich hin träumen, und er wird leise eintreten und seinen Satz sprechen und vielleicht noch hinzufügen: Ich wollte, daß Sie die erste sind, die es erfährt, denn ich glaube, es ist auch Ihr Verdienst.

Sie wandte sich abrupt um, sah sein gerötetes Gesicht, sprang auf, der Kugelschreiber rollte über die Tischplatte. »Ist Ihnen nicht gut, Herr Collin?«

»Im Gegenteil.« Er hatte seinen Auftritt geschmissen und kam sich vor wie ein Schuljunge, der im Übereifer zur Lehrerin gelaufen kommt mit der gelösten Aufgabe; am liebsten hätte er das Stück Manuskript in seiner Hand in die Schlafrocktasche geschoben, doch dort wäre es zu sehr zerknittert worden. »Und ich habe Sie gestört, Frau Doktor, Sie sind müde. Sie haben Schatten unter den Augen. Sie lassen sich zuviel aufhalsen in der Klinik.«

Eine Handbewegung. »Bitte...«

Er setzte sich, zupfte den Schlafrock zurecht. Er hätte sich auch ein paar Hosen anziehen können, Strümpfe, Schuhe, ein Hemd. Die Sache wurde immer peinlicher.

»Nun?«

»Ich habe da etwas geschrieben...«

»Und Sie wollen, daß ich es lese?«

Sie schien zerstreut. Wahrscheinlich fühlte sie sich einfach belästigt: ein Herzanfall, ja, das auch nachts, aber die Stilübungen eines alternden Nationalpreisträgers um diese Zeit beurteilen zu sollen war eine Zumutung. Und was würde sie ihm schon dazu sagen können, dachte er – es interessiert mich, ich möchte wissen, wie es weitergeht, und hat sich das wirklich alles so abgespielt?

»Das ist aber eine gute Nachricht«, sagte sie, »und ich bin froh, daß Sie gekommen sind. Vielleicht ist der Block jetzt beseitigt. Wie fühlen Sie sich?«

»Erleichtert«, sagte er und dachte, wie sehr hänge ich jetzt schon von ihr ab. »Irgendwie erleichtert, ja.«

»Und nun geben Sie mir das«, sagte sie, »und legen Sie sich hier hin und ruhen Sie sich aus. Die Couch ist schmal und nicht gerade bequem, aber ich decke Sie zu.«

Er streckte sich aus. So, dachte er, mochte der heimgekehrte Odysseus sich gefühlt haben nach der Beseitigung der Freier: das Haus stand noch, das Feuer brannte im Herd, Penelope las die neunzehnte Fortsetzung der Reisebeschreibung, und keiner bedrohte sein Ithaka mehr.

Oder war da nicht doch wieder eine noch unbekannte Bedrohung? Wie war das weitergegangen mit Havelka – sie hatten ihn dann auf mehrere Jahre eingelocht, unschuldig, aber schließlich war auch das vorbei, der Mann kam frei und erhielt einen Job und lief nach Belieben herum in der Stadt; das Wunder war nur, daß er danach sich nicht in den Westen absetzte wie so viele, denen Derartiges geschehen war, sondern daß er blieb und verbissen wartete auf Gott weiß was. Doch was zerbrach er sich den Kopf über Havelka. Er schrieb nicht Havelkas Memoiren, er schrieb seine.

Er spürte ihre Finger auf seinem Handrücken, leichte Berührung. »Schon fertig, Christine?«

Auf einmal war er wieder nervös.

»Ich müßte es eigentlich noch einmal und gründlicher lesen«, sagte sie und gab ihm seine Blätter zurück und dachte, Keres, so also war das damals gewesen, und Havelka hatten sie dort hinuntergeschickt, mitten ins Feuer, den einzigen unter ihnen, der nicht wirklich einer von ihnen war, und wieder einmal hatte Havelka Ersatzdienst geleistet für Collin. Etwas in ihr empörte sich gegen die Tendenz in Collins Aufzeichnungen – nur sein Nabel zählte, seine

Haut, sein Leben, was war das für eine Haltung! –, aber auch gegen Pollock, der, Collin zufolge, ebensowenig Einspruch erhoben hatte. Hatte Pollock denn keine Bedenken gehabt? Oder hatte er sich auch hier, wie üblich, nur als Beobachter gefühlt, in kühlen Höhen schwebend über den verachteten Menschen?

»Es ist ja nur ein Versuch«, sagte er, »nichts Vollendetes, eine Art besserer Urinprobe, die ich Ihnen gebracht habe zum Zeichen, daß das Organ wieder funktioniert.«

»Das Organ funktioniert.« Sie lächelte kurz. »Das ist schon ein großer Fortschritt.«

»Klinisch, meinen Sie. Aber abgesehen davon – die Menschen, die Situation, die ich beschreibe, wie finden Sie das?«

»Spannend. Und hochinteressant. Und sehr aufschlußreich.«

Er blickte sie zweifelnd an. »Na ja«, sagte er, »was sind Ihnen auch all die Schatten, über die ich schreibe. Wußten Sie eigentlich, wer Keres war?«

»Doch.«

»Woher?«

»Herr Pollock hat mir von ihm erzählt.«

»Pollock? Ach nein.« Collin stand auf und stellte sich neben sie, den Hintern gegen die Kante der Schreibtischplatte, und fragte: »Sie führen Gespräche mit meinem Freund und Nachbarn?«

Christine überlegte. Da hatte Pollock seinem Freunde Collin also verschwiegen, daß er sie kannte; aber warum sollte er auch nicht, so gewichtig war der Fakt der Bekanntschaft kaum, und vielleicht war es einfach Zufall gewesen, man hatte eben von anderen Dingen geredet. Dennoch fand sie das Versäumnis merkwürdig, und ebenso merkwürdig das eigne Verhalten, denn sie hatte, wenn sie's recht bedachte, zu Collin ebensowenig von Pollock gesprochen wie dieser zu Collin von ihr.

Collin sagte scheinbar leichthin: »Ich vergaß die Party bei Gerlinger, da müssen Sie ihn ja kennengelernt haben. Und seither? Nein, nein«, er preßte die Handflächen gegeneinander wie im Gebet, »keine Auskünfte, Ihre Angelegenheiten gehen mich nichts an. Trotzdem gestatten Sie mir, daß ich Sie warne. Ich mag Pollock, mißverstehen Sie mich nicht, er ist klüger als ich und unterhaltsamer und hat wesentlich mehr Charme, aber er ist kein Mensch, mit dem man sich straflos näher einläßt. Manchmal glaube ich, er ist mein Mephisto. Jedenfalls verdanke ich ihm dieses verfluchte Memoirenprojekt.« Er knuffte ihr den Arm, daß sie beinahe aufschrie. »Aber das wissen Sie vielleicht auch schon?«

Mephisto, dachte sie, und betrachtete den Faust im Schlafrock. Und sagte: »Sicher wären Sie auch selber darauf gekommen. Aber zu Ihrem Thema: hat Pollock an dem Abend, von dem Sie schreiben, sich zur Entsendung Havelkas denn gar nicht weiter geäußert?«

»Bedeutet das so viel für Sie?« fragte er, sofort argwöhnisch.

Sie ärgerte sich: nie konnte man vorsichtig genug sein im Umgang mit dem Patienten Collin, nie durfte man da die Gedanken schweifen lassen. Aber Pollocks Verhalten, damals wie jetzt, erfüllte sie mit Unbehagen; und wieso hatte Collin, als er endlich wieder zur Feder griff, gerade über diesen Abend geschrieben von vielen, die er hätte wählen können; und sollte sie ihm raten, diese neuen Aufzeichnungen verschwinden zu lassen, sie ihr anzuvertrauen oder sonst einem, oder war es besser, sie schwieg und schonte seine Nerven; und wie sollte sie entscheiden, ob das Material, mit dem er sich beschäftigte, noch immer Gefahren barg für die Beteiligten, falls es so wie das andere in die Hände des Genossen Urack geriet, oder ob der Zündstoff darin längst verweht war vom Wind der Zeit.

»Wenn es Ihnen denn so viel bedeutet«, Collin zuckte die Achseln, »Pollock weiß immer mehr, als er sagt. Kann sein, daß er auch an dem Abend bei Curd schon wußte, wie die Sache ausgehen würde, oder es jedenfalls ahnte. Darum stelle ich es mir ja so lustig vor, wie Sie beide über mich reden, mein Mephisto und meine Ärztin. Was für ein reizvoller Informationsaustausch auf und hinter meinem Rücken!«

»Sie vergessen nur eines«, widersprach sie, »daß es mein Ziel ist, Ihnen zu helfen. Die paar Spritzen, Herr Collin, die ich Ihnen nach Ihrem Anfall gab und von denen Sie so beeindruckt sind, das war doch nur ein Anfang. Wir müssen beide noch mehr wissen über Sie und Ihre Geschichte, gleich aus welchen Quellen, damit wir den Punkt finden, an dem wir ansetzen können.«

»Akzeptiert«, gab er mürrisch zu.

Auch jetzt noch, dachte sie, wie damals im Haus des Ministers, sah er nur sich selber, und es kam ihm nicht in den Sinn, daß andere ebenso sich den Kopf an irgendwelchen Problemen wundstießen. Aber das gehörte zum Bild seiner Krankheit, diese ausschließliche Ich-Bezogenheit, aus der die Ängste und die dauernde Gier nach Bestätigung resultierten.

»Mir ist aufgefallen«, fuhr sie fort, »wieviel in dem, was Sie jetzt geschrieben haben, mitschwingt und wie da alles ganz anders ist als in Ihrem Spanienbuch.«

»Näher an der Wahrheit?«

»Das auch. Aber wieso gerade jetzt diese Episode aus Ihrem Leben, was war der Anstoß? Havelka? Sein Besuch bei Ihnen?«

»Weiß ich nicht. Interessiert mich auch nicht. Aber fragen Sie nur; es ist besser, Sie fragen mich als meinen Freund Pollock. Nur warum immer Fragen, die sich nicht beantworten lassen? Havelka... Havelka lieferte mir eine Pointe, das ist in diesem Kapitel seine ganze Funktion.« Er hatte sich wieder hingesetzt, auf den Rand der Couch, Hände flach auf den Knien. »Und wieso haben Sie am Schluß nicht gelacht, Christine, an der Stelle, wo der Herr den Ersatz-Jockel ausschickt. Das ist doch sehr ironisch, und der Genarrte war schließlich ich!«

»Weil ich es nicht zum Lachen fand«, sagte sie leise.

»Kommen Sie, Christine, setzen Sie sich neben mich.« Er wartete. »Was der Anstoß war, wollen Sie wissen. Woher kommt es denn, daß ich überhaupt wieder schreibe? Woher wohl – von Ihnen.«

Sie rührte sich nicht.

Vielleicht, dachte er, vielleicht sagt sie sich in diesem Moment, mein Gott, der lästige alte Narr, wird er schon wieder zudringlich, und ich muß ihn mir anhören, es gehört zum Beruf.

»Noch Fragen?« sagte er.

Sie trat nun doch hin zu ihm und beugte sich über ihn, barmherzige Sancta Irgendwer, wo hatte er das schon gesehen, über dem Altar einer Dorfkirche in Spanien, die weiße Stirn, die traurigen Augen. »Ja, eine Frage«, sagte sie. »Der Ersatz-Jockel – hat er seinen Auftrag durchgeführt?«

»Havelka?« Das Heiligenbild verblaßte und löste sich auf. »Die Reise fand nie statt, wurde von oberster Stelle unterbunden, schon am Tag nach der Besprechung in Curds Haus. Wie sich später herausstellte, bestand auch keinerlei Notwendigkeit für das Unternehmen; Keres entkam auf anderem Wege.«

17

Mutsch war älter geworden, die Gesichtszüge schärfer, über gefältelten Säckchen glitzerten wachsam die Augen. Nina erschrak jedesmal, wenn sie nach Dresden kam und, aus Gründen der Kindespflicht wie aus alter Anhänglichkeit, Mutsch und Papsch besuchte: auch ich, dachte sie, werde nicht jünger. Im Verhältnis zu ihrem Mann war das anders; obwohl zur gleichen Generation gehörig wie ihre Eltern und sichtlich gealtert in letzter Zeit, verursachte Collin derart morbide Gedanken nicht in ihr; eher noch gab ihr die Differenz an Jahren zwischen ihnen beiden das tröstliche Gefühl, daß sie noch viel, viel Zeit vor sich hatte.

Es lag wohl daran, dachte Nina, daß Mutsch seit je ihre Bezugsperson gewesen war. Andere Töchter mochten eifersüchtig sein auf ihre Mütter, sie sogar hassen; nicht sie, für sie war Mutsch nachstrebenswertes Beispiel, wie man, seine Pflicht der Gesellschaft gegenüber erfüllend, zugleich auch in ihr vorankam. Keiner, der wie Mutsch verstand, den Tagesablauf sich einzuteilen. Sie, Nina, hatte den Nutzen daraus gezogen; wann immer sie mütterliche Hilfe brauchte, war Mutsch dagewesen für sie, trotz der Last ihrer Arbeit: Kultur war immer ein schwieriges Gebiet, und besonders in Dresden kam noch hinzu die Sorge um das Erbe, das erhalten und interpretiert werden wollte, richtig interpretiert, damit, wie Mutsch sagte, keine Mißverständnisse auftraten in den Köpfen unserer Werktätigen und unserer Jugend. Mutsch liebte es, feste Standpunkte zu beziehen. Auf jede Frage, sagte sie, gibt es viele Antworten, aber nur eine richtige. Und sie war ein Kämpfer. Sie duldete Widerspruch, aber dann wurde das Problem ausdiskutiert und, wo im Einzelfalle nötig, eine klärende Aussprache geführt. So hielt sie ihren Bezirk in Ordnung, kulturell gesehen, und brauchte nicht zu fürchten, daß einer an ihrem Stuhl sägte. Aber was das kostete an Nerven und Energie, das wußte außer Mutsch nur sie; Papsch hatte keine Ahnung von diesen Dingen, er saß da, sein graues Gesicht schien irgendwie zu zerfließen, und stocherte mit der Gabel in den Kartoffelresten auf seinem Teller; Papsch hatte es leider nicht fertiggebracht, am Aufstieg von Frau und Tochter teilzunehmen.

»So«, sagte er schließlich, »es geht ihm also besser, deinem Manne.«

»Besser wäre zuviel gesagt«, antwortete Nina. »Der Professor meint, an Entlassung sei vorläufig nicht zu denken, und wir müßten uns wohl darauf einrichten, daß er auch in Zukunft ein sehr ruhiges Leben führen müsse und vor allem das Herz nicht überbeanspruchen dürfe. Ich werde ihn dann übrigens sehen.«

»Wen?« fragte Papsch.

»Den Professor.«

Mutsch blickte sinnend auf ihre Tochter.

»Professor Gerlinger ist heute in Dresden«, erklärte Nina gleichmütig. »Irgendeine Tagung.«

»Kardiologen«, sagte Mutsch. »Ich hätte eigentlich dort sein müssen zum Mittagessen mit den Teilnehmern, aber wie oft ist es schon, daß das Kind uns besuchen kommt.«

Das Kind lächelte dankbar: auf Mutsch war, wie immer, Verlaß. Und sie hatte die Verabredung absichtlich erwähnt: besser, Mutsch erfuhr es von ihr als durch andere Kanäle; in Dresden blieb kaum etwas vor ihr verborgen, was mit Kultur auch nur im weitesten Sinne zu tun hatte.

»Es ist eben immer ein Problem«, sagte Papsch, »eine Ehe mit einem älteren Mann.«

Mutsch faltete die Serviette zusammen. »Das hängt doch wohl weitgehend von der Frau ab. Hans Collin ist einer unsrer führenden Schriftsteller, und Nina liebt ihn. Kaffee?«

Frau Beback brachte den Kaffee. Frau Beback, Relikt noch aus Ninas Kindheit, hatte Hab und Familie bei der Bombardierung von Dresden verloren und sich, noch im Schock, halb irre, ihr und Mutsch angeschlossen; später, als sie sich wieder an ihren Namen erinnerte und wie alles gekommen war, war sie erst recht nicht zu bewegen gewesen, sich von ihnen zu trennen, und war mitgezogen aus der rußgeschwärzten Kammer in der Ruine am Rande der Stadt durch die verschiedenen Wohnungen, die analog zu Mutschens dienstlicher Stellung immer geräumiger wurden, bis in das vornehme Haus auf dem Weißen Hirsch, wo sie das Dachzimmer bewohnte und, wie Mutsch gern scherzend betonte, von ihnen allen den schönsten Ausblick hatte, weit über die Elbwiesen im Tale.

»Nina liebt ihn«, wiederholte Mutsch, das Verb unterstreichend. »Das ist ein großes Glück – für beide.«

»Ein seltenes Glück«, sagte Papsch, »hoffentlich weiß er es zu schätzen.«

Nina schlürfte ihren Kaffee. Das Essen war zu schwer gewesen, zuviel Butter, zuviel Mehl, Frau Beback meinte es zu gut. Papsch war bereits verschwunden, aus dem Musikzimmer erklangen seine Fingerübungen, die Bratsche hatte einen schönen runden Ton, aber es waren immer die gleichen Übungen und um so lauter, je mehr ihm etwas mißfiel.

»Du fährst doch mit mir in die Stadt?« fragte Mutsch, die Teller zur Seite stellend. »Oder willst du dich noch hinlegen?«

Nina umarmte ihre Mutter. »Du bist ein Schatz«, sagte sie. »Und so verständnisvoll.«

Sie machten sich fertig zum Ausgehen und schritten die breite Treppe hinab und über den kiesbestreuten Weg zum Gartentor, wo der Dienstwagen bereits wartete. Mutsch ließ sich ächzend ins Rückpolster sinken und streckte die Beine von sich, die, darüber hatte sie bereits vor dem Mittagessen geklagt, jetzt immer wieder anschwollen. Nina betrachtete das eisengraue Haar über der fliehenden Stirn, die abstehenden roten Ohrmuscheln, das spitze Kinn, das dem Gesicht etwas Raubvogelartiges gab. Diese Frau, deren Züge damals noch weich waren und ein wenig leidend, hatte sie aus der brennenden Stadt herausgeführt, einen Rucksack auf dem Rücken, mehr hatte sie nicht gerettet. Nina erinnerte sich genau, die hastende Gestalt, dazu das Gebälk schwarz gegen die gelbrote Glut, Schreie, Krachen, Explosionen, und das beängstigende Tosen der Luft, die von den Flammen angesaugt wurde. Sieh dich nicht um, hatte Mutsch gesagt, du darfst nicht zurückblicken – genau dies, die Worte waren haften geblieben im Gedächtnis. Später irgendwann war Papsch aus der Gefangenschaft zurückgekehrt. Papsch war, auf seine verschwommene Art, schon in der Vorhitlerzeit Sozialist gewesen und hatte daher auch einige Schwierigkeiten gehabt; Mutsch dagegen hatte sich um Politik nie gekümmert. Nun auf einmal, hungrig und hilflos, das Kind an der Hand und gefolgt von Frau Beback, erkannte sie, daß es nur eine richtige Antwort gab auf die Fragen, und trat bei erster Gelegenheit der Partei bei und stürzte sich in die Parteiarbeit, während Papsch politisch zurückblieb, wie sie es bedauernd ausdrückte, ja, nicht einmal in der Deutsch-Sowjetischen Freundschaft oder einer der anderen neugeschaffenen Massenorganisationen eine Funktion annehmen wollte. Auch die Erziehung der Tochter überließ er nach einigen schwächlichen Versuchen, sich durchzusetzen, Mutsch; Nina erkannte sehr bald, wer das Sagen hatte im Hause, und richtete ihr Verhalten danach.

»So schwer es einem auch fällt«, sagte Mutsch mitfühlend, »man muß sich darauf einstellen. Auch die Besten gehen einmal von uns.«

Nina blickte aus dem Fenster; die Straße wandte sich talwärts, dem Zentrum der Stadt zu. »Manchmal erscheint er schon hilflos«, sagte sie. »Aber dann ist er wieder ganz obenauf, macht Pläne, flirtet mit der Stationsärztin. Täusch dich nicht, der Mann hat Reserven, und es war auch eigentlich kein Infarkt, wie mir der Professor erklärt hat« – und fügte ein nachträgliches »Gott sei Dank!« hinzu.

»Trotzdem, man muß sich darauf einstellen«, beharrte Mutsch. »Dann trifft es nicht so hart, wenn es kommt. Außerdem, Ninalein, ist nichts schlimmer als unklare Verhältnisse und ungeregelte Bestimmungen, besonders wenn der Erblasser ein Kunst- oder Literaturschaffender war. Da könnte ich dir Fälle erzählen! Nichts wie Ärger, und am Schluß hatte die Witwe das Nachsehen.«

»Ich will aber an so etwas nicht denken«, sagte Nina. »Es macht mir das Herz schwer.«

»Von Rechts wegen müßte ER daran denken!« empörte sich Mutsch. »Schon längst!«

Nina schwieg. Sie fuhren über die Brücke, vor ihnen eine Straßenbahn, hinter ihnen ein Laster mit knatterndem Diesel.

»Auch du, mein Lamm!« Mutsch hob die Stimme. »Ich will doch nur das Beste für dich.« Und plötzlich das Thema wechselnd: »Ein sehr eindrucksvoller Mann, der Professor Gerlinger!«

»Ich versäume es nie, hierherzukommen, wenn ich in Dresden bin«, sagte er. »Nicht nur wegen der Schönheit dieser Gegenstände – sieh dir dieses Schälchen an, Nina, welch enormes Blau, und diese sinnliche Form –, sondern weil mir das alles immer wieder zu denken gibt, die dinggewordene Verbindung zweier Kulturen, zweier Welten, China und Europa, Ming und Rokoko, das gilt ja auch heutzutage noch, wir leben nicht isoliert, die großen Einflüsse bewegen sich quer über die Kontinente, tröstliche Strömungen, was hier nicht geschieht, wird anderswo eingeleitet. Dies natürlich ist noch aristokratisch, die die Arbeit verrichteten, speisten nicht von Porzellan. Brecht hat das hervorragend formuliert, als er schrieb: der große Alexander, hatte er nicht wenigstens einen Koch?«

Das Zitat erschien ihr, wenn auch nicht ganz korrekt, so doch applikabel, und sie spürte ein Prickeln; Gerlingers Redefluß, langsam dahinperlend, war wie eine Liebkosung. »Der große Alexander...« wiederholte sie verträumt und sah den großen Gerlinger, der hier vor ihr balzte und sich plusterte und seine buntesten Federn auf die gefälligste Art zeigte, was ihrem Selbstgefühl ungemein wohltat, obzwar ihr bewußt war, daß sie in ihrem Fach nicht weniger galt als er in dem seinen und daß es Männer in ihrem Leben gegeben hatte und gab, die bereit waren, Dummheiten für sie zu begehen, zu denen Oskar Gerlinger sich nie hinreißen lassen würde.

»Und hier sind meine Lieblinge!« rief er, auf eine breite Fensternische zustrebend, in der sechs kniehohe chinesische Vasen standen, die Schnörkel der Unter-Glasur-Malerei in schöner Harmonie mit den Proportionen, »die Dragonervasen. Hier finde ich mich in Übereinstimmung mit August dem Starken, der achtzehn solcher Vasen von dem Preußenkönig Friedrich Wilhelm Eins einhandelte für insgesamt sechshundert Dragoner, in guter körperlicher Verfassung, zu überstellen an der sächsisch-preußischen Grenze an einem schönen Herbsttag des Jahres 1717. Das Geschäft hat sich doch gelohnt: wo sind jetzt die Kerls, wer denkt noch an sie, die vermodert sind im preußischen Sande; aber die Vasen sind geblieben, herrlich wie je und aufregend, der Preuße war ein Barbar. Du lächelst, Nina. Nein, was ich sage, ist keineswegs reaktionär. Der Mensch ist das höchste der Güter, und man soll nicht Schindluder treiben mit ihm oder gar Handel; aber mitunter frage ich mich doch, ob nicht die Erkenntnis höher steht als der einzelne Mensch, und welch höhere Erkenntnis gibt es wohl als die, welche die Kunst uns vermittelt. Doch wem sage ich das. Weißt du, daß ich mir all deine Platten gekauft habe? Neulich nachts habe ich sie mir vorgespielt, eine nach der andern...«

Sie verkniff sich die Frage, wie Frau Gerlinger auf die Darbietung reagiert hatte. Entweder hatte er gewartet, bis sie zu Bett gegangen war, oder das ganze Plattenkonzert war von ihm erfunden, Stimmungsmache, warum auch nicht; er war kein Mensch, der sich zu Hause Unannehmlichkeiten schaffte; auch dieser gemeinsame Besuch der Porzellanausstellung war ein Muster unauffälliger Zusammenkunft, in seinem Interesse, aber auch in ihrem, wie sie dankbar vermerkte.

»Und jetzt, Nina«, sagte er, »falls du nicht das eine oder andre Exponat dir noch einmal ansehen möchtest, würde ich dich gern zu einem Cocktail einladen ins Hotel.«

Sie warf einen Blick auf ihre Uhr. Um diese Zeit würden die Teilnehmer der Tagung bereits aufgebrochen sein zur Rückreise nach ihren jeweiligen Heimatorten.

»Ich habe mein Appartement behalten«, sagte er, »wir lassen uns alles aufs Zimmer servieren.«

»Ein Cocktail jetzt«, sagte sie, »wäre genau das Richtige. Aber trotz deiner klugen Betrachtungen – Gott sei Dank, daß heute nicht mehr mit Menschen gehandelt wird, wenigstens bei uns nicht.«

Er nahm ihren Arm.

»Wer böte auch noch solche Vasen!« lächelte er.

Welch ein Unterschied!

Wie oft hatte sie dagelegen neben ihrem Mann, frustriert, die mühsam erzeugte Erregung unbefriedigt, während er sich bereits verausgabt hatte. Ihr Hans war vorher meistens nervös; zudem war er ungeschickt, warf sich unnötig herum und hatte wenig Sinn für Rhythmus. Oskar dagegen besaß jene überlegene Ruhe, die zugleich Vertrauen erweckte und Begier. Oskar wußte um jede erogene Zone, und vor allem hatte er ein Gespür dafür, wann Beharren am

Platze war und wann Bewegung, so daß es ihr möglich war, sich zu steigern bis zum Höhepunkt, und selbst den Höhepunkt noch zu halten, bis sie zu vergehen glaubte. Und auch danach wälzte er sich nicht etwa zur Seite wie ihr Hans, sondern blieb bei ihr und hielt sie zärtlich fest, bis die Erregung völlig abgeklungen war und Frieden einzog in ihre Seele; erst dann löste er sich von ihr, lehnte sich zurück und zündete zwei Zigaretten an, eine davon für sie.

Sie rauchte, in Gedanken verloren. Oskar war bei Gott nicht der erste, mit dem sie ihren Mann hintergangen hatte, aber er war einer der Besten, und außerdem gab es da zwischen ihnen einen seelischen Gleichklang, schwer zu definieren; sie verstand, was er ihr eigentlich sagen wollte, auch wenn er über so Abseitiges wie Dragonervasen sprach. Vielleicht sollte sie sich doch ein wenig zurückhalten, damit sie nicht etwa wirklich in Abhängigkeit geriete gerade von dem Liebhaber, in dessen Händen das Leben des eigenen Mannes lag. Mutschens Mahnung wirkte nach: wie, wenn Mutsch tatsächlich recht hätte und Hans doch plötzlich die Augen schlösse? Sie konnte das Getuschel schon hören, es blieb ja nichts geheim in den Kreisen, in denen sie und Oskar und ihr Hans sich bewegten, da wußte jeder etwas über jeden, und der persönliche Skandal hatte oftmals eine politische Seite, und manch einer schon war in der Versenkung verschwunden, durch eine spitze Bemerkung erledigt.

»Oskar«, sagte sie sanft, »wie soll das nun eigentlich weitergehen mit uns.«

»Wie meinst du das?«

Sie betrachtete ihn. Er lag auf dem Rücken, das rechte Bein über das angewinkelte linke Knie geschlagen, und wippte langsam mit dem Fuße; sein Penis war noch immer etwas erigiert. »Du bist nicht der Typ, Oskar, der in Abenteuer einsteigt, ohne zu bedenken, welche Komplikationen sich ergeben könnten.«

»Ich sehe nicht, was sich verändert haben sollte«, sagte er, »daß du dir plötzlich Gedanken machst. Es ist doch bisher alles zu unsrer Zufriedenheit gelaufen.«

»Und wenn er uns nun stirbt?«

»Dein Mann?« Er winkte ab.

»Aber es ist doch möglich.«

»Warum sollte er sterben?« Er wandte sich ihr zu und blies ihr Rauch auf die Brustwarze. »Nina, meine Liebe, ich wünschte, mein Herz wäre in so guter Verfassung wie seines.«

»Das ist aber neu!« Sie richtete sich auf. »Das hast du mir noch nie gesagt!«

»Du hast mich gezwungen, es dir zu sagen; oder sollte ich zusehen, wie du dir unnötig das Gewissen beschwerst und uns die paar Stunden verdirbst, die wir uns miteinander gönnen?«

Sie überlegte. »Aber wenn dem so ist, wieso liegt er dann bei dir in der Klinik?«

»Weil er seine Krankheit braucht.«

»Er braucht sie? Ich sehe nicht, daß sie ihm Vergnügen bereitet.«

»Er braucht sie, wie soll ich dir das erklären, als Entschuldigung vor sich selbst. Die Krankheit ist ihm wie ein Korsett, sie verhütet seinen seelischen Zerfall.«

»Verstehe ich dich recht: entweder das Herz oder –«

»– oder der Kopf«, bestätigte er. »Der Kopf wäre schlimmer.«

»Weiß das auch die Doktor Roth?«

»Ich habe mit ihr darüber gesprochen.«

»Sag mal, Oskar« – sie zögerte – »ist dir das nicht auch aufgefallen? Da ist irgend etwas zwischen den beiden.«

Er lachte. »Eifersüchtig?«

»Nur besorgt.«

»Unsinn. Gerade habe ich aus guter Quelle erfahren, Frau Doktor Roth hat ein Verhältnis mit dem jungen Urack. Nein, da kannst du beruhigt sein, sie will nicht ins Bett mit dem Schriftsteller Collin, sie will ihn gesundbeten, aber gerade darin liegt eine gewisse Gefahr. Möglicherweise muß man etwas unternehmen, einen besseren Posten vielleicht für die Roth oder eine Forschungsarbeit, ich behalte das im Auge.«

»Oskar«, sagte sie, »du bist klug, beängstigend klug.«

»Ich liebe dich«, gab er das Kompliment zurück, »und das beflügelt mich.«

»Trotzdem habe ich Angst«, sagte sie leise.

Sie sah ihren Mann vor sich, in der Nacht des angeblichen Infarkts, als sie in die Klinik geeilt war, wenige Stunden vor ihrem Abflug nach Zürich, und er schon wieder selig schlummerte: die Nase, die aus dem grauen Gesicht ragte, die bleiche Stirn. Längst hatte er aufgehört, ihr von seinen Gefühlen zu sprechen; überhaupt war er merkwürdig verklemmt, wenn es auszudrücken galt, was zwischen ihm und ihr bestand. Ein Schriftsteller! Und nun also sollte alles Einbildung gewesen sein, die Krankheit, die Krise. Wahrscheinlich hatte Oskar sogar recht, denn so fügte sich das Puzzle Hans Collin zusammen – seine Art, mit ihr umzugehen, seine Hemmungen bei der Arbeit, seine Gewohnheit, sich in sich selbst zurückzuziehen, sein Jähzorn, seine Depressionen: er war kaputt, aber anders, als er sie und die Welt glauben gemacht hatte. Sie spürte, wie Zorn sich in ihr sammelte gegen ihren Mann, der sie so lange zum Narren gehalten hatte. Warum verbarg er sich und seine Probleme vor ihr; sie hätte ihm ja auch helfen können, immerhin war sie seine Frau, selbst wenn sie gelegentlich mit anderen schlief; in diesem Mißtrauen, das er ihr gegenüber hegte, in dieser inneren Verlogenheit lag der wahre Grund, daß es nichts geworden war mit ihrer Ehe, die Schuld lag bei ihm, sie war stets bereit gewesen, sich ihm ganz zu geben, Leib und Seele.

»Angst?« sagte Gerlinger. »Natürlich kann auch eine eingebildete Krankheit tödlich verlaufen. Aber das ist relativ selten.«

»Du machst dich über mich lustig.«

»Nie.« Er drückte seine Zigarette aus. »Dafür bist du eine zu schöne, zu begehrenswerte Frau. Deine Schultern, deine Brüste, deine Schenkel...«

Sie streckte sich ihm entgegen.

»...deine Haut, deine Lippen.«

»Er wird also nicht sterben?«

»Vergiß das doch endlich«, sagte er.

18

Urack schrak auf.

Hatte er geschlafen? Gedöst? Geträumt? Gedacht? Es geschah ihm jetzt immer häufiger, besonders nachts, daß er nicht mehr zu unterscheiden wußte zwischen real Existentem und Erscheinung; Erinnerungen und Gegenwärtiges, alles verschwamm, aus den Schatten traten Gestalten.

Röschen war dagewesen. Nein, das war Wirklichkeit, gegen Abend war sie gekommen, diesmal ohne den Jungen, ins Zimmer geleitet von Wiederöcker, der nur zögernd wieder verschwand. Wiederöcker wurde auch immer schwieriger zu handhaben, immer aufdringlicher, ein großes häßliches Insekt, das überallhin kroch. Du mußt dich um Peter kümmern, hatte Röschen gejammert. Es kümmern sich schon Leute um ihn, hatte er getröstet. Ich höre nichts mehr von ihm, hatte sie gesagt und sich am Rand des Betts entlanggetastet und seine Hand ergriffen, es ist etwas Schlimmes passiert.

Was soll passiert sein, dachte er, er wird sich besoffen haben, der Buup-di-buup-buup, und liegt irgendwo herum, man müßte die Dr. Roth fragen, aber die war sehr zurückhaltend geworden. Die Dienststelle, dachte er, ein kurzer Anruf, was ist los mit euch, oder besser noch, selber hingehen, überraschend, da bin ich, Freunde, bitte die Berichte, was ist das für ein Zustand, eine Verdachtsperson aus dem Auge zu lassen. Es war Zeit, daß er sich wieder einschaltete, er lag schon viel zu lange hier, isoliert von allem, noch eine Pille, Herr Urack, noch ein Spritzchen, kein Wunder, daß er zu spinnen anfing, er kannte die Symptome, sie ließen sich bei Häftlingen beobachten, die in Einzelhaft waren, und besonders bei denen in Dunkelarrest. Wobei es den Betroffenen immer schwerer wurde, zwischen Realität und Hirngespinsten zu unterscheiden. Was war überhaupt Realität? Alles Wahrgenommene war Widerspiegelung, also flüchtiger noch als jedes Gespinst. Wenn aber Licht, Farben, Formen, Perspektiven nichts waren als Reflexionen im Gehirn, waren sie abhängig von dessen Verfassung. Und diese ließ sich beeinflussen, da kannte er sich aus, es gab Drogen, die Halluzinationen erzeugten oder eine äußerst schmerzliche Klarheit oder ein unbezähmbares Bedürfnis, sich alles Mögliche von der Seele zu reden, und was für Tabletten waren das eigentlich, die man ihm abends reichte, und was befand sich wirklich in den Spritzen, die er bekam, mal subkutan, mal intravenös, und gab es überhaupt Ärzte, denen man völlig trauen konnte – dem Gerlinger etwa? Der Dr. Roth?

Der Schweiß brach ihm aus. Kurz nach Röschens Besuch war der Genosse Faber gekommen, mit der manch dicken Leuten eigenen Leichtigkeit daherschreitend an Wiederöckers Hand. Wie konnte Wiederöcker sich unterstehen, ihm jemanden herzubringen, der abgeurteilt war und von der Liste abgehakt; auch das würde mit der Dienststelle zu klären sein. Faber, stellte sich heraus, hatte eine angeblich wichtige Mitteilung zu machen, aber immer wieder hinderte ihn irgend etwas am Sprechen. Schließlich schrie er Faber wütend an, und da war Faber auf einmal weg, nur Wiederöcker war da und wollte wissen, weshalb er gerufen hätte. Aber Faber war nicht wirklich weg, er hatte Spuren hinterlassen, in Aktenschränken, Schreibtischfächern, Memoiren. Die längst Verschwundenen und Vergessenen, alle hatten sie ihre Spuren hinterlassen, alle.

Gerlinger, dachte er, mochte sich bereits einen anderen gesucht haben, der ihn förderte, und die Dr. Roth war zu manipulieren über ihre Abhängigkeit von dem Buup-di-buup-buup. Ärzte waren eine tödliche Waffe, unschwer anzuwenden: wie sollte einer sich wehren gegen das Urteil einer Kommission, Koryphäen sämtlich, die entschieden, der verehrte Patient bedürfe einer Umstellung, brauche Entlastung von seinen Aufgaben, stilles Leben in stiller Ecke; jeder Protest würde leicht erstickt werden, das Kollektiv, gestützt auf die ärztliche Autorität, würde Disziplin fordern, alles im Interesse deiner Gesundheit, Genosse; und dann erschiene vielleicht noch ein Bild in der Zeitung, das mitfühlende Kollektiv wehmutvoll lächelnd um den endlich aufs Abstellgleis geschobenen Jubilar gruppiert, der, bekleidet mit Schlafrock und Pantoffeln, sich erinnert, wie sie einst vor ihm tanzen mußten.

Nein, dachte er, so nicht, und mit ihm nicht. Das würde er zu verhüten wissen. Der Collin mußte die Memoiren schreiben. Alles. Wie es wirklich gewesen war. Eine Bombe.

Er erhob sich, saß eine Minute auf dem Bettrand, bis das Schwindelgefühl sich gab. Dann warf er sich den Schlafrock über die Schultern und trat vor den Spiegel: die grauen Stoppeln auf der schlaffen Haut, die geschwollenen Lider, der trübe Blick – die Krankheit hatte ihn gezeichnet, aber Collin sah auch nicht viel besser aus.

Draußen war niemand. Die trüben Lämpchen über den Türen ließen das Halbdunkel des Korridors noch trostloser erscheinen, die Zimmernummern auf dem Milchglas waren kaum zu erkennen, Collin hatte Nummer 14. Er erwartete, daß Wiederöcker plötzlich auftauchte, aber der hatte sich wohl irgendwo schlafen gelegt.

Urack hüstelte, um die Stille zu durchbrechen. Noch war er nicht tot und begraben wie der Genosse Faber; morgen würde er aufkreuzen in der Dienststelle und reinen Tisch machen, er kannte seine Pappenheimer und wußte, wer zu ihm stand und wer nur darauf wartete, daß ein winziges Blutgerinnsel sich festklemmte in seiner Herzkranzarterie: der Bergmann würde sein blaues Wunder erleben...

Die Nummer 14.

Er drückte auf die Klinke, die Tür öffnete sich lautlos. In Fußhöhe neben dem Bett brannte das Nachtlicht; die Bettdecke schimmerte weiß; auf dem Kissen, schwarze Silhouette, der Kopf des Schlafenden, breit die Mähne, die Nase spitz, der Mund ein unschönes Loch, aus dem leise glucksend Schnarchtöne drangen.

Urack ließ sich in den Sessel gleiten und beobachtete den Schläfer. Was störte den schon, dachte er, von Rechts wegen dürfte der gar nicht krank sein, es war ihm doch immer alles leicht gemacht worden, seine Wünsche erfüllt, Geld, Reisen, Ruhm, Privilegien und ein Prachtweib; und er hatte fleißig geschrieben, lauter nützliche Bücher – ein erfülltes Leben. Er drückte auf den Knopf am Fuß der Leselampe, die Collin sich hatte auf den Tisch stellen lassen; plötzlich war der Raum in Grün getaucht, das Gesicht Collins, der aus dem Schlaf auffuhr – »Du hier? Was ist denn? Wie spät ist es?« –, eine grüne Maske.

Urack schob den Schlafrockärmel zurück. »Kurz nach halb drei morgens.«

Collin rieb sich die Augen. »Was weckst du mich? Was willst du hier? Ist was passiert?« Und dann, ärgerlich: »Einen so zu erschrekken!«

»An den Faber erinnerst du dich doch?«

»Wieso Faber? Wie kommst du auf Faber?« Aber das verquollene Gesicht des Genossen Urack war voller Gleichmut und ließ keine bösartige Absicht erkennen. »Und um mir so eine Frage zu stellen, erscheinst du hier mitten in der Nacht? Ich bin ein kranker Mensch. Willst du hören, wie mir das Herz schlägt?«

»Also du erinnerst dich«, sagte Urack. »Südfrankreich, im Lager Le Vernet, die Besprechung damals. Der Havelka hatte dich mitgeschleppt.«

»Faber war krank.«

»Das war das Bequemste für ihn«, sagte Urack. »Und dann Priegnitz, der ›Rote Turm‹. Du warst doch dort gewesen, dummerweise, oder?«

Collin griff sich an die Kehle. Luft! Das Herz hämmerte ihm im Halse. Dieser Mensch kannte das Manuskript und war gekommen, ihm die Luft abzuwürgen. Doch Urack saß ruhig da und lächelte vor sich hin. Wie sollte er das Manuskript kennen, dachte Collin, wahrscheinlicher war, sie hatten ihm seinerzeit berichtet, daß der Schriftsteller Collin gerade während der Aktion im Lokal war.

»Und dann der Prozeß«, fuhr Urack fort. »Die Einladung habe ich selber dir zuschicken lassen. Und schließlich Zeuthen, das Ende.«

»Ich erinnere mich«, sagte Collin heiser, »nicht immer deutlich allerdings. Wie das so ist nach so vielen Jahren. Und warum fragst du?«

»Du willst doch schreiben«, sagte Urack. »Also mußt du wissen. Ich werde dir deutlich machen, was du vergessen hast, alles.«

Was hatte er denn vergessen? Was er für seine Arbeit brauchte, daran erinnerte er sich schon. Und Urack war nicht gekommen, um ihm zu helfen; der Teufel wußte, was ihn hergetrieben hatte. »Vielleicht machen wir das lieber morgen früh?« schlug Collin vor.

»Morgen früh ist zu spät.«

»Zu spät?« Ein momentaner Gedanke, zu schön, um wahr zu sein: »Hast du vor, so bald zu sterben?«

»Ich? Im Gegenteil.« Urack lachte unangemessen lange. Und erkundigte sich dann: »Sag mal, du mußt doch eine Flasche irgendwo haben?«

Collin nickte mechanisch in Richtung des Schranks; doch im selben Atemzug wurde ihm bewußt, daß dort auch das Manuskript lag, und er sagte hastig: »Ich hol sie dir schon«; aber Urack schob ihn mit beruhigender Hand in die Kissen zurück, ging zum Schrank, öffnete die Tür, die diesmal nicht verschlossen war, und fischte, ohne auch nur einen Blick in das obere Fach zu werfen, hinter den Stiefeln unten den Whisky hervor.

Collin, momentan erleichtert, war sofort wieder gereizt: nicht mal die Tür zumachen kann der Kerl. Er sah zu, wie Urack sich das Wasserglas zu mehr als der Hälfte füllte, und wünschte von Herzen, der Alkohol möge gründlich wirken – ein kleines geborstenes Blutgefäß, und das Wichtigste wäre entschieden.

»Möchtest du auch?« fragte Urack.

»Um Gottes willen!«

Urack rieb sich die Hände. Dann rückte er die Tischlampe so, daß der Lichtschein unter dem grünen Schirm hervor direkt auf Collin fiel, machte sich's bequem im Sessel, griff nach seinem Glas, schnupperte genüßlich. »Der Faber«, sagte er und trank einen kräftigen Schluck, »war eine tragische Figur.«

Collin, eine Sekunde lang geblendet, schloß die Augen. Als ob ihm alles gehörte, dachte er, die Nacht, der Whisky, die Lampe und er, der Schriftsteller Collin. Aber so, mit dieser unverschämten Selbstverständlichkeit, hatte er schon angefangen, in dem Abstellraum, in dem sie beide nebeneinander standen und in die Glaspötte pißten, er hatte Uracks Grinsen wohl bemerkt, und dann hatte es diesen Streit gegeben, und danach hatte er seinen Quasi-Infarkt bekommen, und Christine – nein, Christine würde dem Genossen Urack nichts von seiner Niederschrift gesagt haben, kein Wort, das lag nicht in ihrer Natur. Also reden lassen, dachte er, selber so wenig wie möglich sagen und den anderen reden lassen, auch wenn der ei-

215

nem das Licht ins Gesicht lenkte wie bei einem Verhör, wer wollte denn hier was von wem, und vielleicht würde das, was sich hier anbahnte, eines Tages zu einem der wichtigsten Kapitel werden in den Memoiren – im Grunde war er doch der Überlegene, der Schriftsteller hat immer das letzte Wort.

»Tragisch«, wiederholte Urack. »Du weißt doch, was das ist. Tragödie. Hast du nie eine geschrieben?«

»Nein.«

»Tragisch ist«, definierte Urack, »wenn einer in die Scheiße gerät, ohne daß er was dafür kann.« Und fügte hinzu: »Und dennoch war er auch selber schuld.«

»Das ist ein Widerspruch«, sagte Collin. »Entweder einer ist schuld, oder er ist nicht schuld; dazwischen gibt es nichts.«

»Stimmt – wenn du die Dinge betrachtest, nachdem alles vorbei ist. Aber wir müssen vorher schon handeln, wir müssen auch die potentiell Schuldigen schon unschädlich machen.«

»Und wie erkennst du die?«

»Das ist eben das Problem«, sagte Urack. »Der Faber hat nichts Böses getan, hat gegen keines der Gesetze verstoßen, die für uns gelten; darin ist er frei von Schuld. Seine Schuld ist, daß er da war und daß er war, wie er war. Daß er wie zugeschnitten war für den Rock, den wir ihm anzogen.«

Collin dachte an Havelka, und wie sie dem auch den Rock angezogen hatten, und sagte: »Jawohl, der Verräter Faber, der Agent des Zionismus und des Imperialismus.« Und zuckte dann doch zurück: man muß nicht immer alles aussprechen.

Urack verzog den Mund. »Ist dir denn nie eingefallen, Genosse Collin, daß ein Zusammenhang bestehen könnte zwischen dem, wie einer ist, und dem, was aus ihm wird? Mich hat das immer interessiert, weil es mit meiner Arbeit zu tun hat; und in den letzten Wochen, allein mit mir und meinen verschiedenen Wehwehchen, habe ich wieder darüber nachgedacht. Ich habe mich auch gefragt, wie Faber gehandelt haben würde, wenn er an meiner Stelle gesessen hätte und ich an seiner.«

»Anders?«

»Nein, genauso.« Urack schnaufte. »Aber er hätte eben nicht an meiner Stelle gesessen. Aus einem Trotzki konnte immer nur ein Trotzki werden, ein großmäuliger Versager, dem irgendein Bursche mit der Spitzhacke den Schädel einschlägt; aus einem Stalin wurde aber – eben ein Stalin.«

»Du kannst doch Faber nicht mit Trotzki vergleichen. Trotzki war ein Gegner.«

»Faber war schlimmer. Er war ein armes Schaf. Und wurde daher geschlachtet wie ein Schaf.«

»Und Havelka?«

»Der Havelka interessiert dich?«

Collin ärgerte sich, daß ihm die Frage entschlüpft war.

»Kann ich mir denken, daß er dich interessiert.« Urack zwinkerte. »Hat jeder seine Leiche im Keller.«

»Wieso Leiche im Keller!...« Collin erregte sich. »Was habe ich damit zu tun, daß ihr den Havelka eingelocht habt. Ich habe ihm sogar...«

Urack winkte ab. »Weiß ich alles. Ich versuche, dir etwas beizubringen, Genosse Collin, und zwar am Beispiel des Genossen Faber. Meinst du, es hat uns Vergnügen gemacht, solche Prozesse durchzuführen? Aber Klassenkampf ist Klassenkampf. Da mußt du hart sein. Und lieber einen zuviel aus dem Verkehr ziehen als die Sache, für die wir uns selber opfern, gefährden zu lassen. Und er wollte partout nicht mitspielen, der Faber.«

Collin dachte an das Loch in der Decke der Zelle, durch das sie Luft hineinpumpten, und an die achtzehn Monate, die Faber ausgehalten hatte, und sagte: »Vielleicht wollte er einfach nicht sterben, wie Rajk starb und Slansky und all die andern in Prag und Budapest und Sofia, mit der Schlinge um den Hals. Wärst du etwa gern so gestorben?«

»Ich habe dir doch bereits auseinandergesetzt«, Urack hob dozierend den Finger, »wozu einer vorgesehen wird, hängt davon ab, wie er ist und was er ist. Nimm dich selber. Dich haben sie in Spanien aus der Frontlinie geholt und in die Etappe geschickt. Warum wohl? Die andern sind elend verreckt.«

»Du willst doch nicht behaupten, daß ich mir das arrangiert habe!«

»Das nicht. Aber immer ist Krieg. Und jeder steht, wo er hingehört, der eine mit dem Orden am Hals, der andere mit dem Strick.«

»Also Schicksal?«

»Schicksal ist ein bürgerlicher Begriff. Kaderakte. Parteibe-
schluß.«

»Aber das ist doch, in gewisser Hinsicht« – Collin zögerte,
schluckte – »unmenschlich.«

»Du läßt außer acht, alles, was wir tun, wird getan, um eine Welt
der Menschlichkeit zu schaffen. Der Faber hat das gewußt. Und hat
gewußt, wie so etwas läuft. Und hat sich's doch so schwer gemacht.
Sich, und uns.«

»Und das soll ich schreiben?«

»Du sollst noch viel mehr schreiben. Ich packe aus. Alles. Damit
er mir glaubt.«

»Wer?«

»Faber. Obwohl er vorbestimmt war dafür. Das Urteil war korrekt, geheimes Urteil in geheimem Prozeß: Verräter, Agent, Renegat. Weißt du, was wirklich tragisch war daran? Daß alles auf einmal
sinnlos wurde, die ganzen Pläne, die lange Vorbereitung, die Verhöre, das Verfahren, die Beweise. Auf einmal hatte sich etwas geändert: die Zeit. Das ist Dialektik. Die Dialektik tickt unter dir wie die
Uhr im Zündwerk, du kannst den schönsten Apparat haben, du
weißt trotzdem nie, wann plötzlich alles anders ist.«

Urack trank den Rest des Whiskys. Dann erhob er sich, ein wenig
taumelnd; sein Gesicht, verfärbt durch das Licht, das grünlich durch
den gläsernen Lampenschirm drang, schien in die Breite zu fließen:
grünlicher Mond über kahler Landschaft mit Fußende eines Betts.
Collin schielte nach dem Klingelknopf an seiner Nachttischlampe,
doch deren Arm war seitlich zur Wand geschoben, der Knopf uner-
reichbar. Was für Geständnisse waren das gewesen, an Wahnsinn
grenzend, kein Mensch würde ihm morgen bei Tageslicht glauben,
und vielleicht war der ganze Besuch auch nichts als ein schlimmer
Traum und er müßte nur aufschreien, laut und grell, wie der Hahn
kräht am Ende der Nacht, damit der Spuk verfliege; aber er besaß
die Kraft nicht.

»Dabei war alles fertig präpariert«, sagte Urack, »Gerichtssaal,

Richter, Ankläger, Zeugen, Publikum, Presse – und der Angeklagte. Das ist gar nicht leicht, etwas so weit zu bringen, daß es glatt über die Bühne gehen kann. Und es wäre auch sehr nützlich gewesen, aber nun war es unglaubhaft geworden und mußte insgeheim abgehaspelt werden, man konnte doch dem Genossen Faber nicht einfach sagen, es war ein Irrtum, tut uns leid, troll dich nach Hause. Man muß ja auch den armen Menschen sehen, um den es ging: da hatte er sich gesträubt, er wußte nicht wie lange, er hatte ja keinen Kalender, bis er endlich gekrochen kam, bereit zuzugeben, was man ihm sagte, seine Zusammenarbeit mit Gestapo, Deuxième Bureau, CIA – und was konnten wir ihm noch bieten dafür, kein Echo, kein öffentliches Entsetzen, keine empörten Entschließungen aus den Betrieben, nur eine Formalität, Verräter, Agent, Renegat, einen Stempel, von dürrer Hand geknallt auf ein Stück amtliches Papier.« Urack stützte sich mit der Faust auf den Tisch. »Das, Genosse Collin, nenne ich tragisch.«

Was für Geständnisse, dachte Collin wieder, und wieder packte ihn die Angst und jagte seine Gedanken im Kreise: warum sprach Urack zu ihm von dieser Vergangenheit, die, nie begraben, wie ein Alp hockte auf allem Geschehen im Lande? Daß er darüber schrieb? Auch wenn Urack so tat, als ob er das wünschte, er konnte es nicht wirklich wünschen, denn ihn vor allen anderen würde es treffen, wenn das große Tabu enthüllt würde. Also mußte Urack annehmen, daß der, dem er dies alles anvertraute, davon gar nicht mehr schreiben können würde – ein Toter schon, selbst wenn er in diesem Augenblick noch atmete. Collin spürte, wie die plötzliche Erkenntnis ihm das Blut in die Schläfen trieb. Und woher hatte Urack seine Information? Von dem Dr. Röbling mit seinem Isotopenkram? Von Gerlinger? Oder gar von Christine? Wer hatte ihn wissen lassen, daß der Schriftsteller Collin dem Exitus nah war und daß man ihm sogar die dunkelsten Geheimnisse gefahrlos verraten konnte: Schau, welch enormes Werk sich dir böte, wenn du den Stift nur lange genug halten könntest...

Collin blickte auf. Der Mensch im weißen Kittel stand im Zimmer, diesmal ohne Eimer.

»Was wollen Sie hier!« fauchte Urack ihn an.

Wiederöcker schien den Zorn des Genossen Urack nicht zu fürchten. »Ich habe Sie gesucht«, sagte er, »in Ihrem Zimmer waren Sie nicht, wo sollten Sie sein.«

»Und?«

»Es ist angerufen worden.«

»Für mich?«

»Ich habe die Mitteilung entgegengenommen.«

»So.«

Wiederöcker nickte in Collins Richtung »Vielleicht bringe ich Sie lieber auf Ihr Zimmer, Genosse Urack.«

Die Ader auf Uracks Stirn schwoll. »Reden Sie. Wenn man's Ihnen gesagt hat, wird es wohl nicht so wichtig sein.«

»Wie Sie wünschen«, sagte Wiederöcker. »Es handelt sich um einen Fall von Republikflucht. Ihr Enkel, Genosse Urack.«

Uracks Gesicht verzerrte sich. »Sie haben ihn gefaßt?«

»Nein«, sagte Wiederöcker. »Die Flucht gelang.«

Jetzt kippt er um, dachte Collin, aber Urack schwankte nur ein wenig. »Wie spät ist es?« wollte er wissen.

»Kurz nach vier«, sagte Wiederöcker.

»Setz dich doch«, sagte Collin. »Beruhige dich.«

Urack klammerte sich an das Fußende des Bettes. »Den Wagen, Wiederöcker. Gehen Sie und bestellen Sie den Wagen, für sieben Uhr pünktlich.«

»Und der Genosse Professor?« fragte Wiederöcker. »Der hat das gestattet?«

»Ich habe eine Anweisung gegeben, Wiederöcker«, sagte Urack mit gepreßter Stimme.

Wiederöcker nahm Haltung an und trat ab, sein Schritt, unhörbar bei seiner Ankunft, nun militärisch fest. Urack drehte sich zu Collin um. »Vom Baum gefallen«, sagte er, »eine faule Frucht. Das kommt vor.«

»Aber die einzige«, sagte Collin, »an diesem Baum. Oder?«

»Ich verbitte mir dein Beileid.«

»Beileid? – Ich habe meine eignen Probleme. Ich will nur, daß du dich fragst: wozu dann das Ganze? Wozu deine Mühe mit Faber, mit wieviel anderen noch, wenn die Söhne uns den Rücken kehren?

Die Antwort möchte ich noch hören, die nehme ich in mein Buch, zusammen mit all dem anderen, was hier gesagt wurde heute nacht...«

Urack rüttelte am Bett. »Du machst dich lustig über mich. Dazu hast du kein Recht, du am wenigsten, das wirst du schon sehen, morgen bin ich wieder im Amt, morgen räume ich auf, morgen...«

Der Gedanke schien ihn aufzurichten, ja zu erheitern. Seine Hände lösten sich, er trat um das Bett herum und klopfte Collin begütigend auf die Schulter. »Wir werden unser Gespräch fortsetzen, alter Junge, sobald ich kann; ich rede gern mit dir, du hörst so schön zu. Inzwischen vergiß nicht: jeder steht, wo er hingehört – bis seine Zeit kommt. Das ist die wahre Dialektik. Gute Nacht.«

19

Etwas war geschehen.

Sie wußte es, er brauchte nichts zu sagen. Er hatte das Licht angeknipst und stand in der Tür in seinem zerknautschten Pyjama und strich sich das strähnige Haar aus der Stirn. »Telephon, Christine. Für dich. Hast du's denn nicht klingeln gehört?«

»Offenbar nicht.« Sie schob ihre Bettdecke zur Seite und sprang auf. »Und sprich leiser. Das Kind schläft.«

Andreas Roth trat ins Zimmer, nahm sich eine Zigarette vom Tisch, zündete sie an und betrachtete seine geschiedene Frau über den ersten Rauch hinweg. Der weißliche Lichtschein der Lampe machte das dünne Nachthemd durchsichtig. »Wenn's dir so sehr um Wölfchens Schlaf zu tun ist«, bemerkte er spitz, »dann sag deinem jungen Mann, er soll dich zu einer vernünftigeren Tageszeit anrufen.«

Sie antwortete nicht. Was hätte sie ihm auch antworten sollen, und woher wollte er überhaupt wissen, in welchem Verhältnis der Anrufer zu ihr stand. Bis auf den Lichtstreifen, der aus ihrem Zimmer drang, war es dunkel im Korridor. Sie tastete sich zum Telephon.

»Hallo.«

»Bist du das, Christine? Kannst du mich hören?«

»Natürlich.«

»Ich dachte – wegen der Verbindung.«

»Woher rufst du denn an?«

»Aus dem Westen.«

»Aus dem –«

Ihr erster Gedanke: es ist nicht wahr, es ist seine Stimme nicht, diese im Apparat klingt ganz anders.

»Christine!«

Der zweite: er lebt, er ist über die Mauer gegangen, über Trippdraht und Fußfallen und Hundelauf und Schußanlagen, und lebt.

»Christine, hörst du mich?«

Und der dritte Gedanke: das ist das Ende, er hat davon gesprochen, aber ich habe es ihm nie ganz geglaubt, und ich dachte wohl auch, er braucht mich; das ist das Ende.

»Um Gottes willen, Christine, so sprich doch!«

»Ich habe dich gehört.«

»Christine, ich wollte nur, daß du weißt, wo ich bin, und daß du dir keine unnötigen Sorgen machst.«

»Das ist lieb von dir.«

»Ich bin ja nicht von dir weggelaufen, Christine. Es hatte ganz andere Gründe.«

»Das weiß ich.«

»Es ist alles völlig glatt gegangen. Es war überhaupt nicht gefährlich. Ich bin ganz einfach –«

Ein Knacken im Apparat. Dann Stille. Dann das Freizeichen: lang – kurz lang – kurz lang. Andreas nahm ihr den Hörer aus der Hand und legte ihn zurück auf den Apparat. »Ist dir nicht gut?«

Daß er so fragen konnte. Aber er war Chirurg, er verstand nichts von dieser Art Schmerz.

»Du hast mir ja nie von dieser neuen Bindung erzählt«, sagte er. »Die Sache geht mich auch nichts an. Oder nur indirekt.«

Sie versuchte nachzudenken, über sich selbst, ihre Gefühle, und was jetzt auf sie zukam. Würden der Genosse Urack und sehr wahrscheinlich auch die Behörde sie nicht mitverantwortlich machen für die Flucht: Wie konnten Sie das geschehen lassen, Frau Doktor, Sie standen dem jungen Manne doch nahe genug, und so blind können Sie nicht gewesen sein, eine gescheite Frau wie Sie und mit Ihrer Menschenkenntnis, Ihrem Einblick, Sie haben es also gewußt, Frau Doktor, geben Sie's ruhig zu. Und was würde dann mit ihr geschehen, und was würde aus ihrem Kind werden?

»Es war aber auch sehr töricht«, sagte er, »und das ist ein milder Ausdruck dafür. Aber du hast immer dazu geneigt, dir das Leben zu komplizieren.«

Sie fror. Sie ging zurück in ihr Zimmer und zog sich den Morgenrock über. Er war ihr gefolgt, aber das ließ sie gleichgültig. Sie dachte an den Jungen, der nun in einer Welt war, zu der sie keinen Zutritt hatte, und suchte sich an das erste Bild von ihm zu erinnern, wie er halb betäubt lag auf der Couch in Pollocks Haus; aber sein Gesicht blieb undeutlich.

»Vielleicht weiß ich mehr, als du annimmst«, bemerkte er. »Sie sind nämlich bei mir gewesen und haben mich über deine neue Bindung aufgeklärt. Ob ich ihnen nicht meine Beobachtungen mitteilen möchte, schlugen sie vor.«

Das Ende, dachte sie, lag schon im Anfang, auch in diesem Falle. Der Junge hat es gewußt, ich habe es gewußt, warum trifft es mich denn so sehr. Ja, wenn er glücklicher werden könnte drüben, als er es hier war; aber wer wird dort versuchen, ihn vor sich selber zu retten, und was hat er denn, woran er sich halten kann, noch kein Leben, noch kein Werk, nichts.

»Ich habe höflich abgelehnt«, sagte er. »Ich habe manches getan, was ich, rückblickend, wenig schön finde; aber diese Tätigkeit, nein, das denn doch nicht.«

»Du kannst ihnen mitteilen, daß er fort ist«, sagte sie, »nach drüben. Ich nehme aber an, daß sie es längst wissen.«

»Dann brauchst du mich wohl nicht mehr«, sagte er.

»Nein«, sagte sie.

Nach einer Weile stand sie auf und ging ins Nebenzimmer zu ihrem Kind. Wölfchen saß, den halb enthaarten Bären neben sich, aufrecht im Bett. »Guten Morgen, Kleiner«, sagte sie und wunderte sich, wie fröhlich das geklungen hatte.

Dann dachte sie an Pollock und dessen merkwürdig häßliches Gesicht und fühlte sich ruhiger.

Auf dem Weg von der S-Bahn-Station, kurz vor der Klinik, sah sie den schwarzen Regierungswagen, schenkte ihm aber wenig Beachtung; sie war mit ihren eignen Gedanken beschäftigt. In der Vorhalle traf sie auf Leo – Oberarzt Kuschke, korrigierte sie sich, die Namen der Männer blieben Grabsteine auf dem Friedhof der Gefühle.

Leo Kuschke kam auf sie zugestürzt und drückte ihr die Hände.

»Gut, daß Sie da sind« – zu der Anredeform Sie war er kurz nach dem Ende der Affäre wieder übergegangen – »wir müssen sofort etwas unternehmen.«

Da waren sie also schon, dachte sie, und wollten sie befragen. Sie stellte fest, daß sie nicht übermäßig erregt war, nur in den Knien hatte sie ein Schwächegefühl.

Kuschke führte sie in das oberärztliche Dienstzimmer. Doch statt irgendwelcher fremden Herren saß da der Dr. Lommel, Hände zwischen die Schenkel geklemmt, jammervoll. »Wissen Sie, Kollegin Roth, was dieser Narr getan hat?« sagte Kuschke. »Er hat zugelassen, daß der Genosse Urack die Klinik verließ – aus dem Bett aufstand, sich ankleidete, durch das halbe Haus marschierte, in den Regierungsschlitten vor der Tür einstieg, und ab.«

Urack also hatte in dem Wagen gesessen, dachte Christine, dunkler Schatten hinter weißen Gardinchen, und fragte: »Wohin ist er denn gefahren?«

»Was weiß ich!« Kuschke strich sich über das buschige Schnurrbärtchen, das er sich nach der Trennung von ihr hatte wachsen lassen. »Ich weiß nur, welchen Blutdruck der Mann hat. Und wir tragen die Verantwortung – das heißt, Sie, Lommel. Aber an mir wird es hängen bleiben; der Chef kommt erst heute aus Dresden.«

»Gerade deshalb!« rief Kuschke. »Gerade deshalb! Und Sie waren der diensthabende Arzt, Lommel, Sie hatten die Befugnis.«

Lommel suchte nach Entschuldigungen. Ein betrübliches Zusammentreffen, er habe gerade die Papiere für die Sieben-Uhr-Ablösung zurechtgelegt, da sei die Nachtschwester gekommen, der Patient Urack habe den Morgenurin nicht geliefert, sondern sei fix und fertig zum Ausgehen, ob er denn entlassen sei. Er, Lommel habe zunächst angenommen, ein Mißverständnis; sei dann aber doch gegangen, um nachzuprüfen.

»Und?« fragte Kuschke.

»Da stiegen sie schon in den Wagen, er und der Mensch, der immer um ihn herum ist.«

»Und dieser Wiederöcker hat nicht versucht, ihn zurückzuhalten?« sagte Christine.

»Das ist doch unwichtig«, sagte Kuschke ungeduldig. »Wichtig

ist: was tun wir jetzt? Warten wir, bis der Chef zurück ist, oder benachrichtigen wir die Dienststelle des Genossen Urack, daß sein Zustand labil ist und er unbedingt unter ärztliche Aufsicht gehört?«

Christine blickte ihn müde an. »Der Enkel des Genossen Urack,
der einzige Mensch, den er hatte außer seiner halbblinden Frau, ist
gestern nacht über die Mauer gegangen.«

Die Frage, woher ausgerechnet Christine das wußte, beschäftigte
Kuschke nur kurz; die ganze Sache wurde ihm immer unheimlicher, und er war irgendwie dankbar, daß gerade jetzt Schwester Gundula den Kopf in die Tür steckte und im Ton großer Dringlich-
keit mitteilte, der Patient Collin verlange schon längere Zeit nach
Dr. Roth.

»Das auch noch«, sagte Kuschke und hob die Hände. »Gehen Sie
schon, Christine, in Gottes Namen, ein Unglück kommt selten allein.«

Sie vermutete, daß Collins Ruf mit dem Ausbruch Uracks aus der
Klinik auf noch unklare Weise zusammenhing, und war eigentlich
enttäuscht, als er sie im Bett sitzend empfing und kein Wort von
Urack erwähnte, sondern ohne Umschweife und so, als habe er
seine Rede sorgfältig zurechtgelegt, verlangte: »Frau Doktor Roth,
ich möchte jetzt wissen: wie ist mein Zustand, und was ist die Prognose? Von Gerlinger ist keine vernünftige Auskunft zu erhalten, er
weicht jedesmal aus. Aber von Ihnen kann ich doch wenigstens soviel Sympathie erwarten, daß Sie mir die Wahrheit sagen. Bitte lächeln Sie nicht, ich vertrage diese aseptische Heiterkeit nicht mehr,
und ich habe auch kein Interesse mehr an unsern gemeinsamen Aus-
flügen in mein Innenleben. Also klipp und klar, wie lange habe ich
noch: zwei Wochen, vier, sechs?«

Von überall Bedrohung, dachte sie und spürte, wie müde sie war
nach dieser Nacht.

»Sie zögern, Christine. Steht es so schlimm?«

»Gut«, sagte sie, »reden wir Klartext. Vom organischen Befund
her könnten Sie aufstehen, sich anziehen, einen Wagen kommen lassen und aus der Klinik wegfahren – wie der Genosse Urack.«

»Ach – er ist also doch weg?«

Christine blickte überrascht auf: wieviel wußte Collin? Doch dann sagte sie betont ruhig: »Nur daß der Genosse Urack sich das nicht leisten kann, vom organischen Befund her.«

»Aber ich ja? Wollen Sie wirklich behaupten, daß das alles nur Phantasie war – meine Schmerzen, die Atemnot, die schwere Nacht, in der Sie kamen und mir Komplimente machten wegen meiner schönen Venen?«

Was hatte sie da wieder für einen Fehler gemacht, dachte sie. »Phantasie? Ich würde es eher als eine vegetative Störung bezeichnen. Aber auch solche Störungen können ernste Folgen haben.«

Collin wandte ihr sein Gesicht zu. »Vor den Toten«, sagte er, »bitte keine Geheimnisse mehr. Der Genosse Urack hat mir einiges erzählt letzte Nacht. Vielleicht verraten Sie mir jetzt, Christine: wer sieht Gespenster, er oder ich? Hat er mir diese ganzen Ungeheuerlichkeiten gesagt, weil er glaubte, ich sterbe sowieso, oder weil er wußte, er wird sterben? Und ist er zu seiner Dienststelle gefahren, um sich selber etwas zu beweisen, oder um Selbstmord zu begehen? Die Antwort ist mir sehr wichtig, Frau Doktor!«

Da war also wieder ein Gespräch zwischen den beiden gewesen, dachte sie, und wieder hatte es zu einer Krise geführt. »Wir alle sehen unsre Gespenster«, sagte sie. »Nur wer vor ihnen davonzulaufen sucht, begibt sich in Gefahr.«

Er nickte. »Und was der Genosse Urack mir gesagt hat, möchten Sie nicht erfahren?«

»Es würde mir die Diagnose erleichtern«, sagte sie.

»Meine oder seine?«

»Beide.«

»Ah«, sagte er, »aber das ist reserviert für die Memoiren.« Und vertröstete: »Sie kriegen es als erste zu lesen, wie immer. Ich bleibe ja hier bei Ihnen, trotz Ihrer ermutigenden Auskünfte.« Er glitt hinab in seine Kissen. »Ich weiß, es ist besser hier für mich, und ich habe auch keine Enkel, die über die Mauer gehen könnten.« Er sah den Ausdruck um Christines Mund. »Ja, auch das ist mir bekannt. Da glaubt man, es hat einer überhaupt keine schwachen Stellen, aber er hat sie eben doch... Wo ist übrigens der Professor, was sagt der zu dem allen?«

»Der Professor ist auf dem Weg hierher, aus Dresden.«

»Dresden?« sagte er. »Da war meine Frau ja auch, sie hatte ein Konzert.«

Christine, die weder Zeit noch Lust hatte, auch noch das Thema Nina Collin zu behandeln, machte Anstalten zu gehen.

»Ja, gehen Sie nur«, sagte er. »Ich freue mich jedenfalls und bin Ihnen dankbar, daß wir uns endlich so gut verstanden haben.«

Er schloß die Augen und hörte, wie sie leise das Zimmer verließ. Der Druck auf dem Herzen war wieder da, aber er genierte sich, Christine zurückzurufen: vom organischen Befund her war ja alles in bester Ordnung.

Am späten Vormittag kam Nina mit den Dresdner Blumen, einem riesigen Strauß gelber und fahlvioletter Chrysanthemen. »Sieh nur, wie herrlich sie sich gehalten haben«, sagte sie. »Ich habe dir die Blumen gebracht, was soll ich mit ihnen zu Haus, wo ich allein bin.«

Ninas ungehemmtes, von sich selbst erfülltes Wesen erschien ihm wie die Manifestation einer Welt, die ihn jetzt nicht mehr so sehr betraf. Jedenfalls störte Nina ihn nicht allzu sehr, obwohl sie laut und angeregt erzählte: das Konzert war, wie denn auch anders, ein voller Erfolg gewesen; von Mutsch und Papsch sei nur das Beste zu berichten, sie ließen weitere Besserung wünschen; und stell dir vor, ich war im Zwinger, hab mir die Porzellanausstellung angesehen.

»Wer oder was hat dich denn dazu veranlaßt?«

Auch sie habe Interessen, sagte sie pikiert, Porzellan besonders, welche Farben und Formen, und es gab einem auch immer wieder zu denken, zwei Kulturen miteinander verflochten und einander befruchtend, China und Europa, Ming und Rokoko, und heute erst recht, die großen geistigen Strömungen liefen quer über die Kontinente. Und gar erst die Dragonervasen, so geheißen, weil der Sachsenkönig August der Starke achtzehn dieser herrlichen chinesischen Stücke von Friedrich Wilhelm Eins von Preußen einhandelte für sechshundert Dragoner, ein lohnendes Geschäft, wenn man die respektive Lebensdauer von Vasen und von Dragonern vergleiche.

Sie unterbrach sich. »Aber du hörst mir ja gar nicht zu!«

»Doch, doch«, sagte er zerstreut und dachte an Christine, und wie verworren alles war.

»Dann sollte ich vielleicht von etwas Aufregenderem sprechen?«
Nina beugte sich über sein Bett und gewährte ihm einen Blick auf ihren Brustansatz. »Der junge Urack ist über die Mauer, du weißt, der Enkel, sie haben schon seit 1968 Schwierigkeiten mit ihm gehabt, aber das Schönste ist, er hat bis zuletzt ein Verhältnis mit deiner Doktor Roth gehabt – das ist dir neu, was?«

Der Druck auf dem Herzen verstärkte sich.

»Ich weiß es von Gerlinger. Ich bin ihm zufällig in die Arme gelaufen, als ich in die Klinik kam, er hat nichts als Ärger mit der Sache, vor allem wegen des Genossen Urack.«

Die Kehle begann ihm zu verschleimen. In einer Minute, dachte er, kriege ich den Atem nicht mehr durch.

»Ist was?« fragte Nina. »Du siehst so sonderbar aus.«

»Ich will raus«, sagte er. »Ich halt's nicht aus in diesem Zimmer. Hilf mir.«

Sie zog ihm seine Socken an und hielt ihm den Schlafrock und spürte bei allem einen leichten Widerwillen gegen diesen Mann und gegen den Dunst von Krankheit, der ihn umgab; er pflegte sich auch nicht richtig, dabei standen alle seine Wässerchen auf dem gläsernen Regal über dem Waschtisch. Dennoch überwand sie sich; der Mensch hat seine Pflichten, sagte Mutsch immer. Die Beine schienen ihn nicht ganz tragen zu wollen. Sie bot ihm ihren Arm und ertrug sein Gewicht, und gemeinsam gingen sie, Schritt um Schritt, den Korridor entlang, vorbei am Arztzimmer, am Schwesternzimmer, am Eingang zum Labor und am Küchentrakt, bis in die Vorhalle, zwischen deren Blattpflanzen ein halbes Dutzend Patienten sich langweilte.

»Fühlst du dich besser?« erkundigte sie sich mütterlich und deutete auf eine gepolsterte Bank, von der man einen Ausblick sowohl auf die dicke gußeiserne Frau im Gartenhof wie auf den Eingang zur Klinik hatte.

Er setzte sich. »Die Bewegung hat mir gut getan«, sagte er, noch immer etwas kurzatmig, und versuchte, sein so nützliches, so beziehungsreiches Gespräch mit Christine in Einklang zu bringen mit Ninas schockierender Kunde: nicht Pollock oder sonst ein reifer Mann hatte in den Armen der Frau gelegen, der er sich anvertraut hatte; mit irgendeinem Schnösel hatte sie sich abgegeben, der sie ganz folgerichtig dann im Stich ließ.

Nina stieß ihn an. »Träumst du?«

In dem Moment kam von links, aus dem Arztzimmer, Christine Roth, von rechts der Professor, gefolgt von Oberarzt Kuschke. Keiner der Ärzte, sah Nina, auch nicht Gerlinger, nahm Notiz von ihr oder ihrem Mann; sie sprachen in offenbarer Erregung miteinander; dann gab Gerlinger irgendwelchen Assistenten und Schwestern Anweisungen, ein Sauerstoffgerät wurde gebracht, eine fahrbare Trage, auf der Kissen und Decken parat lagen; die ganze Prozession bewegte sich zum Eingang hin. Draußen blinkte Blaulicht. Der Pförtner stieß die schweren gläsernen Flügel der Tür auf. Mehrere unauffällig gekleidete Herren entstiegen einer Limousine, einer von ihnen führte eine ältere Frau die Vortreppe hinauf. Dann traf der Krankenwagen ein; die Hintertür wurde aufgerissen, eine verhüllte Gestalt, festgeschnallt auf einer Tragbahre, wurde herausgehoben und in die Halle getragen; mehr ließ sich nicht erkennen, da Ärzte, Helfer, Schwestern, Träger einen weißen Wall um den Patienten formten.

Collin war aufgesprungen. Das Herz schlug ihm im Halse, aber die Schläge waren regelmäßig; er fühlte, wie seine verkrampften Nerven sich lösten und wie ihm das Blut wohltätig warm durch die Adern strömte. Er vergaß Nina. Auf Zehenspitzen, als fürchte er, man könnte ihn bemerken und abweisen, näherte er sich der weißen Gruppe. Diese teilte sich nun: der Patient war umgebettet worden und wurde geleitet von Gerlinger, Kuschke, Christine und einem Assistenten, der die Sauerstofflasche vor sich herstieß, in Richtung des Krankenflügels geschoben. Collin reckte den Hals. Der da langsam an ihm vorbeiglitt, war nicht mehr der, mit dem er vergangene Nacht gesprochen hatte, war nur noch Hülle. Hat's dich endlich getroffen, dachte Collin, merkwürdigerweise jedoch ohne Triumph. Er dachte an die großen Bäume im Wald, die der Förster zeichnete, bevor die Männer mit Axt und Säge kamen, sie zu fällen: dieser da war gezeichnet gewesen.

Wieder schirmten die Ärzte den Kranken ab; dann war der weiße Knäuel verschwunden. Die plötzliche Stille gab Collin ein Gefühl der Taubheit; er schüttelte den Kopf. Nina, sah er, ging auf die ältere Frau zu, die in ihrem dunklen Pelzmantel dastand, als sei sie vergessen worden. »Röschen!« Nina breitete die Arme, »ich bin doch die Nina! – Nina Collin!«

»Nina Collin«, sagte Röschen, »so. Ach, Nina Collin, ja.«

»Was ist denn nur geschehen?« fragte Nina in tragischem Ton. »Und wie kann ich helfen?«

»Nina Collin«, sagte Röschen, »ach ja. Ihr Mann ist auch hier, ja, ich habe gehört.«

»Hans!« rief Nina. »Komm doch bitte her, Hans. Sie haben die Genossin Urack einfach hier stehen lassen, wir müssen uns kümmern, vielleicht sollte man sie zu Gerlinger ins Vorzimmer bringen, dort ist es bequemer.«

Collin beeilte sich nicht übermäßig. Gerlingers Vorzimmer, dachte er, was ging ihn das ganze Hin und Her an, wer sorgte sich um das Durcheinander in seinem Kopf und in seinem Herzen, und außerdem erklärte Röschen bereits mit leicht krähender Stimme, er möge sich nicht bemühen, laß die Ärzte arbeiten, irgendwann werde schon einer kommen und sie holen, leider sei ihr Enkel, der sie letztes Mal begleitet habe bei ihrem Besuch, heute verhindert gewesen.

»Ach Gott, ach Gott«, sagte Nina und schloß die alte Frau in die Arme. Aber da erschien auch schon einer der unauffälligen Herren und räusperte sich, und Nina ließ Röschen los und blickte ihr gerührt nach, bis sie nicht mehr zu sehen war. Dann wandte sie sich, als sei sie seiner erst jetzt gewahr geworden, ihrem Mann zu und sagte mit deutlicher Pointe: »Es ist schon ein Kreuz, wenn einer alt und krank ist – und ganz allein in der Welt.«

Collin antwortete nicht. Natürlich hatte die Alte gewußt, daß der Junge über die Mauer war. Daß auch alles sich verschwor, ihn immer wieder an Christine zu erinnern.

20

(Aus den Notizen des Kritikers Theodor Pollock)

...ist es im Grunde gleichgültig, ob die Flucht Peters im Einverständnis mit dieser oder jener Stelle erfolgte oder nicht. Er ist uns verlorengegangen wie so viele andere auch, und mir ist's leid um ihn, obgleich sein Abgang Christines Probleme vereinfacht. Vielleicht habe auch ich in gewisser Hinsicht versagt. Er hat den Vater gesucht und in mir keinen gefunden, denn ich bin ungeeignet für die Rolle; sie hätte zu große Opfer von mir erfordert, und wiewohl ich ihn mochte und wahrscheinlich in der Lage gewesen wäre, echte Zuneigung zu ihm zu entwickeln, waren die Aussichten auf eine heile Beziehung doch sehr gering.

Wieweit seine Flucht die Ereignisse um den Genossen Urack beeinflußte und welche Wirkung sie auf den psychischen Zustand des Kranken hatte, kann in vollem Maße nur dieser selbst beantworten, und gerade dazu ist er zur Zeit nicht imstande; Collin, den ich kurz besuchte, meint, die Flucht des Jungen sei der sprichwörtliche Tropfen gewesen, der das Faß zum Überlaufen bringt. Nach Bergmanns Bericht hat bei dem Wortwechsel, der dem Kollaps Uracks vorausging, das Thema der Flucht des Enkels nur kurz Erwähnung gefunden; Urack habe nur gefragt: »Da glaubt ihr, ihr habt mich getroffen, ja?« und habe höhnisch gelacht.

Die ganze Sache, sagt Bergmann, sei ihm sehr an die Nieren gegangen; er habe, obwohl er vieles differenzierter sehe als der Genosse Urack, diesen doch stets als ein Vorbild betrachtet, vor allem seiner Unbedingtheit und Geradlinigkeit wegen. Bergmann ist ein ganz anderer Typ als Urack; man kann ihn sich unschwer auch auf dem Posten eines Topmanagers drüben vorstellen, sehr gescheit, sehr sachlich, und mit einem Gespür für die Vorgänge in den Köpfen anderer Menschen; hat er es mir doch keineswegs verübelt, daß ich freundlich ablehnte, als er, damals noch ein junger Mann und nicht in so hoher Stellung wie jetzt, es unternahm, mich nach meiner Rückkehr aus der Emigration als Mitarbeiter zu gewinnen, sondern ist immer wieder zu mir gekommen, aber nun zu Gesprächen über Fragen künstlerischer oder philosophischer Natur.

Wenn also einer wie Bergmann Erschütterung zeigt und sich veranlaßt sieht, mich extra aufzusuchen und, selbstverständlich im Vertrauen auf meine Diskretion, von den Ereignissen zu sprechen, so muß das Auftreten Uracks schon recht außergewöhnlich gewesen sein. Der eigentlichen Peripetie sei ein grausig-komisches Vorspiel vorausgegangen, und zwar im Hotel Johannishof, wohin Urack den Wagen dirigiert habe, um dort in Ruhe und ausgiebig zu frühstükken. Nach den Angaben Wiederöckers und des Fahrers, die er beide zu sich an den Tisch lud, habe er sich die Morgenzeitung geben lassen, diese aber, angewidert, bald weggeworfen; dann habe er die Pistole des Fahrers zu sehen verlangt und diese vor den erstaunten Augen der andern Gäste im Frühstückssaal entladen, geprüft und wieder aufgeladen, worauf er sie prompt vergaß und neben dem Käse liegen ließ, bis Wiederöcker die Courage aufbrachte, sie zu greifen und unter dem Tisch dem Fahrer zurückzureichen. Später dann, nach seiner Ankunft in der Dienststelle, habe er zunächst die Schreibkraft in seinem Vorzimmer mit der Geschichte von seinem illegalen Aufenthalt im Taubenschlag des Genossen Swiedrkowski unterhalten, die diese längst kannte; als seine persönlichen Referenten herbeieilten und bedauerten, daß er seinen Besuch nicht vorher angekündigt habe, man hätte sonst Blumen für ihn im Büro gehabt, habe er geschimpft, er sei nicht zu seinem Begräbnis gekommen, sondern zur Wiederaufnahme seiner dienstlichen Pflichten, und wo sei der Tagesbericht, wo der Pressedienst, und außerdem sei ihm sofort sämtliches Material den Fall Faber betreffend vorzulegen, jawohl, Julius Faber, ehemals Mitglied des Politbüros, später abgeurteilt, der Mann sei ihnen doch wohl ein Begriff! Den Einwand, so lange schon verjährte Akten seien kaum auf Abruf greifbar, habe er wohl nicht mehr gehört, denn er habe seine Mitarbeiter einfach stehen lassen und sich auf den Weg zum großen Sitzungszimmer gemacht, wo an diesem Tag, wie er wissen mußte, die wöchentliche

233

Dienstbesprechung stattfand, in seiner Abwesenheit natürlich unter Vorsitz von Bergmann.

Ich übergehe, was Bergmann mir über seine eignen Gefühle, die sehr gemischter Natur waren, und über die Reaktionen der bei der Besprechung anwesenden Genossen auf das Wiederauftauchen ihres offensichtlich noch kranken Chefs sagte, und beschränke mich darauf, die Höhepunkte zu notieren: wie Urack, nachdem er etwa fünfzehn Minuten lang Rede und Widerrede verfolgt und fleißig mitgeschrieben hatte – sinnlose Wortungetüme, wie man bei späterer Prüfung der Zettel feststellte –, aufstand und mit der lapidaren Erklärung: »Wir haben sehr vieles falsch gemacht, Genossen!« die Sitzung an sich riß. Wie er, fiebrigen Blicks und dicke Schweißtropfen auf der Stirn, auf Bergmanns vorsichtigen Einwand hin, worauf er sich denn im einzelnen beziehe, diesen und die anderen Genossen anfuhr: ob denn keiner von ihnen bemerkt habe, in welch fürchterlicher Dialektik sie samt und sonders verstrickt seien, und daß alles, was sie unternähmen, seinen Gegeneffekt in sich trage, und was das bedeute für die Planung und Entwicklung der Dienststelle, für die Lenkung der Kader, für die ganze Arbeit; die Zeit, die Zeit; man müsse die Löcher stopfen, durch die alles versickere. Hier habe Urack zum ersten Mal jenes Gelächter ausgestoßen, berichtet Bergmann, das ihm und wohl auch den meisten anderen Anwesenden einen kalten Schauder über den Rücken jagte. Er, Bergmann, habe sich jedoch zusammengerissen und Urack zu bedenken gegeben, ob man eine Diskussion über derartige Grundfragen nicht lieber ein andermal führen sollte. Darauf Urack wörtlich: »Das könnte dir so passen, ein andermal, im Krematorium am Baumschulenweg vielleicht, ja?« Dann jedoch habe der Kranke in ganz normalem Ton weitergesprochen: falsch sei nicht gewesen, daß man irgendwelche Leute fälschlich verhaftet, fälschlich angeklagt, fälschlich abgeurteilt habe; wie könne falsch sein, was für die Diktatur des Proletariats getan werde? Falsch sei vielmehr das ewige Zurückweichen, die ewigen Konzessionen an die Intellektuellen, an die Kirche, an die Jugend, an die Konsumgier, an den Westen, ja, sogar die Mauer werde immer durchlässiger. So züchteten wir selber uns unsere Opposition; an allen Ecken und Enden spüre man den verdeckten Unmut; dabei, wieviel Material habe man gesammelt, jahrelang, und elektronisch verarbeitet, wir bräuchten nur die Computer laufen zu lassen, aber was täten wir, wir ließen, statt durchzugreifen und zuzuschlagen, das aufmüpfige Volk uns auf der Nase herumtanzen.

Da Bergmann, der ein guter Erzähler ist, hier des Effekts wegen eine Atempause einlegte, erlaubte ich mir zu bemerken, daß den Ausführungen des Genossen Urack eine gewisse Logik nicht abzusprechen sei. Seine Worte hätten auch, bestätigte Bergmann, an unterschwellige Zweifel im Herzen von mehr als einem der Anwesenden gerührt; manche der Genossen hätten, gerade weil Urack nicht den üblichen Jargon benutzte, seine brutalen Sätze als eine Art politisches Testament betrachtet und sich im stillen gefragt, wie nun, wenn der Alte, der sich um dieser Sache willen aufgerafft hat von seinem Krankenbett, gar nicht so unrecht hätte? Der nun habe sich fast ins Prophetische gesteigert. Am Ende opfern wir noch die ganze Revolution! habe er ausgerufen und dann wörtlich angeordnet: »Schluß jetzt mit dem Versöhnlertum, das Verfahren gegen Faber wird wieder eröffnet.« Angesichts der erstarrten Blicke der Genossen habe er seine Anordnung mit der Gefahr begründet, die Faber darstelle, da sich alles um ihn sammle, was an geheimer Opposition in Staat und Partei vorhanden sei, und habe zugleich gefordert, daß neue Verfahren auch gegen Havelka und alle andern zu eröffnen seien, die man törichterweise habe laufen lassen, sowie gegen solche wie den Schriftsteller Collin, gegen die noch nicht verfahren wurde; denn, so Urack wörtlich: »Der Verrat, der noch in den Köpfen gebrütet wird, ist der allergefährlichste.« Bergmann berichtet, er habe versucht, Urack schonend zu überzeugen, daß die Situation vielleicht doch nicht ganz so schlimm sei, denn die Toten wären ja tot und die Lebenden stünden unter Überwachung; die allgemeine Unruhe sei aber schon so groß gewesen und Urack durch den Widerstand so gereizt, daß die Beschwichtigungsversuche nichts gefruchtet hatten. Vielmehr habe Urack zu brüllen angefangen: Verschwörung! Soweit Bergmann das Gebrüll verstand, sollte es sich um eine Verschwörung handeln, die bis in die Dienststelle reiche, mit dem Ziel, die Kader von Staat und Partei zu verwirren und zu lähmen; er, Urack, solle ans Krankenhausbett gekettet werden, damit die Verschwörer um so ungestörter wühlen könnten, aber er durchschaue das Komplott, und sein Herz sei aus Stahl, und er werde sie alle überleben. Urack habe erschreckend ausgesehen, sagt Bergmann, die Augen seien ihm aus den Höhlen getreten, Schaum habe ihm vorm Mund gestanden und der Atem sei ihm nur noch röchelnd gekommen; dann sei er umgekippt, bevor man ihn habe stützen können.

Ich wollte wissen, ob der genaue Ablauf des Vorfalls den Ärzten bekannt sei, und Bergmann erwiderte, Gerlinger sei informiert worden, aber nur in großen Zügen, denn die Einzelheiten würfen doch wohl Fragen auf, mit denen man einen Klinikchef besser verschonte – die Frage etwa, ob die Relativierung des kategorischen Imperativs durch die neue Ethik der proletarischen Revolution (Was gut ist für die Revolution, ist gut) nicht doch illusorisch sei und in Wahrheit die alten Moralgesetze weiter gültig blieben, so daß diejenigen, die gegen sie im Namen der Revolution verstoßen zu können glaubten, an ihrem Irrtum schließlich zugrunde gingen.

Der Gedanke, meinte ich, habe vieles für sich, nur müsse man dann, um konsequent zu sein und die Erkenntnis auch dem gemeinen Volk zur Anwendung freizugeben, den lieben Gott und vor allem den Teufel wieder einführen.

Die Blumen müssen noch auf den Tisch; Christine wird jeden Moment hier sein. Sie hat böse Tage hinter sich, auch wenn das Gespräch mit der Behörde, das zu erwarten steht, nicht oder noch nicht stattgefunden hat. Ich glaube nicht, daß ich ihr viel mehr mitteilen sollte, als Gerlinger zu erfahren bekommen hat – jedenfalls heute. Überhaupt möchte ich vermeiden, daß wir zu lange und zu intensiv von diesen Dingen reden, es sei denn, sie besteht unbedingt darauf. Sie soll wissen, daß sie bei mir auch schweigen kann...

21

Wölfchen fragte nach Peter, und sie mußte ihm sagen: »Er kommt nicht wieder.«

»Warum?«

»Weil er in den Westen gegangen ist.«

West, Ost, und was dazwischenlag, waren in diesem Lande auch kleinen Kindern schon vertraute Begriffe, doch der Junge bohrte weiter, warum denn sei Peter in den Westen gegangen. Das war schon schwerer zu beantworten, selbst im Gespräch mit Pollock war einiges offen geblieben: Pollock hatte von eignen Versäumnissen gesprochen, Pollock und Versäumnisse, seltsam. Überhaupt hatte er sich verändert, die Kälte, die sie so oft gespürt, schien sich verflüchtigt zu haben, auch war sein Urteil über Peter milder ausgefallen als erwartet, so daß sie keine Bedenken mehr hatte, ihm von Peters letztem Besuch bei ihr zu berichten. Dieser letzte Besuch – Peter hatte aus jetzt erst begreiflichen Gründen das Thema Flucht nicht berührt, und ebensowenig hatte sie davon gesprochen, weil er beim Spiel mit Wölfchen und auch danach so heiter und gelöst gewesen war, daß sie annahm, das Projekt sei vergessen oder wenigstens zur Zeit nicht aktuell; er hatte sich verabschiedet, ein ganz normaler Abschied, wenn auch früher als vorgesehen, Andreas war vom Dienst gekommen, und Peter hatte das zum Anlaß genommen fortzugehen, und erst nachher hatte sie erkannt: hier war einer, der war schon über den Berg.

Wölfchen gab sich nicht zufrieden: wir haben den Peter doch liebgehabt, also warum ist er weg? Es war schon ein Fehler gewesen, dachte sie, Peter jemals ins Haus zu bringen; mit seinem Lachen, seiner Musik, seiner Phantasie hatte er das Kind für sich gewonnen: großer Bruder Peter. Sie hätte sorgfältig trennen sollen, Sex, Kind, Beruf; nun war alles sehr verwickelt, Gerlinger hatte sie heute beiseite genommen, wir müssen bald ein Gespräch führen, Christine, auch über die Angelegenheit Urack, und sind Sie sicher, daß meine Anordnungen, den Patienten Collin betreffend, strikt durchgeführt werden? »Wir beide, Wölfchen«, sagte sie, »wir sind das Wichtigste in der Welt, und wir haben einander lieb und halten einander fest.«

Dem Kind Sicherheit geben, auch wenn die eigene Sicherheit lädiert war und als Halt einzig Pollock sich anbot, Pollock und vielleicht noch Havelka, der vorhin angerufen hatte. Pollock hatte sie angeblickt, den Kopf ein wenig schräg, und ihr zugehört; nur wenn sie ins Stocken geriet, hatte er mit ein paar Worten weitergeholfen. Auch später, der Mokka war längst getrunken, hatte er nicht eigentlich seine Gedanken geäußert, sondern sich darauf beschränkt, ihre Überlegungen, wie es vielleicht doch weitergehen könnte, zu fördern und gewisse Denkanstöße zu geben. Aber er hatte auch gesagt: ich bin jederzeit für Sie da, Christine.

Wölfchen behielt, was ihn bedrückte, für sich. Das tat er meistens, in dieser zurückhaltenden Art ähnelte er ihr.

Aber er weigerte sich zu essen.

»Bist du immer noch traurig wegen Peter?«

Er schüttelte den Kopf.

»Dann iß doch.«

»Ich mag aber nicht.«

Auch spielen oder malen mochte er nicht. Er saß da, bewegte sich unruhig, mehrmals versuchte er zu singen, kindliche Melodien, die nach wenigen Tönen abbrachen.

»Soll ich dir etwas vorlesen?« fragte sie.

»Wenn ich aber nicht will!«

Sie küßte ihn, Lippen und Stirn fühlten sich heiß an. Der Puls: beschleunigt. Das mochte die Erregung noch sein, Kinder spüren seelische Belastungen so wie wir, mitunter noch stärker, ein Mensch taucht auf in ihrem Leben, wird zur festen Gestalt, zum Objekt der Gefühle, und ist plötzlich nicht mehr da: das Kind wird konfrontiert mit einer Art von Tod.

Er hatte über neununddreißig Temperatur. Sie brachte ihn zu Bett. Hast du hier Schmerzen? Nein. Oder hier? Nirgends Schmerzen, weder im Unterleib noch auf der Brust; nirgends Schwellungen; Hals, Bronchien, Lunge klar, auf der Haut keine Rötung, kein

Ausschlag; nur die Lustlosigkeit und Mattigkeit, und das Fieber; Kinder fieberten rasch einmal. Dennoch dachte sie, bitte nicht, lieber Gott, nicht das Kind, das Kind kann doch nichts dafür; und stellte mit Erstaunen fest, daß sie eine über allem thronende ausgleichende Gerechtigkeit sah und sich hilfesuchend an diese wandte: aus welchen Schichten des Bewußtseins kam das? Und für wessen Schuld auch sollte Wölfchen büßen müssen – ihre? Was war denn ihre Schuld? Daß sie verstrickt war im Leben ihrer Zeit, daß sie noch zappelte im Netz, statt ergeben stillzuhalten?

»Wir machen dir einen Wadenumschlag«, sagte sie und beschloß, sich beurlauben zu lassen, bis der Junge wieder in Ordnung war; das stand ihr gesetzlich zu, alleinstehende Mutter, wann nutzte sie schon ihre Rechte; und vielleicht war es sogar auch das Klügste, jetzt, da die verschiedensten Typen in der Klinik erschienen und an die verschiedensten Kollegen die verschiedensten Fragen stellten, mit Anstand zu retirieren.

Als Havelka dann kam, hatte sie die Wohnungstür offengelassen, damit er nicht läuten mußte, war Wölfchen, immer noch heiß im Gesicht, gerade eingeschlafen. Havelka wollte sofort wieder gehen, als er von dem Zustand des Jungen erfuhr, aber sie bat ihn zu bleiben: sicher habe er gute Gründe für seinen Besuch, und auch ihr sei es lieb, jetzt nicht allein sein zu müssen.

Gute Gründe, sagte er, nachdem sie im Wohnzimmer am Tisch saßen und sie ihm versichert hatte, der Kleine nebenan könne sie nicht hören, heute nachmittag seien zwei sehr zivile, sehr höfliche Herren bei ihm gewesen. Im Lauf ihrer Unterhaltung mit ihm, deren eigentlicher Zweck ihm noch immer nicht ganz klar sei, denn sein Fall sei doch nun schon lange ad acta gelegt, sei die Rede auf die Republikflucht eines jungen Mannes gekommen, der in einem verwandtschaftlichen Verhältnis zu dem Genossen Urack stünde, und in diesem Zusammenhang habe man ihn gefragt, ob er Frau Doktor Christine Roth kenne und was denn seine Meinung von ihr sei. Natürlich habe er sehr positiv von ihr gesprochen, wenn auch mit der gebotenen Zurückhaltung, damit behördlicherseits nicht etwa der Gedanke aufkäme, es könnten freundschaftliche Beziehungen zwischen dem ehemaligen Sträfling Havelka und ihr bestehen. Und da er die Methoden zu kennen glaube, mit denen die Behörde arbeite, und er der Ärztin seiner Frau mehr als Dank schulde, habe er gemeint, richtig zu handeln, wenn er sich bei ihr meldete, um sie ins Bild zu setzen. »Nicht um Sie zu beunruhigen«, sagte er, »aber damit Sie sich innerlich vorbereiten können.«

Sie schluckte nervös. »Ich habe nichts zu verbergen.«

»Das nehme ich auch an«, sagte er, »aber Beihilfe zur Republikflucht ist ein sehr dehnbarer Begriff, und schon Mitwisserschaft ist strafbar. Sie haben natürlich nichts von irgendwelchen Plänen des jungen Urack gewußt, Frau Doktor, und mein Rat wäre, daß Sie bei dieser Aussage bleiben, ganz gleich, in welcher Tonlage man Sie befragt.«

»Wissen Sie«, sagte Christine, »ich befürchte immer, daß man mir ansieht, wenn ich lüge.«

»Sie müssen sich sagen, das sind nicht meine Leute«, riet er ihr. »Früher habe ich auch geglaubt, es wären meine Leute, aber ich habe auf sehr bittere Weise lernen müssen, daß das ein Irrtum war. Außerdem ist es ja gar nicht sicher, daß man Sie überhaupt befragen wird; ich könnte mir sogar vorstellen, daß ein Interesse besteht, die Angelegenheit möglichst still zu begraben, und daß die ganze Fragerei nur stattfindet, um festzustellen, wie groß der Kreis ist, in dem man von der Flucht des jungen Mannes und ihren Ursachen und Umständen Kenntnis hat.«

Er schwieg.

Dann stand er auf und bemerkte, plötzlich befangen, eigentlich habe er alles gesagt, was zu sagen wäre, und sie zöge es wohl nun vor, allein zu sein, und überhaupt bezweifle er, daß er richtig gehandelt habe, ihr soviel Bedrückendes zu unterbreiten, sie sei schon belastet genug auch ohne seine Reden.

»Nein«, sagte sie, »bitte bleiben Sie noch.«

Später, als sie den Verlauf des Abends und ihr neugewonnenes Wissen überdachte, konnte sie sich nicht mehr genau entsinnen, wann und wie sie die entnervende Furcht vor dem, was sie da bedrohte, überwunden hatte und dazu übergegangen war, Havelka Fragen zu stellen, die zwar noch im Zusammenhang mit ihren persönlichen

Sorgen standen, die sie aber von einem ganz anderen Aspekt her beschäftigten. Vielleicht war ihr instinktiv klar gewesen, daß sie sich aus ihrer prekären Situation nur befreien konnte, wenn sie die Übersicht über die Dinge wiedergewann; vielleicht hatte sie auch gespürt, daß sie zurück mußte zu ihren Nachforschungen, auch war sie nun ziemlich sicher gewesen, daß Havelka den Schlüssel besaß zu dem Komplex Urack-Collin, aus dem die ganze Krise einschließlich ihrer eignen Misere erwachsen war.

»Womit soll ich anfangen?« sagte Havelka, nachdem er sich wieder hingesetzt und begriffen hatte, was ihr an seinen Erfahrungen wichtig war. »Mit den Bestrahlungen, ultraviolettes Licht, die bedeuteten, daß die Gerichtsverhandlung bevorstand, denn selbst das gesiebte Publikum sollte nicht mit der Gefängnisblässe des Angeklagten konfrontiert werden? Mit der Einkleidung, mein eigner Anzug, sauber aufbewahrt seit der Verhaftung, doch jetzt am Leibe schlotternd? Mit der Anklage auf Verschwörung? Sie waren noch sehr jung damals, Frau Doktor, Sie werden sich nicht mehr erinnern. Ich sollte das Haupt einer Gruppe von Verschwörern gewesen sein, und es rührte die Autoren der Anklageschrift wenig, daß ich meine angeblichen Mitverschworenen zum Teil nur flüchtig, zum Teil gar nicht kannte. Ich wünschte nur, ich besäße dieses Dokument – als Souvenir aus großen Zeiten. Aber die Behörde läßt nichts Schriftliches aus der Hand; ich erhielt das Zeug einen Tag vor Prozeßbeginn, und nur zur Einsicht. Natürlich hatte ich im Verlauf der nächtlichen Verhöre, die sich durch Monate hinzogen, längst gemerkt, wie das Verfahren laufen sollte; zu deutlich waren die Fragen gewesen, die man mir stellte, die Geständnisse, die man forderte, die großzügigen Offerten, wenn ich nur kooperierte, die erschreckenden Drohungen, falls ich hartnäckig bliebe: daß die Anklage jedoch so unverschämt unwahrscheinlich, so dumm widersprüchlich, so leicht widerlegbar sein würde, wie da zu lesen stand, hatte ich mir nicht träumen lassen. Da sollte ein halbes Dutzend politischer Dilettanten, der einzige Berufsrevolutionär ich, es unternommen haben, das Politbüro samt dessen Erstem Sekretär zu stürzen – und das ohne solide Planung, ohne Verbindung zu nennenswerten Parteistellen, ohne Basis in der Masse, nur auf einen Aufruf hin, den einer unter ihnen, ein schwerer Neurotiker mit zweifelhafter Vergangenheit, aber ambitiös, über einen Rundfunksender in Westberlin an die Bevölkerung der Republik zu richten haben würde; und der Mann, den diese Verschwörer an die Spitze von Partei und Regierung zu stellen beabsichtigen, sollte ausgerechnet der an Leib und Seele gebrochene, zu jeder Tat unfähige Genosse Faber sein, den man ein knappes Jahr vorher gnädig hatte laufen lassen. Soviel Zynismus und Dummheit erschienen mir unwahrscheinlich; und in der Dunkelheit der Zelle, in den Stunden, Tagen, Wochen, Monaten, kam ich tatsächlich in Versuchung, eine Schuld irgendwie bei mir zu suchen, die Konstruktion, mit der sie operierten, zu akzeptieren, und erst als ich so krank war, daß ich mich fühlte, als hätte ich kein Blut mehr in den Adern, wurden die Dinge auf einmal wieder einfach, und nur ein Gedanke beherrschte mich – der gleiche, den ich am Tag meiner Einlieferung in das Sondergefängnis Ihrem Patienten, dem Genossen Urack, mitteilte: mich macht ihr nicht kaputt, mich nicht.

Sie fragen, Frau Doktor, und mit Recht: wozu die Farce. Was noch die Gewalt einer Naturerscheinung hatte, als Stalin lebte, war in der berühmten Rede des Genossen Chruschtschow zu einem blutigen Possenspiel erklärt worden – und hier wurde es wiederaufgeführt, in den längst schäbig gewordenen Kostümen und mit den längst abgenutzten Bühneneffekten. Deutsche Phantasielosigkeit? Beschränktheit der Polizeiköpfe? Oder bewußte Demonstration – wir werden euch zeigen, Genossen, wer hier die Macht hat, und daß die guten alten Regeln noch gelten für uns, ganz gleich, was der Dicke in Moskau verkündet? Jedenfalls war die Regie unsicher, der Gerichtsvorsitzende unruhig, und die schrillen Töne des Generalstaatsanwalts überzeugten nicht. Da brachten die Gerichtsdiener – es war am dritten Tag des Prozesses – einen Sessel in den Saal und stellten diesen rechts vom Zeugenstand in den Raum zwischen Publikum und Richterpodium: Proszeniumsloge, sozusagen, für Ihren Patienten, den Genossen Urack. Dort saß er dann, nicht ganz Teil der beschränkten Öffentlichkeit und nicht ganz Teil des Gerichts, machte sich hier und da Notizen und ließ die Tatsache seiner Anwesenheit wirken.

Ich sah das alles mit großer Klarheit, und es hat sich mir eingeprägt; noch heute könnte ich Ihnen beschreiben: das Muster der Täfelung, den Faltenfall der Fenstervorhänge, die Form der Leuchten, und die Köpfe – besonders die Köpfe, aufgereiht, einer neben dem andern auf den Publikumsbänken und, wie bei einem Tennisspiel, stets gleichzeitig die gleichen Bewegungen vollführend. Einer der Köpfe, deutlich erkennbar durch Mähne und Schnitt des Gesichts, war der Ihres Patienten Collin, Frau Doktor; in seiner Nähe die Piddelkoe und andere Prominente aus Kunst, Literatur und Wissenschaft: eine erlesene Schar, der man offensichtlich beizubringen plante, wie wenig ratsam es war, Zusammenkünfte abzuhalten zu Themen, welche berufeneren Gremien vorbehalten waren, oder gar Möglichkeiten zu erwägen, wie man den vorhandenen Sozialismus in einen etwas attraktiveren verwandeln könnte, dem die Leute nicht in Scharen davonliefen. Um diese Köpfe herum, strategisch placiert, waren andere, deren Gesichtszüge und Schädelstruktur auf einen handfesteren Beruf schließen ließen: das war die Claque, die die Volksempörung zu liefern hatte, sollte es sich als notwendig erweisen, und die jeden Protest, wenn es wirklich zu einem käme, im Handumdrehen unterdrücken würde.

Ich will Ihnen nicht den Verlauf des Prozesses berichten, Frau Doktor, ich will mich auf das für Sie und mich Wesentliche beschränken: das war einmal die Vernehmung des Mannes Faber und zum zweiten das Verhalten des Schriftstellers Collin.«

Die leise, eindringliche Stimme. Und dies alles spannte sich, obwohl es so lange zurücklag, wie ein erstickender Ring um die Gegenwart; die Sünden der Väter waren nicht getilgt, der biblische Fluch galt noch, und Peter hatte büßen müssen dafür, und sie büßte und wer weiß, ob nicht auch ihr Kind, das krank lag in seinem Zimmer, noch unter den Folgen zu leiden haben würde.

»Bevor Sie weitererzählen, eine Frage«, sagte sie. »Glauben Sie, daß es überhaupt möglich ist, den Teufelskreis zu durchbrechen? Oder sollte man lieber aufgeben, sich anpassen, seine Ruhe suchen...«

»Als ich nach sechs Jahren aus dem Zuchthaus kam, hätte ich, freundliches Angebot der Behörde, in den Westen gehen können. Ich habe abgelehnt.«

»Aber wenn ich mir überlege, was Ihnen passiert ist, und daß das vielleicht wiederkommen könnte, kriege ich Angst.«

»Angst«, sagte er, »ist ein Produkt der Einsamkeit. Sie sind aber nicht allein, Frau Doktor, heute nicht mehr.«

Sie hatte Tee gebracht. Er trank einen Schluck, und fuhr fort: »Faber kommt auch in Collins Spanienbuch vor, unter anderm Namen, aber in seiner tatsächlichen Funktion als Mitglied der Parteileitung im Lager Le Vernet. Ich habe dann in Mexiko mit ihm zu tun gehabt, und auch in Deutschland wieder, nach der Rückkehr, als er zu den Leuten in der Nähe der Spitze gehörte. Später, als er plötzlich verschwunden war und selbst die eigne Frau nicht wußte, wo er sich befand und ob er überhaupt noch lebte, habe ich versucht, Erkundigungen einzuziehen und ihm irgendwie zu helfen; ich konnte aber nur sehr wenig für ihn tun. Erst nach seiner Freilassung war mir das möglich; ich gab ihm, der ohne einen Pfennig dastand, irgendwelche unbedeutende Arbeit zu tun, und da er selber vor jedem Schritt ängstlich zurückschreckte, verschaffte ich ihm einen Anwalt, der es unternahm, Regreßansprüche zu stellen. Er war oft bei uns zu Gast damals, ein sehr stiller Gast zuerst, es dauerte lange, bis er sich aufraffte, zu erzählen, und auch dann zuckte er bei jedem Geräusch vor dem Haus zusammen.

Über die Toten nur Gutes, sagen die Römer. Faber ist tot, er starb, während ich im Zuchthaus saß, und ich will nicht rechten. Ich war nur gespannt, wie er sich verhalten würde, nachdem er, selbst erst ein knappes Jahr wieder in Freiheit, in den Gerichtssaal geführt wurde. Er zögerte, er schien wie geblendet, obwohl das Licht im Saal nicht übermäßig hell war; ich weiß nicht, ob er mich sah, aber den Genossen Urack hatte er gesehen, das war deutlich, der Gerichtsdiener, oder war es ein Polizist, mußte ihm einen Stoß geben, damit er weiterging.

Ach, er versuchte tapfer zu sein. Er sagte aus, wie brav ich mich geschlagen hätte in Spanien und welch vorzügliche Arbeit ich geleistet hätte in der Emigration und in den ersten Jahren des Aufbaus hier, ich hätte mich, soweit er feststellen konnte, stets und überall als vorbildlicher Kommunist verhalten. Der Generalstaatsanwalt ließ ihn reden, Urack saß da, die Hände vorm Bauch, und Faber häufte

Lob auf Lob, und je mehr er lobte, desto unsicherer wurde er, er geriet ins Stammeln, der Gerichtsvorsitzende grinste, Gelächter im Saal, Faber brach ab, setzte wieder an, blickte sich hilflos um, verstummte. Und nun fragte der Generalstaatsanwalt: An dem genannten Tag des vergangenen Jahres, während der Nachmittagsstunden, befanden Sie sich im Hause des Angeklagten Havelka in Berlin-Niederschönhausen?

Ja, sagte Faber und mußte die Namen der außer mir noch Anwesenden nennen; sie saßen, soweit ihre Verfahren nicht abgetrennt worden waren, neben mir auf der Anklagebank.

Und was, wollte der Generalstaatsanwalt wissen, war der Zweck Ihres Besuchs bei dem Angeklagten, Zeuge Faber?

Er sei einfach eingeladen gewesen von meiner Frau und mir, erklärte Faber. Es hätte bei uns immer so schönen Kuchen gegeben, und einen anständigen Kaffee, und Kognak.

Wieder Gelächter bei der Claque. Sie wollen uns doch nicht erzählen, sagte der Generalstaatsanwalt, daß Sie den Angeklagten besucht haben, nur um bei ihm Kuchen zu essen und Kognak zu trinken? Wurde dabei nicht auch diskutiert?

Faber wollte mich nicht belasten. Er stotterte irgend etwas. Ich sprang auf, und ohne erst um Erlaubnis zu ersuchen, rief ich, selbstverständlich sei diskutiert worden bei mir, es habe doch wohl zu der Zeit genügend zu diskutieren gegeben für Kommunisten, die Rede des Genossen Chruschtschow, die Ereignisse in Ungarn und Polen...

Urack hob den Kopf. Der Vorsitzende schrie mich an, er werde nicht dulden, daß ich dem Zeugen Weisungen gebe für seine Aussage, noch ein ungebetenes Wort von mir, und er werde mich aus dem Saal entfernen lassen. Und der Generalstaatsanwalt sagte: Zeuge Faber, wurde mit den Kaffeegästen des Angeklagten nicht auch diskutiert, daß und wie Sie wieder politisch aktiv werden sollten?

Ich mußte mich sehr beherrschen, um nicht wieder dazwischenzurufen. Dieser arme, geschundene Mensch, dieses Wrack – politisch aktiv! Wir hatten von allem Möglichen gesprochen an dem Nachmittag, nur nicht davon.

Der Generalstaatsanwalt hämmerte weiter. Wurde der Punkt diskutiert? Ja oder nein, Zeuge Faber!

Faber wand sich. So direkt sei die Rede wohl nicht davon gewesen.

Also indirekt. Und wurde besprochen, daß es notwendig wäre und daß die Zeit gekommen sei, den Genossen Ersten Sekretär der Partei seiner Pflichten zu entheben oder, um es deutlich zu sagen, zu stürzen?

Faber zitterten die Hände. Ich hatte Mitleid mit ihm, obwohl ich mir das nicht leisten konnte, denn was da gegen mich zusammengebraut wurde, war tödlich.

Zeuge Faber, mahnte der Generalstaatsanwalt, es trennt Sie nur ein Haar davon, daß auch Sie hier auf der Anklagebank sitzen.

Faber blieb stumm. Vom Zeugenstand her konnte er mich sehen, aber er sah mich nicht; sein Blick war nach innen gerichtet.

Beantworten Sie meine Frage, Zeuge Faber, sagte der Generalstaatsanwalt. Wurde bei dieser merkwürdigen Kaffeegesellschaft im Hause des Angeklagten Havelka davon gesprochen, daß der Genosse Erster Sekretär durch einen anderen Genossen ersetzt werden müßte?

Faber schüttelte den Kopf. Es sei über so vieles gesprochen worden, er könne sich nicht entsinnen.

Zeuge Faber, sagte der Staatsanwalt, die Tatsache, daß politisch diskutiert wurde, hat der Angeklagte Havelka bei seinem Einwurf vorhin selbst bestätigt. Fand man nun alles, wie es war, gut und richtig, oder gab es auch andere Meinungen?

Es habe verschiedene Meinungen gegeben, räumte Faber ein.

Man sprach also auch von der Notwendigkeit von Veränderungen?

Notwendigkeit? Nicht, soweit er sich entsinne.

Also Möglichkeit. Veränderungen auch innerhalb der Partei?

Nicht im spezifischen Sinne. Nichts Bestimmtes.

Wann sind Sie eigentlich in die Partei eingetreten, Zeuge Faber?

Faber atmete auf: endlich eine Frage, bei der er sich sicher fühlte. Vor dreißig Jahren, sagte er, auf den Monat genau vor dreißig Jahren.

Da haben Sie also eine beträchtliche Parteierfahrung, sagte der Generalstaatsanwalt, und wissen natürlich, daß einer, der in der Partei etwas verändern will, vor allem die Spitze der Partei verändern muß?

Im allgemeinen, Faber zögerte, im allgemeinen treffe das wohl zu.

Ich rekapituliere, Zeuge Faber, sagte der Generalstaatsanwalt. Es wurde an dem fraglichen Nachmittag im Hause des Angeklagten Havelka über mögliche Veränderungen auch innerhalb der Partei gesprochen, die nach Ihrem eigenen Eingeständnis Veränderungen in der Parteispitze einschließen. Ich frage Sie nun, Zeuge Faber, von wem kam der Vorschlag, den Genossen Ersten Sekretär durch jemand anderen, nämlich Sie, zu ersetzen?

Faber suchte nach einer Stütze, aber er fand nichts, keine Stuhllehne, keine Tischkante, keine Schranke.

Denken Sie mal kurz nach, Zeuge Faber, sagte der Generalstaatsanwalt. War es nicht der Angeklagte Havelka?

Faber wandte den Kopf, erst jetzt schien er mich zu sehen, aber er sah auch Urack, und Urack blickte ihn an, interessiert, sogar ein wenig amüsiert, wenn mich nicht alles täuschte.

Ich warte noch immer auf Ihre Antwort, Zeuge Faber, sagte der Generalstaatsanwalt. Es war doch Havelka?

Ja, sagte Faber leise und duckte sich, als erwarte er einen Schlag.

Mir ist das alles höchst gegenwärtig, Frau Doktor, selbst die Einzelheiten; wahrscheinlich erlebt man solche Momente mit großer Intensität, und rechnen Sie dazu die Haft, die Nächte, in denen man, schon um nicht dem Wahnsinn zu verfallen, die Vorgänge immer wieder durchdenkt und zu ergründen sucht.

Jedenfalls hoffe ich, daß die Episode Ihnen etwas über den Genossen Urack sagt, was Ihnen bei Ihrer Arbeit in der Klinik nützlich sein kann – und nicht nur bei Ihrer Arbeit.«

Sie war hinübergegangen zu Wölfchen. Der Kleine schlief, sie küßte seine Stirn, die Stirn schien weniger heiß zu sein als vorher, aber da mochte ihr Wunsch den Befund beeinflußt haben.

»Wie geht's dem Kind?« fragte Havelka.

»Man muß abwarten.«

»Sollte ich nicht doch lieber gehen?«

»Ich möchte jetzt nicht allein sein müssen mit meinen Gedanken«, sagte sie. »Außerdem schulden Sie mir noch den zweiten Punkt – Collin. Trat Collin auch als Zeuge auf?«

»Nein.« Havelka verzog das Gesicht, die Haut über den Knochenpartien spannte sich. »Der Schriftsteller Collin saß während des ganzen Prozesses auf seinem Platz in der zweiten Reihe der für das Publikum bestimmten Plätze. Ob er aufmerksam zuhörte, weiß ich nicht; doch möchte ich es annehmen.«

Sie wartete. Havelka goß sich Tee nach; fast schien es, als hätte er den Faden verloren.

»Der gleiche Saal«, fuhr er endlich fort, »die gleiche Besetzung, nur stand ich jetzt, wo Faber gestern gestanden hatte. Der Generalstaatsanwalt war in Hochform; ich vermute, sie hatten ihn belobigt, weil er Faber am Vortag so elegant in die Enge getrieben hatte; sein Ton war um eine Nuance spitzer noch als gestern, und da war der widerliche Zeigefinger, mit dem er dauernd auf mich einstach, grundlos eigentlich, denn zunächst befragte er mich gar nicht, vielmehr verlas er lange Passagen aus einem Faszikel, den er vor sich liegen hatte: Zitate aus gelehrten Büchern, aus Zeitungsartikeln, aus Tagungsprotokollen, sämtlich gerichtet nicht etwa gegen meine Person, sondern gegen einen Mann, der sich nicht im Gerichtssaal befand, keiner wußte zu der Zeit, wo er sich aufhielt und ob er vielleicht nicht schon tot war – gegen den Professor Daniel Keres aus Budapest. Ist Ihnen der Name vertraut, Frau Doktor?

»O ja.«

Havelka schwieg einen Moment, dann sagte er nachdenklich: »Es lohnte sich sicher, wenn ein Psychologe einmal untersuchte, warum wir auch im Sozialismus noch Popanze brauchen. Es wäre doch naheliegend gewesen, die Ursache der blutigen Unruhen jener Tage in den eignen Regierungsmethoden zu suchen; aber nein, man schob die Schuld daran den Intellektuellen zu, und unter diesen bot sich der kleine Mann mit den schiefen Schultern und dem schiefen Mund als Sündenbock par excellence an; außerdem hatte er im Moskauer

Exil einmal einen Streit gehabt mit dem Genossen Ersten Sekretär, den ich angeblich zu stürzen plante.«

Havelkas Ton hatte sich geändert; Christine meinte zu erkennen, daß er die Dinge jetzt gelassener betrachtete. »Haben Sie denn in Verbindung gestanden mit Keres?« fragte sie.

»Ich selbst kannte ihn nur flüchtig. Aber aus der Wahl der Zitate, die der Generalstaatsanwalt benutzte, und aus einigen Fragen während meiner Verhöre, an die ich mich dabei erinnerte, konnte ich mir bald die Gründe zusammenreimen, die den Generalstaatsanwalt veranlaßten, fast eine dreiviertel Stunde den Ansichten des Professors und seiner politischen und philosophischen Gegner zu widmen. Er suchte Keres mit Gewalt in einen finsteren Intriganten umzufunktionieren, einen Feind des Sozialismus seit eh und je, um damit mich um so stärker zu belasten. Keres sollte sich in das Vertrauen der Kulturschaffenden eingeschlichen haben, um deren Glauben an Partei und Regierung zu zersetzen, er sollte Zweifel gesät haben an den kulturpolitischen Maximen unsrer sowjetischen Freunde, um die Massen aufzuputschen zum blutigen Kampf gegen die ruhmreiche Rote Armee. Es war grotesk. Da saß mehr als einer in diesem Saal, der sich von Keres hatte beraten und fördern lassen oder zumindest von seinen Erkenntnissen profitiert hatte – und hörte sich das an, ohne laut herauszulachen. Und dann legte der Generalstaatsanwalt seine Akte beiseite und wies mit dem Zeigefinger anklagend auf mich: Und dieser Mensch, rief er, dem wir gerade noch rechtzeitig das schmutzige Handwerk legen konnten, plante, den intellektuellen Urheber der Budapester Konterrevolution, den Verräter Keres, hierher nach Berlin zu holen, um ihn zum geistigen Oberhaupt auch der Konterrevolution in unsrer Republik zu machen!...« Havelka bemerkte plötzlich, daß er selber mit ausgestrecktem Zeigefinger die Luft durchstach, und lachte bitter. »Und das Verteufelte war, ich hätte tatsächlich nach Budapest fahren und Keres herausholen sollen, nur aus ganz anderen Gründen und von ganz anderen Leuten veranlaßt. Und zwei von diesen Leuten saßen im Gerichtssaal, ein paar Meter von mir entfernt. Die Piddelkoe, Gott hab sie selig, sie ruht, wo sie alle ruhen, schneuzte sich die Nase und suchte nach irgend etwas in ihrer Handtasche. Und Collin.

Hans Collin, mir verbunden seit unsern Tagen in Spanien, Hans Collin, der mir gesagt hatte, wenn du mich je brauchen solltest, Genosse Havelka, auf mich kannst du zählen...«

»...und der genau wußte, wer Sie nach Budapest beordert hatte und warum«, sagte Christine, »Collin saß da und schwieg.«

Havelka blickte überrascht auf. Dann sagte er: »Was hätte er denn tun sollen?«

»Vielleicht aufstehen und sprechen?«

»Und selber den Hals in die Schlinge legen?« Havelka dachte einen Moment nach. »Aber woher wissen Sie denn, Frau Doktor, wie es sich mit den Budapester Reiseplänen in Wirklichkeit verhielt? Auch von Pollock?«

Sie schüttelte den Kopf. »Aus Collins Memoiren. Er hat das alles aufgeschrieben.«

»Alles?« Havelka rührte seinen kaltgewordenen Tee um. »Auch warum er vor Gericht schwieg?«

»Nein«, sagte sie, »soweit ist er noch nicht.« Und fügte hinzu: »Aber es wird sehr interessant sein zu sehen, wie er das bewältigt.«

Havelka lächelte. »Es war doch wohl richtig, daß ich heute abend zu Ihnen gekommen bin.«

Bald darauf war er gegangen, still, demütig fast, sein Blick müde, seine Gesichtszüge erschlafft; es war, als seien die Ungerechtigkeiten, die er erduldet, der Widerstand, den er geleistet, sein eigentliches Leben gewesen und alles Spätere Antiklimax, unbedeutend: vergessener Märtyrer einer vergessenen Sache, erhielt er Licht nur noch vom Abglanz vergangener Feuer.

Dabei hatte er, das erkannte sie jetzt, ihr die Kraft gegeben, Fassung zu bewahren, wenn die zwei freundlichen Herren kämen, sich mit ihr zu unterhalten. Sie ging ans Telephon, wählte. Keine Antwort. Vielleicht war Pollock im Theater oder im Kino, oder er saß in der Redaktion, oder er lag schon im Bett und schlief den tiefen, angenehmen Schlaf der innerlich Unbeteiligten. Und jetzt rief Wölfchen.

Er hatte geschwitzt. Sie zog ihm den durchnäßten Schlafanzug aus, rieb die Haut trocken, wechselte seine Wäsche, gab ihm Obstsaft, sah zu, wie er trank, ein paar kleine Schlucke, und deckte ihn zu.

»Wenn ich sterbe«, fragte er, »bin ich da ganz weg?«

»Du stirbst doch nicht«, sagte sie und lachte, um die Schwäche zu bekämpfen, die sie plötzlich in den Kniekehlen spürte, und redete sich gut zu, Kinder sind wie Katzen, man darf nicht bei jeder Unpäßlichkeit an das Schlimmste denken, besonders du als Ärztin nicht, du hast ihn doch abgehorcht und abgetastet. Aber der Gedanke haftete doch irgendwo im Hirn, war schon aufgetaucht, sie erinnerte sich, als sie, aus der Narkose erwachend, ihr Kind das erste Mal sah, so winzig und so perfekt und so hilflos zugleich, geboren aus ihrem Schoß, wie konnte das überleben. »Du stirbst nicht«, wiederholte sie, »wie kommst du überhaupt auf so etwas Dummes.«

»Alle sterben«, sagte er, so wie man etwa sagt: alle essen.

»Auf jeden Fall hast du noch lange Zeit bis dahin«, sagte sie und legte ihm den Teddybär in den Arm.

»Wie lange?« wollte er wissen.

»Neunzig Jahre, vielleicht sogar hundert, die Menschen leben heute länger als früher. Hundertmal Frühling, Sommer, Herbst und Winter, dazwischen noch die Ferien.«

»Und Detlev Krohn?«

Detlev Krohn aus dem Nebenhaus, ein armes mißgestaltetes Wesen, das oft vor der Haustür gesessen hatte, blaß, mit ungeheurem Kopf, die Familie hatte viel ausgegeben für das Begräbnis: ein großer silbergeschmückter Leichenwagen, darin der kleine schwarze Sarg. »Detlev Krohn war krank, aber anders krank als du, wirklich krank, unheilbar.«

Die Andersartigkeit des Falles schien ihn zu beruhigen; er seufzte, wandte sich dem Teddy zu.

Sie saß und wachte und dachte nach. Wie sagte Gerlinger doch, FIRST THINGS FIRST, aber ließ sich das Leben denn in eine Reihenfolge von Punkten zwängen, Pollock ging so vor, ein methodischer Mensch, aber Pollock hatte keine Kinder, oder doch, er hatte davon gesprochen, ein uneheliches, gezeugt, als er noch jung war, ein Mädchen, vergast in Auschwitz, er hatte von der Existenz der Kleinen erst erfahren nach seiner Rückkehr aus dem Exil, die Tochter, hätte sie gelebt, wäre heute etwa so alt wie sie, schwer vorstellbar, er war nicht der väterliche Typ, obwohl auch Peter in ihm den Vater gesucht hatte.

»Christine?«

Sie fuhr auf: ihr Mann.

»Die Tür stand offen«, sagte er, »und das Licht brannte.«

Also war sie eingeschlafen, im Sitzen. Sie wies auf das Kind, das sich unruhig bewegte, und legte den Finger an die Lippen.

»Ist was mit ihm?« fragte er.

Sie schob ihn aus dem Zimmer. Er zuckte die Achseln und ging in seines; sie folgte ihm: »Rücksichtslos wie immer!«

»Setz dich«, sagte er. »Wodka? Zigarette?«

Er roch nach irgendeiner Helma oder Ute oder Sybille. Und seine Bewegungen waren so selbstsicher – wie er die Flasche hinstellte und ihr die Zigaretten hinschob: der kannte keine Zweifel. Er goß ein; dann ließ er sich in den Sessel fallen, stieß die Schuhe von den Füßen und streckte die Beine von sich. »Drei Operationen heute, die letzte eine Darmperforation, völlig vereiterte Bauchhöhle. Wenigstens habe ich die alte Frau lebend vom Tisch bekommen.« Er starrte in den Zigarettenrauch, der sich um die Lampe herum zur Decke zog. »Du hast Probleme?«

»Vielleicht kannst du mir sogar helfen. Glaubst du, auf Grund deiner eignen Erfahrungen, daß einer davon krank werden kann, daß er etwas nicht getan hat, zum Beispiel, daß er geschwiegen hat, wenn er hätte sprechen sollen?«

»Eigene Erfahrungen, eh?« Er blickte sie spöttisch an. »Unterlassungssünden, meine Liebe, sind die am leichtesten verdrängten. Wenn jeder krank würde, der etwas, was zum Heil seiner Seele dringend erforderlich gewesen wäre, zu tun unterlassen hat – wir hätten die halbe Partei in der Psychiatrie. Und jetzt schaue ich mir den Jungen mal an.«

»Laß das Kind jetzt schlafen«, sagte sie.

»Aber Christine« – eine lässige Handbewegung – »in Wirklichkeit ist dir's doch ganz lieb, noch von jemandem eine Diagnose zu haben, für den ein Blinddarm kein psychosomatisches Phänomen ist, sondern ein Blinddarm.«

Wölfchen war benommen, vom Fieber, vom Schlaf; er ließ sich drücken und behorchen; er jammerte nicht, klagte nur über Schmerzen im Kopf; das war neu hinzugekommen. Gegen Ende der Untersuchung sagte er: »Ich werde nicht sterben.«

Christine biß sich auf die Lippe. »Wir haben vorhin davon gesprochen. Und Wölfchen weiß, er hat noch hundert Jahre Zeit bis dahin.«

»An so etwas denken wir überhaupt nicht, Kleiner«, sagte Andreas streng. »Morgen geht's dir schon besser, das garantiere ich. Gute Nacht jetzt.«

»Ich will aber nicht allein bleiben.«

Christine deckte ihn zu. »Ich komme dann und schlafe bei dir, auf dem Feldbett. In ein paar Minuten bin ich wieder da.«

Das Gesicht des Jungen leuchtete auf. Christine spürte ein momentanes Glücksgefühl: SIE schützte den Jungen.

Andreas wartete auf sie in seinem Zimmer; er hatte die Gläser wieder aufgefüllt und kippte seinen Wodka hinunter. »Der Darm ist in Ordnung«, sagte er, »alles andere, soweit man jetzt feststellen kann, auch. Aber es kann irgendwo ein Herd sein, nimm den Jungen morgen in die Pädiatrie, ich werde mit den Leuten sprechen. Aber was ist das mit dem Sterben, was soll der Unsinn?«

»Ich habe dir das doch erklärt.«

»Du erziehst ein völlig neurotisches Kind«, sagte er. »Du wirst mit deinem Leben nicht fertig und transferierst deine Komplexe auf den Jungen. Wahrscheinlich kommt auch das Fieber aus dieser Ecke.«

»So einfach siehst du das.«

»Ja, so einfach. Kinder haben einen unheimlichen Instinkt. Die unnötigen Probleme, die du dir dauernd schaffst, die verkorksten Verhältnisse, in die du dich dauernd verwickelst – der Junge spürt das, glaub mir.«

»Die Herren waren wieder bei dir?«

»Das auch.«

»Und was hast du ihnen diesmal gesagt?«

»Daß du nichts gehabt hast mit diesem Peter Urack als eine dumme Bettgeschichte. Daß sie dich bitte in Ruhe lassen sollen; ich würde mich um dich kümmern.«

Wieder trank er. Dann stand er auf und trat zu ihr. »Komm, armes Mädchen. Papa hat sich alles überlegt, Papa weiß, was du brauchst. Wir machen jeder unsre Fehler, aber das ist kein Grund...«

Er zog sie an sich. Seine Hand, Chirurgenhand, jede Bewegung gekonnt, nestelte an ihrer Kleidung.

»Andreas...« sagte sie.

»Ja, Christinchen?«

»Ich setz dir deine Sachen vor die Tür, gleich morgen früh. Am besten packst du sofort.«

Er ließ ab von ihr, sein Lachen gelang nur halb. »Das meinst du doch nicht im Ernst.«

Sie sah die roten Flecke auf seinem Gesicht. »Christinchen hat sich alles überlegt«, sagte sie. »Christinchen weiß, was sie braucht: einen Menschen, nicht einen selbstzufriedenen Kleinbürger.«

»Du machst dich nur weiter unglücklich«, sagte er.

Sie drehte sich um und ging. Wölfchen hatte auf sie gewartet und beobachtete sie, während sie das Feldbett aufschlug, ihr Bettzeug brachte, sich auszog.

»Warum weinst du, Mama?« fragte er plötzlich.

»Habe ich geweint?« Sie versuchte zu lächeln. »Das ist nur meine Müdigkeit.«

22

Nina umgab ihn mit sorgender Liebe. Sie kam nun täglich, blieb ein bis zwei Stunden bei ihm, erzählte, wer sich von wem getrennt und wer sich mit wem zusammengetan hatte, wer was über wen geäußert, und wer weggeblieben war auf einer Westtournee, die Leute verdienen kein Vertrauen; sie erkundigte sich, wie er sich fühle und was er gegessen und ob die Behandlung auch anschlage, und blieb geduldig und zärtlich selbst dann, wenn er nur mürrisch antwortete oder gar nicht, und ließ den Dresdner Chrysanthemen immer neue Bouquets folgen, eine bunte, schwach duftende Pracht, die das breite Fensterbrett füllte und überquoll von dort auf Tisch und Schrank.

Collin akzeptierte diese Aufmerksamkeiten mit Gleichmut, in seltenen Momenten auch mit einer gewissen Genugtuung: vielleicht machte sie sich doch ein wenig Sorge, er könnte sich, ausgeliefert wie er den Frauen hier war, an eine von ihnen näher binden wollen; wahrscheinlicher aber war, daß hinter der Fürsorge, die sie zur Schau trug, Gefühle ganz anderer Art steckten, Gefühle möglicherweise auch für einen anderen. Sie selbst hatte seit ihrer Rückkehr aus Dresden weder Christine noch die beiden Uracks, den jungen oder den alten, wieder erwähnt. Da Feingefühl kaum ihre starke Seite war, mochte Gerlinger sie instruiert haben; oder sie wußte, daß Christine schon seit einiger Zeit nicht mehr in die Klinik gekommen war, und fand es daher müßig, noch über sie zu sprechen.

»Es ist spät schon«, sagte sie, »kann ich noch etwas tun für dich? Soll ich dir Obst bringen morgen?«

Er betrachtete sie: die Augen, die ihn anstrahlten, den prallen Mund, Schultern, Brust, Hüfte. Warum läßt mich das alles so kalt, dachte er, und sagte: »Was wird, Nina, wenn ich hier herauskomme?«

Sie beherrschte sich großartig. Sie lächelte, ihr Kinderlächeln mit den Grübchen, und sagte: »Dann hole ich dich ab mit meinem Wagen und fahre dich nach Hause.«

»Ich könnte ja auch selber fahren wollen«, sagte er müde.

»Ganz wie du willst, Lieber«, versicherte sie, und fügte hinzu: »Also etwas Obst.«

Dann war sie gegangen. Er schloß die Augen: was hatte ihn veranlaßt, diese Frage zu stellen? Ging es ihm soviel besser, seit Christine ihm gesagt hatte, vom organischen Befund her könne er aufstehen und nach Hause gehen? Christine. Im Grunde hatte er sich kaum je so unsicher gefühlt wie jetzt; was hieß hier, organischer Befund, er hatte seinen Quasi-Infarkt gehabt trotz schönstem organischem Befund, und wer garantierte ihm, daß der nächste Infarkt quasi bleiben würde, wenn keine Christine da war, um zu helfen. Christine. Wie hatte Nina so schön formuliert? – Er hat ein Verhältnis gehabt mit deiner Doktor Roth bis zuletzt, der junge Urack. Warum auch nicht: er selber hatte ja keines mit ihr angefangen. Er hatte sie auf ein Podest gestellt, auf eine Art silberne Mondsichel, jungfräuliche Christine in weißem Arztkittel, umgeben von goldenen Sternen und blauen Wölkchen, ihr Gesicht ihm mitleidvoll zugeneigt; nun war sie entjungfert, menschgeworden, er hat ein Verhältnis gehabt mit deiner Doktor Roth, was wird, Nina, wenn ich hier herauskomme, du wirst überrascht sein, Nina.

Er beschloß aufzustehen, doch dann nicht wie üblich umherzuschlurfen in Schlafrock und Pantoffeln, sondern sich auch richtig anzuziehen, Oberhemd, Slacks, Sakko, eventuell sogar Krawatte – eine Art Generalprobe. Er machte sorgfältig Toilette, kämmte das widerspenstige Haar, verspritzte eine Unmenge Eau de Cologne, herb duftend, männlich, von Nina aus der Schweiz mitgebracht oder aus dem Intershop, und besah sich im Spiegel: so aufgeputzt war man sogar einigermaßen passabel, trotz der Nase, die zu knochig, und der Augen, die zu stark umschattet waren.

Aber wohin nun?

Telephonieren. Das Telephon neben der Pförtnerloge war immerhin ein Ziel, danach könnte man ein paar Schritte vor die Tür der Klinik wagen, frische Luft schnuppern, irgendwann mußte ein Anfang gemacht werden auf dem Weg zurück ins normale Leben. Er tat ein paar tänzelnde Schritte, das Herz in der Brust schlug leicht und regelmäßig, er würde Christine anrufen, raten Sie mal, was ich jetzt machen werde, Christine, ich gehe aus, ich habe das Bett satt und dies ganze Gefängnisleben, doch dann überlegte er sich: welch kindischer Unfug, so nahm man die Fäden nicht auf, die nun lose herumlagen, man mußte eine Gelegenheit schaffen, aber wie.

Im Korridor Wiederöcker, Wache schiebend vor dem Zimmer des Genossen Urack. Collin hätte gern Näheres gewußt über den Zustand des hohen Patienten; die Fragen, die er in den letzten Tagen an Dr. Lommel und Oberarzt Kuschke gerichtet hatte, waren ausweichend beantwortet worden, und Gerlinger, bei der Visite, hatte die Stirn in Falten gelegt: wie schön, solch menschliches Interesse, solche Anteilnahme, alte Genossen, alte Bindungen, nun, es besteht aller Anlaß zu Hoffnung.

Wiederöcker hatte ihn offensichtlich erkannt, schien aber unschlüssig, ob er ihn grüßen sollte. Collin, den Sakko öffnend, damit die Krawatte zur Geltung käme, nahm ihm die Entscheidung ab. Freundlich grinsend, klopfte er Wiederöcker auf die weißbekittelte Schulter und verwickelte ihn in ein Gespräch über Gesundheit im allgemeinen und die Vor- und Nachteile des Krankenhausaufenthalts in besonderen Fällen – »hier kann es passieren, daß man erst richtig krank wird!« –, aber Wiederöcker betrat die Brücke nicht, die ihm da gebaut worden war, sondern berichtete von eigenen Leiden: auch er, obwohl es ihm kaum einer ansähe, habe sein Päckchen zu tragen, schon den dritten Nierenstein, mit viel Bier herausgeschwemmt, sowie Prostata-Beschwerden, die sich immer wieder einstellten, alles schmerzlich in äußerstem Grade und hinderlich bei der verantwortungsvollen Arbeit.

Collin wünschte ihm das Beste und begab sich zur Pförtnerloge. Vielleicht sollte er Pollock anrufen, wie wär's mit einem kleinen Besuch, heut abend noch, wenn du Zeit hast, ich weiß doch, du interessierst dich, woher denn sonst dein plötzlicher Besuch vorgestern, meinst du, ich hätte das nicht gemerkt, die Ausfragerei in Sachen Urack und überhaupt, wie geht es übrigens dem Pudel, mußt ihn jetzt immer allein ausführen, also wie wär's mit einem kleinen Hun-

degespräch ohne Hund? Aber auch das war plump, ein plumper An-
näherungsversuch, und Pollock würde, käme er wirklich, ihn kühl
auseinandernehmen, statt ihm zu helfen; Pollock mit seinem analy-
tischen Kopf und seinem Juckebein gab ihm ein Gefühl der Unterlegenheit, das er jetzt, da er sich endlich wohler fühlte, am wenigsten
gebrauchen konnte.

Ob Herr Collin eine Zwanzig-Pfennig-Münze benötige, wollte
der Pförtner wissen; er habe welche und könne ihm Geld wechseln.
Collin schüttelte dankend den Kopf und starrte durchs Glas der Tür
nach draußen: draußen regnete es. »Scheiße, was?« sagte er.

»Scheiße, jawohl«, sagte der Pförtner.

Collin machte kehrt und ging schleppenden Schritts den Weg zurück, den er gekommen war. Vor Uracks Zimmer stellte er zu seiner
Überraschung fest, daß Wiederöcker nicht mehr auf Posten stand;
vielleicht hatte er's mit seiner Prostata, oder er war Kaffee trinken
gegangen – oder war er drin bei Urack?

Collin gab sich einen Ruck und trat ein: aber nur der Patient war
da, merkwürdig klein und geschrumpft wirkend.

»Bist du das?«

»Ja.«

Urack blickte ihn aus fahlen Augen an. »Ich habe gewartet auf
dich.«

»Wieso das?«

»Du hattest gesagt, du würdest kommen.«

Die Augen, dachte Collin, sieht er mich, oder sieht er durch mich
hindurch.

»Näher«, sagte Urack, »näher.«

Collin trat ans Bett.

»Du siehst so anders aus.«

»Es geht mir auch besser«, sagte Collin, »unberufen.«

»Mir auch.«

Collin dachte an die eigenen Ängste, die der da aufgerührt und ins
Ungeheuerliche gesteigert hatte; jetzt, wenn der Schein nicht trog,
war die Frage, wer wen überlebte, entschieden.

»Du hast mich geschafft«, sagte Urack.

»Ich?«

»Verstell dich nicht.« Urack kicherte greisenhaft. »Als ob du nicht wüßtest: du und ich, wir hängen zusammen.«

Collin fing an, sich unbehaglich zu fühlen. »Das war doch nicht ernst zu nehmen«, verteidigte er sich. »Außerdem ging das Spiel ja von dir aus.«

»Endlich!« Urack wollte sich aufrichten, besaß aber nicht die Kraft, sein Kopf sank ins Kissen zurück. »Endlich hast du begriffen: ein Spiel. Ein Spiel mit festen Regeln, bei dem wir alle mittun müssen. Tut mir leid, ich hab die Regeln auch nicht gemacht.«

»Was für Regeln?« Zwei kranke Männer, die einander mißtrauten, hatten vom Tod gesprochen, dem eignen und dem des anderen, das war alles gewesen, was sollte es da für Regeln geben.

»Das weißt du doch, Bruder, was das für Regeln sind.« Urack kicherte wieder. »Wenn es um die Macht geht und den Kopf, lassen wir nicht mit uns spaßen.«

Collin, gekommen, seine Ängste zu begraben, sah sie auferstehen. »An dem Spiel war ich nie beteiligt«, sagte er heiser. »Macht. Was interessiert mich Macht.«

»Warum kommst du dann her? Warum bist du nicht tot?«

Das war alles unwirklich. Aber das Licht brannte im Zimmer, und draußen vor dem Fenster, im Grau des einsetzenden Abends, bewegten sich die Zweige der jungen Kiefern. »Ich war nahe genug am Tod«, sagte Collin. »Aber die Doktor Roth hat mich durchgezogen.«

»Die Doktor Roth«, sagte Urack verächtlich. »Weg ist der Buup-di-buup-buup. Und warum weigerst du dich zu sterben? Wir haben dir doch bewiesen, daß du unnötig bist – oder etwa nicht?«

Collins Rücken straffte sich. »Nicht gar so unnötig!«

»Einbildung!« Urack empörte sich trotz seiner Schwäche. »Du bist nicht nötig. Nötig sind wir, wir allein, merk dir das. Wir sind unersetzlich, Hirn der Klasse, Schild der Klasse, Scharfrichter der Klasse. Alle andern sind auswechselbar, erhalten ihre Rolle zugeteilt und spielen sie, und zwar nach den Regeln. Nur du hast nicht mitspielen wollen und hast dich gesträubt; genützt hat es dir nichts, aber es hat die Sache etwas langwierig gemacht.«

»Ich habe nicht mitspielen wollen?« Collin verstand und verstand auch nichts; es war wie in einem Traum, von äußerster Logik alles und dennoch verworren. »Vielleicht kannst du das näher erklären.«

Urack hob die matten Hände. »Ich dachte, ich hätte mich deutlich ausgedrückt. Du kommst hierher, ich weiß nicht von wo, du stehst da, ich weiß nicht wie, und stellst mir Fragen, ich weiß nicht warum. Trotzdem setze ich dir, mit großer Geduld, deine Situation und unser Problem auseinander. Was, Genosse Faber, willst du noch?«

»Das ist wohl ein Irrtum!« Endlich gelang es Collin zu lachen. »Ich bin nicht der Faber, Genosse Urack, ich bin Collin, in voller Lebensgröße, hier, faß mich an, ich bin nicht tot und habe auch nicht die Absicht zu sterben.«

Etwas in den fahlen Augen hatte sich verändert, die Größe der Pupillen, die Richtung des Blicks, der nun den Besucher erfaßte. »Seit wann bist du hier, Genosse Collin?«

Collin rieb sich die Stirn: unmöglich! Er war nicht allein gewesen mit Urack, noch einer war dagewesen im Raum, ein unheimlicher Gast, und welche seiner Worte stammten nun von ihm und welche von dem gespenstischen Dritten?

Urack lag da, die Augen weit aufgerissen, das Gesicht verzerrt, und röchelte leise, als hätte ihn jemand gewürgt. Collin drückte auf den Knopf am Arm der Bettlampe. An der Wand flammte es auf: BITTE SPRECHEN. »Den Arzt«, sagte er, »rasch. Den Arzt. Zum Genossen Urack.«

Dann flüchtete er.

An Wiederöcker vorbei, der ihn mißtrauisch musterte, den Korridor entlang, ohne Blick zurück, rasch in die Geborgenheit des eigenen Zimmers.

Geborgenheit. Gab es das? Alles war doppelbödig, spaltbar, zwiegesichtig, Collin war Faber, Faber Collin, und von überallher Bedrohung.

Er riß den Schrank auf: nein, die schwarze Mappe lag unberührt unter der Leibwäsche: Sie können beruhigt sein, Genosse Collin; was stand denn auch auf diesen Seiten, das benutzbar wäre gegen ihn; noch existierten nur Skizzen und Bruchstücke, gefährlich würde erst das fertige Buch sein mit seinen Hintergründen und Verkettungen.

Er stellte die Blumen vor die Tür, Vase um Vase, so wie er Schwester Gundula es hatte tun sehen. In allen Krankenhäusern wurden die Blumen vor die Tür gestellt in Vorbereitung der Nacht, der Duft schuf Träume, unruhige, schwere Träume von Welken und Tod, Blumen bedeckten die Särge. Er mußte heraus hier, das sah er jetzt, dies war keine Zuflucht, hier endete alles, tödliche Sackgasse, in der die Geister von gestern ihr Unwesen trieben. Welch eine Szene: der Genosse Urack gehetzt von dem Genossen Faber. Und er würde es schreiben, die Stimmung, die Gesten, das Grausen, alles hatte sich ihm ins Hirn geprägt, war nicht auch er längst gespalten in zwei, Collin den Erlebenden und Collin den Beobachtenden, dieser jenes Doppelgänger und große RAISON D'ÊTRE, so wie er's damals schon, in seinem Spanienbuch, zu Nutz und Frommen des Schriftstellers Wieland dem ungenannten Genossen in den Mund gelegt: DU SCHREIBST; DU HAST DIE VERPFLICHTUNG ZU LEBEN.

Leben, dachte er, und öffnete der kühlen, feuchten, frischen Luft das Fenster. Die Blumen waren entfernt, der Moderduft vertrieben, dies war keine Grabkammer mehr, sondern ein zweckmäßig eingerichtetes, übersichtliches Krankenzimmer, Bett, Tisch, Sessel, Schrank, Waschbecken, Lampen, Klingel. Er hatte sich ins Bockshorn jagen lassen von den Gespenstern des Genossen Urack; die Bedrohung lag in ihm selber, ähnlich hatte es auch Christine gesagt, und war er sich einmal klar über sich selbst, wich die Bedrohung, gab es keine Krankheit mehr, keine Ängste, keinen Tod. Dennoch trieb es ihn zurück zu Urack. Wiederöcker, vor der Tür, reagierte unfreundlich: »Da darf jetzt keiner rein.«

»Ich bin sein Freund, mir vertraut er.«

Wiederöcker schwieg.

»Geht's ihm so schlecht?«

Wiederöcker zuckte die Achseln. »Das wird der Professor entscheiden.«

»So, der Professor kommt also?«

Wiederöcker ärgerte sich. »Vielleicht.«

Collin drehte sich um und ging. Am Arztzimmer klopfte er an. Da er kein Herein hörte, probierte er die Klinke.

Die Tür ging auf.

Christine.

Christine am Telephon. Der schlanke Hals, der Lichtschein, altgold, auf dem Haar. »Oh«, er schluckte. »Entschuldigung.«

»Sofort«, sagte sie, ohne sich umzublicken, und sprach weiter in die Muschel: ja, es wäre doch ratsam, wenn die Genossin Urack sich heute noch, nein, zu so schlimmer Sorge bestünde kein Anlaß, aber der Genosse Professor dächte auch, ein Gespräch vielleicht, und man wolle doch nicht, ohne ihre Meinung in Betracht zu ziehen, und sicher möchte auch der Genosse Urack, auf sie höre er doch, ja, nein, sicher.

Dann legte sie den Hörer auf und wandte sich ihm zu.

»Sie sind wieder da!...« Das hatte zu freudig geklungen, fand Collin und legte, zum Ausgleich, das Gesicht in Falten. »Es hat sich einiges ereignet in Ihrer Abwesenheit.«

»Ja«, sagte sie.

»Der Kleine wieder gesund?«

»Ach, Sie wußten das?«

»Ich habe mich erkundigt.«

»Es gab auch andere Schwierigkeiten«, sagte sie, »persönlicher Art.«

Collin nickte.

»Das wußten Sie auch?«

»Jemand erwähnte es.«

Sie schwieg.

Er überlegte. Es war alles so plötzlich gekommen, und nichts war durchdacht, und das enge Arztzimmer war auch nicht die richtige Kulisse für einen Auftritt mit Gefühlen. »Ich möchte, daß wir ein vernünftiges Verhältnis zueinander finden, Christine«, sagte er schließlich.

»Sie haben sich verändert«, sagte sie. »Mag sein, es ist der Anzug, die Krawatte. Hat Doktor Lommel empfohlen, Sie sollen aufstehen und sich anziehen?«

»Doktor Lommel...« Eine geringschätzige Handbewegung.

»Nein, diese Veränderung hat andere Gründe, glaube ich.« Und in wärmerem Ton: »Ich bin sehr erleichtert, daß Sie wieder hier sind, Christine. Mit Ihnen kann man sich wenigstens verständigen. Ihr Doktor Lommel oder der Chefarzt Kuschke, oder meinetwegen auch der große Professor Gerlinger – was wissen die schon, was die Menschen krank macht... Mit Urack steht es schlecht?«

»Eine Art Krampf, ich habe ihm etwas zur Beruhigung gegeben. Sie waren bei ihm, sagt mir Wiederöcker?«

Er berichtete: Grund seines Besuchs, die Vision des Genossen Urack. »Es war gespenstisch. Da war einer, der nicht loskommt von seinen Schatten, und die Schatten nehmen Gestalt an und würgen ihn.«

»Und daher Ihre Veränderung?«

Collin wiegte den Kopf. »Ihnen kann ich's ja sagen. Ich habe die stille Wette gewonnen, die zwischen mir und dem Genossen Urack läuft, seit wir uns begegnet sind bei den Pißpötten in der Abstellkammer und –«

Das Telephon. Christine meldete sich.

Collin preßte die gefalteten Hände gegeneinander. Was hatte er da für unglaubliches Zeug geredet, er hatte sich anstecken lassen von den Wahnbildern im Hirn des Genossen Urack; der Teufel wußte, was Christine sich dabei dachte; doch nein, die Art, wie sie ihm zuhörte, den Kopf ein wenig gesenkt, ihr Blick, ihr Gesichtsausdruck hatten gezeigt: Geduld, Verständnis, sogar Sympathie.

»Der Professor erwartet mich«, sagte sie und legte den Hörer auf.

Collin verzog den Mund. »Dann können Sie ihm ja gleich mitteilen, daß ich mich reif fühle zur Entlassung.«

»Auf einmal?«

»Sie haben doch selbst bemerkt, wie sehr ich mich verändert habe.«

»Und der Druck auf dem Herzen, die Beklemmungen, Ihre ganzen Beschwerden sind verschwunden?« Sie stand auf und nahm ein paar Papiere vom Tisch. »Wollen wir das nicht lieber noch einmal bereden?« Plötzlich berührte sie seine Hand. »Jetzt fange ich nämlich an, Angst zu haben um Sie. Glauben Sie wirklich, Ihr Verhältnis zu dem Genossen Urack erklärt alles? Die Sache liegt doch wohl ein Stück tiefer.«

»Christine« – er blickte sie nachdenklich an – »ich könnte mir das vorstellen, ein Leben zusammen mit Ihnen: der Psychiater im Haus erspart den Herzinfarkt.«

Sie lachte. »Ich setze Sie auf die Anwärterliste.«

Später, wieder in seinem Zimmer, schrieb er auf einen Bogen Manuskriptpapier: LETZTWILLIGE VERFÜGUNG. IM FALLE MEINES ABLEBENS SIND DIESE BLÄTTER INTAKT UND VOLLZÄHLIG ZU ÜBERGEBEN AN DR. CHRISTINE ROTH. Datum. Unterschrift. Dann holte er die schwarze Mappe aus dem Schrank und legte den Bogen zuoberst hinein.

»Olga«, sagte er.

»Olga ist tot«, sagte Röschen. »Umgekommen. In der Sowjetunion.«

Urack begann mit erschreckend geborstener Stimme zu singen. »In Moskau – sind viele – gefallen – in Moskau – floß Arbeiterblut…«

Christine, am Fenster, fuhr zusammen; sie kannte die Melodie, Schalmeiengebläs, FDJ-Jahre.

»In Leuna«, sagte Röschen, »du meinst, in Leuna.«

»In Leuna«, sagte Urack, »in Spanien, in Moskau, überall.«

Gehen Sie mit, hatte Gerlinger gesagt, gehen Sie mit, Christine, bleiben Sie bei dem Genossen Urack, ich habe noch zu telephonieren.

In einer länglichen weißen Schüssel auf dem Tisch lag die Spritze, bereit zur Injektion, aber der Patient verhielt sich ruhig.

»Ich kann Sie nicht sehen, Frau Doktor«, sagte Röschen, »kommen Sie doch her.«

Christine trat zu ihr.

»Er war ein guter Junge«, sagte Röschen. »Warum haben Sie's nicht verhindert.«

»Ich konnte nicht«, sagte Christine. »Es schmerzt mich genauso wie Sie.«

»Er war lästig«, sagte Röschen. »Man wollte ihn schon los sein.«

264

»Er wollte auch nicht bleiben«, sagte Christine. »Er war ungeduldig geworden.«

»Er hatte nie Geduld«, sagte Röschen. Und nach einer Pause: »Ich werde wohl allein sein müssen.«

Urack stöhnte auf. Dann öffnete er die Augen und sah Röschen an, als erkenne er sie erst jetzt. »Gib mir die Hand«, sagte er.

Röschen überließ ihm ihre Hand.

»Allein«, sagte er. »Ich war allein, immer.«

»Deine Schuld«, sagte Röschen.

»Schuld, Unschuld«, sagte er. »Einer allein ist sicher, der zweite verrät dich schon. Aber es ist kalt.«

»Olga«, sagte Röschen, »hat dich gesucht in Moskau.«

»Wie hätte ich ihr helfen können«, sagte er. »Das lag nicht in meiner Macht.«

»Und Faber?« sagte Röschen. »Und all die anderen, bei denen es in deiner Macht lag?«

»Collin«, sagte er, »schreibt.« Er ließ ab von ihrer Hand, sein Kopf sank zur Seite, der Atem kam in kurzen Stößen.

Christine fühlte ihm den Puls. »Alles in Ordnung«, sagte sie.

»Es hat ihn doch ziemlich getroffen«, sagte Röschen. »Auf seine Art hat er den Jungen geliebt.«

»Und der Junge?« sagte Christine.

»Der Junge zeigte Gefühle nur selten«, sagte Röschen. »Wie war denn Ihre Beziehung?«

»Unsre Beziehung war schon zu Ende, bevor sie wirklich beginnen konnte.«

»Hat man Sie schon befragt?« sagte Röschen.

»Nein«, sagte Christine.

Röschen wartete.

»Vielleicht will man mich schonen«, sagte Christine.

»Verschwörung!« Urack warf sich im Bett herum. »Wie sie dagessessen sind um den Tisch, mit ihren Fischgesichtern. Arbeitsbesprechung, ha. Weißt du, wie das ist, wenn du redest und keiner hört, wenn du Orders gibst und keiner pariert?« Er richtete sich auf, seine Stirn lief rot an, er hob die Faust, brüllte: »Verräter!«

Wiederöcker kam ins Zimmer gestürzt.

»Der auch«, sagte Urack. »Verhaften!«

Wiederöcker blickte sich unsicher um.

Urack wälzte sich aus dem Bett, landete auf den Füßen und stand wutzitternd da.

»Helfen Sie mir«, sagte Christine zu Wiederöcker, »ich muß ihm eine Injektion geben.«

»Geben Sie dem Mann zehn cc«, sagte Urack, »oder besser fünfzehn, das wirkt länger.«

Christine hielt die Spritze gegen das Licht. »Es tut nicht weh, Genosse Urack«, sagte sie. »Legen Sie sich doch bitte wieder hin.«

Uracks Augen weiteten sich: er begriff. Dann warf er sich vorwärts, gegen Christine, verfehlte sie aber und traf Röschen mit voller Wucht. Röschen taumelte gegen den Nachttisch, Gläser zerklirrten. Wiederöcker suchte seinen Chef zu überwältigen; der tobte, russische, spanische Brocken keuchend, bekam Wiederöckers Kehle zu packen und drückte zu: wir haben nicht nur in die Sessel gefurzt, Genosse, wir haben Fäuste, Arbeiterfäuste, jawohl.

Dann war da ein anderer, tippte ihm leicht auf die Schulter und sagte, nicht einmal laut: »Du hast den Falschen. Hier bin ich.«

»Gerlinger!« sagte Urack und ließ ab von Wiederöcker. »Du hast die Klinik bekommen, ja? Ein Wort von mir, was habe ich dir gesagt.«

Gerlinger umkreiste ihn mit kleinen raschen Schritten, es sah aus, als umschwebte er ihn.

»Eine Hand wäscht die andere«, sagte Urack. »Es ist eine Verschwörung. Erst mußte der Buup-di-buup-buup weg, und nun geht es gegen mich.«

Gerlinger blieb stehen, nahm ihn sanft beim Arm. »Ich werde dir helfen.«

»Es ist alles im Eimer«, sagte Urack, »Herz, Kreislauf, Leber, Nieren, Pankreas. Und Collin schreibt.«

»Collin«, sagte Gerlinger, »ist sehr krank.«

Urack hob den Kopf. »Dann krepiert er also doch?«

»Er ist ein alter Genosse«, sagte Gerlinger. »Wir werden unser Bestes für ihn tun.«

»Krepiert er, oder krepiert er nicht?« sagte Urack ungehalten.

»Möglich ist alles«, sagte Gerlinger.

»Sehr gut«, sagte Urack und legte sich friedlich aufs Bett, »sehr gut.«

»Die Spritze, Doktor Roth«, sagte Gerlinger.

»Zehn cc«, sagte Urack, »oder fünfzehn?«

»Zehn genügen«, sagte Gerlinger.

»Bist du sicher?« sagte Urack.

Gerlinger stach die Nadel in die Vene. »Absolut.«

23

(Aus den Notizen des Kritikers Theodor Pollock)

...endlich: sie möchte mich wiedersehen, sie habe viel nachgedacht, über mich, über sich selbst, und nun, glaube sie, sei es an der Zeit.

Obwohl ich von ihr zu hören erwartet hatte, empfand ich bei ihrem Anruf ein ganz eigentümliches Gefühl, gemischt aus Freude und Genugtuung sowie einem dritten, das bei Namen zu nennen ich mich noch scheue.

Diese unbequeme Unruhe, die daher rührt, daß man sich nicht länger im Gleichgewicht befindet mit sich selbst, sondern eines anderen bedarf zur Ergänzung des eigenen Wesens; dieses aller Vernunft zuwiderlaufende Bedürfnis, die ganze Welt miteinander zu teilen wie eine Torte, dir ein Stück, mir ein Stück, und in der gleichen Richtung zu wandeln, wenn möglich auch noch im gleichen Schritt; dieses ganze kindische Spiel – in meinen reifen Jahren! Sogar der Pudel spürt die Unrast, die mich erfüllt; das Tier schwänzelt und dreht sich im Kreise und winselt und produziert sich.

Was für ein Dummkopf war ich, anzunehmen, ich könnte die Personen um mich herum tanzen lassen, ohne selbst hineingezerrt zu werden in den Wirbel. Dabei sagt mir meine Ahnung, daß die Dinge im Begriff sind, schiefzugehen, und ich weiß keinen Hebel, den ich ansetzen könnte, sie zu bremsen.

Aber ich weigere mich, mich verantwortlich machen zu lassen für den Ablauf des Ganzen: mein Material war mir vorgegeben, die Bedingungen, die Umstände, die Charaktere, und meine Absichten waren in keiner Weise böse oder zerstörerisch. Den Mini-Faust, den mir der Zufall der Nachbarschaft bescherte, wollte ich ihn in noch mehr Konflikte stürzen, als er ohnehin hatte? Wäre er bei seinem chronischen Mangel an Phantasie nicht auch von alleine auf den Gedanken gekommen, sich seiner Vergangenheit zuzuwenden?

Ich weiß nur, daß ich eines retten muß aus den Trümmern: mein Gefühl für Christine, gegen welches, ich sehe das rückblickend, ich mich lange zu wehren suchte, und das jetzt, da es mir schmerzhaft deutlich geworden ist, zum Wesentlichsten in meinem Leben gehört. Wie geringfügig sind da die Irrwege, meine, Christines, wie wenig wiegt da die Affäre mit dem jungen Peter Urack, die ich, nein, anstiftete nicht, wohl aber tolerierte und förderte, aus einer perversen Lust am Spiel und, ich gestehe es mir, aus mangelndem Vertrauen zu mir selbst. Ich, der Meister, der Drahtzieher, der Kritiker und Forscher, fürchtete die einfache menschliche Beziehung. Das Bild, das ich mir von mir machte – souveräner Geist, in sich selber ruhend und sich darum selbst bescheidend – ist getrübt; am besten nehm ich's wohl vom Haken und stell's, mit dem Gesicht zur Wand, in irgendeine Ecke.

Von vorn anfangen, ganz niedrig, ganz klein, nur eine Hoffnung: diese Frau...

24

Er dachte nach. Jeder hat seine Schatten, die ihn verfolgen, Urack seine, und ich meine, Urack den Faber, ich den Havelka.

Und dann war da auf einmal diese große Klarheit, das sichere Wissen: so und nicht anders ist es, die Gründe sind offenbart, hier liegt der Hase im Pfeffer, das also ist des Pudels Kern.

Und wie einfach eigentlich, wie oft schon aus der Nähe gesehen, doch blinden Auges und tauben Verstands: der Moment der Verleugnung. War es denn so schwierig, sich das einzugestehen? Darum die Maskerade vor sich selbst, die Drehungen und Verdrehungen, die Belastung von Seele und Leib, der Quasi-Infarkt, der leicht ein echter hätte werden können? Befand man sich denn in so schlechter Gesellschaft, von dem Apostel Petrus angefangen, der dennoch Papst wurde, bis hin zum Genossen Faber, der doch auch im Grunde ein anständiger Mensch war? Was war denn ein kleiner Verrat, wer beginge ihn nicht des öfteren, um sich Unannehmlichkeiten zu ersparen oder um in die nächsthöhere Gehaltsstufe zu gelangen oder um Sohn oder Tochter den begehrten Studienplatz nicht zu verscherzen. Kam dazu, daß es deutlich zwei Kategorien von Verrat gab, den aktiven und den passiven. Er hatte sich schuldig gemacht nur des simplen passiven, der nicht einmal nachweisbar war.

Er hatte geschwiegen, das war alles.

Und war doch, wenn man's überlegte, ungeheuerlich. Aber während der Genosse Urack zugrunde ging an den Schatten der Vergangenheit, würde er die seinen bewältigen, indem er über sie schrieb. In Spanien hatte Havelka ihm gesagt, er müsse leben, um zu schreiben; jetzt würde er schreiben, um zu leben.

Im Arztzimmer war Christine nicht; Collin hinterließ einen Zettel: BITTE KOMMEN SIE NOCH BEI MIR VORBEI, WIE SPÄT AUCH DIE STUNDE, H. C. Außer ihr war da nur Pollock, mit dem man unter Umständen reden konnte; man mußte ihm ja nicht alles sagen, dachte Collin und stellte fest, daß das Gefühl der Unterlegenheit, das ihn Pollock gegenüber so häufig hemmte, sich verflüchtigt hatte: ein Mann, der seine eigenen Beweggründe kennt, braucht den Einblick in sein Innenleben nicht zu fürchten.

Der Pförtner begann sofort von der Überführung des Genossen Urack zu sprechen, ein Sonderkrankenwagen sei gekommen, ihn in das Sonderkrankenhaus zu bringen, der Mann könne einem leid tun, er sei keiner von den Schlechtesten gewesen, Sie kennen ihn ja, Herr Collin, ein Mann mit Gefühl auch für die kleinen Leute, wie es ihm noch besser ging und er auf eigenen Füßen durch das Haus spazierte, sei er immer vorbeigekommen und habe freundlich gegrüßt und gefragt: Na, was machen die Geschäfte.

Collin verzog keine Miene. »Überführt worden ist er, so.« Und da er bemerkte, daß sein Atem rascher kam, fügte er hastig hinzu: »Es war ja auch zu erwarten gewesen«, und drückte dem Pförtner augenzwinkernd ein Markstück in die Hand, »ich komme auf Ihr freundliches Angebot zurück wegen der Zwanzig-Pfennig-Münze zum Telephonieren.«

Der Pförtner öffnete ihm diensteifrig die Zelle.

Collin wählte.

Dann die präzise Stimme, Pollock, unverkennbar.

»Collin«, sagte Collin. »Ich habe dich doch hoffentlich nicht gestört. Hast noch gearbeitet, so. Wie es mir geht? Ich würde sagen, recht gut, die Doktor Roth ist zufrieden mit Herz und Kreislauf, und Gerlinger, du weißt ja, wie er ist, aber ich werde ihn überraschen, mich hält er nicht mehr lange, ich habe gute Fortschritte gemacht, und nicht nur mit dem Kreislauf, bei nächster Gelegenheit werde ich dir berichten, der Mensch ist ein sonderbares Geschöpf, das einzige, das sich selber erkennen kann, aber wie oft tut er's. Was sagst du? Nein, ich rufe dich nicht an, um dir weise Sprüche zu übermitteln, aber ich dachte, es würde dich interessieren zu erfahren, daß sie den Genossen Urack von hier weggebracht haben. Wohin? Wohin wohl. Fini, der Genosse Urack, und mir hat er vor gar nicht langer Zeit noch einreden wollen, ich wäre dran, er dagegen habe ein Herz aus Stahl. Erinnerst du dich an den Genossen Faber? Fast möchte man glauben, es gäbe so etwas wie eine göttliche Gerechtig-

keit, aber man soll vorsichtig sein mit solchen Gedanken, und wer
von uns hat so gelebt, daß er sich leisten könnte, den ersten Stein zu
werfen. Die Doktor Roth? Die Doktor Roth habe ich selber zu ihm
ans Bett gerufen, nachdem der Anfall kam, ich habe das alles miter-
lebt, gespenstisch, sage ich dir, plötzlich verdrehte er die Augen und
wurde blau im Gesicht, sah aus, als würde er vom Teufel geholt.
Vorher hat er noch mit mir gesprochen und gemeint, ich wäre der
tote Faber, und hat Dinge gesagt, die kann man am Telephon gar
nicht wiederholen. Ich komme davon einfach nicht los, und es hat
Prozesse in Gang gesetzt bei mir, besser gesagt in mir, deshalb rufe
ich dich ja an, das ist einer der Gründe. Interessant, sagst du? Interessant ist ein sehr maßvolles Wort für etwas, was sich auf mein gan-
zes Leben auswirken wird. Und nun haben sie ihn fortgeschafft, der
Gerlinger wird es wohl veranlaßt haben, dabei hat Urack gerade da-
vor so große Angst gehabt: nur nicht in DEN Laden, hat er mir gesagt, glaubst du, ich möchte vor meiner Zeit krepieren? Wie kommst
du darauf, zu glauben, daß er mir leid tut? Er tut mir nicht leid. Aber
das Erlebnis hat mich auf gewisse Ideen gebracht und mich zu gewissen Entschlüssen veranlaßt. Ja natürlich, das hängt miteinander
zusammen, Urack, und meine Krankheit, und die Doktor Roth,
und sogar dein lächerlicher Pudel, ich sehe das jetzt. Was für Entschlüsse? Ich mache klar Schiff, verstehst du. Ich rechne ab mit mir
selber. Keine Sorge, ich fühle mich stark genug dazu. Ich verlasse die
Klinik und fahre irgendwohin, wo Ruhe ist, und schreibe die Memoiren, und diesmal wird es damit vorangehen, weil ich weiß, was
mir den Kopf und das Herz blockiert hat. Hörst du mich? Ich bin
nämlich glücklich, ich sehe meinen Weg, und ich habe vor, diesen
Weg nicht allein zu gehen. Nina? – ich bitte dich. Nina war akzeptabel, solange ich meinen Zustand vor mir selber vernebelte; das ist
vorbei. Mit wem also? Wenn ich sie dazu bewegen kann, mit Christine, mit der Doktor Roth. Das überrascht dich? In Wirklichkeit
willst du sagen, das hättest du mir nie zugetraut, aber ich kann dir
nur wiederholen, es ist etwas Einschneidendes vorgegangen in mir,
ich fühle mich wie befreit, darum kann ich mit dir jetzt anders sprechen als früher. Das bedeutet nicht, daß ich deinen Rat nicht haben,
deine Gesichtspunkte nicht hören möchte, besonders da du Chri-

stine ja auch kennst. Hallo, hörst du mich? Du hörst mich, gut, da war so ein sonderbares Geräusch im Apparat, wahrscheinlich hängt da einer in der Leitung. Also warum sagst du nichts? Ob ich mit ihr schon gesprochen habe über meine Entschlüsse? Nicht in aller Form, das kommt noch. Eigentlich könntest du mir ja gratulieren, ich habe viele Bekannte, aber wenig Freunde, du bist einer von den wenigen. Du freust dich? Ich bin dir dankbar. Ernsthaft. Ohne dich wäre das alles nicht gekommen, du bist der eigentliche Urheber der Memoiren, und jetzt werde ich sie schreiben, mit einem Menschen an meiner Seite, der ein Mensch ist. Bisher habe ich Schiß gehabt vor dem Buch, darum ging mir die Arbeit nicht von der Hand, was habe ich mich gequält, bis zum Quasi-Infarkt. Die Angst ist jetzt weg, weggewischt, weggepustet, als hätte sie nie existiert. Ja, Urack auch, aber Urack war nicht die Hauptursache der Angst, obwohl der Mann mich terrorisiert hat, krank wie er war, richtiggehend terrorisiert. Der Hauptgrund der Angst lag in mir selber. Du kannst das verstehen? Ich wußte, du würdest verstehen, deshalb habe ich dich ja angerufen, gerade deshalb, um dir zu sagen, daß sich die Welt heute geändert hat für mich: ich weiß, wer ich bin, und ich weiß, was ich will. Ich könnte Bäume ausreißen, bildlich gesprochen, natürlich. Wenn dir mal was sein sollte, leg dich zu Gerlinger, aber sieh zu, daß Christine dich behandelt. Du fühlst dich wohl? Auch ich habe jahrelang geglaubt, ich fühle mich wohl, dabei hat der Wurm längst in mir gesessen, tief in mir. Ja, ich treffe meine eignen Entscheidungen, wer sonst; glaubst du, ich will, daß andere sie für mich treffen, du etwa? Überhaupt ist mir unklar, weshalb du so zu mir redest, vielleicht ist dir's nicht recht, daß ich mich frei fühle, befreit auch von dir. Die Sache ist komplizierter? Nein, sie ist ganz einfach, menschliche Beziehungen sind einfach, wenn sie nur menschlich sind, aber das ist, glaube ich, das einzige, was du nicht verstehst... Hallo! Pollock! Hörst du mich noch...«

Die Leitung war tot.

Collin überlegte, ob er den Pförtner um noch eine Zwanzig-Pfennig-Münze bitten sollte. Aber es war ja alles gesagt worden, was zu sagen war, von seiner Seite wenigstens.

Gerlinger hielt sie übergebührlich lange fest; dabei war alles längst erledigt, der Krankenwagen fort, Wiederöcker fort, Röschen fort. Christine sah das Netz von Fältchen, das sein Gesicht überzog: die Angelegenheit Urack hatte ihn wohl stärker berührt, als er zugeben mochte.

»Ich habe das ungern getan«, sagte er. »Aber wir sind alle Stümper gegen den Tod, und im Grunde verraten wir unsere Patienten immer.«

Christine mißfiel das Bekenntnis; was würde er fordern im Austausch für sein Vertrauen.

»Nicht daß ich den Exitus des Genossen Urack so bald erwarte«, fuhr er fort. »Der Mann hat unwahrscheinliche Reserven, und außerdem wird man ihn in dem Haus dort an sämtliche verfügbaren Apparaturen hängen und den kaputten Organismus in Gang halten, solange die Gehirnströme sich noch registrieren lassen, und wird ihn schlimmer quälen, als er je einen gequält hat.« Gerlinger brach abrupt ab. »Ich sollte das nicht gesagt haben. Vergessen Sie's bitte, Christine.«

»Ich werde mich bemühen.«

»Genossin Roth« – er nahm ihre Hand – »Sie sind sehr verwundbar, das wissen Sie. Was Sie wahrscheinlich nicht wissen, ist, daß ich einiges von Ihnen abgewehrt habe. Eine junge, sensible Frau, habe ich mir gedacht, das ist doch recht schmerzlich, ersparen wir ihr das, die Besuche, die Fragen, den Druck.«

»Ich bin Ihnen sehr dankbar.«

Er winkte ab. »Es ist nicht mein Fehler, daß Sie in die Geschichte verwickelt sind. Aber meinen Sie nicht, daß Sie mir noch einen Bericht schulden? Nein, nicht über Ihren persönlichen Kram – über den Anfall des Genossen Urack heute. Das kam doch wohl nicht aus heiterem Himmel?«

»Nein.«

»Also?«

»Es ging dem ein Gespräch voraus.«

»Mit wem?«

»Collin.«

»Ich hatte Anweisung gegeben, keine Besuche.«

»Ich weiß nicht, wie Collin an diesem Wiederöcker vorbeikam; da fragen Sie ihn am besten selbst. Ich weiß nur, daß der Genosse Urack auch nicht eigentlich mit Collin sprach, sondern mit einem Toten.«

Gerlinger strich sich über den Schädel, von hinten nach vorn, der Frisur wegen. »Das sollte Ihnen doch Freude gemacht haben, Doktor Roth, bei Ihrem Interesse an psychischen Anomalien. Den Namen des Toten wissen Sie nicht zufällig?«

»Doch. Faber.«

Sie blickte ihn an: sein Gesicht war grau geworden unter den Fältchen.

»Christine, ich möchte, daß Sie nicht nur meine Bemerkung von vorhin vergessen. Vergessen Sie das Ganze, ja?«

»Ich werde mich bemühen«, versicherte sie, bewußte Wiederholung.

»Gut.« Sein Gleichmut schien zurückgekehrt, nur in der zu betonten Konzilianz der Stimme lag noch ein Nachhall des Effekts, den der Name Faber auf ihn gehabt hatte. »Dann lassen Sie mich Ihnen meine Anerkennung ausdrücken, Sie haben rasch und umsichtig gehandelt in einem delikaten Fall. Ebenso weiß ich Ihre Bemühungen um den Patienten Collin zu schätzen, auch wenn Sie, wie ich feststellen mußte, gelegentlich eigene Wege einschlugen. Ich habe daher bei einem kürzlichen Gespräch mit Professor Kaminsky, dessen Institut Sie ja kennen, Gelegenheit genommen, Sie ihm zu empfehlen. Kaminsky hat einen Forschungsauftrag, für dessen Durchführung jemand wie Sie, der selbständig denkt und handelt, geradezu ideal wäre, und die Arbeit wäre für Sie nicht nur wissenschaftlich reizvoll, eine verantwortliche Position bei Kaminsky eröffnete auch ganz neue Aspekte für Ihre künftige Laufbahn. Nun?...« Er wandte sich ihr zu, strahlenden Auges, ganz der Gerlinger, wie sie ihn kannte. »Sie müssen mir verzeihen, daß ich das nicht vorher mit Ihnen besprochen habe, aber Sie waren ja eine Zeitlang abwesend. Auch sollen Sie sich jetzt gar nicht festlegen, überschlafen Sie's ein paar Nächte, ich möchte nicht den Eindruck entstehen lassen, als wollte ich Sie aus der Geborgenheit unsres Hauses in die rauhe Welt hinauskatapultieren; ganz im Gegenteil, Sie sollen wissen, daß Sie hier immer eine berufliche Heimstatt haben; aber was für ein Chef, was für ein Genosse, was für ein Freund wäre ich Ihnen, wenn ich Ihnen diese große Chance nicht verschaffte und gönnte...«

Kaminsky, dachte sie, das war das Abstellgleis. Und sie hatte vorausgesehen, was da kommen würde, hatte es kommen sehen seit ihren ersten Tests mit Collin, d's und p's mit Strichelchen, 43, 63, 43 und 63, nein, vorher schon, ganz am Anfang, als sie ihren inneren Vorbehalt spürte, den instinktiven Widerstand gegen Gerlingers selbstherrliche Verordnung, gegen sein LET SLEEPING DOGS LIE.

Und dann, völlig unvermittelt, dachte sie an Pollock und sagte lächelnd: »Ich bin Ihnen sehr verbunden für Ihre freundschaftliche Fürsorge, Genosse Professor. Doch was geschähe, wenn ich die Stellung bei Kaminsky ausschlüge?«

Gerlinger lächelte gleichfalls. »Nichts. Aber warum sollten Sie ein derart großzügiges Angebot ablehnen?«

Auf dem Schreibtisch im Arztzimmer fand sie den Zettel, den Collin dort hinterlassen hatte.

Das auch noch, dachte sie und zündete sich eine Zigarette an, nein, das kann keiner von mir verlangen. Aber sie kannte Collin. Der schlief nicht und würde zu ihr kommen, wenn sie nicht zu ihm kam, der nahm sich und seine Seele und seinen Quasi-Infarkt so wichtig, daß er kein Gespür mehr hatte für die Bedürfnisse anderer Menschen, und sie hatte ihn noch bestärkt in dieser Haltung, und plötzlich erinnerte sie sich, daß sie ja mit Gerlinger über Collins Entlassungswünsche hatte sprechen sollen, und sie fragte sich, welch unbewußter Mechanismus in ihr das wieder verhindert hatte, und aus welchen tieferen Gründen.

Sie seufzte und stand auf. Der Korridor, bereits im Dreivierteldunkel der Nachtbeleuchtung, erschien ihr länger als sonst. Die Tür zu Uracks Zimmer stand offen, drinnen brannte Licht, aber niemand war da; man hatte die Bettwäsche abgenommen und fortgeschafft, die Matratze auf dem Bett lag hochgerollt, eine unförmige Wulst. Sie ertappte sich bei dem Wunsch, auch Collins Zimmer möchte schon leer sein, auf andere Weise leer und aus anderen Ursachen selbstverständlich, der Patient dem Leben zurückgeschenkt mit guter Prognose.

Collin sprang auf und streckte ihr die Hände entgegen: »Ein später, aber lieber Gast!«

Er hatte eine Flasche Scotch und zwei Wassergläser auf dem Tisch stehen und sah, immer noch in seinem Jackett und mit Schlips und Kragen, gediegen aus, wie ein Festredner.

»Aber nehmen Sie doch Platz, Christine. Wir wollen feiern.«

»Feiern?«

»Meine Neugeburt.«

Seine Neugeburt, dachte sie, und meinen Abschied.

»Und meine Klarheit im Kopf«, sagte er, »und Ihren Erfolg.«

»Ich komme mir nicht gerade erfolgreich vor.«

»Man kann nicht alle heilen«, sagte er, »und besser der Genosse Urack geht als ich; ich habe noch eine Aufgabe zu erfüllen.« Mit einer Drehung der Faust entfernte er die blecherne Kappe der Flasche. Kräftige Hand, dachte sie, aber wenig sensibel, die Finger zu kurz.

»Bei den Indianern in Mexiko«, sagte er, »herrscht der Glaube, daß man eine Krankheit loswerden kann, indem man sie weitergibt.«

»Der Genosse Urack«, fragte sie, »war auch in Mexiko?«

»Ein knappes Jahr.« Er goß ihr ein. »Gut so?«

»Als diagnostische Grundlage«, sagte sie, »scheint mir der alte Glaube nicht ganz zu genügen.« Und dann: »Sie haben mir zuviel eingegossen.«

»Seien wir doch fröhlich. Oder haben Sie Angst, der Professor könnte uns überraschen?«

»Der Professor ist vor etwa zwanzig Minuten fortgegangen.«

»Haben Sie ihm ausgerichtet, daß ich entlassen werden möchte?«

Sie trank. »Nein.«

»Und warum nicht?«

Sie zuckte die Achseln. »Selbst wenn ich ihm sagte, wir könnten Sie schon wieder in die Welt hinauslassen, ohne daß Sie Schaden nähmen, der Professor würde meine Auffassung kaum teilen.«

»Und was meinen Sie nun wirklich, Christine: soll ich gehen, soll ich nicht?«

Der Ausdruck seiner Augen: als hinge von ihrem Urteil seine ganze Zukunft ab. So weit hatte sie es gebracht, dachte sie, große Errungenschaft, und am Ende stand das Institut des Professors Kaminsky. »Ich weiß nicht«, sagte sie bedrückt.

»Ich sehe, Sie sind müde«, sagte er. »Es war wohl heute ein bißchen viel für Sie.«

Sie trank wieder und spürte, wie der Whisky Magen und Herz allmählich erwärmte; sie begann sich leichter zu fühlen und sah auf einmal überdeutlich: den feuchten Ring, den ihr Glas auf der Tischplatte hinterließ, die gefurchte Stirn des Mannes, das blau-rote Muster seiner Krawatte. »Klarheit im Kopf«, sagte sie, seine Worte aufgreifend. »Können Sie das beschreiben?«

»Ich sehe mich selbst, wie ich bin«, sagte er, »was ich komischerweise bisher nicht konnte. Bisher sah ich, wenn ich mich selber betrachtete, so etwas wie eine Landkarte mit weißen Flecken.«

Sie nickte.

»Sie verstehen so viel mehr als ich von seelischen Vorgängen, Christine; also unterbrechen Sie mich, wenn Sie glauben, daß ich Unsinn rede. Klarheit im Kopf bedeutet, ich kann sehen, was unter den weißen Flecken liegt, und ich vermute, daß es das ist, wonach wir beide gesucht haben. Ich will versuchen, Ihnen zu schildern, wie es sich mir darstellt: in den Anfängen nicht mehr als ein unbedeutender Splitter, der aber die Infektion auslöst, die alles Denken verzerrt, alle Beziehungen vergiftet.«

Dies von Collin, dachte sie, vielleicht hatte es sich doch gelohnt, bei Kaminsky zu enden.

»Ich bin, das gestehe ich Ihnen und mir jetzt, kein besonders couragierter Mensch, und wahrscheinlich tauge ich gar nicht zu einem Beruf, der zumindest den Mut zur Auseinandersetzung mit sich selbst erfordert. Revolutionär bin ich geworden, weil mein Vater, der Kommunist war, mich zum Büro der kommunistischen Zeitung geschleppt hat, wo ich dann bei meinem Freunde Curd Redaktionsvolontär und Leibwächter wurde; Gott weiß, ob ich sonst in die Verlegenheit gekommen wäre, Mut beweisen zu müssen.«

»Wir kommen alle mal in die Verlegenheit«, sagte sie, »jeder auf seine Weise.«

»Und jeder hängt an seinem Leben, das ist noch keine Sünde, ich weiß. In Spanien war einer, der schenkte mir das Leben, indem er mich aus der Linie herausnahm und zurück nach Albacete schickte. Er tat das, glaube ich, nicht, weil er mir besonders gewogen war, sondern weil er meinte, ich hätte eine wichtigere Aufgabe zu erfüllen, als irgendwo in einem Schützengraben zu verenden. Nur daß die Aufgabe, die er mir zugedacht hatte, mir das Leben, das er mir geschenkt hatte, wenig vergnüglich machte und es gelegentlich sogar gefährdete.«

»Anders gesagt: auch diese Aufgabe erforderte Courage.«

»Ja. Ich steckte in einer scheußlichen Zwickmühle. Ich entging ihr, indem ich mich vor der Aufgabe drückte.«

»Mit welcher Begründung?«

»Die hatte der Mann mir mitgeliefert: du schreibst, darum mußt du leben. Hatte er tatsächlich gesagt, so oder in ganz ähnlichen Worten, und ich rechnete mir aus, wenn mir, um meiner Aufgabe willen, das Leben zustand, dann hatte ich, dito, nicht das Recht, dies Leben zu gefährden oder mich auch nur zu inkommodieren.«

»Und wie lange hat das funktioniert?«

»Lange. Ich hielt meine wertvolle Person sozusagen in Reserve für den Tag, für den ich ausersehen war und an dem ich aufstehen und Zeugnis ablegen würde, ich, Hans Collin, der Sprecher der Unterdrückten, der Verkünder der Wahrheit, der Prophet der gerechten neuen Welt, alles in einem.«

»Schön, wie Sie das sehen«, sagte sie, »und sicher auch ganz richtig. Aber so etwas führt noch nicht notwendigerweise zu vegetativen Störungen oder gar einer Kreislauferkrankung, eher zu einer gewissen literarischen Impotenz.«

»Die trat nebenbei auch ein.« Er lachte. »Aber dann kam der Tag, an dem ich hätte sprechen müssen – ein Tag vor Gericht. Angeklagt ist derselbe Mann, der mir damals das Leben schenkte: Georg Havelka. Ich sitze im Publikum, zweite Reihe, geladener Gast, nein, gezwungener Gast, wir durften das Gerichtsgebäude nicht einmal zum Mittagessen verlassen, sie hatten ein Buffet hingestellt mit belegten Brötchen und einem Kessel Solyanka. Nach Tisch, wieder im Saal, es spricht der Generalstaatsanwalt, und ich höre die Indizien, die er anführt, und erkenne die Konstruktion, die er errichtet, und ich weiß doch, wie es in Wahrheit gewesen ist, und ich sehe Havelka vor dem Richtertisch, und ich sehe, daß er mich sieht, und ich bleibe stumm. Ich habe ja meine Aufgabe, meine höhere, ich muß schreiben, muß das alles aufschreiben, und um schreiben zu können, muß ich leben, und ich weiß, wenn ich aufstehe und protestiere oder auch nur laut lache, in dieser Situation, in dieser Atmosphäre, mit diesen Gestalten vor mir und hinter mir und um mich herum, dann bin ich erledigt und werde nie mehr schreiben können.«

Er goß sich Scotch nach. Christine erhob keinen Einwand, obwohl er schon vorher einiges getrunken hatte. »Und dann?« fragte sie.

»Dann vergaß ich. Nicht den Prozeß, nicht die Suppe und die Wurstbrötchen in der Mittagspause, nicht den Generalstaatsanwalt mit seinem ewigen Zeigefinger – nur die Minute vergaß ich, in der ich schwieg.« Er lehnte sich vor und knuffte sie vertraulich. »Schlau, die menschliche Psyche, was?«

Sie lächelte. »Sie haben gelernt.«

»Und heute fiel mir diese Minute wieder ein, erst heute, und ich sah, wie Havelka sich zu mir umwandte, und sah seinen Blick, und dann war diese große Klarheit in mir, und ich wußte, woher der Druck kam, der mir nachts das Herz abschnürte, und ich fragte mich, welch bedeutende Werke hast du nun aber erkauft durch dein Schweigen, welch wichtige Wahrheiten hast du verkündet?«

Er wies auf seine leeren Hände. Eine vernichtende Bilanz, dachte sie, und dann dachte sie an Gerlinger, der sie gewarnt hatte, LET SLEEPING DOGS LIE, und daß die Krankheit gnädiger sein mochte als die Heilung, und dachte weiter, daß Gerlinger im Recht war, wenn er sie verstieß, und daß er sich noch sehr anständig verhielt, wenn er sie nur zu Kaminsky abschob, statt ihr ein Verfahren anzuhängen wegen fahrlässiger Nichtbefolgung von Anordnungen eines Vorgesetzten. »Bitte«, sagte sie, »ziehen Sie die Jacke aus und das Hemd und die Schuhe und legen Sie sich aufs Bett.«

»Aber wieso denn, ich fühle mich durchaus wohl«, widersprach er.

»Zu meiner Beruhigung«, sagte sie.

Trotz seiner Ungeduld empfand er die üblichen Hantierungen mit Stethoskop und Blutdruckgerät als wohltuend.

»Hundertsiebzig zu hundert«, sagte sie, »das geht.«

»Und ist das alles, was ich von Ihnen zu hören bekomme, Christine?« Er richtete sich halb auf und ergriff ihre Hand. »Kein Wort der Anerkennung, keinen Glückwunsch dafür, daß ich die Leiche in meinem Keller ganz allein herausgeholt habe? Das war es doch, was Sie immer von mir gefordert haben: der Sache auf den Grund gehen, mir selber auf den Grund gehen, alles andere, Herz, Kreislauf, regelt sich dann von selber, nach Ihrem organischen Befund könnten Sie morgen die Klinik verlassen – oder habe ich Sie mißverstanden?«

Sie schüttelte den Kopf, brachte aber nicht die Energie auf, ihm ihre Hand zu entziehen.

»Ich habe weiß Gott keine Illusionen, Christine. Ich weiß, was für Widerstände ich zu überwinden haben werde, in mir und außer mir, aber der erste Schritt auf dem Weg, den ich gehen werde, ist getan; nur möchte ich den Rest des Weges nicht allein gehen müssen.«

Sie wußte, was jetzt folgen würde, aber sie konnte sich nicht aufraffen zu ein paar Worten, die ihn abgewehrt und alles in die richtige Relation gesetzt hätten.

»Bitte, sagen Sie nicht, ich hätte doch eine Frau; für das, was ich mir vorgenommen habe, ist Nina kein Partner. Christine, Sie wissen, ich habe keine schöne Seele und ich habe keine schöne Vergangenheit. Aber wer einem andern das Leben rettet, trägt der nicht auch eine Art Verantwortung für ihn? Für die Zeit, die mir noch bleibt, Christine – Sie und ich zusammen – glauben Sie nicht, das wäre eine Möglichkeit?«

Da saß sie nun mit dem Erfolg ihrer Behandlung, dachte sie, und sagte: »Ich freue mich für Sie, daß Sie ein so großes Stück weitergekommen sind auf dem Weg zu Ihrer Gesundung.«

Er blickte sie erwartungsvoll an; sie sah die Stoppeln auf dem breiten Kinn, die dünnen Lippen, die sich zu einem schiefen Lächeln verzogen, den Adamsapfel, der sich mehrmals krampfhaft bewegte.

»Ich war nicht unvorbereitet auf Ihren Vorschlag«, fuhr sie vorsichtig fort. »Ich glaube, ich habe Ihnen das schon einmal erklärt: eine Phase, die sich häufig einstellt im Patient-Arzt-Verhältnis,

Transferenz der Gefühle des Patienten auf den Arzt, in diesem Fall die Ärztin. Wir wollen das in Betracht ziehen, Herr Collin, um Selbsttäuschung zu vermeiden.«

»Transferenz, sagen Sie?«

»Transferenz.«

»Also habe ich mir alles nur eingebildet?«

»Nicht Ihre Erkenntnisse.« Um Gottes willen nicht mehr zerstören, als schon zerstört war, dachte sie und sagte: »Dazu kommt, daß ich aus der Klinik weggehe, in ein anderes Institut, in die Forschung. Professor Gerlinger hat das vermittelt.«

Er stand auf, sein Hemd von der Untersuchung her noch offen, das Haar wirr, die Stirn feucht. »Sie lassen mich also allein. Ich verstehe das nicht. Sie haben doch gerade selber erlebt, wie das ist, wenn man plötzlich allein gelassen wird.«

»Ja«, sagte sie, »das habe ich.«

»Dann helfen Sie mir doch. Sie haben es schon einmal getan.«

Sie senkte den Kopf. War sie nun ewig an diesen Menschen gekettet, nur weil sie ihm eines Nachts eine Spritze gegen etwas gegeben hatte, was nicht einmal ein Infarkt gewesen war, und dann versucht hatte, ihn zu dem Punkt zu führen, wo er sich selber helfen konnte? Wo hörte die Verpflichtung des Arztes auf?

»Helfen«, sagte sie. »Ich bezweifle, daß ich Ihnen gar so viel geholfen habe. Vielleicht habe ich mir auch mehr vorgenommen, als meine Kraft mir gestattet, jedenfalls sehe ich, daß ich Ihnen weiter nicht helfen kann. Werfen Sie die Krücke weg, stehen Sie auf eigenen Füßen, entlassen Sie mich.«

»Und wenn ich's allein nicht schaffe?«

Da war wieder die Erpressung, dachte sie. Dann überwand sie sich, lächelte, tat den kleinen Schritt hin zu ihm und küßte ihn leicht auf die Lippen. »Wir werden uns nicht mehr sehen«, sagte sie. »Ich übergebe Ihren Fall.«

25

Gerlingers Sekretärinnen verhielten sich beide höchst liebenswürdig; die eine bat sie, sich eine kurze Zeit zu gedulden, der Herr Professor lasse sich entschuldigen; die andere führte sie in Oskars Allerheiligstes und erkundigte sich, ob Frau Nina eine kleine Erfrischung wünsche – Tee? Kaffee? Kognak?

Sie ließ sich Tee geben, nein danke, weder Sahne noch Zucker, eine Scheibe Zitrone vielleicht, wenn vorhanden. Wie wohltuend, dachte sie, und las die Inschrift auf der Teedose, die die Sekretärin dem Wandschrank entnommen hatte, Twining's Earl Grey; alles hier war gepflegt und schien darauf angelegt, das Gemüt zu beruhigen, Oskars Ausgeglichenheit, sein Wissen um die Bedürfnisse der Seele hatten sich offenbar auf seine Umgebung übertragen.

Die halbe Stunde heute bei ihrem Mann war ein Schock gewesen, ein Abgrund hatte sich aufgetan. Du glaubst ich brauche dich, ich brauche keinen. Hatte er gesagt. Ich weiß was ich zu tun habe ich habe meine Aufgabe und keiner wird mich davon abhalten auch du nicht. Und ich habe keine Angst mehr ich kenne die Ursache meiner Probleme ich benötige keinen Schutz mehr vor mir selber.

Die zierliche Tasse, fast gewichtslos in ihrer Hand, der Duft des heißen Tees. Aber sie hatte sich durchaus richtig verhalten im Moment der Krise, hatte nicht einmal andeutungsweise durchblicken lassen, was in ihr vorging, hatte ihn nur ganz ruhig gefragt: Das sind nun die Ergebnisse der Behandlung durch deine Doktor Roth?

Meine Doktor Roth, hatte er gesagt, das sind die einzigen Kategorien in denen du denken kannst Schenkel Hintern Titten Bett.

Ach, hatte sie gegengefragt, hat sie dich abfahren lassen?

Darauf hatte er mit einem Hohnlachen geantwortet, das ihr zu laut und zu lang erschien. Meine Doktor Roth verstehst du hat größere Verdienste um meinen Kreislauf und mein seelisches Gleichgewicht als dein Professor Gerlinger. Und ich breche aus dieser

Schutzhaft hier aus ob ihr es wollt oder nicht und ich werde ein Buch schreiben ohne Tabus und ohne Rücksichtnahme auf irgendwen.

Das bezog sich vermutlich auf seine jämmerlichen Memoiren, mit denen er nie weiterkam. Der Tee, nun schon kühler geworden, schmeckte nach ganz gewöhnlicher Indischer Mischung, wie sie in jedem HO-Laden zu kaufen war, und war wohl nur umgefüllt worden in die Twining's-Dose. Ich treffe meine eignen Entscheidungen und ich stehe auf eigenen Füßen. Hatte er gesagt. Wann hatte er je auf eigenen Füßen gestanden, er hatte sämtliche Krücken benutzt, die es überhaupt gab, sämtliche Beziehungen, die er hatte, und vor allem und immer wieder die Partei. Und wieviel hatte sie investiert in ihn! Von ihr hatte er Farbe bekommen, und Dimension, und was sonst an Lebendigem an ihm war; ohne sie wäre er längst versackt in seiner Vergangenheit, die keinen Menschen mehr interessierte. Selbst als er erkrankte, und er war lange schon krank, bevor sie ihn zwang, sich in Gerlingers Hände zu begeben, müde, unproduktiv, verzweifelt, wer hatte ihm zugesprochen, wer ihn gestützt und immer wieder aufgerichtet, wenn nicht sie?

Sie stellte das Täßchen auf den Tisch; ihre Hand, die vorhin noch gezittert hatte, war ruhig. Es war müßig, die Schuld an seinem krankhaften Eigensinn ausschließlich bei seiner Doktor Roth zu suchen; sie selbst hatte die Anzeichen, die es doch gegeben hatte in seinem Reden und Tun, unterschätzt oder gar mißdeutet, sie war sich seiner zu sicher gewesen, zu sicher der eignen Überlegenheit, um die Richtung, in der das lief, zu erkennen und im Bunde mit Oskar vorausschauend Maßnahmen zu treffen.

Den Urack haben sie fortgeschafft der Urack krepiert ich lebe. Hatte er gesagt. Vielleicht müßte man gemeinsam mit Oskar überlegen, ob man nicht jetzt wenigstens Schritte unternahm, ihren Hans, so weh das auch tat, in die Obhut eines Psychiaters zu geben; ein Mensch in solchem Zustand, sich selbst überlassen, konnte sich selber und seinen Nächsten nur Schaden zufügen; man trug schließlich eine Verantwortung.

Es war noch Tee in der Kanne, aber sie verzichtete. Neue Ideen. Hatte er gesagt. Er war doch gar nicht fähig zu neuen Ideen, zu tief stak er in dem Modder der Jahre, die Mutsch gern als die heroischen bezeichnete, die aber, wie Papsch gelegentlich murmelte, nicht ganz so gewesen wären, wie der Schriftsteller Collin sie beschrieben hatte. Die Zeit hatte sich geändert, sie wußte es, Oskar wußte es, alle wußten es, nur der Mann Hans Collin war stehen geblieben, das war seine wirkliche Krankheit, er verstand nicht, daß die Menschen, auch wenn sie die Reden von gestern führten, heute andere Wertvorstellungen hatten, und daß es für ihn das Beste war, krank zu bleiben, ein kranker Ehrengreis, enthoben der Verpflichtung, sich mit den neuen Ideen auseinanderzusetzen.

Sie stand auf, nun doch etwas ungeduldig. Auf dem Schreibtisch lag, in braunen Karton geheftet, die Mappe Collin. Ein neues Leben. Hatte er gesagt. Als ob das alte, mit ihr, ihm nicht mehr genügte. Wofür hielt er sich denn, einen feurigen Jüngling, dem die Weiber nachhechelten, ein Genie, an das sie sich hingen? Die Doktor Roth wieder. Auf der Gerlingerschen Housewarming Party war sie ihr nicht aufgefallen, doch bei der ersten Begegnung in der Klinik schon, am Bett ihres Hans, hatte sie geahnt, daß sich da etwas anbahnen mochte, hatte die Gefahr allerdings für unwesentlich gehalten: so attraktiv war die Frau nun auch wieder nicht, sie war zu intellektuell, aber vielleicht war da ein Fluidum, ihr nicht bemerkbar, das auf die Männer wirkte. Vor allem jedoch war sie die Ärztin, die Handauflegerin; die Hand des Arztes, ihre Erfahrung mit Oskar bewies das, wirkte Wunder.

Sie öffnete die Mappe und versuchte zu lesen, Kurven, Zahlen, Worte, ohne Sinn. Und plötzlich, ohne vernünftigen Grund, den sie hätte nennen können, verspürte sie Angst. Etwas war geschehen, das die Dinge um sie herum und den eigenen Mann ihrem Willen entzog. Ich bin mir selbst genug. Hatte er gesagt. Ich ziehe mich zurück auf mich selbst. Hatte er gesagt. Die radikalste Form des Rückzugs auf sich selbst war der Selbstmord.

»Meine Liebe!«

Die Stimme, wie eine Umarmung. Hastig schloß sie die Mappe, irgendein Blatt fiel heraus, flatterte zu Boden.

Gerlinger hob es auf, betrachtete es kurz, sagte: »Elektroencephalogramm«, und dann, mit nachdenklichem Augenaufschlag:

»Immer wieder versucht man, hineinzublicken in den Menschen, und immer wieder verschließt er sich einem.«

Nina bewunderte das an ihm, diese Fähigkeit, beim geringsten Anlaß schöne philosophische Gedanken zu produzieren, doch hätte sie es jetzt vorgezogen, ein paar handfeste Informationen zu erhalten. »Gott sei Dank, daß du gekommen bist«, sagte sie. »Ich bin sehr beunruhigt, Oskar.«

Er warf seinen Kittel über die Rücklehne des Schreibtischsessels und stand nun vor ihr, das römische Profil dunkel gegen das weiche, hellgraue Licht im Fenster. »Wir sind deprimiert?«

»Das vielleicht auch. Aber vor allem beunruhigt.«

»Wegen deines Mannes?« Er küßte ihre Hände, erst die eine, dann die andere. »Was ist denn passiert?«

»Das müßtest du doch besser wissen als ich! Hans ist schließlich dein Patient.«

Der unangenehm spitze, erregte Ton. Er zog sie sanft hinüber zu seinem Sofa und wartete, bis sie den für sie vorteilhaftesten Platz gefunden hatte. Dann setzte er sich neben sie, schob ihr zwei Finger unters Kinn und hob ihren Kopf, so daß sie ihm ins Auge blicken mußte, und fragte: »Was möchtest du damit andeuten?«

»Ich fürchte, Oskar, daß die Doktor Roth einen größeren Einfluß auf Hans ausübt, als ihm gut tut.«

Er zog seine zwei Finger zurück. »Frau Doktor Roth wird die Klinik verlassen.«

Sie blickte ihn immer noch an. »So hast du's auch gemerkt?«

»Nein«, sagte er, »das hat interne Gründe.«

»Ich weiß nicht«, sagte sie böse, »wie diese Frau sich ihm gegenüber verhalten und was sie ihm eingeredet hat, ich weiß nur, daß ich meinen Mann nicht zu dir in die Klinik gebracht habe, damit die Komplexe, die er ohnehin hat, sich zu einer kompletten – wie heißt so was –«

»– Psychose?«

»– kompletten Psychose auswachsen.«

»Nina...« Er betrachtete ihr Knie mit Wohlgefallen und legte ihr seinen Arm um die Schulter. »Meinst du nicht, daß du da mir gegenüber ungerecht bist?«

Seine Vertraulichkeit verfehlte die erhoffte Wirkung; Nina blieb bei ihrem Thema. »Hans will weg aus deiner Klinik. Ein neues Leben. Hat er gesagt. Das ist doch Wahnsinn.«

»Auch mir hat er früh bei der Visite mitgeteilt, daß er nach Hause möchte. Zigarette?« Und während er ihr Feuer gab: »Ein Krankenhaus ist kein vergnüglicher Ort, die Spritzen tun weh, die Pillen schmecken schlecht, die Untersuchungen sind langweilig, also sagen das viele Patienten. Das ist nicht ernst zu nehmen.«

»Du wirst es nicht gestatten.«

»Du kannst mir glauben, Nina«, er strich seine Asche ab, »es ist mir auch lieber, aus verschiedenen, zum Teil persönlichen Gründen, daß dein Mann hier bleibt. Aber es gibt, wie ich dir bei einer mir unvergeßlichen Gelegenheit schon einmal sagte, keinen organischen Befund, der eine Hospitalisierung des Schriftstellers Hans Collin unbedingt notwendig machte, und ich kann keinen Patienten gegen seinen Willen in der Klinik festhalten.«

»Der Urack krepiert aber ich lebe. Hat er gesagt. Und irgendwie klammert er sich daran. Das ist doch ebenso Wahnsinn.«

»Eher ein Irrtum«, Gerlinger wiegte den Kopf, »verzeihlich nach dem Gespräch, das er mit dem Genossen Urack hatte und das nicht sehr ersprießlich verlief, wie mir berichtet wurde. Aber der Genosse Urack wird voraussichtlich nicht so bald sterben. Wir haben ihn nur, auf Anregung höherer Stellen, in die Einrichtung verlegt, in die er seiner Nomenklatur nach gehört.«

Nina nahm das kopfnickend zur Kenntnis, ließ sich von ihrer Hauptsorge jedoch nicht abbringen. »Ich habe mich von meinen Gespenstern befreit ich werde ein Buch schreiben ohne Rücksichtnahme. Hat er gesagt. Ich weiß nicht, ob die Doktor Roth ihm das eingeblasen hat, aber einer, der so redet, ist nicht mehr normal und gehört unter Kuratel.«

Sie senkte den Kopf, eine üppige Niobe, das Schicksal betrauernd, das sie zwar nicht einer zahlreichen Kinderschar, aber doch eines ordnungsgemäß funktionierenden Ehegatten beraubt hatte. Geste und Haltung, einstudiert für Chansons tragischen Inhalts, mochten übertrieben wirken, aber das Dilemma, fand Gerlinger, war echt: ein Collin, der sich nicht mehr einfügte in die gängigen Verhaltensmuster, stellte eine Gefahr nicht nur für sich selbst dar, sondern für seine gesamte Umgebung und in erster Linie für Nina.

»Aber so schlimm muß es nicht sein«, tröstete er sie und zugleich sich selber, »solche Ausbrüche von Freiheitsgefühlen sind unter Intellektuellen keine unbekannte Erscheinung. Es ist mehr eine Art Euphorie, die besonders häufig in einem bestimmten Stadium von organischen Heilungsprozessen auftritt und die an sich noch nichts Beängstigendes ist.«

»Mich beängstigt sie aber«, widersprach Nina. »Wie soll ich den Mann kontrollieren, wenn er in diesem Zustand zu Haus sitzt. Er würde sich sofort gegen mich wenden, wenn ich ihn zurückzuhalten versuchte.«

»Leute, die derart Symptome zeigen, führen ihre lautstarken Ankündigungen kaum je aus«, erklärte er autoritativ, und da er spürte, daß er ihr Vertrauen wiederzugewinnen begann, fügte er milde hinzu: »Aber bevor ich mich da festlege, möchte ich von dir hören, wie er sich im einzelnen dir gegenüber verhielt und was er sagte.«

Nina berichtete: Hauptzüge, dazu Details und Nuancen, die das Bild vervollständigten. Gerlingers Miene verdüsterte sich. Das Bild, vielleicht gerade wegen der persönlichen Färbung, die Nina hinzugab, zeigte deutlich, daß seine Bemühungen um den Patienten Collin von Anfang an konterkariert worden waren. Dieser idealistische Dilettantismus, diese halbverstandene Traumdeuterei – und das in seiner Klinik, unter seinen Augen, und angewandt an dem wohl untauglichsten Objekt! Da kriegen die jungen Leute nun von der Klippschule an ihren dialektischen Materialismus vorgesetzt, aber begreifen sie's? Nein, sie begreifen es nicht, sie weigern sich geradezu, zu begreifen, daß neue soziale Strukturen neue Verhaltensweisen erzeugen, die neue Arten von Streß mit sich bringen, welche, obzwar begleitet von altbekannten physiologischen Folgen, wiederum neue Behandlungsweisen erfordern, und daß er seine guten Gründe hatte, wenn er bei einem Syndrom wie im Falle Collin es vorzog, die physischen Krankheitserscheinungen zu tolerieren und die Psyche des Patienten nicht anzutasten. Was aber tat die ehrgeizige kleine Gans, die Roth: sie bohrte in Dingen herum, von denen gescheitere Leute die Finger ließen, und mischte sich in Angelegenheiten, die sie nichts angingen. Nein, er hatte sich der Doktor Roth gegenüber nichts vorzuwerfen, er hätte sie längst schon an Kaminsky verhökern sollen oder an eine ganz gewöhnliche Poliklinik.

»Oskar!«

Gerlinger hob den Kopf, sah Nina und streichelte ihr instinktiv über den Schenkel.

»Hast du nicht zugehört?«

»Doch, doch.«

»Und meinst du dann nicht auch – entmündigen? Wenigstens temporär.«

»Meine Liebe«, er lachte kurz und ohne Freude, »ein Urack ist genug. Ich kann mir nicht leisten, daß es heißt, meine prominenten Patienten drehen einer nach dem andern durch.«

»Du bist zynisch, Oskar.«

»Du nicht auch, Nina?«

Nein, sie war nicht zynisch, dachte Nina. Sie wollte nur gesund bleiben und nicht angesteckt werden von dieser Epidemie, bei der die Menschen sich in der Seele spalteten.

Er stand auf. »Ich werde mit ihm sprechen.« Und da er sah, daß sie Anstalten machte, sich ihm anzuschließen: »Allein.«

Collin sah Gerlinger auf sich zuschweben. Gerlinger trug einen Ölzweig im Schnabel. Die Wasser, dachte Collin, müssen zurückgegangen sein, wo sonst nähme er den Zweig her. Gerlinger ließ den Zweig fallen und gurrte heftig; Collin hielt ihm ein paar Körner hin. Gerlinger pickte ihm die Körner aus der Hand; es kitzelte, und Collin mußte sich die Hand kratzen; davon wachte er auf.

Gerlinger stand neben ihm am Bett.

»Das ist komisch«, sagte Collin, »gerade habe ich von Ihnen geträumt.«

»Etwas Gutes hoffentlich?«

»Sie waren ein Vogel.«

»Und Sie?«

»Ich war eingesperrt.«

»Hatten Sie Angst?«

»Eigentlich nicht. Ich wußte, was ich zu tun hatte. Ich mußte Sie füttern. Und da war der Ölzweig. Ich war Noah, aber sonst war keiner auf der Arche, weder Tier noch Mensch. Ich war der einzige, der überlebt hatte.«

»Der was überlebt hatte?«

»Das weiß ich nicht. Es interessiert mich auch nicht. Mir genügte, daß ich lebte.«

Gerlinger klopfte ihm anerkennend aufs Knie. »Ich gratuliere; solch glückliche Träume kann man sich nur wünschen. Der einzige Überlebende. Wer überlebt, bleibt im Recht.« Er blätterte in dem braunen Hefter. »Ich höre, Sie wollen uns verlassen?«

Collin nickte.

Gerlinger nickte gleichfalls. »Wenn ich mir das so durchsehe, die Testresultate, die Entwicklung, Herz, Blutdruck, das ist alles recht erfreulich. Ich glaube, wir können die Spritzen absetzen, die ja auch lästig sind, und dafür Medikamente substituieren, die sich oral nehmen lassen und mit denen wir den Kreislauf stützen und die Durchblutung des Herzens stärken. Zufrieden?«

Collin freute sich: wie war dieser Mensch durchschaubar. »Aber das könnte man dann auch zu Hause nehmen?«

»In etwas anderer Dosierung, ja.« Gerlinger hockte sich zu ihm aufs Bett, einen Fuß auf dem lindgrünen Spannteppich, den andern freischaukelnd unter der Bettkante. »Wir wollen doch offen reden, lieber Collin. Frau Nina hat mir einiges gesagt, das mich zwar nicht erstaunt hat, das mich aber veranlaßt, gewisse Gedanken zu äußern, die ich sonst für mich behalten hätte. Sie durchleben jetzt eine Phase –«

»Das hat auch Frau Doktor Roth gesagt.«

»Frau Doktor Roth hat in sehr vielem recht, aber nicht in allem. Eine Phase jedenfalls der Hochstimmung, in der Sie das Gefühl haben, die Welt liegt Ihnen zu Füßen und Sie können jetzt Dinge unternehmen, die zu tun Sie vorher nie gewagt hätten.« Er heftete seinen Blick auf Collin. »Wir begrüßen das. Wir in diesem Hause sind der Meinung, daß die Psyche sehr wohl einen Einfluß auf die Physis hat und daß solche Perioden seelischen Wohlbefindens sich nur zum Guten auswirken können. Aber wir geben uns auch nicht irgendwelchen Illusionen hin, als wäre damit schon erreicht, was wir uns vorgenommen haben.«

»Und was haben Sie sich vorgenommen?«

Gerlinger neigte sich vor, seine Stimme hatte etwas Hypnotisches. »Die vollständige Reintegrierung des Schriftstellers Collin in das Leben.«

Collin spürte die Wirkung der Nähe dieses Menschen und seiner Stimme; ihm zu widersprechen erforderte bewußte Anstrengung. »Ich werde mich schon selber reintegrieren. Ich weiß, wo ich ansetzen muß.«

»Ich kann Ihre Absicht nur gutheißen, lieber Collin.« Wieder die Stimme, die einem ins Blut ging wie ein angenehmes Gift. »Ohne Ihren Willen zur Mitarbeit würden wir es viel schwerer haben, zu unserm gemeinsamen Ziel zu kommen. Aber noch brauchen Sie uns.«

»Und wie lange noch?« fragte Collin und dachte, dieses hochfahrende WIR, eine heilige Priesterschaft, die da amtierte mit ihren Säften und Salben und Apparaturen und ihre Opfer festhielt mit sanften Worten und sanften Händen und sie stärkte und mästete und verschönte für den Tag der Schlachtung, und der da in seinem weißen Ornat der oberste im Range, der Herr der Riten, der bestimmte, wann man den Schriftsteller Collin den Göttern darbrachte mit durchschnittener Kehle und herausgerissenem Herzen.

»Wie lange noch«, sagte Gerlinger. »Was meinen Sie, wie viele da sind, die schon auf Ihr Bett warten.«

»Ich bin hierher gekommen wie auf einer Flucht«, sagte Collin, »und in diesem Zimmer habe ich mich verkrochen.«

»Das ist nur natürlich«, sagte Gerlinger. »Wir kennen das Phänomen.«

»Wenn ich in diesem Bett lag und mir die Decke über den Leib zog, hatte ich das Gefühl, hier bin ich sicher.«

»Hier sind Sie auch sicher«, nickte Gerlinger.

»Eine große Versuchung, diese Krankheit«, sagte Collin. »Wie heißt sie eigentlich?«

Gerlinger richtete sich auf und blickte ihn amüsiert an. »Cardiovasculäre Insuffizienz, neuro-vegetative Dystonie, ich könnte ein halbes Dutzend Namen nennen, alle nichtssagend und in der Mehrzahl tödlich. Es ist ein Syndrom, ein Zusammenspiel vieler Momente.«

»Von wo ausgehend?« Collin deutete in Richtung seiner Schläfe.
»Von hier?«

»So genau läßt sich die Seele nicht lokalisieren.«

»Also stimmt es doch, was Christine mir gesagt hat...«

»Was hat Frau Doktor Roth Ihnen gesagt?«

»Mein organischer Befund –«

»Ihr organischer Befund«, fiel Gerlinger ihm ins Wort, »läßt alles offen. Ich habe Kurven gesehen von einer Perfektion, die man einem Zwanzigjährigen wünschen kann, und der Patient, dessen Herzströme wir da aufgezeichnet hatten, war am nächsten Tag tot. Sie haben überlebt, Collin, bis jetzt. Wir haben Sie durchgezogen, wie Sie das nennen, wir alle hier, nicht nur die junge Kollegin, die sich, der Dienst brachte das mit sich, etwas häufiger um Sie gekümmert hat, und wir haben das getan durch eine Behandlung mit erprobten Mitteln und nach erprobten Methoden. Und jetzt soll ich gestatten, daß wir die Resultate aufs Spiel setzen? Ich soll Sie nach Haus schicken, bevor ich überzeugt bin, daß nach menschlichem Ermessen eine rezidive Krise ausgeschlossen ist? Vertrauen Sie meinem Rat. Bleiben Sie noch bei uns.«

Die beschwörenden Töne schienen den Raum zu füllen; Gerlingers Magie wirkte; die Versuchung, aufzugeben, sich sinken zu lassen, war ungeheuer. Collin suchte sich das Bild Christines ins Gedächtnis zu rufen, ihre Worte; aber nur Bruchstücke kamen ihm in den Sinn, und ihr Gesicht blieb flach und verschwommen, halb abgewandt, sie hatte ihn keinen Augenblick geliebt, sie hatte ihn nur sezieren wollen, und jetzt, da er dem übermächtigen Gerlinger entgegentreten mußte, ließ sie ihn allein. Nur Havelka war übrig, der standhafte Havelka, Gestalt und Gesichtszüge unverwischbar, Havelka vor dem Richtertisch, der lange, traurige, nicht einmal übermäßig vorwurfsvolle Blick, dem sich zum Schluß wohl auch Verachtung beimischte.

Collin raffte sich auf und drückte auf den Schalter der Nachttischlampe. Das nüchterne weiße Licht und die geometrischen Schatten, die es schuf, reduzierten Gerlinger zu normaler Größe; das ganze Zimmer nahm wieder normale Proportionen an. »Und was würde geschehen«, fragte Collin, »wenn ich trotzdem darauf bestünde, nach Haus zu gehen?«

Gerlinger erhob sich. »Ich müßte jede weitere Verantwortung für Ihr Leben und Ihre Gesundheit ablehnen.«

»Ich habe immer nur Angst gehabt um mein Leben«, sagte Collin, »davon bin ich krank geworden. Ich will heraus aus dem Teufelskreis, verstehen Sie?«

»Ich verstehe«, sagte Gerlinger, »und ich hoffe, Sie schaffen es.«

Er machte abrupt kehrt und ging hinaus, nicht schwebend wie sonst, sondern schlurfenden Schritts.

Collin blickte ihm nach. Zum ersten Mal in langen Jahren fühlte er sich als Sieger.

26

Er war glänzender Stimmung.

Natürlich spürte er auch Unruhe, die gleiche, die das Insekt emp-finden mochte, bevor es, gerade dem Kokon entschlüpft, zum ersten Mal die Flügel breitet. Die Unruhe hatte ihn schon gegen vier Uhr morgens geweckt. Erst hatte er dem Schneewasser gelauscht, das aus dem Abflußrohr der Dachrinne auf den Stein vor dem Fenster tropfte; dann hörte das auf, und in die Stille hinein pochte das Herz, rascher als ihm lieb war, aber regelmäßig. Gestern hatte Gerlinger ihm mitteilen lassen, der Entlassung stünde nun nichts mehr im Wege, sämtliche Tests seien gemacht, sämtliche Papiere geschrie-ben; Oberarzt Kuschke hatte gratuliert: schade, daß Frau Doktor Roth nicht mehr hier sei, hatte er bemerkt, sie habe sich doch so sehr für seinen Fall interessiert und hätte sich bestimmt gefreut.

(Vermeiden: die Erinnerung an Christine.)

Die Monotonie des Herzschlags gestattete nützlicheren Gedan-ken, sich zu entwickeln, konstruktiven, schöpferischen Gedanken, brauchbar für das neue Leben, die neue Arbeit. Er lag da, die Augen geschlossen, und beobachtete mit leisem Glücksgefühl, wie die Ge-danken einer aus dem anderen wuchsen, eine komplizierte Reihe bildeten, analog irgendwelchen Molekularstrukturen, deren millio-nenfache Vergrößerung er in einer Zeitschrift abgebildet gesehen hatte. Er sah die große Linie seines Buches, die Architektur: ein Mann wird sich bewußt, wer er ist und wie er ist und warum er so wurde; eine Abrechnung mit dem Leben und mit der Zeit, in der man lebte, und eingeblendet in die Summe der Erfahrungen, als Do-kumentation gleichsam, Geschehnisse, Verwicklungen, Menschen. In dieses Gerüst würde sich einfügen, was er bereits geschrieben hatte; manches würde revidiert, umgruppiert, wohl auch in neuem Licht betrachtet werden müssen; das Wichtigste war jedoch, daß er die Richtung wußte, in der sich alles zu bewegen hatte, die Perspek-tive, in der es zu sehen war.

Diese Erregung, eine andere als vorher, hatte ihn nicht still liegen lassen, er war aufgestanden und im Zimmer hin und her gelaufen, Pantoffeln an den Füßen, Hände in den Taschen des Schlafrocks; mehrmals blieb er am Tisch stehen und warf ein paar Notizen aufs Papier, Stichworte zum Plan, Einteilungen, Aufbau einzelner Kapitel. Gegen sechs Uhr kamen die vertrauten Geräusche: Eimer klapperten, irgend etwas wurde den Korridor entlang geschoben, Stimmen, undeutlich, Türen, deutlich.

Was, schon auf den Beinen? Die Kleinmädchenstimme, das sentimentale Tremolo, das so gar nicht paßte zu dem zerfaserten Gesicht, den trippelnden Altjungfernschritten. Schwester Gundula maß Puls und Blutdruck. Haben wir schon Urin gelassen heute? Und wann kommt denn Frau Nina, uns abzuholen, vorgestern abend war sie im Fernsehen zu bewundern, es ist doch ganz was anderes, wenn man eine Künstlerin persönlich kennt, und welches Temperament, und wie jugendlich sie aussah.

Wieviel gab man der Schwester Gundula zum Abschied, zwanzig Mark waren wohl zu wenig, fünfzig wieder zuviel, also dreißig. Sie bedankte sich überschwenglich, besonders für das schöne Buch mit dem Autogramm DER LIEBEN SCHWESTER GUNDULA FÜR DIE HINGEBENDE FÜRSORGE, Name und Datum. Dann kam das Frühstück. Er hatte befürchtet, er werde keinen Appetit haben, es war wie bei einer Reise, vor Antritt einer Reise hatte er nie Appetit. Aber auf einmal, angesichts der frischen Brötchen, verspürte er Hunger. Das neue Leben forderte ihn: die Kruste des Brötchens und dann der Geschmack der Butter auf der Zunge, der reichliche Speichelfluß, die Kau- und Schluckbewegungen waren Leben.

Befriedigt schob er Teller und Tablett zurück. Um elf Uhr sollte Nina kommen, bis dahin war noch viel Zeit, bis dahin war die Visite mit Sicherheit vorbei, die letzte Visite, wahrscheinlich ohne Gerlinger, Gerlinger würde es vorziehen, einer Situation auszuweichen, in der er, noch dazu vor seinen Untergebenen, gute Miene zu einem Spiel machen mußte, das er nicht mehr beherrschte. Auch Christine würde bei der Visite fehlen.

(Nicht länger denken an: Christine. Oder zumindest erreichen, daß der Komplex sich verkapselte im Gehirn; in Spanien kannte er einen, der trug eine Kugel im Leib, nie operiert, nur wenn das Wetter umschlug, spürte der Mann den Druck.)

Er rasierte sich langsam und mit Genuß. Es pressierte nicht: wer seinen Weg kennt, beschreitet ihn ohne Hast. Der hektische Ehrgeiz, der ihn bislang getrieben, war dem Gefühl des eignen Ungenügens entsprungen, das wiederum von den Begrenzungen herrührte, die er, bewußt oder unbewußt, sich selber gesetzt hatte. Er betastete das glatte Kinn, die Haut der Wangen, die jetzt rosig schimmerten und nach der Massage mit Eau de Cologne angenehm durchblutet waren. Wenn er bedachte, daß er vor einem reichlichen Monat auf dem Bett da gelegen hatte, hart an der Grenze des Komas! Das war das Schlüsselerlebnis gewesen, dieses kurze Rencontre mit dem Tod, und alles Spätere war nur Beiwerk. Er suchte noch einmal nachzuempfinden: zuerst war da das Herzstolpern gewesen, dann die Beklemmung, dann der würgende Schmerz, und dann die alles überwältigende Angst – und dann hatte die Doktor Roth am Bett gestanden und ihm Komplimente gemacht wegen seiner schönen Venen und war dem Todesengel in den Arm gefallen.

(Aus dem Gedächtnis streichen: Christine, die Berührung.)

Er nahm die Notizen des Morgens vom Tisch, legte sie in die schwarze Mappe, packte sein Toilettenzeug. Man mußte sich beschäftigen, nicht nur den Geist, auch die Hände.

Zu Haus würde er als erstes den Schreibtisch ordnen: Kalender, Zettelkasten, Stifte, alles gehörte auf seinen Platz, links die Schreibmaschine, und in den Fächern Papiervorräte, Ablagen, Kleinkram und, als Wichtigstes, das Manuskript; eine ordentliche Aufgabe erforderte einen ordentlichen Arbeitsplatz. Und eine geregelte, ungestörte Arbeitszeit, von neun bis eins, danach ein leichtes Mittagessen, dann eine Stunde Ausruhen, und nachmittags eine erste Überarbeitung des Geschaffenen. Du schreibst, darum mußt du leben – nur wie man zu leben hatte, damit man schreiben konnte, das hatte Havelka nicht gesagt, die Frage war ihm wohl auch nicht in den Kopf gekommen, damals in Spanien.

Draußen Stimmen, die Visite kündigte sich an. Zurück aufs Bett; die Hände auf der Brust gekreuzt, die Beine langgestreckt lag er da wie die steinernen Bischöfe auf ihren steinernen Sarkophagen im

Halbdunkel der Kathedralen. Dann die Tür, ein Blick: also doch Gerlinger. Gerlinger nahte huldvoll, hinter ihm Oberarzt Kuschke, Dr. Lommel, Assistenzärzte, Schwestern, zum Schluß eine Frau Dr. Meyrink, die seit vorgestern anstelle von Christine Dienst tat.

(Ausklammern: Christine bei der Visite, die kühle Sachlichkeit, die Maske gewesen sein mochte oder auch nicht.)

Gerlinger grüßte jovial, Sie bestehen also darauf, verehrter Meister – seltene Anrede, doch ohne ironischen Unterton –, bestehen also darauf, uns zu verlassen? Die Frage war rhetorisch, bedurfte nicht der Antwort, nun kam das Anerbieten: Noch ist nichts endgültig, noch hat die Frau Oberin das Bett nicht vergeben, eine Woche oder zwei zur Sicherheit, was haben Sie zu verlieren. Auf Collins abwehrendes Kopfschütteln reagierte Gerlinger mit überlegenem Lächeln, das seinem Gefolge bedeutete, Leute, wir dürfen uns leisten, mit Narren wie diesem, die sich klüger dünken als wir, großzügig zu verfahren.

Collin beeilte sich, die Unsicherheit zu überspielen, die sich sofort wieder einzustellen begann; nur jetzt die endlich getroffenen Entscheidungen nicht in Frage stellen lassen; die schwarze Mappe war gepackt, ihr Inhalt sauber verstaut. Sie mögen ja recht haben, lieber Professor – dies mit Lässigkeit gesprochen –, in dem Fall würde ich reumütig zu Ihnen zurückkehren und für immer Ihr folgsamer Patient sein; aber inzwischen gönnen Sie mir den kleinen Ausflug in die Freiheit, die Freiheit könnte ja auch eine heilende Wirkung haben, probieren wir's, scheiden wir in Freundschaft.

Und dann die Dankeschöns, die zu sagen, die Hände, die zu schütteln waren; noch einmal Gerlinger, mit der Großmut des Weiseren, wir sehen uns ja auf alle Fälle, wenn nicht hier in der Klinik, dann von Haus zu Haus und mit Frau Nina. Frau Nina wird bald hier sein, Sie abzuholen? Ausgezeichnet, vielleicht begegne ich ihr noch, wenn nicht, grüßen Sie bitte.

Und war entschwunden mit Hofstaat. Collin kleidete sich sorgfältig an, das weiße Hemd, die graue Flanellhose, den dunklen Sakko, die blaurote Krawatte, die Nina zu langweilig fand, manchmal kaufte sie ihm auf ihren Westtourneen ein halbes Dutzend Krawatten, sämtlich mit ungeheuren Mustern, die ihn verjüngen sollten, die aber statt dessen die Aufmerksamkeit der Beschauer auf die schlaffe Haut unter seinem Kinn lenkten. Er stellte fest, daß er Ninas Ankunft doch mit Erwartung entgegensah: ob geliebt oder nicht, war sie ein Stück des Lebens, dem er wiedergegeben war, ihr festes, federndes Fleisch daher auch Versprechen und Versicherung, ganz gleich, wer in der Zwischenzeit von dem Fleisch gekostet haben mochte.

(Ausmerzen: den Gedanken an Christine, an die Hoffnung auf eine andere Art von Leben.)

Was würde er Nina sagen? Nur keine prinzipiellen Erklärungen, keine großen Ankündigungen, das war schon ein Fehler gewesen bei ihrem letzten Besuch; Selbstsicherheit äußerte sich in Zurückhaltung: leise Töne, sachliche, nüchterne Worte, dabei nicht unfreundlich. Und Festigkeit: so gedenke ich fortan mich zu verhalten, ich bin kein Patient mehr, kein Invalide, also will ich kein Mitleid, keine Hätschelei, keine besondere Pflege, ich werde jeden Tag arbeiten, das Haus muß entsprechend geführt werden, bitte sorge dafür, daß jemand sich kümmert, wenn du auf Reisen bist oder anderweitig abwesend.

Aber sie ließ auf sich warten. Sie ließ immer auf sich warten, außer bei ihren eigenen Auftritten. Elf Uhr war längst vorbei. Er überlegte, sollte er hinausgehen zum Pförtner, gestiefelt wie er war und gespornt, und anzurufen versuchen; aber das brachte sie auch nicht früher hierher, und war sie noch zu Hause, würde es nur zu einem unerquicklichen Wortwechsel führen. Gut, er konnte den Pförtner beauftragen, eine Funktaxe zu besorgen; aber er kannte den Taxi-Service; bevor der Wagen kam, würde soviel Zeit vergehen, daß dann auch Nina eingetroffen sein würde.

Er schnaufte mißvergnügt; je länger er hier zwecklos herumstand, desto rascher zerflatterten ihm die Gedanken. Und der Tag hatte so fruchtbar begonnen, mit so schönen Erwartungen. Er schob den Koffer beiseite, der, verschlossen und verschnallt, neben dem Stuhl stand, und nahm seine schwarze Mappe zur Hand. Zuerst zögerte er, dann aber entschloß er sich, die Zeit doch lieber zu nutzen. Er zog das Manuskript aus der Mappe; da klemmte noch ein Bogen Papier im Leder, war wohl hängen geblieben in der Naht, LETZTWIL-

LIGE VERFÜGUNG, las er, ach ja, das lag da noch drin, IM FALLE MEI-
NES ABLEBENS SIND DIESE BLÄTTER INTAKT UND VOLLZÄHLIG ZU
ÜBERGEBEN AN...

(Verdrängen: Christine, die Ärztin im Haus, es war doch mehr als
Transferenz gewesen, woher sonst der Impuls zu diesem Testament,
andere Männer schenkten Blumen, Schmuck, Parfums, er, wenn
auch posthum erst, sein Werk.)

Er spielte mit dem Blatt, faltete es einmal längs, einmal quer.
Nein, nicht in den Papierkorb, Gott weiß, welch neugierige Seele
den leerte. Wo waren seine Streichhölzer, nicht in der Jackentasche,
wahrscheinlich im Schlafrock, aber der war schon weggepackt...

»Liebster!«

Von der Tür her, die Arme ausgebreitet, Nina, schöne, dunkle,
unentrinnbare Nina.

»Du hast schon wieder gearbeitet?« fragte sie mit freudigem Interesse. »Das ist ein gutes Zeichen, aber natürlich mußt du darauf
achten, daß du dich nicht dabei übernimmst.«

Dieweil die Augen, liebevoll umherschweifend, alles inspizierten.
Den Text auf dem zweimal gefalteten Papier konnte sie nicht sehen;
und so erklärte er ruhig lächelnd: »Ja, ich habe mir zu arbeiten erlaubt«, und legte sein Material, einschließlich der nunmehr veralte-
ten letztwilligen Verfügung, in die Mappe zurück.

»Ich wäre ja längst schon hiergewesen.« Sie trat dicht an ihn
heran, ihre Stimme, plötzlich dunkel und heiser, in sonderbarem
Kontrast zu ihren prosaischen Worten. »Aber an meinem Auto war
ein Reifen defekt, und du weißt, ich bringe das nie fertig, einen Rei-
fenwechsel. An deinem Wagen war die Batterie herunter, verständ-
licherweise, und beim Taxiruf meldete sich keiner, ich war schon
völlig verzweifelt, doch dann, wie durch ein Wunder, sprang dein
Wagen an, und ich dachte, ich kann die verlorene Zeit aufholen, aber
da waren zwei neue Umleitungen, ewig bauen sie, kaum ist der Be-
ton trocken, wird die Straße wieder aufgerissen, und außerdem
wollte ich noch einmal mit Gerlinger besprechen, wie ich dich pflegen soll, ein paar allgemeine Verhaltensregeln.«

Collin stand auf. »Und wie, empfiehlt er, sollen wir uns verhalten?«

»Normal.« Sie zupfte ihm mißbilligenden Blicks die Krawatte zurecht. »Ich soll auf deine Wünsche eingehen, du selber wüßtest am besten, wie weit du dich belasten kannst.«

»Kein Streit, keine Erregungen, nur den Mann nicht frustrieren – so ungefähr?«

»Und wenn, wäre das schlimm?«

»Gerlingers Ratschläge sind die besten.«

»Na siehst du«, sagte sie, ohne sich durch die Ironie des Reklamespruchs provozieren zu lassen. Und nach einer Pause: »Wir müssen einander doch wieder näherkommen, wir wollen doch nicht, daß –«

»Was wollen wir nicht?«

Sie winkte ab. »Später. Jetzt gehen wir.«

Sie nahm ihn beim Arm. Sie bestand darauf, den Koffer zu tragen, und ließ ihm nur seine Mappe. Sie sagte und tat das Notwendige, nicht mehr, nicht weniger; es war, als wüßte sie, was er sich vorgenommen hatte, und vermiede es daher, ihm irgendwelchen Anlaß zu Bemerkungen grundsätzlicher Natur zu geben. Draußen regnete es, ein widerlicher Schneeregen, der Weg vor der Vortreppe Pfützen und Matsch. Der Pförtner reichte ihm seinen Mantel, half Nina, ihren Pelz anzulegen, und akzeptierte die ihm zugemessene Summe mit ebenso zugemessenem Dank. Collin blickte noch einmal zurück in die Halle: kein Urack dort, niemand, den er kannte; ein paar ambulante Patienten saßen auf den Polsterbänken und warteten darauf, zu den Ärzten gerufen zu werden; im Hintergrund huschte Dr. Lommel vorüber, anscheinend ohne ihn zu bemerken.

(Aus der Erinnerung löschen: Christine, das Arztzimmer, ihr Profil im Widerschein der Schreibtischlampe.)

Sollte er nun enttäuscht sein, dachte er, daß keiner kam, ihn zur Tür zu geleiten, nicht einmal die armselige Schwester Gundula; offenbar hatte der Schriftsteller Hans Collin in diesem Haus, und vielleicht nicht nur in diesem, so viel gar nicht gegolten.

(Dito löschen: Christine, den Quasi-Infarkt, die schwierige Suche nach den Ursachen.)

Der Pförtner bemühte sich nicht einmal, die Tür zu öffnen; Nina mußte sie aufstoßen. Collin blieb einen Moment auf der Vortreppe stehen, sog die feuchte Luft in die Lungen, nicht mehr Gefängnisluft, Luft der Freiheit, und hüstelte. Nina hatte den Wagenschlag aufgemacht und stellte den Koffer auf den Rücksitz. Er eilte die Treppe hinab, die Flocken hefteten sich ihm ins Gesicht, schmolzen, rannen ihm wie Tränen über die Haut. »Nein, mein Kind«, sagte er, »ich fahre meinen Wagen.« Nina, gerade dabei, sich ans Steuer zu setzen, wandte sich um. »Nächstes Mal, Liebster, du warst lange krank, also sei bitte vernünftig und laß Nina machen.«

Er wischte sich das Wasser von Stirn und Wangen. Und mit der Hand auf ihrem Ellbogen, warnend: »Was hat Gerlinger gesagt? Du sollst auf meine Wünsche eingehen.«

Sie blickte ihn an, ihre Augen wie Kiesel. »Bitte sehr, aber vergiß nicht, ich sitze auch im Wagen.«

»Ich bin kein Selbstmörder«, sagte er.

Er wartete, bis sie den Sitz gewechselt hatte. Dann stieg er ein, startete den Motor und fuhr, sehr langsam, sehr vorsichtig, durch das Krankenhausgelände bis zum Haupttor und fädelte sich in den Verkehr auf der Chaussee ein. Dies getan, lehnte er sich entspannt zurück und sagte, das Hin und Her des Scheibenwischers vor Augen: »Ich hatte eigentlich nicht die Absicht, dir etwas Prinzipielles zu sagen. Aber ich sehe, ein paar kurze Bemerkungen der Art sind doch nötig.«

»Vielleicht verschieben wir das«, schlug sie vor, »und du konzentrierst dich auf den Verkehr?«

»Ich habe mich zu sehr nach den Meinungen und den Absichten anderer gerichtet«, fuhr er fort, ohne ihrem Einwand Beachtung zu schenken. »Ich habe immer Rücksicht genommen, immer zurückgesteckt. Das hat sich auf meine Arbeit ausgewirkt, auf meinen körperlichen Zustand, und erst recht auf mein Verhältnis zu dir.«

Er wartete auf Widerrede; Nina aber, die Lippen ein wenig geschürzt, schien nur nachdenklich zu werden.

»Das wird sich jetzt ändern«, kündigte er schließlich an. »Die Zeit, die ich noch zu leben habe, gehört mir, ich bestimme, was ich damit anfange, und niemand hat das Recht, mir Weisungen zu erteilen.«

»Aber ja«, sagte sie nachgiebig, »nur ist ein guter Rat noch keine Weisung, und wir alle wollen doch nur dein Bestes.«

»Mein Bestes, mein Bestes!« Er schlug mit der Faust gegen das Steuerrad. »Wie willst du oder Gerlinger oder irgendeiner von euch denn wissen, was gut für mich ist und was mich zerstört.«

»Aber die Doktor Roth hat es gewußt?«

(Zu vergessen suchen: Christine, der ruhige Blick der grauen Augen, die Strähne über der Stirn.)

»Die Doktor Roth hat sich mir wenigstens nicht aufgedrängt. Sie hat mir auch keine Vorschriften gemacht. Die Doktor Roth hat...«

(Vergessen: Christine, das ganze Erlebnis.)

»...hat dich durchgezogen«, ergänzte Nina.

»Jawohl, hat sie. Und jetzt bin ich frei. Weißt du, was das bedeutet: frei?«

Nina schwieg. Zwischen den enervierenden Schwenks der Scheibenwischer drang die Umwelt auf ihn ein, Blocks von wabenartigen Neubauten, die Erde noch aufgerissen, tiefe Kuhlen, kein Baum, kein Strauch, nur Pfützen und das Grau des Schnees auf den Böschungen, die Fahrzeugkolonnen auf der Chaussee, darüber der triste Himmel, und dann vor tristen Schaufenstern triste Menschen, die sich in triste Kaufhallen hineinschoben. Frei – aber wer wartete auf ihn und seine Wahrheiten? Diese hier? Oder irgendwelche Verleger im Westen, die eine Sensation witterten? Die Häuserwände rückten auf ihn ein, die Bauzäune, die spärlichen Laternen, die ganze Straße schien sich zu verengen, eine optische Täuschung zweifellos, eine perspektivische, er schüttelte den Kopf und kniff, um das Trugbild loszuwerden, die Lider zusammen, und da war plötzlich das Herz – als griffe eine Hand danach, nichts Schlimmes, kein Schmerz, kein Würgen, kaum mehr als leichte Berührung.

»Ist was?« fragte Nina.

»Ich dachte an zu Haus«, sagte er. »Du hast doch nichts verändert, in meinem Zimmer wenigstens?«

»Nein«, sagte sie.

»Ich bin nämlich noch nicht tot«, sagte er.

Das Haus war auch eine Art Zuflucht, besonders jetzt, nachdem er sich aus der Sicherheit der Klinik herausgewagt hatte. Das Haus, sein Haus, in dem er schon mit Luise gelebt hatte, gehörte zu den Anfängen der Republik, war eines der ersten gewesen, das nach ihrer Gründung gebaut wurde, mit Ziegeln, die aus den Ruinen stammten und saubergeputzt worden waren von ältlichen, verhärmten Frauen, und mit Rohren, Dachrinnen und anderem Material, das gleichfalls aus den Trümmern gerettet und wieder brauchbar gemacht worden war. In den schweren Jahren damals hatten Zentralkomitee und Regierung zuerst an wen gedacht, an ihre Künstler und Schriftsteller, diese mußten ein dichtes Dach über dem Kopf haben und eine warme Stube für den Schreibtisch, sie sollten sich geborgen fühlen in festen vier Wänden und im Schoß der Partei, und er hatte sich geborgen gefühlt. War es also nur Feigheit gewesen, nur Besorgnis um die eigne edle Haut, die ihn sein Wissen unterdrücken ließen, seine Zweifel, den pflichtgemäßen Aufschrei im Prozeß gegen Havelka? Oder spielte da nicht auch ein Gefühl der Zugehörigkeit zu denen mit, die ihn zu einem der Nutznießer der ersten Stunde erwählten, und der verpflichtenden Dankbarkeit für den Schutz und die Wärme, die sie ihm geboten hatten? Und diesen Schutz, diese Wärme, dieses Urgefühl, ich bin einer von euch und ihr seid um mich geschart, dieses Teilsein von Sippe und Stamm und Teilhaben an ihrer Kraft, das dem einzelnen half, die fürchterliche Einsamkeit in der großen Wildnis zu überwinden – dies alles würde er nun, da er sich freigemacht hatte, abstreifen müssen; nein, sie würden es abstreifen von ihm, denn sie würden ihn ausstoßen, sobald sie erführen, was er da vorhatte zu schreiben, gegen die Tabus und ohne Rücksichtnahme auf Sippenälteste und Stammeshäuptlinge; und keiner würde sich schützend vor ihn stellen und sagen, aber es ist doch die Wahrheit, Genossen, und statt eines Urack, den er zu fürchten gehabt hatte, würden es hundert oder tausend sein, die den Stab über ihn brachen und ihn verdammten, allein zu sein, allein, allein.

Die Hand rührte ihm wieder ans Herz, eigentlich eine Fingerspitze nur, ein paar Pulsschläge zuviel, ein Zittern, und diesmal kam auch die Angst, oder war die Angst zuerst dagewesen und dann der winzige Krampf in Muskel oder Arterie, oder bestand das alles überhaupt nur in seiner Einbildung?

»Vorsicht!«

Er trat instinktiv auf die Bremse. Der Wagen geriet ins Schleudern, stand aber endlich doch, keine Handbreit hinter dem schweren Laster, der aus irgendeinem Grunde plötzlich gestoppt hatte.

»Mein Gott!« Nina war bleich geworden, die Augen wirkten unnatürlich groß. »Willst du uns beide umbringen?«

Er lachte nervös. Er hatte das Kostbarste auf Erden gefährdet: das Leben der Nina Collin.

»Hast du geträumt?« fragte sie voll schriller Empörung. »Laß mich gefälligst fahren, sofort!«

»Ich habe nicht geträumt«, sagte er, und dachte, was regt sie sich auf, es gibt Schlimmeres als einen Autounfall.

»Ich hätte mit dem Kopf gegen die Scheibe prallen können!« Sie war immer noch wütend. »Ich brauche aber mein Gesicht noch, auch wenn du nicht daran interessiert bist.«

»Ich habe nicht geträumt«, wiederholte er, »ich habe nachgedacht, ob nicht alles viel einfacher ist, als ich der Doktor Roth einzureden versucht habe.«

»Vielleicht denkst du darüber bei einer geeigneteren Gelegenheit nach?« sagte sie spöttisch.

Er kurbelte das Fenster herunter und steckte den Kopf hinaus. Der Laster vor ihm stand mit qualmendem Auspuff und rührte sich nicht, hinter ihm hatte sich eine Wagenschlange gebildet, links strömte der Gegenverkehr; er konnte weder zurückstoßen noch ausscheren, er saß fest. Aber wenigstens hatte das Herz sich beruhigt.

»Laß wirklich lieber mich fahren«, sagte sie, »offensichtlich kannst du dich nicht konzentrieren.«

»Ich konzentriere mich sehr wohl«, widersprach er und dachte, nein, jetzt nichts mehr vergessen wollen, Erinnerung ist wichtig, und sagte: »Der Mensch muß sich selber auf den Grund gehen, verstehst du, er muß erkennen, woher seine Ängste kommen, sonst wird er krank. Ich habe keine Angst mehr. Weshalb sollte ich auch Angst haben müssen. Vor Urack? Der ist aus dem Spiel. Vor Havelka? Mit dem bin ich im klaren. Höchstens noch um mich selber, ein Mann allein in dieser Wildnis, das ist doch sehr schwer, glaubst du nicht auch?«

Ihr Blick prüfte: war dieser Mensch noch normal? »Ob du nun Angst hast oder nicht«, sagte sie, »ich jedenfalls habe jetzt welche.« Er spürte, das war nicht gespielt, sie hatte Angst, weil er ihr entglitten war und sie seine Reaktionen nicht mehr berechnen und kontrollieren konnte.

Der Gegenverkehr hatte nachgelassen. Hinter ihm waren ein paar Wagen bereits ausgeschert und fuhren links vorbei an ihm; er bekam Raum, sich aus der Umklammerung zu lösen, und konnte versuchen, links zu überholen.

»Ich bitte dich«, sagte Nina, »ich habe nur dieses eine Gesicht.«

»Gesicht, Gesicht!« Er fuhr an, links aus der Kolonne heraus, große Flocken setzten sich ihm auf die Scheibe, trotz Wischer war die Sicht miserabel, doch schien die Straße frei zu sein. »Das ist alles, woran du denken kannst?«

»Du bist unerträglich«, sagte sie.

Jetzt hatte er den Laster zu seiner Rechten und erkannte, daß vor diesem ein weiterer Lastzug stand und vor dem noch einer. »Es gibt eine innere Freiheit« – er trat aufs Gaspedal – »aber sie kommt dich teuer zu stehen. Der Mensch –«

Auf einmal Lichter. Kam ihm da doch, schwarz durch die grauen Flocken, ein großer Wagen entgegen. Links längs der Straße, gerade noch erkennbar, ein dunkler Streifen, der Straßengraben, rechts, unendlich lang, der zweite Lastzug. Nina rief Unverständliches, packte sein Handgelenk. Er suchte zu schätzen, die Distanz Lastzug–schwarzer Wagen, dazwischen die Schneeflocken. Er trat den Gashebel durch. Er war ganz ruhig. Er war Noah, der die Taube fütterte, er war der eine Überlebende. Der schwarze Wagen fuhr immer noch auf ihn zu, wuchs ins Riesenhafte, die Scheinwerfer blendeten auf. Gas geben, Gas!

Er schüttelte Nina ab, was waren ihm Sippe und Stamm, er fühlte sich ganz leicht, ganz heiter, ganz frei in der großen Wildnis um ihn herum.

Dann ihr Aufschrei.

Licht, grell. Krachen, Splittern. Der Aufprall warf ihn mit der Brust gegen das Lenkrad, verschlug ihm den Atem; dennoch sah er alles, sah es, als stünde er außerhalb seiner selbst, Ninas zerschnittenes, blutüberströmtes Gesicht, schreckhaft aufgerissen die Augen, hörte, ICH HABE NUR EIN GESICHT, ICH BRAUCHE MEIN GESICHT...

Er saß ganz still. Und dann war da der Schmerz, den er kannte. Der Schmerz war wie ein Krake, der hinter dem Herzen saß und seine Fangarme durch die Arterien schob, bis in die Fingerspitzen hinein. Dabei hatte er der Doktor Roth noch gesagt, dachte er, was hatte er ihr gesagt, er entsann sich nicht mehr.

Als die Welt um ihn herum wieder Formen annahm, war die Polizei schon eingetroffen. Er stand neben seinem Wagen, wie und wann er ausgestiegen war, wußte er nicht, und jemand sagte: »Blechschaden, da haben Sie aber Glück gehabt.«

»Blechschaden«, sagte ein anderer, »aber krieg das erst mal repariert.«

Nina sagte – Nina? Nina neben dem Polizisten, selbstsicher und gefaßt, ein Lächeln auf den Lippen, keine Spur von Blut im Gesicht, alles glatt, rosig, lieblich – Nina also sagte zu dem Polizisten und dem Fahrer des schwarzen Wagens, der ebenfalls am Straßenrand geparkt stand: »Die Schuld liegt eindeutig bei mir.«

»Die Schuld«, sagte der Polizist, »kann nicht bei Ihnen liegen, Frau Collin, da Sie ja nicht am Steuer saßen.«

»Sie mißverstehen mich«, sagte Nina, »meine Schuld ist anderer Art. Mein Mann ist eben aus dem Krankenhaus entlassen worden, ich hätte ihm nie gestatten dürfen, sich ans Steuer zu setzen, aber ich wollte ihm nicht das Gefühl geben, als wäre er immer noch krank.«

Immer noch krank, dachte Collin, vielleicht war er tatsächlich noch krank, oder schon wieder krank. Er duldete es, daß sie ihn sanft zu dem Polizisten hinschob. »Ist ja alles gut, Liebster«, sagte sie, »alles bereits erledigt, du mußt nur noch unterschreiben.« Sie hielt ihm irgendwelche halb ausgefüllten Formulare hin, die sie dem Polizisten aus der Hand genommen hatte, drückte ihm einen Stift zwischen die Finger und wartete, bis er begriffen und ihre Anweisung befolgt hatte. »So, und dann bringe ich dich gleich nach Hause, die Kollegen hier haben vollstes Verständnis. Setz dich inzwischen wieder ins Auto, aber« – dies mit scherzhaft drohender Stimme – »nicht ans Steuer!« Er gehorchte. Vollstes Verständnis, wer hatte keines für Nina Collin, wenn sie in dieser Stimmlage gurrte. Der Polizist steckte die Formulare in seine lederne Umhängetasche, der Fahrer des schwarzen Wagens, der zum Glück keine Passagiere im Fond hatte, knöpfte befriedigt seine Joppe zu, er hatte wohl ein paar Scheine erhalten als Entschädigung für die Schwierigkeiten bei der Behebung seines Blechschadens. »Den Rest des Protokollarischen«, sagte Nina, »machen wir schriftlich, und das Finanzielle über die Versicherung. Und auf Wiedersehen dann bei meinem nächsten Konzert!«

Freundliches Winken, der Polizist salutierte, der schwarze Wagen fuhr davon, Stoßstange und Kotflügel leicht eingedrückt. Collin sank müde ins Polster und sah zu, wie Nina sich hinters Steuer schob, die verbogene Tür mit einem Ruck schloß und den Motor anließ; Christine (Ausklammern! Streichen! Tilgen!) war nicht die einzige eminent fähige Frau, diese hier nahm es mit ihr auf.

»Vielleicht sollte ich dich lieber in die Klinik zurückfahren?« sagte Nina. »Damit sie dich kurz untersuchen?«

»Bring mich bitte nach Hause«, sagte er.

Sie zuckte die Achseln und ließ den Wagen anrollen.

»Es sei denn«, sagte er, »du möchtest dich untersuchen lassen. Aber du siehst ja Gott sei Dank nicht aus, als wäre dir etwas passiert.«

»Da ich nur das eine Gesicht habe«, sagte sie, »habe ich mir die Arme davorgehalten.« Dann klopfte sie ihm aufs Knie. »Den nächsten Selbstmordversuch unternimmst du bitte allein.«

Es klang nicht einmal strafend, eher milde und aufmunternd.

27

(Aus den Notizen des Kritikers Theodor Pollock)

...trägt sie das Kettchen nun doch.

Vorgestern war sie zu mir gekommen, ihr erster Besuch in meinem Haus seit langer Zeit, und alles war sehr harmonisch.

Und heute dann das Hundegespräch. Collin rief überraschend an und erkundigte sich ohne Umschweife und betont mürrisch, wie es denn mit dem Köter sei, und ich antwortete ihm, Assmann von Assmannshausen könne sehr wohl einen Auslauf gebrauchen; meine Arbeit ließe sich unterbrechen.

Zu erwähnen wäre im Zusammenhang damit eine Bemerkung Christines: sie habe auf dem Weg von der Straßenbahnhaltestelle zu meinem Haus eine Bewegung am Fenster des Collinschen Hauses mehr erahnt als gesehen, habe dann Collins Silhouette hinter der Gardine erkannt und bemerkt, wie er die Gardine zur Seite schob und ihr nachblickte; und wiewohl sie sich sagte, daß sie ihm in keiner Weise verpflichtet sei, habe sie in dem Moment sich eines unbehaglichen Gefühls nicht erwehren können...

Collin erscheint sehr gealtert, seit er wieder daheim ist; selbst in der Klinik sah er besser aus, zumindest in der letzten Zeit seines Aufenthalts dort, und der Eindruck des Verfalls wird noch verstärkt durch seine Bemühung, sich jugendlich zu geben: den weiten Ledermantel offen und die Bojarenkappe aus Biberpelz schräg auf dem Kopf wie Lenski vor dem Duell im Eugen Onegin, so tritt er lebhaften Schritts mir entgegen. In der Nähe dann wirkt der müde Ausdruck der Augen um so auffälliger, das stumpfe Grau des Haars, das eingefallene Fleisch an den Partien um Nase und Mund, und die grämliche Miene, mit der er die Liebesbezeugungen des Pudels abwehrt. Dann setzt er sich wortlos in Bewegung, scheinbar ist ihm gleich, ob ich ihm folge. Ich beeile mich auch nicht, ich nehme das

Bild in mich auf: die dunkle Gestalt im winterlichen Licht, zwischen den mageren Vorgärten dieser Häuser, die alle in ähnlich anspruchslosem Stil gebaut sind.

Erst als wir den Wald erreicht haben, hält er an und wartet auf mich. In einem Anflug früherer Bonhomie boxt er mich auf den Arm: ob ich mich entsinne, was ich ihm während meines letzten Besuchs in der Klinik gesagt habe. Nun hatte ich nicht viel geredet bei diesem Besuch; ich fand Collin ausgesprochen HIGH, fast als hätte er getrunken; er sprach von seinen Erkenntnissen und Entschlüssen, ich hätte ihm sagen können, die Szene vor Gericht schreibst du nie, aber ich tat's nicht, da ich von Christine wußte, was zwischen den beiden vorgegangen war, und daß er nichts mehr hatte, worauf er sich stützen, und nichts, wohinter er sich verstecken konnte.

Du hast gesagt, sagt er, ich wäre ein Seiltänzer ohne Netz.

Ich komplimentiere ihn wegen seines guten Gedächtnisses, doch will er davon nichts hören, sondern verfolgt den Gedanken weiter: um nicht zu stürzen, blicke er daher nur noch nach vorn; er arbeite hemmungslos, verschweige nichts, verkünde die unverschämtesten Wahrheiten; die schwarze Mappe fülle sich immer mehr, er stelle das jeden Abend fest, wenn er sie wegschließe, den Schlüssel trage er stets bei sich. Ich sehe noch, wie seine Hand unwillkürlich in Richtung der Tasche fährt, in der er offenbar den Schlüssel hat. Dann verzieht sich sein Gesicht, wirkt bereits wie eine Totenmaske. Aber alles zerfließt, sagt er, alles zerfließt.

Natürlich zerfließt es ihm. Was ist denn Wahrheit? Eine momentane Impression, heute so, morgen anders, tausend Spiegelungen unterworfen, von tausend Schattierungen variiert. Und er ist ja kein Genie, das, die Wahrheit, soweit faßbar, erkennend, mit dieser auch umzugehen weiß. Genie kann Charakter ersetzen; aber kein Genie und dieser Charakter...

Doch ich bin ungerecht. Er hat sich strebend bemüht und bemüht sich noch; nur besagt die Erfahrung, wer einmal geknickt wurde, knickt immer wieder zusammen. Und seine Behauptung, im Grunde wäre ich an seinem Zustand schuld, hat manches für sich: ich hätte ihn, sagt er, in seine Konflikte hineingetrieben, ohne mich hätte er bis an sein seliges Ende friedlich vor sich hinleben können, in freiwilliger Einordnung, dafür aber geschützt und geborgen, die Schatten der Vergangenheit verdrängt in irgendwelchen Ritzen unterhalb der Bewußtseinsebene; ich sei es, der gefordert habe, er möge ans Licht zerren, was barmherzig verborgen lag, und der ihn damit vertrieben habe aus dem großen Nest, in dem es, wenn es auch manchmal stank, doch wenigstens warm war, ich und meine De-fac-to-Komplizin, die Doktor Roth, wie lange wir das Spiel gemeinsam schon trieben, das würde er doch gern einmal erfahren, und er, der alte Narr, sei darauf eingestiegen und habe sogar noch geglaubt, Christine könne ihm den Schutz ersetzen, dessen er sich selber beraubt habe.

Der Pudel ist uns davongelaufen, wohl einer Hündin nach, das tut er mit Vorliebe, er ist noch in den Jahren. Ich rufe und pfeife.

Pfeif nicht, sagt er, antworte.

Aber der Pudel ist mir im Augenblick wichtiger. Ich weiß nicht, was mich mit dem Hund verbindet; eines Tages stand er vor der Tür, als habe er seit je zu mir gehört; ich selbst gab ihm seinen hochtrabenden, nach echtem Stammbaum klingenden Namen. Die Suche nach dem Tier hat etwas Traumhaftes. Sie führt mich in eine Schonung, halbhohe Kiefern, unten ausgekahlt, die nackten Zweige schlagen mir ins Gesicht; hinter mir knackt es, dort stapft Collin durchs Gehölz. Endlich eine Lichtung, ich bleibe stehen, außer Atem, Collin taucht auf, die Bojarenkappe ist ihm vom Kopf gekippt, er trägt sie unterm Arm, in seinem Haar haben sich Kiefernnadeln verfangen.

Antworte, verlangt er.

Mitunter ist sogar einer wie ich nicht mehr Herr der Situation, fühlt sich gefangen, getrieben. Dies, auf der winzigen Wiese im Wald, unter dem schneeträchtigen Himmel, ist ein solcher Moment. Ja, ich gesteh's dir, sage ich, es war mir nie ernst, ich habe nie geglaubt, du könntest die Kraft aufbringen zu einem großen Bekenntnis, weil das den großen Bannfluch bedeutet hätte, gegen den du allein dastehst, nur du und deine Wahrheit. Aber ich dachte mir, spielen wir's mal durch.

Und dann wird es total verrückt. Er stürzt sich auf mich. Ich weiß nicht, wie lange wir stumm miteinander gerungen haben, zwei gutgekleidete ältere Herren mitten im Walde ineinander verstrickt, bald der eine die Oberhand gewinnend, bald der andere. Schließlich versagt mein Bein, das mit der selbstverschuldeten Wunde; ich stürze zu Boden, Collin über mir.

Aber Christine, sagt er, mich am Halse würgend, aber Christine?

Christine, antworte ich keuchend, Christine hat an dich geglaubt.

Und da er sich nun aufrichtet und den Schmutz vom Mantel klopft und seine Bojarenkappe aufliest, suche ich ihm begreiflich zu machen, daß wir beide, er und ich, Geschöpfe unserer Zeit sind, und ich nicht einen Deut besser als er, wohl aber verdammenswerter: denn während Verdrängung nicht vor Strafe schützt, mildere sie doch das Urteil; das klare Wissen um die Dinge aber, wie in meinem Falle, wirke strafverschärfend, und wo und wann hätte ich je versucht, ein J'ACCUSE auch nur zu murmeln?

Plötzlich ist Assmann wieder da und stößt mir freudig hechelnd die kalte Schnauze ins Gesicht. Collin schiebt ihn beiseite und hilft mir beim Aufstehen und stützt mich bei meinem Gehversuch, bis sich herausstellt, daß das Bein wieder funktioniert. Dann sagt er grinsend, in Wirklichkeit sei nicht ich, sondern das Vieh schuld; ohne den verfluchten Köter keine Spaziergänge, keine Gespräche, keine Memoiren, kein Quasi-Infarkt; gehen wir.

Die rasche Wandlung seines Verhaltens erstaunt mich nicht. Die Menschen sind vielschichtig; wie bei einem noch nicht erkalteten Stern brodelt Gestein bald von dieser, bald von jener Schicht zur Oberfläche. Nach unserm außerordentlichen Zweikampf scheint alles fast wieder im Lot zu sein; auch zeigt sich, daß wir uns gar nicht verirrt haben, nach ein paar Schritten finden wir uns auf bekannten Wegen, Collin spricht von Nebensächlichkeiten, auch von seinem Autounfall: er habe keine Folgen gehabt außer finanziellen, auch die Kopfschmerzen hätten nur vierundzwanzig Stunden gedauert, und seine Rippen, nun, von deren gutem Zustand hätte ich mich ja soeben überzeugen können.

Und Nina?

Nina, sagte er bereitwillig, sei direkt aufgeblüht, seit sie ihre Konzerte abgesagt habe und sich seiner Pflege widme; vielleicht tue sie ein bißchen zuviel des Guten, unser Hundegespräch heute sei nur zustande gekommen, weil sie eine Sitzung beim Friseur habe.

Der angeschmiedete Prometheus, sage ich. Frißt sie auch regelmäßig die Leber?

Ich höre ihn noch, wie er lacht. Jedenfalls lebe er, sagt er, lebe und lese jeden Morgen die Zeitung.

Unsere? Weshalb?

Wegen des Nachrufs.

Nachrufs auf wen?

Auf den Genossen Urack.

Vielleicht hätte ich's ihm nicht sagen sollen. Aber er hätte auch ohne mich über kurz oder lang erfahren, daß der Genosse Urack noch immer keine Anstalten macht zu sterben, ein Herz aus Stahl, wie nun auch die Ärzte in der Institution, wohin man ihn überführt hat, im Einklang mit Gerlinger sagen, ja, man schicke ihm sogar schon wieder gewisse Papiere und Akten aus seiner Dienststelle an sein Bett.

So, sagt Collin, so. Und bleibt stehen und stützt sich schwer auf meinen Arm und sagt mit heiserer Stimme, halt mir den gottverfluchten Pudel vom Leibe...

28

Der Tod kam ganz leise.

Collin wußte, es war der Tod, und er hatte keine Angst mehr vor ihm. Die Welt um ihn herum, sein Zimmer, die Bücher an der Wand verschwammen vor seinen Augen, und er befand sich in einem hellgrauen Nebel, der rasch immer heller wurde, jeden Moment würde das Licht durchbrechen. Er hatte auch, was ihn sehr verwunderte, keinerlei Schmerz; es war ganz anders als in der Nacht damals. Er fragte sich, was Christine wohl sagen würde, wenn er ihr erzählte, daß der Tod eigentlich gar kein Problem sei; nicht irgendwie unangenehm, Frau Doktor, wie soll ich es Ihnen beschreiben, alles ist weich und kühl, alle Bewegungen werden langsam und immer langsamer, es ist ein sanftes, gutes Gefühl, Ruhe.

Dann brach das Licht durch.

Pollock, aufgeschreckt durch das stürmische Läuten, eilte zur Tür.

»Nina!«

Im Licht der Lampe über der Haustür das bleiche Gesicht mit dem roten, verzerrten Mund.

»Bitte«, sagte sie, »bitte, um Gottes willen, schnell.«

»Soll ich den Arzt rufen?« fragte er.

»Ich habe schon telephoniert«, sagte sie.

Er folgte ihr. Sie trug Pantoffeln an den Füßen, es hatte geregnet, sie glitt aus, hielt sich mit Müh und Not aufrecht, er holte sie ein, nahm ihren Arm.

»Schrecklich«, sagte sie, »dieses Wetter.«

»Wann ist es geschehen?« fragte Pollock. »Ich meine, wann kam der Anfall?«

»Ich weiß nicht.« Achselzuckend, hilflos. »Ich wollte ihm Obst bringen, mache die Zimmertür auf, und da…«

Es war still im Haus, überall brannte Licht. Pollock hastete die

Treppe hinauf, die Tür zu Collins Arbeitszimmer stand offen, auf dem Schreibtisch lag ein zusammengeknülltes Blatt Papier, daneben der Stift: der Schriftsteller Collin hatte das letzte, was er geschrieben hatte, verworfen. Danach hatte er wohl noch versucht, sich zu seiner Couch zu schleppen, war aber zusammengebrochen, bevor er sie erreichte.

»Ich habe ihn hinaufheben wollen«, sagte Nina. »Aber er war so schwer.«

»Wir versuchen's zusammen«, sagte Pollock.

Er packte Collin bei den Schultern, Nina hob die Füße an; so betteten sie ihn auf die Couch. Pollock schob dem Bewegungslosen ein flaches Kissen unter den Kopf; Collin starrte ihn an, den Mund halb offen, als wolle er etwas sagen. Pollock kannte diesen starren Blick: auf der Treppe zum Eingang des Verwaltungsgebäudes der Zeche Prinz Friedrich, während der Kämpfe um den Hürtgener Wald, auf der gleichen Treppe, die er, der Soldat Pollock, eine kurze Minute vorher hinaufgelaufen war, um irgendwelche Papiere sicherzustellen, hatte ein Sergeant gelegen mit genau diesem Blick, ein Sergeant ohne Unterleib. Dennoch riß Pollock Collin das Hemd auf und beugte sich über ihn und preßte seine Lippen auf die kühlen, vom letzten Speichel noch feuchten Lippen seines Nachbarn und Freundes und hauchte ihm seinen lebendigen Atem ein, systematisch, eins zwei, eins zwei; vielerlei ging ihm dabei durch den Kopf, wirres Zeug zumeist, ihn und Collin betreffend und auch den eigenen Tod und den Zweikampf, den sie gestern erst, Leib an Leib wie jetzt wieder, ausgetragen hatten; mehrmals, beim Zusammenpressen des Brustkorbs, spürte er in Collins Jackentasche den Schlüssel.

Endlich von fern die Sirene, ein wenig später Stimmen vorm Haus.

Nina, die verschiedentlich gefragt hatte, was sie denn tun könne, um zu helfen, ließ den Arzt ein. Pollock hörte die eiligen Schritte auf der Treppe, anscheinend kamen die Träger gleich mit. Dann hörte er Nina sagen: »Wir brauchen nur erste Hilfe, Herr Doktor. Ich erwarte Herrn Professor Gerlinger, mein Mann ist sein Patient, der Professor wird das weitere veranlassen.«

Pollock richtete sich auf; ihm war schwindlig von der Anstrengung, und er hatte das Gefühl, daß Collin ihn mit seinem starren Blick verfolgte.

»Gestatten Sie«, sagte der Arzt, ein ernsthafter junger Mann, »es dauert nicht lange.«

Nina wandte sich Pollock zu. »Brandy?« sagte sie. »Sie sehen aus, als ob Sie's brauchen könnten.«

Der Arzt schloß dem Toten die Augen.

Nina wurde fahl; sie sah grotesk aus mit ihrem verschmierten Make-up.

Der Arzt gab den beiden Trägern einen Wink; sie verschwanden stumm mitsamt der Bahre. Dann nahm er, spontan, Nina bei der Hand, führte sie beiseite und sagte: »Ich fürchte, Frau Collin, auch Professor Gerlinger wird Ihrem Gatten nicht mehr helfen können.«

»Das ist nicht wahr«, sagte sie, »das kann nicht sein.« Und zu Pollock: »Er hat doch eben noch geatmet!«

»Kommen Sie, Nina«, sagte Pollock, »ich bringe Sie nach unten.«

Aber Nina schüttelte den Kopf und trat mit schwankenden Schritten zur Couch und warf sich über den Toten. Wie im Theater, dachte Pollock und blickte den Arzt an, der sich von dem Tableau abwandte.

»Sie sind ein Freund?« fragte der Arzt.

Pollock stellte sich vor.

»O ja«, sagte der Arzt, »der Name ist mir bekannt. Ich sollte ihr vielleicht etwas zur Beruhigung geben; bleiben Sie noch eine Weile im Hause?«

»Bis Herr Gerlinger eintrifft«, sagte Pollock.

»Da sind leider noch ein paar Formalitäten«, sagte der Arzt. »Können Sie Frau Collin bewegen, mit mir zu kommen?«

Pollock ging hin zu Nina und berührte sie sanft, und auf einmal war sie wie ein folgsames Kind und ließ sich dem Arzt zuführen und nickte leidvoll, da Pollock den Wunsch aussprach, noch einen Augenblick bei dem toten Freund bleiben zu dürfen, und sagte mit erstickter Stimme: »Tun Sie das.«

Pollock wartete eine Weile. Er hörte den Arzt im Wohnzimmer unten mit Nina verhandeln, gedämpfte Töne, zu verstehen war nichts; der Arzt hatte Schreibereien, gab Nina wohl auch Instruktionen, was nun zu geschehen habe, Bürokratie mußte sein, mochte sogar wohltuend wirken, indem sie von den aufgewühlten Emotionen ablenkte.

Schließlich raffte Pollock sich auf. Er schlug die Decke zur Seite, die der Arzt über den Toten gebreitet hatte: Collin sah merkwürdig gelöst und zufrieden aus. Pollock griff in die Jackentasche des Toten, zog den Schlüssel heraus, wog das Ding nachdenklich in der Hand. Was er damit zu tun gedachte, war eine gehobene Form von Leichenfledderei, aber es war zu entschuldigen, vor dem eignen Gewissen und vor dem Andenken Collins: wer, wenn nicht der eigentliche Initiator der Memoiren, hatte ein Recht auf das Manuskript; und er würde es vor unberufenen Augen behüten.

Er hörte einen Wagen vorfahren: Gerlinger. Nina würde jetzt Interesse nur für Gerlinger haben, ihm ihren Jammer ausschütten, sich trösten lassen von ihm. Er trat hastig zum Schreibtisch; der Schlüssel paßte zum Mittelfach, die schwarze Mappe lag darin, sie war, Collin hatte nicht übertrieben, schon recht voll geworden.

Pollock betrachtete den Toten. Er nahm die Mappe an sich. Dann schloß er das Schreibtischfach wieder und ging.